湛庐文化 Cheers Publishing
a mindstyle business
与 思 想 有 关

那些科学家们彻夜忧虑的问题

What Should We Be Worried About?

Real Scenarios That Keep Scientists Up at Night

[美] 约翰·布罗克曼
（JOHN BROCKMAN）
◎ 编著

靳清 王娟 靳心蝶 ◎ 译

浙江人民出版社
ZHEJIANG PEOPLE'S PUBLISHING HOUSE

献给丹尼尔·卡尼曼，

一个深谙忧虑的人。

“对话最伟大的头脑”这套书，相信一定能令处于喧嚣互联网领域，四处寻找风口、争辩什么上下半场的人们，静下心来，聆听伟大头脑的思想脉络；相信也一定能令身在互联网江湖，满世界追逐独角兽、执念于什么颠覆还是创新的人们，慢下脚步，认真端详萦绕在伟大头脑心中的大问题。

伟大头脑的伟大之处，绝不在于他们拥有“金手指”，可以指点未来；更在于他们时时将思想的触角，延伸到意识的深海，他们发问，不停地发问，在众声喧哗间点亮“大问题”“大思考”的火炬。

段永朝
财讯传媒集团首席战略官

建筑学家威廉·J.米切尔曾有一个比喻：人不过是猿猴的1.0版。现在，经由各种比特的武装，人类终于将自己升级到猿猴2.0版。他们将如何处理自己的原子之身呢？这是今日顶尖思想者不得不回答的“大问题”。

胡　泳
博士、北京大学新闻与传播学院教授

“对话最伟大的头脑”这套书中，每一本都是一个思想的热核反应堆，在它们建构的浩瀚星空中，百位大师或近或远、如同星宿般璀璨。每一位读者都将拥有属于自己的星际穿越，你会发现思考机器的100种未来定数，而奇点理论不过是星空中小小的一颗。

吴甘沙
驭势科技（北京）有限公司联合创始人兼CEO

一个人的格局和视野取决于他思考什么样的问题，而他未来的思考，很大程度上取决于他现在的阅读。这本书会让你相信，生活的苟且之外，的确有一群伟大的头脑，在充满诗意的远方运转。

周　涛
电子科技大学教授、互联网科学中心主任

在这个科技日益发达的多维化社会中，我们依旧面临着非常多的“大问题”：虚拟现实技术会让真实的人际关系变得冷漠吗？虚拟与真实会错乱吗？技术奇点会很快降临吗？我们周围的癌症患者越来越多，这与基因有关吗？诸如此类的问题，或许根本就没有一个明确的答案。

作为美国著名的文化推动者和出版人，约翰·布罗克曼邀请了世界上各个领域的科学精英和思想家，通过在线沙龙的方式展开圆桌讨论，而这套“对话最伟大的头脑·大问题系列”正是活动参与者的观点呈现，让我们有机会一窥“最强大脑”的独特视角，从而得到一些思想上的启迪。

苟利军
中国科学院国家天文台研究员，中国科学院大学教授
“第十一届文津奖”获奖图书《星际穿越》译者

雾霾天，反正出不去，正好待在家里读书思考。全球化失败、爱欲丧失、基因组失稳、互联网崩溃、非法药物激增……看起来好像比雾霾还厉害。未来并非如我所愿一片光明，看看大师们有什么深刻思考和破解之道，也许会让我们活得更放松一些。

李天天
丁香园创始人

与最伟大的头脑对话，虽然不一定让你自己也伟大起来，但一定是让人摆脱平庸的最好方式之一。

刘　兵
清华大学社会科学学院教授

以科学精神为内核，无尽跨界，Edge就是这样一个精英网络沙龙。每年，Edge会提出一个年度问题，沙龙成员依次作答，最终结集出版。不要指望在这套书里读到“ABC”，也不要指望获得完整的阐释。数百位一流精英在这里直接回答“大问题”，论证很少，锐度却很高，带来碰撞和启发。剩下的，靠你自己。

王　烁

财新传媒主编，BetterRead公号创始人

术业有专攻，是指用以谋生的职业，越专业越好，因为竞争激烈，不专业没有优势。但很多人误以为理解世界和社会，也是越专业越好，这就错了。世界虽只有一个，但认识世界的角度多多益善。学科的边界都是人造的藩篱，能了解各行业精英的视角，从多个角度玩味这个世界，综合各种信息来做决策，这不显然比死守一个角度更有益也有趣么?

兰小欢

复旦大学经济学助理教授

如果每位大思想家都是一道珍馐，那么这套书毫无疑问就是至尊佛跳墙了。很多名字都是让我敬仰的当代思想大师，物理学家丽莎·兰道尔、心理学家史蒂芬·平克、哲学家丹尼尔·丹尼特，他们都曾给我无数智慧的启发。

如果你不只对琐碎的生活有兴趣，还曾有那么一个瞬间，思考过全人类的问题，思考过有关世界未来的命运，那么这套书无疑是最好的礼物。一篇文章就是一片视野，让你站到群山之巅。

郝景芳

2016年雨果奖获得者，《北京折叠》作者

布罗克曼是我们这个时代的“智慧催化剂”。

斯图尔特·布兰德

《全球概览》创始人

总 序

1981 年，我成立了一个名为“现实俱乐部”（Reality Club）的组织，试图把那些探讨后工业时代话题的人们聚集在一起。1997 年，“现实俱乐部”上线，更名为 Edge。

在 Edge 中呈现出来的观点都是经过推敲的，它们代表着诸多领域的前沿，比如进化生物学、遗传学、计算机科学、神经学、心理学、宇宙学和物理学等。从这些参与者的观点中，涌现出一种新的自然哲学：一系列理解物理系统的新方法，以及质疑我们很多基本假设的新思维。

对每一本年度合集，我和 Edge 的忠实拥趸，包括斯图尔特·布兰德（Stewart Brand）、凯文·凯利（Kevin Kelly）和乔治·戴森（George Dyson），都会聚在一起策划“Edge 年度问题”——常常是午夜征问。

提出一个问题并不容易。正像我的朋友，也是我曾经的合作者，已故的艺术家和哲学家詹姆斯·李·拜尔斯（James Lee Byars）曾经说的那样：“我能回答一个问题，但我能足够聪明地提出这个问题吗？”我们寻找那些引发不可预知答案的问题——那些激发人们去思考意想不到之事的问题。

现实俱乐部

1981—1996 年，现实俱乐部是一些知识分子间的非正式聚会，通常在中国餐馆、艺术家阁楼、投资银行、舞厅、博物馆、客厅，或在其他什么地方。俱乐部座右铭的灵感就源于拜尔斯，他曾经说过：“要抵达世界知识的边界，就要寻找最复杂、最聪明的头脑，把他们关在同一个房间里，让他们互相讨论各自不解的问题。”

1969 年，我刚出版了第一本书，拜尔斯就找到了我。我们俩同在艺术领域，一起分享有关语言、词汇、智慧以及“斯坦们”（爱因斯坦、格特鲁德·斯坦因、维特根斯坦和弗兰肯斯坦）的乐趣。1971 年，我们的对话录《吉米与约翰尼》（*Jimmie and Johnny*）由拜尔斯创办的“世界问题中心”（The World Question Center）发表。

1997 年，拜尔斯去世后，关于他的世界问题中心，我写了下面的文字：

> 詹姆斯·李·拜尔斯启发了我成立现实俱乐部（以及 Edge）的想法。他认为，如果你想获得社会知识的核心价值，去哈佛大学的怀德纳图书馆里读上 600 万本书，是十分愚蠢的做法。（在他极为简约的房间里，他通常只在一个盒子中放 4 本书，读过后再换一批）。于是，他创办了世界问题中心。在这里，他计划邀请 100 位最聪明的人聚于一室，让他们互相讨论各自不解的问题。
>
> 理论上讲，一个预期的结果是他们将获得所有思想的总和。但是，在设想与执行之间总有许多陷阱。拜尔斯确定了他的 100 位最聪明的人，依次给他们打电话，并询问有什么问题是他们自问不解的。结果，其中 70 个人挂了他的电话。

那还是发生在 1971 年的事。事实上，新技术就等于新观念，在当下，电子邮件、互联网、移动设备和社交网络让拜尔斯的宏大设计得到了真正执行。虽然地点变成了线上，这些驱动热门观点的反复争论，却让现实俱乐部的精神得到了延续。

正如拜尔斯所说：“要做成非凡的事情，你必须找到非凡的人物。”每一个 Edge 年度问题的中心都是卓越的人物和伟大的头脑——科学家、艺术家、哲学家、技术专家和企业家，他们都是当今各自领域的执牛耳者。我在 1991 年发表的《第三种文化的兴起》（*The Emerging Third Culture*）一文和 1995 年出版的《第三种文化：洞察世界的新途径》（*The Third Culture: Beyond the Scientific Revolution*）一书中，都写到了“第三种文化”，而上述那些人，他们正是第三种文化的代表。

第三种文化

经验世界中的那些科学家和思想家，通过他们的工作和著作构筑起了第三种文化。在渲染我们生活的更深层意义以及重新定义“我们是谁、我们是什么”等方面，他们正在取代传统的知识分子。

第三种文化是一把巨大的“伞”，它可以把计算机专家、行动者、思想家和作家都聚于伞下。在围绕互联网和网络兴起的传播革命中，他们产生了巨大的影响。

Edge 是网络中一个动态的文本，它展示着行动中的第三种文化，以这种方式连接了一大群人。Edge 是一场对话。

这里有一套新的隐喻来描述我们自己、我们的心灵、整个宇宙以及我们知道的所有事物。这些拥有新观念的知识分子、科学家，还有那些著书立说的人，正是他们推动了我们的时代。

这些年来，Edge 已经形成了一个选择合作者的简单标准。我们寻找的是这样一些人：他们能用自己的创造性工作，来扩展关于“我们是谁、我们是什么”的看法。其中，一些人是畅销书作家，或在大众文化方面名满天下，而大多数人不是。我们鼓励探索文化前沿，鼓励研究那些还没有被普遍揭示的真理。我们对“聪明地思考”颇有兴趣，但对标准化“智慧”意兴阑珊。在传播理论中，信息并非被定义为“数据”或“输入”，信息是“产生差异的差异”（a difference that makes a difference）。这才是我们期望中合作者要达到的水平。

Edge 鼓励那些能够在艺术、文学和科学中撷取文化素材，并以各自独有的方式将这些素材融于一体的人。我们处在一个大规模生产的文化环境当中，很多人都把自己束缚在二手的观念、思想与意见之中，甚至一些公认的文化权威也是如此。Edge 由一些与众不同的人组成，他们会创造属于自己的真实，不接受虚假的或盗用的真实。Edge 的社区由实干家而不是那些谈论和分析实干家的人组成。

Edge 与 17 世纪早期的无形学院（Invisible College）十分相似。无形学院是英国皇家学会的前身，其成员包括物理学家罗伯特·玻意耳（Robert Boyle）、数学家约翰·沃利斯（John Wallis）、博物学家罗伯特·胡克（Robert Hooke）等。这个学会的主旨就是通过实验调查获得知识。另一个灵感来自伯明翰月光社（The Lunar Society of Birmingham），一个新工业时代文化领袖的非正式俱乐部，詹姆斯·瓦特（James Watt）和本杰明·富兰克林（Benjamin Franklin）都是其成员。总之，Edge 提供的是一次智识上的探险。

用小说家伊恩·麦克尤恩（Ian McEwan）的话来说："Edge 心态开放、自由散漫，并且博识有趣。它是一份好奇之中不加修饰的乐趣，是这个或生动或单调的世界的集体表达，它是一场持续的、令人兴奋的讨论。"

约翰·布罗克曼

扫码关注"湛庐教育"，回复"彻夜忧虑"，
观看史蒂芬·平克、雪莉·特克尔等撰文者的
TED演讲视频！

What **Should**
We Be **Worried About**?

目 录

What

Should We Be Worried About?

Edge年度问题：我们应该忧虑什么？

我们忧虑，因为我们生来就会去预测未来。虽然没有什么能阻止忧思，但是科学能教会我们如何更恰当地忧虑，以及在什么时候停止忧虑。2013 年，Edge 年度问题的受访者被要求告诉我们一些因科学的原因而让他们忧虑的事——特别是那些还没有显露在大众视野中的事情，以及为什么。或者告诉我们一些别人依旧放心不下，但他们已经不再忧虑的事，以及为什么可以卸下这份忧虑了。

PERHAPS WE SHOULD DESIGN AND INSTITUTE NATIONWIDE LIFEBOAT DRILLS TO RAISE CONSCIOUSNESS ABOUT WHAT IT WOULD BE LIKE TO HAVE TO COPE WITH A LONG-TERM INTERNET BLACKOUT.

或许我们应该设计并着手全国范围内的“救生演习”，以提升应对互联网大崩溃的能力。

——丹尼尔·丹尼特（Daniel C.Dennett），《互联网大崩溃之后，我们要怎样生活？》

01

LIVING WITHOUT THE INTERNET FOR A COUPLE OF WEEKS

互联网大崩溃之后，我们要怎样生活？

Daniel C.Dennett

丹尼尔·丹尼特

哲学家，认知科学家，塔夫斯大学认知研究中心联席主任。

著有《意识的解释》（*Consciousness Explained*）、《直觉泵和其他思维工具》（*Intuition Pumps and Other Tools for Thinking*）。

20世纪80年代初，我曾担心计算机革命会在西方国家形成技术统治阶级，因为世界其他地方的人很难买得起计算机和类似的高科技设备。我也害怕整个社会将被糟糕地划分为贫富两个等级，结果是“富者愈富，穷者愈穷”：因为穷人缺少接触新信息技术的机会，从而被剥夺了更多的政治经济权利。为此，我开始投入时间和精力以提高这方面的预警，并努力思索防止和减缓它的计划，但是，在我还没有取得任何显著进展的时候，这个问题就迎刃而解了，原因是互联网出现了。我曾是互联网前身阿帕网（ARPANET）的用户，但它却无助于我预见未来。

我们确实看到很多富裕的技术官僚生活更加优裕了，但我们也见证了有史以来最深刻的转变：技术扩散的民主化和均等性。便宜的晶体管收音机、电视机、手机和笔记本电脑——现在则是智能手机和平板电脑，它们将无远弗届的全球联系置于几十亿双手之中。这颗星球变得如此信息透明，若在40年前，没有人能想象得出来。

从历史大方向上看，这种趋势无疑是美妙的。那些过去愚弄无知信徒的宗教机构，现在必须修正其传教、灌输教义以及末日之说的方式。独裁者则要面对可怕的两难选择：是严酷地压制，把整个国家变成炼狱，还是容忍一个知情又沟通良好的反对派？知识真的是一种权力，人们正在逐步认识世间的一切。

不过，这种均等性也让我们增加了新的忧虑。人们过于依赖互联网技术，以致它成为我们的“死穴”。我们根本不必担心一个贫民窟里的穷孩子会造出原子弹，因为这要耗费数百万美元，不但保密困难，而且搞到特殊的原材料也不容易。不过，这样的少年可以整天泡在计算机和互联网上，摸索全球电子工业的致命漏洞，他被逮捕和处罚的风险很低。因为几乎无法被觉察，而且成本极低。应该说，分散和冗余的天才式设计让互联网看起来刀枪不入，不过尽管看上去非常强大，但它绝非无懈可击。

歌利亚（Goliath）还没有被击败，但是数以千计的大卫（David）们正怀揣复仇之心忙着学习必要的知识。①这些知识能够帮助大卫设计出特殊工具，从而在竞技场上打败巨人。大卫或许没有很多钱，不过，如果互联网出了故障，我们也终将一贫如洗。

①
歌利亚是《圣经》故事中的一个巨人，大卫则是对战歌利亚的英雄，也是以色列未来的国王。在文中，作者用歌利亚来比喻互联网技术泛滥，而用大卫来比喻理想中的人类。——译者注

我想可能的选择非常简单：或者坐等技术泛滥毁灭我们的所有，这种可能性与日俱增；或者也可以思考如何与技术分享我们所拥有的一切。

在未来，如果“互联网的主干网全面瘫痪”这样的事注定要发生的话，我们现在最明智的举措，就是用头脑风暴的方式想想如何限制其破坏力。医院和消防局（还有超市、加油站和药店）能继续运行吗？人们又如何才能得到可信的消息？游轮会强迫其付费客户在海上的第一天就要演练救生艇逃生，虽然这并不是出海旅游的流行项目，人们还是明智地照做了。恐慌是会传染的，一旦发生，人们往往会做出疯狂的、令人遗憾的决定。只要我们要坚持生活在快车道上，就应该学会如何不制造混乱地上下车。

或许我们应该设计并着手全国范围内的“救生演习”，以提升应对互联网大崩溃的能力。当我尝试去想象大崩溃发生后，人们将面临的最主要问题是什么以及如何处理它们，直觉上，我发现自己信心不足。还有其他专家关注这个话题吗？

古斯塔夫·多雷（Gustave Doré）1866年创作的版画，描述了大卫斩首歌利亚的故事。

02

SAFE MODE FOR THE INTERNET

互联网安全模式

乔治·戴森（George Dyson）

科学历史学家，著有《图灵的大教堂：数字宇宙开启智能时代》。

或早或晚，无论是故意还是意外，我们都将面对一场灾难性的互联网崩盘。如果这个人们极度依赖的高带宽系统出了问题，我们也没有“B 计划”来重启一个基础的、低带宽的应急通信网络。

万一主干网中断，除了试图通过互联网求助应对之道外，大多数人将手足无措。当这个系统开始恢复的时候，由此产生的过载很可能让复苏陷于停顿。互联网的原型是储存—转送、穿孔纸带和电报网络。这种低带宽、高延迟的系统足以传输重要信息，比如“发送弹药”或者“12 月 12 日到达纽约，深爱你”。

我们需要一个低带宽、高延迟的储存—转送信息系统，即便主干网瘫痪了，它也能够以应急模式通过装备在手机和笔记本电脑上的“点对点”网络继续工作。我们应该让这个系统保持在待机状态，并定期测试。另外，还要组建志愿者系统，提升他们网络急救方面的能力，就像我们训练救生员和急救员实施心肺复苏术一样。正如无线电操作员在自然灾害后首要的任务是恢复通信，网络急救人员将优先保障必要通信，开启恢复过程并传达有关下一步的指令。

大多数计算机重启后，都可以通过进入安全模式到达控制界面。互联网不也应该有安全模式吗？我们应该为此担心。

注：本文作者乔治·戴森的《图灵的大教堂》已由湛庐文化策划，浙江人民出版社于 2015 年出版。

03

THE FRAGILITY OF COMPLEX SYSTEMS

大失控：复杂系统的脆弱性

伦道夫·尼斯（Randolph Nesse）

密歇根大学精神病学和心理学教授，合著有《我们为什么生病：达尔文医学的新观念》（*Why We Get Sick: The New Science of Darwinian Medicine*）。

1859 年 8 月 31 日早晨，太阳喷射出巨量的带电粒子（即日冕物质抛射）。18 小时后，它们袭击地球，形成明亮的极光，导致在凌晨 1 点，鸟儿放歌，人们误以为天已大亮。电话线中的电流感应阻滞了信息传输，从电线上迸出的火花可以点燃报纸。依照来自冰芯①的数据，这样强度的太阳喷射约 500 年一次。一份 2008 年美国国家科学院的报告得出结论称：与此相似的事件会引起“广泛的社会和经济混乱”。大停电将持续数月，没有 GPS，没有手机通信，甚至没有空中飞行……

日冕物质抛射可能会引发地磁暴，这听起来像是一个相当严峻的威胁，不过，我其实对人们过度依赖超级复杂系统更担忧。许多以前可以很好控制的事情，现在却常常带来灾难性后果。像市场、交通和互联网这样的复杂系统，看起来稳定，但其复杂性使它们天生脆弱。因为高效，大规模复杂系统蓬勃发展起来，取代了低效的市场、小型农户、反应缓慢的媒体，还有本地信息处理系统。它们工作时，无疑是美妙的；它们失常时，我们会追悔为什么没能早点认识到依赖它们的危险。至少现在还没人有本事使用地磁暴，

① 即取自冰川内部的芯。在大气中的物质会随大气环流而抵达冰川上空，并沉降在冰雪表面，最终形成冰芯记录。——译者注

让那些为现代生活运输货物的卡车和飞机瘫痪，不过一场传染病或者生物恐怖袭击就足够了。就在几十年前，食品生产地点还要毗邻人口中心。现在，遍布全球的分销网络保证了世界各地不受饥荒的困扰；不过，一旦分销网络突然毁坏，大规模饥饿的可能性就增加了。GPS 给平民提供精准服务也就是近 20 年的时间，可如果现在它失灵了，通勤一族肯定会备感不便，多数空运和航运也会寸步难行。互联网在设计上确实能抵抗各式各样的攻击，不过我们对它的依赖实在太惊人了。一旦它出了问题，工厂和电厂就要关闭，陆空联运停止，医院和学校会瘫痪，大部分商贸歇业。当人们不能采买杂货时，将会发生什么呢？就可能的场景而言，如果用“社会混乱”这个词来形容，显然过于轻描淡写了。

现代金融市场是依赖复杂系统的典型，高杠杆豪赌失败将导致经济体系混乱，其结局总是很早就能预计到的。想想 2008 年世界经济崩塌后的惨烈场景，你就会对各国政府事前绵软的监管措施感到不可思议。复杂系统千头万绪，这往往会使因果关系被遮蔽得严严实实，即使耗费大量精力去调查，也很难非常清晰地还原事情的原委。2010 年 5 月 6 日的“闪电崩盘”在几分钟内就蒸发了过万亿美元的市值，最后发现这缘于高频交易算法之间以一种不可预知的方法交互运行。你或许认为随后出台的新规则能杜绝此类事情，不过，小型的闪电崩盘依旧持续，大系统依然脆弱。

我们能通过以上案例知道其危害巨大，是因为它们已经发生了。其实，更大的危险来自复杂系统隐蔽的脆弱性。混沌物理学家詹姆斯·克拉奇菲尔德（James Crutchfield）已经专门论述了这些风险。不过据我所知，关注他的人并不多。我们本不该如此。保护人们免受复杂系统带来的灾难是政府能做也应该做的，要把注意力转移到现代复杂系统的脆弱性可能带来的众多威胁上来。只有提前识别出那些最致命的危险，才能未雨绸缪，想出应对措施。

04

MAGIC

技术魔法

尼尔·格申斐尔德（Neil Gershenfeld）

物理学家，麻省理工学院比特与原子研究中心主任，著有《智造：一场新的数字革命》（*Fab: The Coming Revolution on Your Desktop-from Personal Computers to Personal Fabrication*）。

科幻大师阿瑟·克拉克（Arthur C.Clarke）有一句名言：“任何足够先进的技术都与魔法无异。”这是我所担心的。2001年已经到来并早已远去。曾几何时，我们梦想生活在一个科幻的未来中，有飞行的汽车、腕上通信和量子传输。

哦，等等——所有这些东西现在都出现了。今天你可以买到带翅膀的汽车、智能手表，还能有倾向性地让单光子源成为纠缠对。但是，未来是从过去而来的。我们现在可以从零开始创造生命和模拟全球气候，然而，激烈的争论在进化论的教学和人类对环境的影响方面蔓延。对达尔文或伽利略而言，这些争论意味着对科学方法有效性的挑战。

在那些顽固派或创始论者的观念里存在着一种认知失调。顽固派使用卫星电话，却又追求中世纪社会；创世论者不相信进化能基于流感病毒季节性变异的基因分析研制出流感疫苗。进步在很多时候与看不见的思维方式有关：神灵以玄妙诡秘的方式做事，手机也是一样。

我们有陷入拜物教的危险，与祖辈们的发明生活在一起，这些发明来自“神话时代”，有稳定的长期研究基金可资利用。我的文字处理器足够好了，我不需要在文本输入方面的彻底创新来满足我的写作需求。发生在我们身上的事情也一样发生在社会上。如果已有的技术可以提供足够的食物、住所、光和热，还提供“可爱喵咪”的病毒视频，对我们的生存而言，发明不再是必需的，虽然它曾经是。

把先进技术看作魔法的危险，来自于搞不清楚它的基本原理。这种辨别什么是什么的能力，关乎是否承认进步和无意义之间的差别。我们确实有咒语，我敢肯定，《魔戒》中的甘道夫会对我们教沙子（以晶体管的形式）下棋的本领印象深刻，或者被我们用一块金属（铀）毁掉一座城市的本领吓住。但是这些符咒来自基于实验观察建立的预测模型，而不是信仰的力量。接受科学带来的益处而不接受科学的方法，这为人们提供了“自由”，去忽视那些不易理解的真相，比如有关环境、经济与教育的真相。相反，任何一种技术的发展，都缘于发现者不断修正其自身内在经验，从而合理解释外部现实。

我们应该寻求每一个机会，去揭示技术背后的工作原理，而不是一味地隐藏它。追求像魔法般的技术会导致一种背离“技术分权”（technical devolution）的趋势。移动操作系统禁止用户查看自己的文件系统，触摸界面消灭了精细运动控制功能，汽车禁止车主获取维护数据。所有这些让容易做的事情更加容易，让难做的事情更加困难。

作为一个星球，我们面对的挑战是去发现最大而不是最小的共同性。从简单技能进步到复杂技能的学习曲线应当被遵循，而不是回避。我的理解是，魔法师们必须受训多年才能掌握他们的“符咒”。因为，任何足够先进的魔法，都与技术无异。

05

TECHNOLOGY-GENERATED FASCISM
科技带来的法西斯主义

戴维·波丹尼斯（David Bodanis）

作家、未来学家，著有《激情的思想者：沙特莱侯爵夫人、伏尔泰和启蒙运动的伟大爱情故事》（*Passionate Minds: Emilie du Chatelet, Voltaire, and the Great Love Affair of the Enlightenment*）。

我担心技术正在对一种长期共识的终结产生助推力，这种共识是自第二次世界大战以来逐渐形成的反法西斯主义共识。希腊曾是民主的摇篮，但是，在如今的电视直播里，“金色黎明”（Golden Dawn）[1]运动的一位领袖公然殴打一位不同意他观点的女性议员，反复地抽她耳光。他的民意支持率没有下降，反而上升了。

问题是，我们的最新技术不受控制地恣意妄为。硅谷胜过了那些管制更多的经济体所制造的任何东西。但是当这些成果被应用于金融或管理领域，对社会中下层的人们而言，常常导致混乱：他们的工作换了一个又一个，似乎是随机的。

人们很容易忘记法西斯主义在过去所做的事，对乱世中的大多数公民来说，它是那么具有吸引力。拥有一个合适的、可恨的敌人后，一盘散沙的个体得到了团结一致带来的温暖感。虽然有些高尚的灵魂喜欢皱眉蹙额地去想象，只有那些缺少教育的少数人才喜欢暴力，但事实绝非如此。几乎所有地方的学生都喜欢找一个软弱的孩子施虐。当一个敌人被嘲笑和惩罚，我们对

[1] 希腊极右翼政党，于 1993 年正式成立。当地学者与媒体指出该党具有新纳粹主义与法西斯主义色彩，但是该党拒绝承认。——译者注

自身软弱的恐惧感就消失了。这是一种反射，全美国夸张低俗的广播节目主持人都能娴熟地操纵这种反射。

那些无依无靠之人的呐喊声，无疑会因为医疗技术的发展而更显得凄凉。药品越来越好，但也越来越贵。推断这些趋势，我们有充分理由认为，保妥适（Botox）瘦脸针的改良品更长效，而且免去了非动态性前额皱纹，可是它值 4 000 美元一针吗？即使是现在，在很多购物中心里，富人苗条健美，穷人肥胖臃肿，这样的体格差异仍然在加剧。

更进一步，基因疗法有可能用来延缓衰老，它维持时间更长，效果更好，可是它真的值几十万美元吗？城市中最富有街区里的很多人都会开始采用它。不难想象，那些没有第二次世界大战记忆的、颇受欢迎的领导人，如何去激励那些高收入领域以外的人，那些忍受着其周围永不衰老群体之嘲笑的人，如何去追求人性对不公的合理回应。

显然，我这样的回答将阻止在原有轨道上行进的技术创新，尤其在我们最需要它的时候。

06

TECHNOLOGY MAY ENDANGER DEMOCRACY

技术可能危及民主

哈伊姆·哈拉里（Haim Harari）

物理学家，魏茨曼科学研究所前主席，著有《来自暴风之眼的观察：中东的恐怖和理性》（*A View from the Eye of the Storm: Terror and Reason in the Middle East*）。

科学是解决众多医疗、社会和经济问题的源泉，也是令人极为兴奋和极具诱惑力的智力探险。它引领新技术的发明，从而改变我们的生活，使生活变得更美好。这些科学技术真的会危及自由民主的基础吗？这听起来有点不可思议，但我们都应该为此而担忧。它的确是一种威胁，这种威胁应该让每一个有思想的人担忧，只要他相信科学能推动人类的进步，相信民主是管理体制中一种不错的方式。

一种严重的不和谐正在两个似乎不相干的事物之间逐步形成：一个是科技在我们生活的方方面面加紧渗透，另一个是民主在整个自由世界的实践。从本质上讲，科学和技术无所谓好坏，关键是如何应用它。恰当地运用它能够给我们带来巨大利益，反之则会产生不良影响。科技的应用常常是有计划的和慎重的，但有时候也是无意的、偶然的。现代科技的影响和民主存亡之间正在形成的冲突并非是刻意制造的，但却能孕育极大的危险。

就让我们看看这悄悄酝酿的危机中的 7 个组成部分：

第一，时间尺度不匹配。由决策者解决的诸多问题变得越来越复杂：不同领域的各种问题，全球性的问题，多代人之间的问题。而像教育体制、科研政策、社会保障、地缘政治趋势、医疗保险、环境问题、养老模式这些，它们都是跨越几十年的问题。从讨论到决策，再到执行和得到结果，中间的时间差变得越来越长。这是因为我们对全局效应的分析能力日渐增强，也因为普通民众有更多的时间受教育、工作直至退休。另一方面，政治家的目光总是聚焦于下一届选举前的事（2～7年间）。但是，现代科技和时间跨度很大的问题产生了冲突，对在职官员来说，为迎合即时的网上评价，他们往往急功近利。于是，我们活得时间长了，但目光却更短浅了。

第二，另一种类型的时间不匹配。Twitter、短信服务、网上评论、对讲系统以及类似有趣的短消息，使得原先那些缺乏深度的60秒电视新闻显得更加冗长。但公众真正关心的问题并不能用简短的几句话概括。这会鼓励极端主义和肤浅行为，使那些政客不得不舍弃140行或140页的建议书，转而以Twitter 140个字符的标准来表达自己的想法。选民看到的只是超级简短的口号，而年轻一代会“进化”成新型人类：注意力短暂，喜欢短笑话，并拥有能适应智能手机的短小手指。

第三，科学素养和定量思维对决策者来说越来越重要。今天，我们面临能源、新媒体、基因工程、流感、水资源、大规模杀伤性武器、金融衍生品、新的医学诊断方式、网络战争、知识产权、干细胞以及其他许多问题，这些问题对不懂科学论证的人来说是难以解决的，而这些论证则离不开基本的定量思维。遗憾的是，民主国家的绝大部分高层决策者缺乏这些基本能力，以致出现严重的判断失误和历史性错误，给后人造成不良影响。从科学意义上来说，我们需要经过专门培训的政治决策者。

第四，竞选高级职位只需要竞选的才能，无关乎执政和领导能力。对世界上主要国家选举出的高级官员来说，其简历都不会使他们成为小型公司的CEO。民主进程的开始不是看你的工作经历是否合格，而是看你能否吸引电视观众，让自己看起来要么是观众中的一员，要么是孤傲而又受人尊敬的王子（或者两者兼具则更好）。电视和其他数字媒体的流行导致大多数选民从未见过竞选者本人，只看到他在屏幕上经过包装的形象，例如，他本人的阅历、对全球热点问题的熟悉度及其领导能力，更为重要的是演讲能力，包括看似在即兴演讲实际要依靠提词装置的演讲。

第五，对“透明度”的狂热推崇得到张扬，因为所有曝光的问题都有即时网络播报。你要是想权衡一下，或随便考虑考虑那些有创意的想法，或表达一下有争议的观点，或进行公开的高水平的讨论，几乎都是不可能的。因为你说出的每一句话，都有可能在几天内出现在成千上万的计算机和智能手机屏幕上，而且常常被断章取义。当机密不被保护，公开曝光受到推崇时，想写一封诚实的推荐信，或者对一个机构和方案进行完全客观的评估，都是不可能的事情了。这就不难理解，为什么在其他领域有能力且经验丰富的人们都避免进入政界，特别是当"透明度"有可能摧毁他们生活的时候。人们总是担心，将来由选举产生的高级官员，是否不得不以透明度的名义将自己结肠镜检查的结果和图片发布到网上。

第六，公众对自由的渴望也因科技的发展而日渐增强。人们渴望言论自由、新闻出版自由、信息自由、学术话语自由以及所有其他民主保障的自由。这些自由与其他人权一起，共同构成了民主制度的重要支柱。但自由是一定范围内的自由，超出界限，自由可能会被严重扭曲。比如，容许煽动谋杀和种族灭绝；认可恋童癖性侵儿童；认可对危及国家安全的情报的泄露；极力提倡保护恐怖主义分子和谋杀犯的权利，而不是维护受害者的利益；还有其他许多稀奇古怪的情形，已超出了基本人权的范畴。尽管科技本身不能直接伤害民主，但信息简短、快速而广泛的传播，加上其跨界传播的能力，将使神圣的人权和公民的自由变成双刃剑。

第七，全球化问题。政治上的界线可以定义一个州、一个国家、一个大陆，但每一个政府部门都有一套既定的规章制度。A 国可能是值得效仿的民主国家，而 B 国或许实行黑暗的独裁统治。如果两国之间互不干涉，他们都可以在自己的体制下继续生活。全球化有助于把进步的思想传播到黑暗的政治角落。但如果现代科技允许快速有效的洗钱行为，由诸多跨国银行在几秒内操作完成，那么我们就会面临新的挑战。如果制定国际条约的多数国家从未经历民主制度，那就意味着反民主的准则被加强。我们还注意到非法移民的扩大；种族主义分子的跨境煽动；国际偷漏税；国际毒品走私；一个地方禁止童工，却使用其他地区童工制造的产品……所有这些都因现代科技带来的流动性和快速传播而变本加厉。

诚然，这 7 个方面在我们身边已存在多年：我们常常遇到目光短浅的领导；抱怨电视台新闻报道的肤浅；看到对科学一无所知的领导盲目地游走在科技的迷宫里；我们选举了那些徒有其表、毫无经验的政客们；我们要求合理的透明度；我们夸大了宪法原理的应用；我们相信应该和这个星球上的其他国家建立联系。但现代科技已经进一步改变了所有这一切，使理想与现实之间的不和谐进一步扩大。

我相信，科技在我们的健康、饮食、教育、环保和宇宙探索方面确实做出了巨大的贡献，但当我观察到上文所述的种种现象时，内心非常痛苦。我觉得我们应该非常重视。解决这一问题的唯一办法是允许现代自由民主的结构有所改进，以适应新的科技。但至今我还没看见有新措施被付诸行动。我们依然没有解决的办法和措施，但一定有办法既保持民主的基本特点，又调整其规则和模式的某些细节，以减少负面影响，从而让现代科技带给我们更多的益处而不是灾难。

07

ARE WE BECOMING TOO CONNECTED

技术带来的紧密联系有没有负面影响?

吉诺·塞格雷（Gino Segre）

宾夕法尼亚大学物理学名誉教授，著有《普通的天才》（*Ordinary Geniuses*）。

2014年是万维网面向公众开放20周年纪念。万维网一开始是为了满足分散在全球各地的大批实验人员的需要，由世界上最大的粒子加速器所在地欧洲核子研究中心（CERN）创立的。他们想寻找快速有效地分享数据和资料分析的办法，万维网为他们提供了支持，这种模式一再被复制。另一个例子是，在互联网的支持下，人们可以进行大规模基因测序的国际合作。

技术上的紧密联系为我们带来的好处显而易见，毋须我赘论。另一方面，让我们来看看它可能带来的负面影响。

有人以为我会像那些有怪癖的老人那样，所有的话都以“我们那个时候可不是这样的”开始。我得申明一下，我并不是在此发泄对那些在我课上频发消息的年轻人的不满，不是谈论那些站在我们身边不停查看手机的人如何让人不舒服。这些都是无足轻重的烦恼而已。无论如何，这些都与我们下面的讨论无关。

科技的紧密互通带来的威胁是不容忽视的。从大的方面来看，世界文化同质化导致的多样性缺乏，使人类文化失去了选择。虽然可以说这种弊端无处不在，但我还是想在科研方面提出自己的一些想法。这样做的时候，我几乎完全是在问问题，遗憾的是，我无法提供答案。

在现实层面上，这种威胁表现在任命大学青年教师的问题上。现在，一位博士后研究员需要经常发表文章，因为他的文章被引用的次数是档案材料的一部分，所以不得不多发文章以满足这一要求。但这真的有益于富有独立思想和创新的科研吗？想加入既得利益集团吗？独立精神就会被打折扣。如果你不能继续沿着这条黄金通道跟着前人走正步，继续发表更多论文，更多地被引用，从而得到无比珍贵的资助，那你晋升的可能性又有多大？如果你不随波逐流而是另辟蹊径，不是更有可能走进事业的死胡同吗？

我绝非主张自我隔绝，但每天早晨看到电脑中前一天提交的高能物理学论文和摘要时，我都感到无所适从。这些文章都有很完整的 PDF 或其他格式。它们是否有鼓励从众心理的危险？现在不提交就会被别人抢先，那就为时已晚！在这样的压力下我们真的做得好工作吗？还是更多地随大流？

目前，初出茅庐的科学家获取信息的方式已经和过去大不相同了。用计算机查文献是快速、简单而有效的方式，但原先在图书馆，磕磕绊绊地阅读科学期刊自有它的优势。虽然读者会进入许多死胡同，但它也是积累和储存另类信息的方式，这样的信息能够以不可预知的方式激发那些科学之路上漫游者的灵感。

我们是否打击了那些古怪的、特立独行的、脑海里始终萦绕着狂野想法的人？让我们不要再提爱因斯坦的事迹，而是想一想不太著名的马克斯·德尔布吕克（Max Delbrück）的故事吧。他是柏林大学一名教授的儿子，在著名物理学家马克斯·玻恩（Max Born）的指导下获得了物理学博士学位，并且是玻尔的哥本哈根研究所的一名博士后研究员。他可以沿着这条狭窄笔直的路走下去，成为一名理论物理学家。但在 26 岁的时候，他选择开始物理学与生物学相结合的研究，这最终促使他深入研究病毒是如何复制的。直到 34 岁他才获得自己第一个教师职位的任命，是范德比尔特大学讲师的职位，这可不是一个按部就班的人想要的，但德尔布吕克彼时已完成的工作，却在 30 年后使他荣获了诺贝尔生理学或医学奖。

这从来都不是容易做到的事情，但如今，生存对一个像德尔布吕克一样离经叛道的人来说是不是更难了呢？

我相信，得到惊人发现的愿望是促使人们成为科学家和孜孜不倦追求梦想的必要组成部分。和其他行业一样，总会有压力来压制另类想法。科学家要努力工作才能得到资助，随着科研成本的增加，申请资助的压力和困难也与日俱增。这是科研生活的另一个侧面，我不是要人们天真地放弃这些努力。但回到我开始的话题，当我们赞美紧密的技术联系给我们带来的好处时，是否也应该考虑到它不易察觉的负面影响呢？随着科学的不断进步，也许我们应该留意这些科学路途上的警示标志。

08

POWER AND THE INTERNET

影响力与互联网

布鲁斯·施奈尔（Bruce Schneier）

资讯安全专家，著有《我们的信任：为什么有时信任，有时不信任》（*Liars and Outliers: Enabling the Trust That Society Needs to Thrive*）。

所有颠覆性的技术都能打乱传统权力的平衡，互联网也不例外。一般说法是，互联网将力量赋予无力量者，但这只是故事的一半，互联网赋予每个人力量。权力机构在学习使用互联网时有些慢，但他们一旦学会，就能借先天优势更有效地使用互联网。政府和企业已经认识到这样一个事实，即他们不仅能够使用互联网，也可以控制它为自己的利益服务。如果不仔细思考对未来的希望，以及未来世界里信息技术的作用，我们将会终结于一个有益于现存权力阶层，而不是有益于整个社会的互联网。

我们都经历过互联网的颠覆性时期。整个行业，比如旅行社和录像带出租店，全部消失。传统的出版业，书籍、报纸、百科全书、音乐，也失去了影响力，而亚马逊和其他网站的影响力越来越大。像谷歌和Facebook这些以广告为基础的网站获得了巨大影响力；微软的影响力有些减弱（真是难以置信）。互联网也改变了政治力量，奥巴马在2008年和2012年的总统竞选中就创造性地使用了互联网。

当我们在Facebook聚集数百“好友”而一举成名时，或发现了有共同癖好和兴趣的聊天群时，互联网就借此改变了社会影响力。在互联网上，一些犯罪变得更加容易：冒名诈骗变成身份盗用，版权侵害变成文件共享，接触被禁的材料（政治的、性的、文化的）也变得相当容易。

现在，有权势的利益集团正试图将互联网的社会影响力向对他们更有利的方向操纵。一些企业正努力创造给他们带来最大化利润的互联网环境，Facebook 和谷歌位列其中；还有一些企业正游说政府制定法律，使他们独有的商业模式更加有利可图。电信运营商希望能区分不同类型的网络流量，娱乐公司希望严厉打击文件共享，广告商希望随意得到有关我们习惯和爱好的数据。

政府方面，更多国家加大了审查互联网的力度，而且比以往任何时候都做得更有效。几乎全世界的警察部队都在使用互联网数据进行监控，军队也在准备网络战争的军备竞赛。不管是政府的还是商业的，互联网监督都在呈上升趋势，不只是在极权主义国家，西方民主国家亦是如此。无论企业还是政府，都更加依赖宣传造势来引导公众舆论。

1996 年，约翰·巴罗（John Perry Barlow）发表了《网络空间独立宣言》（*A Declaration of the Independence of Cyberspace*）。他告诉政府："你们没有任何道德权利统治我们，你们也没有任何强制方法让我们真的有理由恐惧。"这是一种乌托邦式的理想，许多人都相信了他。当时我们相信，互联网一代，那些能够快速接受新技术所带来的社会变革的人，将很快以策略胜过上一时代沉闷笨重的机构。

现实原来要复杂得多。我们忘掉的是，科技正在两个方向将权力扩大化。当无权无势者发现互联网，他们会突然之间有了影响力。但是，即使这些无组织的人们敏锐地率先使用了新技术，有影响力的庞大机构最终会认识到自己的潜力，他们有更多的权力被放大。不仅是互联网改变了权力平衡，有影响力的机构也改变了互联网。还记得美国联邦调查局在 20 世纪 90 年代早期调查网络犯罪时是多么不称职，多么无能吗？还记得互联网用户是如何胜过中东秘密警察的吗？或电子货币如何使政府的货币流通濒临过时，互联网组织如何使政治党派面临失效的吗？所有这些感觉像是古老的历史。

事情也不是一边倒。公众会就某个具体问题，比如《禁止网络盗版法案》（*Stop Online Piracy Act*，SOPA）、《保护知识产权法案》（*Personal Information Protection Assessment*，PIPA）、"阿拉伯之春"（Arab Spring）等

临时组织起来，对抗有权有势者的一些行动，但这不会持久。很快，无组织者重回到无组织状态，权力集团重新掌控局面。

关于互联网未来的争论，无论是道德上还是政治上都很复杂。在个人隐私和执法需要（以防止版权侵犯或儿童色情作品）之间如何平衡？我们能否接受无形的计算机算法所提供的搜索结果或新闻文章？机场安检时，又能否接受被随机选中，要求进行另外仔细检查的事实呢？我们有权纠正有关自身的信息吗？或者能删除它吗？我们想要若干年后能够忘记现在的事情吗？这些问题都很复杂，需要有意义的辩论、国际合作及替代解决办法。有人相信我们能够胜任这项任务吗？

我们不能胜任，这就是我的担心。如果我们不想了解如何更好地塑造互联网，进而让它的优点胜过劣势，权力集团就会插手。互联网的设计不受自然法则的制约，它的发展纯属偶然：商业利益的缺乏、政府的善意忽视、军队对抗打击和适应力的需求，以及计算机工程师想要建立开放系统使工作变得简单而容易的自然倾向性。各种力量的联合创造了今天的互联网，但这并不意味着明天的互联网也将这样被创造。目前关于互联网的争论仍将继续：在全世界的立法机关，在诸如国际电信联盟和世界贸易组织这样的国际组织中，在互联网的正规机构内，争论仍将继续。互联网是按照我们自己的意愿建立的，却由不同团体、企业和国家因各自利益和议程而不断重新创建。如果我们不在互联网的发展中争得一席之地，互联网的未来就不是我们所能掌控的。

09

INTERNET SILOS

互联网筒仓效应

拉里·桑格（Larry Sanger）

维基百科联合创始人和大众百科（Citizendium）创始人。

我们应该担心互联网筒仓效应，它让我们变得迟钝，并对他人怀有敌意。互联网筒仓效应是指互联网上的新闻、信息、看法和社区讨论中只强调一种观点。例如新锐的《赫芬顿邮报》（*Huffington Post*）和保守的《国家评论》（*National Review*），但这只是两个例子，它们也不是最糟糕的。在技术领域，Slashdot 网站就是一个不同类型的筒仓——极客态度的筒仓。

总体来看，信息筒仓不是新鲜事物，不只局限于互联网。电台广播也以这种方式工作，教会和学术界也是筒仓式的，企业和组织则研究如何避免筒仓效应。但由于互联网社区真正实现了即时性，也就特别容易催生筒仓心理。这些社区没有多样化的竞争传统，只是自我选择、自我加强。互联网社区之间的差别是明显的，这就是为什么有如此多的互联网筒仓。

没错，对我们许多人来说筒仓效应还是有趣的，是令人难以抗拒的，它让人有一种归属感，增强了核心假设，从而让人们更容易明白谈话要点，不再需要那些难以理解的个人思想。它迎合了我们的认知虚荣心和惰性。这是问题之一。

筒仓效应还使我们过度自信并且缺少批判精神。我担心筒仓效应，是因为批判性知识需要大量的想法和创意。筒仓效应对客观上没有证据支持的观点给予了太多信任，这些观点满足了其成员的虚荣心。在更广泛的市场上，这样的想法要受到必要的审查。从认知角度看，筒仓效应是不可靠的。它使我们更加愚蠢无知。筒仓不仅拥有很多带着偏见的信息，而且减少了批判性思维，因此也就降低了我们信仰体系的质量。

从筒仓本身去批评筒仓效应无异于社会性自杀，而外界的批评往往没有效果，被忽略掉了。所以，筒仓对反对意见充满了敌意，以牺牲温和主义者和真理追求者的利益为代价，来加强激进者和权力追求者的信心。筒仓效应还使我们彼此疏远，甚至疏远与我们观点不一致的朋友和家人。因为在筒仓内部把反对派妖魔化，这很有趣，而且很容易。互联网筒仓的出现，似乎与 20 世纪 90 年代后期和 21 世纪初出现的美国党派间严重的敌对状态有关。那时的敌对局面已变得越来越糟糕，使得将要达成的政治妥协越来越不受欢迎，也越来越困难。鉴于稳定的政局是美国建国以来所有政治家的心血，所以这种敌对局面威胁到了国家的健康发展。

我的解决办法是什么呢？你要定期拜访反对者，在谈话中向他们表明你是如何的讲理，这样你就是尽了自己的一份力量。一位有毅力的智者慢慢渗透，是不会让一个筒仓主义者感到不安的。

10

THE CULTURAL AND COGNITIVE CONSEQUENCES OF ELECTRONICS

电子工业对文化和认知的影响

卢卡·德比亚塞（Luca De Biase）

意大利 Ahref 基金会（Fondazione Ahref）董事，社区学院 Digital Accademia 科技总监，米兰优尔姆大学新媒体与新闻学系客座讲师。

60多年前，意大利诗人朱塞培·翁加雷蒂（Giuseppe Ungaretti）提到过电子工业的文化前景。作为一个第二次世界大战前的年轻诗人，翁加雷蒂一度被未来主义运动所吸引，他在技术探索过程中强烈地感受到力学和美学“诗情画意”的节奏。但是第二次世界大战后，在65岁的时候，他感到忧虑了。他写道，在过去，技术是追随着人类想象力的，而在未来，由电子工业所引发的工程学成就即将超过人类想象力的发展速度，从而使人类像机器一样去思考，最终失去感知、爱和恐惧的能力。

近来，很多学者对此观点给予了大量关注。这已经成为一个衍生的辩论，触及到各个方面，从搜索引擎改变我们的记忆策略，到有说服力的页面设计效果，甚至开放式平台也提升了我们倾向于合作而不是竞争的方法。但思索之后，我们又自相矛盾地感到既无聊又担心。数字技术革新发展得如此之快，我们还需要更多地研究电子工业对文化和认知的影响。为取得研究的成功，我们应聚焦于长期的变化，正如翁加雷蒂所建议的，要以一种更全面并且更不确定的方式来界定这个问题。

如何看待我们的思维方式，才不至于让头脑被困在我们使用的通信手段里呢？传媒领域是大部分信息和知识生存和发展的环境。“信息生态系统”（information system）是一个衍生的比喻，这个说法是为了让传媒环境更有意义，有助于媒体研究者了解协同进化的思想和平台。如果想强调多样性在传媒领域的重要性，这个比喻就使得我们走近传媒这个复杂的系统。

但是随着信息生态系统这个说法的流行，也衍生出了一些容易引起误解的类比。因此，我们开始寻求一种“信息的生态学”（ecology of information），并开始担心它的长期发展趋势。这需要人们去明确一些特定的问题，比如单一性的风险，信息污染媒介发展的可能，媒体不可持续的实践行为的存在等。如果我们不让自己误读这个比喻的话，这些方法应该是有用的。科学、经济、政治、娱乐，甚至社会关系都在传媒领域里生成，同时，意识形态、失真的信息和迷信也在信息生态系统里形成。我们不能将“坏的内容”看作是信息污染，因为没有人可以如此定义它，正如没有人可以将一个生态系统中的任何生命形式定义为“坏”一样。信息污染并非关乎内容，它更多的是关乎过程，关乎对文化平衡的保护。

那么，我们究竟在寻找什么？

我们正在寻找各种办法，来让想象力获得自由，注入新的思想，以一种传媒领域不能解释的逻辑和激励机制进行思索。怎样才能做到呢？诗歌是一种有用的方式，数字人文科学也是一个提高思考能力的好方式，我们需要开发自己的“信息认识论”（epistemology of information）。

知识让人们获得自由，但条件是人们拥有判断什么更为重要的能力，而不受使用的平台支配。言论自由不仅关乎所传播的不同思想的数量，更关乎选择好思想的决策能力，提高我们共同生活的能力。

我们应该担心如何才能找到智慧，进而为发展导航，因为人类已经开始提高能力去复制廉价的人体组织，培养出人造大脑，让机器人照料年迈的父母，让互联网教育孩子。或许翁加雷蒂应该想到，我们所需要的仅仅是在数字意识里呈现出道德、美学和诗歌。

"

THIS IS THE NEW FRONTIER FOR ROBOTS. WE ARE GOING TO NEED LOTS OF THEM TO TAKE UP THE SLACK DOING THE THANKLESS AND HARD GRUNT WORK NECESSARY FOR ELDER CARE.

这是机器人的新领域。我们正需要大量的机器人填补这一缺口，去从事老年人护理所必须的、繁重但不讨好的工作。

——罗德尼·布鲁克斯（Rodney A.Brooks），《没有足够的机器人》

11

NOT ENOUGH ROBOTS

没有足够的机器人

Rodney A.Brooks

罗德尼·布鲁克斯

机器人专家，曾任麻省理工学院人工智能实验室主任。

著有《我们都是机器人：人机合一的大时代》（*Flesh and Machines: How Robots Will Change Us*）。

从最近的很多新闻报道中，都可以读出某种忧虑，那就是更智能的机器人将从人们手中夺走大量的工作。而现在最让我担忧的，却是人们无法找到一条途径能让机器人足够聪明，以便在未来几十年中胜任我们要求它们完成的任务。如果不能快速打造出更好的机器人，那么，我们的生活水平和寿命都将处在危险之中。

人口增长与技术进步已相辅而行了几个世纪，彼此左提右挈。在接下来的50年，世界人口增长将明显地慢下来，而且我们还要面对人口的年龄分布在统计学上的转变，这是自震颤派（Shakers）①以来从未见过的事情——就震颤派而言，我们知道他们发生了什么。

① 基督教新教派别。在其宗教仪式中，唱歌伴以跳舞，开始时四肢颤动，慢慢地整个身体摆动，他们相信这样将使自己直接和圣灵相通，因而得名。该派别到了 20 世纪 70 年代就已不复存在了。——译者注

中国已经在可见的方面改变了人口特征。今天，每对年轻夫妇都拥有 2 对父母和 4 对祖父母，随着至亲的父母、祖父母变老，他们必须锤炼自己来承担这些责任。

不过，从一个更广阔的角度看，事情更糟：19 ~ 23 岁的年轻人是人口中对制造业和军队服役最具吸引力的生力军，而在中国，用人紧张已现端倪。伴随着对劳动力需求增加而引起的竞争，我们看到了工作条件和工资水平在过去 3 年里大幅提高。从道德角度讲，这是好事；从西方自身的角度看，也是好事，因为北美和欧洲的公司开始把制造业搬回本国了。不过，这也意味着那些用来读书写字的小文具正变得越来越贵，事实上，那些我们用来让社会运转的东西和几乎所有在超市购买的制成品全都变得越来越贵。东西方都需要生产力工具——新型自动化机器人，来提高生产效率。在接下来的几年里，我们对生产用的智能机器人的需求会越来越迫切。

中国这种可见的人口结构的转变也出现在日本、欧洲和美国。世界人口正在迅速老化。美国稍稍慢些，因为相比于其他地区，美国现在有更高的移民率。在我们担心社会保障体系偿付能力的时候，其“二阶效应”将恶化这个问题，并使所有足够幸运的长寿者生活得不那么幸福了。尚在进行中的人口结构

扫码关注“湛庐教育”，回复“彻夜忧虑”，观看本文作者的 TED 演讲视频。

转变，意味着更少的年轻人要为更多的老年人提供服务，供需矛盾将推高劳动成本。这对护士和护理工作者有益，不过也将摊薄老年人本就微薄的收入，并最终降低他们的生活水平——或许他们的生活水平将在目前的年迈体弱者水平之下。

这是机器人的新领域。我们正需要大量的机器人填补这一缺口，去从事老年人护理所必须的、繁重但不讨好的工作。比如，帮助老年人上下床，整理脏乱的房间，等等。这样，年轻人就可以把时间花在社交和老年人渴望的陪伴上了。

12

WILL THERE BE A SINGULARITY WITHIN OUR LIFETIME?

我们有生之年还能看到“奇点”吗?

马克斯·泰格马克(Max Tegmark)

麻省理工学院物理学家，精确宇宙学研究员，基本问题研究所(Foundational Questions Institute，FQXi)科学主任。

生活中可抱怨的东西实在太多，以至于我总担心人们忽视其中的美好，情愿早早拂袖而去。

在苦寒而寂寥的宇宙中，地球如太空船一样，既提供给养又保护着人类免受伤害。它满载重要而有限的水、食物和燃料等资源；它的大气层为我们保暖，还屏蔽了有害的太阳紫外线辐射；它的磁场庇护我们免受致命的宇宙射线的伤害。毫无疑问，任何一个有责任心的船长，首要的任务就是保护这艘船只的未来存续，要避免小行星的撞击、自载负荷的爆炸、星体过热、臭氧层的破坏，还要避免船载供应的过快消耗。然而，我们这些船员尚未把其中任何一个问题置于优先考虑之列，投入资金(据我估计)不足其资源的百万分之一。事实上，我们这艘太空船甚至都没有一位船长!

很多人责怪生活太沉闷，一如我们所了解的那样。他们主张，既然环境正在改变，人类也要随之而变：我们需要技术性地武装起来，或许用智能手机、智能眼镜、大脑植入体，并最终与超级智能计算机连接在一起。对这种超前的生活理念，你是无限憧憬还是疑虑重重呢?这很可能取决于周围的环境，尤其是你把未来的生命(“武装”过的人类)看作是人类的继承者还是反叛者。

如果父母有一个比他们聪明的孩子，从他们那里接受教育，然后到广阔的天地里去实现父母只能梦想的事情，他们一定会感到高兴和自豪，即便他们知道自己未必能活着看到所有这一切。我们是否认为那些未来的生命是人类的后代呢？是否认为他们是人类价值观的继承人呢？这会直接影响他们是否保留我们最珍视的目标。

另一个关键因素在于，这种过渡（过程）将是缓慢的还是突然的。我认为，即使人们主观上想让进化停止，也很难实现；在过往漫长的岁月中，人类向更加智慧、更有适应性的方向大踏步迈进，这个过程中人类甚至还美化了身体的外观。在另一方面，让孩子秉承父母的梦想，还是去追逐他们自己的目标呢？父母本身也是非常矛盾的。显然，如果先进的未来技术不是迅疾地替换我们，而是帮助人类渐进地适应和提高，并最终让我们在其中如鱼得水，那么这或许既能满足传承和渐进主义的要求，又能让我们与晚辈一起认同高科技的生活方式。

那么，什么会真正发生呢？这才是我们着实要担心的事情。工业革命带来了比我们更强大的机器，信息革命带来了比我们更聪明的机器。在 2006 年的国际象棋比赛中，在 2011 年美国智力竞答节目《危险边缘》（*Jeopardy*）中，以及在 2012 年的汽车赛（在判定其比人类更安全后，内达华州给一台计算机颁发了驾驶执照）中，机器都击败了我们。计算机会发展出超人的智慧，并最终在所有事务上打败人类吗？

我毫不怀疑这些将要发生：我们的大脑是一束遵守物理定律的粒子，而没有物理定律能限制粒子为实现更高级计算而改变排列的方式。但是，它会很快出现吗？很多专家表示怀疑，而以谷歌工程总监雷·库兹韦尔（Ray Kurzweil）为代表的专家则预言 2030 年就能实现。无论如何，我想有一点是相当清楚的：一旦它们出现，影响就是爆炸性的。正如已故的牛津大学数学家古德（I. J. Good）在 1965 年的论文《关于第一台超级智能机器的推测》（*Speculations Concerning the First Ultraintelligent Machine*）中就意识到的那样，具有超人智能的机器可以很快设计出比它们自己还优秀的机器。1993 年，数学家兼科幻小说家弗诺·文奇（Vernor Vinge）把这场智能爆炸称作“奇点”（Singularity），他主张在这“点”之后，我们不再可能作出可靠的预言。一旦到达这个点，地球上的生命，无论客观上还是主观上，再也不会跟从前一样了。

客观地讲，无论是谁或什么控制了这项技术，都将迅速成为这个世界上最富有也最强大的实体存在。它将会智胜所有的金融市场，让所有人类研究员的发明和专利活动都望尘莫及，并且它能操控所有人类的领导者。即使人类与这些机器联合，也会遭到它们的嫌弃，因为我们很难达到相同的效率，这会让它们感觉自己被剥削了。

主观上讲，这些机器未必像我们一样去感受。它们感受到了什么呢？我相信，当信息接受处理时，意识是它们的感知方式。因此，我认为这很有可能，它们不能仅仅被视为无生命的机器，而应该被看作像我们一样有意识的存在。不过，这种意识在主观感觉上与我们的大不相同。

比如，它们可能不会像人类那样恐惧死亡。（只要一直备份着自己，它们所失去的仅仅是最近一次备份后的存储。）在不同的人工智能之间轻易复制信息和软件的能力，可能会降低强烈的个体意识，进而减少人类意识的特征：如果人类能够随意地复制记忆和能力，那么你我之间也就没有什么区别了。所以，那些临近的人工智能，可能在感觉上就像是同一个蜂巢式思维的单一有机体。

综上所述，在我们的一生中会出现“奇点”吗？这是一些我们能够去支持或者反对的东西吗？一方面，它可以解决我们大多数的问题，甚至是死亡。它也可以开发太空，突破人类的极限。解除了人类身体上的限制，这些高等生物最终将能涉足那些我们现在只能用工具观测的宇宙。另一方面，它也可以摧毁生命和我们在乎的一切。

我们在这两点问题上都没有达成共识，但那并不意味着对此事置之不理是明智的。这可能是我们生命中将会发生的最好的或者最坏的事。所以，哪怕生命中出现“奇点”的概率只有 1%，合理的预防措施就是至少投入 GDP 的 1% 来研究并决定如何应对它。然而，尽管我们可以明显地感觉到生活正在发生改变，人们却在很大程度上忽略它，并且奇怪地沾沾自喜。显然，我们应该担心的正是那些我们不担心的事。

13

THE SINGULARITY: THERE'S NO THERE THERE

“奇点”永远不会来

布鲁斯·斯特林（Bruce Sterling）

未来学家、科幻小说作家、记者、评论家，合著有《差分机》（*The Difference Engine*）。

20多年前，弗诺·文奇写出了他有关“奇点”的美文。这一老化的科幻概念如今看上去已经不怎么新奇了，其首席布道者、卓有远见的雷·库兹韦尔也去谷歌当工程总监了。尽管对智能眼镜和自动驾驶钟爱有加，但谷歌决不会资助任何可能突然终结人类时代的超人智慧，以招致末世灾难。谷歌是一个坚定的商业公司。

事情只是还没有发生，所有症状还没有出现。计算机硬件没有在失控的“指数跑道”上加速。具有自我意识的机器并不比遥远的20世纪60年代离我们更近。基于现代无线设备的云计算是一个新的计算范式，完全不同于20世纪90年代虚幻的“非生物性基片上的智慧”——据说它有“人脑的计算能力”。“奇点”没有商业模式，这个社会中没有强势团体有意挑衅它，也没有任何人有任何理由去创造它，它并不存在。

所以，如教皇曾经说过的那样：“不要害怕。”我们拥有了弗诺·文奇预言中将要出现的一切，但并没有他所说的那个“奇点”。各种骚乱都出现在那样一个未来“垃圾场”里，不过对人工智能到来的狂喜并没有藏匿其中。与其担心这些，我们不如去担心火星人太空飞船的登陆吧。

14

SUPER-AIS WON'T RULE THE WORLD（UNLESS THEY GET CULTURE FIRST）

超级人工智能不会统治世界，除非它们拥有文化

安迪·克拉克（Andy Clark）

哲学家，爱丁堡大学逻辑与形而上学系主任，著有《超尺度的心智》（*Supersizing the Mind*）。

过去10年，机器学习能力和机器人技术取得了长足的进步。与此同时，还建立起各种各样庞大的数据库，它们配置了拥有惊人存储容量和前所未有的更快、更新潮的处理器。尽管如此，我们也不应该杞人忧天，担心人工智能会很快赶上和超越人类的理解力，并把人类变成它们的奴隶、玩具、宠物或傀儡。

因为人类得益于一个巨大的、目前也是自身特有的优势：逐渐积累的文化实践和创新。这些无形的实践和创新数量巨大，它们能够把外界事物加工成人类大脑可接收的信息形式。在缓慢的生物进化中，人的意识里遗留着非常多的原始偏见，特别是针对社会活动、娱乐和探索的偏见，逐步积累的社会生活实践对修正人类意识中的认知缺陷有着深刻的影响。所以，大量积累的实践认知与创新活动相辅相成，逐步提高了人类的理解能力。

我们通过有目的的设计活动，持续不断地构建起一个人工的生活环境，通过让自己沉浸其中，我们得以重建和改进了自身的意识。比如，在这个环境中，我们缔造了教育系统，并把它划分成运动、艺术和科学3大领域。这些环境是特意围绕人类设计的，它们“了解”我们需要什么，就如同我们能够理解它们想表达什么。作为一个物种，我们一次又一次、一代又一代地完善它们。“小步式”地逐渐修缮，而不是彻底推倒重来，这提升了人类的力量、记忆能力、运动能力，甚至认知学习能力——人类心智中最后形成但最为关

键的元素。

概括一下，如果牛津大学心理学家塞西莉亚·海斯（Cecilia Heyes）的观点正确的话，人类许多文化传递的能力本身就是文化创新，它们通过社会交流的相互影响而获得，而不是直接来自生物的适应性。换句话说，文化有自我复制的机制，它把人类的思想像滚雪球一样传递下去。

为什么这意味着我们无须担心超级人工智能很快出现呢？原因就是人工智能如果想控制人类，必须拥有 4 种东西：设计良好的电子电路，巨量的数据，完美的学习算法，以及雄心。通过电路，保证完美的学习算法（需要多元的、活跃的、主动搜寻信息的系统）能够处理巨量的可用数据，从而使人工智能像人类那样理解世界，仅有这些还不够，人工智能还需要在理解世界的基础上，自发产生对人类的统治雄心。每一块电路显然都需要量身定制成具有特殊原始偏见、驱动机制和行动能力的独立个体。如果高级认知功能来自非常缓慢的进步积累，它是身体、大脑、思想意识和大量千变万化的文化实践共同促成的，那么我们就不需要担心人工智能的威胁。目前，世界上还没有什么人工智能机器能够得到这种进化的阶梯。

现在，深度学习算法正向我们展示人工智能的神经网络如何以一种前所未有的方式进行大规模学习。但是，如果想从推动机器运转的大型数据库中选出真正的超级智能的话，除了深度学习，还需要“深层文化”。

那就意味着，人工智能需要经过文化实践的逐步洗礼，这些文化实践还要和机器自身的运作、交流能力精密结合，并且要与机器自身的意识和微环境相匹配。人类的理解能力就是这样逐步提高的，人工智能系统还远远不能效仿。

15

POSTHUMAN GEOGRAPHY

后人类的人文地理学

戴维·达尔林普尔（David Dalrymple）

哈佛大学生物物理学项目研究员，麻省理工学院媒体实验室合成神经生物学小组研究员，泰尔基金会资助的 Nemaload 项目负责人。

随着机器人技术和人工智能的不断发展，人类劳动的价值很可能会逐渐降低，这无疑会使经济、法律、政治、社会和文化制度的重组成为未来的核心议题之一。不过，就当下情况而言，似乎并没有人把这些真正当回事儿，这不能不让人感到忧虑。

对社会上现存的任何一种工作来说，如果特制的机器能够比人类干得好的话，那么个人给公司打工赚钱就显得多此一举了。这肯定不是文明中某一模式第一次被淘汰——“公司”本身只有 500 年的历史，它成功驱逐了上一种主流模式。在那之前，“工作”更多只是计划，工匠和商人在城市之间迁徙，人到哪里，生意就做到哪里。

公司具有重要意义，因为它能把成百上千甚至成千上万的人聚集起来，围绕一个核心计划，朝着共同目标而不懈工作。鉴于相同原因，国家也很有用，只是规模更大，更具复杂性，并与强制执行相关联（法律的、边境的和“国家利益的”）。但随着科技的进步，赋予这类机构权力的环境将发生戏剧性的改变。随着通信交流变得越来越廉价、高速和透明，用中央计划去调控的手段已经很难再把人们团结起来了。苏联是历史上计划经济的典型代表，不过它最终却被传真机打败了。因为传真机能使公民绕过国家控制，从而获得市场信息。相对而言，公司制度更具适应性，但我们已经看到黑客组织“匿名者”的破坏活动开始让公司焦头烂额了。

更重要的是，未来科技能够以新型、灵活的结构将人们聚集在一起，产生前所未有的生产力。各种新型的独立实体正在出现，它们既不是国家也不是公司。在不远的将来，这样的实体将不再受“地理界限”的限制，最终在行业和地缘政治中居于主导地位。

人类作为个体，最终可能会从社会活动中消失。当你的思想可以逐字逐句地传输复制给他人，哪里是你，哪里又是他们？而当你复制自己的思维，把它作为一种数字化文件传送给人工智能时，哪一个又算是你呢？我们需要一种新的语言，一种新的能够涵盖从民主、产权到意识的语言，以便理解这样的一个世界。

我的标题“后人类的人文地理学”中包含了对未来的一些想法。这有点像文字游戏，指的是三种不同的智力活动：第一种是“超人类主义”（transhumanism），预言科技进步将导致“后人类”（posthuman）出现；第二种是人文地理学，研究人与人之间的关系，以及人与自身居住环境的关系；第三种是“后人类主义”（posthumanism），代表对个体是否真的存在表示质疑的一种思潮。这三个领域有许多东西需要相互学习，把它们结合在一起，将是一个很好的解决上述问题的开端。

例如，像大多数故事一样，超人类主义的故事也以个体为主角。除了其他新功能，比如能把某人的思想从一个人工智能机器转移至另一个人工智能机器（这样可以避免大部分生理上的死亡）以外，他们还能“心灵感应般地”交流彼此的想法，但他们仍然被看作人类。不过，正如后人类主义批评家所告诉我们的，由于脑与脑之间的交流是高带宽的，所以过去使用的概念都很难准确描述新的时代。

人文地理学往往忽视科技的发展趋势，除非科技的变化很小，或者能够很容易地用现存概念去描述。超人类主义者的技术将极大地改变人文地理学的状况（举个简单的例子，直接吸收太阳能的人类将不再需要农业）。反之，这些人文地理学的改变，对超人类主义者的科技和社会发展方向也将产生重大影响。

后人类主义总是喜欢抽象思考。显然，对“个体真的存在吗”或“个人身份的意义究竟是什么”感兴趣的思想家，往往厌烦“鉴于此，股票市场应如何改进呢”这类问题。不过，科技会时常“荣幸地”出现在后人类主义者的质疑中，比如他们认为大众媒体已经被科技过分扭曲了。假如能听见超人类主义的理论，我想他们肯定会因这种理论过于强调个体性而嗤之以鼻。如果后人类主义者愿意深入思考一下，就会发现未来科技可以创造出完全不同于以往的个体身份。最后，虽然后人类主义者也会谈及经济和社会，但他们通常不在乎现实生活的数据资料或者历史上的例子。

就个人而言，我毫不怀疑文明的下一个范式将会更好，我不会为此担心。但如果我们不知道将要发生什么，因而无从应对的话，那么由此及彼的转变或许是令人痛苦的。

16

UNFRIENDLY PHYSICS, MONSTERS FROM THE ID, AND SELF-ORGANIZING COLLECTIVE DELUSIONS

G 型星威胁与自组织的集体错觉

约翰·托比（John Tooby）

进化心理学创始人，加州大学圣芭芭拉分校进化心理学中心联席主任和人类学教授。

宇宙是冷酷和危险的，它在规模上不仅威胁到我们的社会，还威胁到文明与人种。一连串匪夷所思的不可能事件创造了一个“条件泡”（bubble of conditions），它对生命、人种和技术文明的起源是必需的。如果我们继续在泡中随性漂流，把延续视为当然，那么不可避免，自然的或人类触发的事件迟早会把我们推出泡外，我们会像飓风中的蜡烛一样被吹灭。

我们受到的威胁有：伽玛射线爆发的威胁（它们扫过无生命星系的主要地区）；附近的超新星、小行星和彗星影响（彗星每一两年撞击木星一次）；类似于黄石火山那样的超级火山喷发（约 70 000 年前的“多巴”超级火山喷发对人类来说，是近乎灭绝的事件）；毁掉文明的日冕物质抛射（它将以不可恢复的方式，摧毁构成技术文明基础的电网和电子元件，因为它们的修复需要电网提供电力，这仅仅是我们目前技术中固有的、复杂的、脆弱的相互依赖所造成的众多危险中的一个）；还有很多其他的现象，包括我们不知道的。

有一个没人谈起的问题：普通的 G 型星（G-type star）在能量输出上约有 4% 的变化量。我们的太阳就是一个典型的 G 型星，不过，在我们短暂的历史样本中，它被观察到的变化量仅为 2.5%。如果太阳恢复到能量输出的典型变化中，其后果将使其他任何与气候有关的担忧不值一提。

作为一个并非充满迷信和混乱的事业，科学的出现正慢慢使我们这个物种察觉到这些外部的危险。正如漂亮的文化衫上说的那样，小行星为我们的太空计划提供了自然的参考。如果幸运，我们或许有时间建立一个坚固的、强硬的行星及星际间的超级文明，以应对这些挑战。这样一个超级文明必须是极富有的、科技上更先进的，比如说，它能防止下一次黄石火山那样的超级火山喷发，或缓冲太阳能量输出的 2% 的下降。（实际上，冰河世纪是真正的气候级生态灾难和文明的终结者——试想一下埋在厚达 1 600 米冰层下的欧洲和北美。）不论知道与否，我们都处在一场赛跑中，要在这些重击落下之前打造出一个超级文明。如果这类威胁似乎太遥远、小概率，或太荒诞而不属于“真实”的世界，那么就让它们作为多得多的、更现实可怕的问题的替身，那些现实问题的解决，同样依赖于科技的快速进步。

这就提出了更让我担心的第二类威胁，它是隐蔽的、致命的、不断进化的，而且它已经出现了，那就是依靠“身份”而不断进化的“怪物”（比如，群体认同、名利之欲等），它的那些沽名钓誉的子孙共同寄生其上，这种自组织的集体错觉，我们都参与其中并误以为真实。（正如行家们所知，技术术语“依靠身份的怪物”起源于科幻电影《禁忌星球》[*Forbidden Planet*]。）如果社会要避免近期的内生性失败，我们就需要比对和掌握这些“怪物”和它们的动力，正是在那些动力的驱动下，人类产生了集体错觉。

举例来说，集结全世界的智慧攻坚科学问题，是最有效的知识生产体系，这也是我们不断超越前人的重要原因。但是，游荡在群体智慧中的“幽灵”通常会把我们变成白痴。不过，知识联盟中的小集团主义派性、利己主义私心和个人主义逢战必胜的作风，造成了许多集体认知缺陷。很多人相信一种直觉，那就是随着人越来越聪明，他们能够把现实世界看得更透彻。因此根据这个说法，知识精英应该秉持更美好的信念，用卓越的知识为他们的社会规划发展方向。科学的事业——作为一种理想，尤其要致力于提高信念的精确性。当考虑到秉持的信念有多重作用时，我们就能够查明对问题的分析在哪儿出错了。我们想当然地认为，信念的功用就是要与现实相协调；所以当行动基于信念时，它们就成功了。越能更多地接受实践的检验，正确的信念就越能取代不正确的信念（比如，通过实验反馈、工程测试、市场、自然选择）。然而，秉持一个信念还有第二种作用，它影响人们能否自觉或不自觉地去接受某些社会结果，无论这些结果与自己的信念相合或相左（苏格拉底的受刑就是因为“侮辱了雅典公认的神”）。心灵是被设计用来平衡这两种功用的：与现实协调一致，与他人协调一致。社会协作的成果越大，接受现实检验的信念越少，那么社会需求决定信念的情况也就越普遍——信念逐渐由社会关系决定。物理学对芯片设计有很大的指导作用，而社会科学与气候学之间就几乎没有关系了。

知识分子通常在自我选择的小圈子中抱团，并被集体荣誉紧紧地捆绑在一起（比如，学科、部门、理论流派、大学、基金会、媒体、政治、道德活动和其他行会）。这直接导致自私自利的精英迷信不断地得以孵化，并产生了非常恶劣的后果——生物燃料的发明很可能使这个星球上数百万赤贫人口活活饿死。世界各经济体依旧普遍服用极度昂贵的“凯恩斯主义的秘方”，尽管凯恩斯主义虚构了自己在第二次世界大战后经济繁荣中的实际作用。（当时政府支出被削减三分之二，千万退伍军人涌入劳动力市场，经济学家保罗·萨缪尔森［Paul Samuelson］甚至预言说：“美国正在遭遇一个经济体所能遭受到的最大困难，大量失业和工业转型。”）当大量无可辩驳的证据证明“白板模型”是错误的时候，社会科学界依然坚持它长达 40 多年，对此我真是非常吃惊。或许，正如物理学家理查德·费曼（Richard Feynman）深刻的论断所说：“科学是相信专家也会无知。”

当个人只需要考虑逻辑和证据的时候，科学就能以推论的速度前进了。但是，科学的进步总是沟壑纵横（物理学家马克斯·普朗克［Max Planck］所说的“用葬礼祭奠葬礼”），因为依靠小圈子支持的科学家为了避免群体中多数人的尴尬，不得不硬着头皮坚持某些错误。科学是解决其他问题的关键前提，为了让它能按部就班地以推论的速度前进，我们就应该基于对进化心理学更充分的理解，去设计下一代科学机构，以便更有效地抵制自组织的集体错觉。

17

RATS IN A SPHERICAL TRAP

星际探索的机会

格雷戈里·本福德（Gregory Benford）

加州大学欧文分校天文学家和物理学退休教授，其科幻小说《时间景象》（*Timescape*）曾获星云奖。

一个标识性的形象表达了我们的生存状态：暗淡蓝点。1990年，"旅行者1号"（Voyager 1）从60亿公里之外对地球进行了拍摄，那张照片告诉我们：人类是如此渺小。令我担心的是，对于未知的未来，这个暗淡蓝点或许是我们所拥有的一切，也是我们能控制的一切。人类像老鼠一样生活在球形世界的皮肤上，这看起来愈发像是个陷阱。

试想，我们在这里创造过高速发展的历史，并用掉了许多资源……所以一旦资源耗尽将会发生什么呢？一些有价值的东西如金属、稀土、肥料等已所剩无几，而且会有更多的东西紧随其后。

旅行者1号已经向深空飞行了30多年，也成了距离地球最远的人造物体，这算是对纳税人巨额投资的回报。它将是首个离开太阳系的探测器，并探测我们的小系统（太阳系）与星际空间之间的边界。

它依旧警示我们更为紧迫的问题，正如卡尔·萨根（Carl Sagan）指出："在血流成河中赢得的光荣与胜利中，所有的将军和帝王将成为这个小蓝点的一小块地方的短期主人。"他们争夺那些在未来一两个世纪里可能要耗尽的资源。旅行者1号的远视图景也暗示了一个答案：只有一个太阳系。萨根也思考过这个问题："至少在迫近的将来，我们这个物种还没有其他地方可以移居。探访，可以；定居，还不行。"这依旧真实，不过，巨大的太阳系可以帮助我们。我担心我们会错过这个机会。

毕竟，伟大的文明已经远离了从前的地平线。在15世纪，因害怕把不安定因素带入国内，中国停止了在非洲和阿拉伯世界的贸易与探险。他们用长过百米的九桅杆船带回长颈鹿之类的动物以取悦皇帝。中国本可以发现美洲并统治大洋，但他们却选择待在家里。

我们或许正进入一个相似的时代。在21世纪，世界人口无疑将从当前的70亿上升到90亿或100亿。气候变化将对经济和国家造成严重的影响。其实，大多数人都怀有某些经济方面的野心，他们希望能征服世界，以满足自己的需求。随着美国效仿欧洲演进成福利国家，它将缺少精力维持世界秩序。在对金属、能源、食品还有所有其他东西的更多需求中，我们可以清楚地预料到“这个小蓝点的一小块地方的短期主人”之间的冲突。

不过，我们明白在天际之下，资源足以救助大多数人类。随着企业家对能源逐渐变得狂热，我们有了真实的愿景和看得见的解决方案。美国太空探索技术公司SpaceX由PayPal前投资人埃隆·马斯克（Elon Musk）创立，现在正向国际空间站运送货物。2010年12月8日，SpaceX成为第一家发射并从轨道回收太空飞船的私人公司，马斯克就他更大的计划——空间经济开放——评论道：“我们需要清楚怎样得到自己喜欢的东西，而不是毁灭这个世界。”我们头顶之上的黑色苍穹中肯定有一些地方，在那里我们的工业可以开采资源、零重力制造、更好地通信，或许可以从巨大的太阳能农场收获能量并送回地球。一些企业已经计划这么做了：毕格罗航天（Bigelow Aerospace）的轨道酒店、维珍银河（Virgin Galactic）的低地球轨道旅游、俄罗斯轨道科技（Orbital Technologies）的商业化制造空间站，还有行星资源（Planetary Resources）——它的目标是发展机器人去小行星采矿。

现在隐约可见的是这样一个议程，在这个世纪我们可以避免灾难浩劫、血流成河以及穷困潦倒。美国人从自己的历史中，尤其容易学到如何开疆拓土。翻翻历史，就能知道煤炭和铁路对工业革命助力很大，两者都有赖于蒸汽机的发明。煤是新奇燃料，虽难于开采，却远好于木材，它也使大陆级别的经济成为可能。两相协作，煤炭推动火车，火车运送农作物、人员和很多其他东西。

一种相似的协作或能达成，以开启未来的星际经济，是时候让核动力火箭与机器人联姻了。它们可以共同操作。机器人团队由核动力火箭运送到很远的地方。通常不用随员，因为人类或许会拖慢效率。采矿和运输扩大了对人类有用的原材料供给，火箭 / 机器人协作又可以来而往复。随着这样的空间原理的发展，其他商业也就可以在此基础上兴盛起来，包括机器人在卫星高轨道上的维修、维护，开采月球上的氦 -3 以及开采小行星的金属矿，最后，抓住彗星在太阳系外围的挥发物，或许还有在挖空的小行星里、火星上及更远的地方找到新的栖居地。

显然，如果绕太阳系运行的飞行器不能有效降低成本，那空间发展就很难突破瓶颈。“两阶段进入低地球轨道”的措施可以得到实质性改进，除此之外，核动力火箭方案也在往正确的方向发展。尽管自 20 世纪 60 年代就开始立项研制，核动力火箭仍然还处于初级阶段。火箭在“冷”阶段被送入低轨道——也就是，核装置处于停机状态——这样或许能解决核污染的环境问题。可以独立设置一个液体燃料容器，包裹在核反应堆上。然后，启动核装置，依靠核能把发动机周围的液体燃料加热到极高的温度。从经济上看，这好像是为人类福祉发展星际经济的最有前途的道路。

类似的想法已经在创意十足的科幻小说里得到了尝试，以此探索新技术在未来人类环境中如何工作。金·斯坦利·罗宾逊（Kim Stanley Robinson）出版于 2012 年的奇幻小说《2312》就描绘了一个这样的太阳系经济。早在我们把太空看作下一个必然的地平线的时候，太空创业文化就再一次出现了。一个崭新的产业实体已经在小说、电影等其他作品中赢得了巨大的文化回声。这又是一个太空的世纪。

正如萨根经常说的那样，依靠来自太空的观察，我们可以换一个角度看自己在宇宙中的位置。这始于 1968 年的阿波罗 8 号绕过月球，并从它的背面遥望地球。看着那些照片，许多人觉得未来的空间探索应该集中在保护地球和在地球之外扩展人类的栖居地上。萨根有这样一个想法，让旅行者调转方向回望我们自己，并在他的《暗淡蓝点：太空中人类未来的视野》（*Pale Blue Dot: A Vision of the Human Future in Space*）一书中告诉我们要有更大的视角。

在太空中种植的“第一朵花”将会奠定未来探索的基调。最终，历史会变成一个资源统治下的零和博弈。只有突破它的假设，我们才能赢得这样的一个博弈。巴比伦的占星学家认为星星支配我们的命运。一千年前，多数人信仰宗教，并为他们的救赎而向天空祈祷。现在，我们为了寻求未来，也是如此。当我们握住星星的命运，一个新的时代就要到来。

18

THE DANGER FROM ALIENS

来自外星人的威胁

塞思·肖斯塔克（Seth Shostak）

搜寻地外文明（SETI）研究所资深天文学家，著有《外星猎人的自白》（*Confessions of an Alien Hunter*）。

玛雅长计历的重置并没有终结世界，但是一些严肃的科学家仍然不愿放下悬着的心：他们认为地球的世界末日很快就会降临，尽管威胁来自一个不同的方向——地外凶狠生物的攻击。

人类对其他星球传送的无线电广播很可能会造成灾难。尽管其目的是使我们与假定存在的外星人取得联系，但它可能会一不小心向一个好战的社会暴露我们的存在，进而危及整个地球的安全。物理学家斯蒂芬·霍金（Stephen Hawking）已经对这个可怕的可能性发表了看法，他建议我们谨慎发送这些信号，因为这有可能会诱发一些高度先进的外星人种族的侵略行为。

这些听起来像是粗制滥造的科幻小说，但是即使这种灾难的概率很低，赌注却很高。因此，一些谨慎的研究人员认为我们最好不要冒险，只应该向我们自己广播。事实上，他们建议制定一个保持克制与相对安静的全球性政策，禁止以其他的星系为目标发射比正常广播电视信号强度更强的信号，因为这些必将泄露我们星球的存在。

这听起来像是一个没有害处的预防措施。他们诡称这是防止我们家园可能彻底消失的廉价保险，然而这也正是我不能苟同的一个担心所在。我相信治疗比疾病更加致命，担心向太空发射信号而产生危险已经太晚而且无用了。更糟糕的是，它会无休止地让我们的子孙后代束手无策。

自第二次世界大战以来，为了电视、调频收音机和雷达，我们一直在发射可以轻易穿透地球电离层而渗入太空的高频信号。尽管最强烈的信号功率达到了数十万瓦或者更高，但它们会在以光年计量的远方衰减成微弱的静态，只有非常敏感的接收装置才能检测它们。

举一个例子来说明这种困难，设想外星人社会使用一种可以与波多黎各的阿雷西博射电望远镜（Arecibo Telescope）媲美的天线——直径 304.8 米，它是地球上最大的单元素射电望远镜。这个天线甚至在比邻星（Proxima Centauri，离我们最近的恒星，约 4.2 光年）就接收不到我们的电视广播信号了。我们不可能有距离我们这么近的宇宙邻居，甚至十几到二十倍的距离内都没有。弗兰克·德雷克（Frank Drake）和萨根这样的天文学家已经估计，最近的“克林贡”（Klingons）至少离我们有几百光年的距离。当他们最终接收到我们发出的信号时，信号已经衰减到可以忽略的地步，比我们最好的天线能收到的信号要弱很多个数量级。

这种说法可以用来佐证自封为“地球捍卫者”的意见，他们认为我们无须担心目前的广播，它们微弱到无法探测。但是他们声称我们要担心那些故意的，针对性很强的（因此强度很高的）发射信号。我们依然可以继续观看情景喜剧和购物频道，但是应该禁止任何人在“银河丛林”里喊叫。

在这个看起来合情合理的推理中有一个严重的缺陷，即假设任何一个能够在太空深层空间伤害我们的社会都和我们的技术水平相当。而或许我们更应该假设，任何一个可以向其他行星系统投射力量的文明，至少要比我们先进几个世纪。这个说法与你是否相信这样的高级生物有兴趣各处肆虐和破坏是不相关的。我们只讲能力，不讲动机。

因此，设想任何这样高级的生物配置了星际大战装备，他们的天线系统远比我们的强大，这是合情合理的。地球人只用了 50 年就把最大天线接收面增加了 1 000 倍。如果“克林贡”沿着科技发展的道路已经行进了成百上千年，那么，他们拥有足以接收我们泄漏信号的设备，就没什么值得稀奇的。因此，我们随意向宇宙发射的信号，尤其是使用我们最强大的雷达发射信号，很难保证是“安全的”。

还有更多。斯坦福大学工程师冯·埃什尔曼（Von R.Eshleman）在数十年前指出，利用恒星作为引力透镜就可以达到望远镜技术的极致。这个想法是对爱因斯坦广义相对论的直接应用，它预言质量会使太空弯曲并影响光束的传播路径。这个预言是正确且实用的：引力透镜已经成为研究极度遥远星系和暗物质的天文学家青睐的技术。

然而，透镜效应有一个方面是与星际通信有关的：想象一下在火箭上装一个望远镜（无线电的或光学的），然后把它射向太阳引力的焦点，大约是到冥王星距离的20倍。当它瞄准太阳的背后时，望远镜的灵敏度会有上千至上百万倍的提高，这取决于波长。这样的仪器甚至可以在1 000光年以外探测到低功率信号（远远弱于本地前40个的调频电台）；在可见光波长范围内，这种装置可以在相同的距离分辨出纽约和东京的街道灯光。因此，对任何拥有发动星际战争的必要硬件的外星人而言，到引力焦点的距离是微不足道的；他们能够把望远镜发送到那里，这点毋庸置疑。

结论很简单：现在才担心向外星人暴露我们的存在已经太晚，这些信息已经以光速在传播了，而且只要稍比我们有学问的外星人就能轻易地发现它们。到了23世纪，这些表明我们存在的信号已经冲刷了100万个恒星系。现在担心外星人知道我们的确切位置已，经毫无意义了。事情已经做了，信件已经在邮寄的途中了。

但是，制定一个政策来限制我们未来的泄露行为又怎样呢？我们不再继续公然宣称自己的存在，以此来平息这些不和谐的声音？没准我们半个世纪以前发射的信号碰巧躲过了外星人的检测。

忘记它吧。让我们自身保持沉默，既不可能也不明智。引力透镜具有惊人的能力，即使是在现代社会中普及的低功率发射信号也能被它探测到。你真的愿意降落中的飞机关闭雷达吗，或者关掉城市所有的路灯？而且是永远。

此外，在不久的将来必将有许多技术发展，这些技术不可避免地为其他社会所见。考虑到太阳能卫星——在地球的轨道上安装大阵列太阳能电池，它可以为我们提供几乎无限的能量而不排放有毒物质，也不会对环境造成破坏。即使在最好的情况下，这样的装置也会向太空中反向散射成百上千瓦无线电噪音。难道我们想要永远禁止这种有益的技术吗？

是的，有些人担心我们会被其他星系的居民发现，这些居民可能会对我们的生活方式甚至我们的世界构成威胁。但是这种担心没有实际的缓解方法，而所谓的预防措施往往得不偿失。拿我来说，我已经放弃担忧了。

19

BEING TOLD THAT OUR DESTINY IS AMONG THE STARS

星际移民是我们唯一的出路吗?

埃德·里吉斯(Ed Regis)

科普作家，合著有《再生：合成生物学将如何重塑自然和我们自己》(*Regenesis: How Synthetic Biology Will Reinvent Nature and Ourselves*)。

2012年，美国国家航空航天局(NASA)和国防高等研究计划署(Defense Advanced Research Projects Agency，DARPA)共同出资，计划开启“百年星船”(100-Year Starship)项目，其目标是在未来的100年内实现人类的星际飞行。2012年9月13日，“百年星船”项目在得克萨斯州的休斯敦举办年度公共研讨会。在此，大约100位科学家、社会学家、教育工作者、记者及各行各业的知名人士汇聚一堂，见证了一系列科学报告的“计划纲要”。这个纲要指出，在未来100年内，人类(仅仅)有可能实现梦想，在另一个太阳系建立一个新的“地球2.0”。

许多拥护者说，迁居到其他星球是我们作为一个物种注定的命运。支持者卡梅伦·史密斯(Cameron Smith)在他的文章《星船人类》(*Starship Humanity*)中是这样描述的:“太空方舟的概念就是一艘巨大的飞船，它承载着数万太空开拓者远离地球。这将会是一次单程的、多代人的太空旅行。”这个计划“在技术层面上讲是不可避免的”。

暂且不提技术上的“必要性”，我们甚至还不知道这样的旅行是否有技术上的可能性。首先，在太阳系以外的恒星中，即使是离我们最近的，其距离之遥远也是难以想象的。离太阳系最近的恒星比邻星与地球的距离是4.22光年(3.99×10^{13}公里)。旅行者1号现在正以每小时61 348公里的速度远离我们。即使我们乘坐这样的宇宙飞船，要想到达指定目的地（比邻星），需要星际飞行 73 000 多年的时间。

要想速度更快的话，就需要巨量的燃料。如果星际飞船由常规化学燃料驱动，要想达到 10% 的光速，这次飞行将需要在质量上等同于木星的燃料作为推进剂。为了克服这种局限性，星际旅行的拥护者建议研发“奇特”的推进系统，如反物质、π 介子、空间扭曲推进装置。每项计划都面临极大的困难。例如，既然物质和反物质会互相消融，反物质推进系统必须解决反物质如何存放以及保证反物质的喷嘴朝着一定方向的问题。π 介子和空间扭曲推进系统也都过于新奇，在科学上还站不住脚。

实际上，这些类似的计划都只是数学上的抽象概念，不是真正能工作的系统：直至今日，这些新奇的物质只以纳米级别存在。其他系统依赖的仍然是更不着边际的想法，如利用尚不清楚是否存在的“额外维度”，以及借助根本就不真实存在或完全天马行空的物理力量和影响（例如改变哈勃常数的值，使宇宙变小）。

即使奇迹发生，我们有了合适的推进系统，但以相对论的速度进行的星际旅行也必须配备复杂的碰撞检测和避险系统，这是考虑到，以光速与一些极小物质（比如一粒盐）的碰撞就如同与一枚氢弹碰撞一般，会产生极大破坏性。而且，星际旅行者还要面临种种生存威胁，如电离辐射、厌倦感、与自然环境的隔离感、可能发生的大规模流行病、煽动能力强的人蓄意破坏计划、机务人员哗变、宗教派系主义，等等。所以，星际旅行更有可能意味着的不是成功移居的希望，而是飞船上全体人员的死亡。

除去所有这些困难，更重要的是我们没有合理的理由开始这场旅行。如果我们需要一个地球 2.0，那么月球、火星、木卫二或其他太阳系内部的天体更有可能是人类扩大定居区域的候选对象，而不是离我们好几光年距离的其他星球。所以，不管这种想法听起来是多么浪漫和美好，无论它多么能吸引人们，使人们产生“进入太空”的美好愿望，星际旅行仍然是科幻小说的概念。我希望它永远只是一个概念。

20

I'VE GIVEN UP WORRYING

我不再烦恼

特瑞·吉列姆（Terry Gilliam）

编剧，动画师，演员，英国喜剧团体 Monty Python 成员，电影《妙想天开》（*Brazil*）、《恐惧拉斯维加斯》（*Fear and Loathing in Las Vegas*）的导演。

我已经放弃了担忧。

我只是漂浮在海啸之上，

接受着生活抛给我的一切……

傻傻地惊叹不已。

这个世界，它的观众逐年减少，产品和服务市场逐年萎缩，能够选择的劳动者一年比一年稀少，还有一个膨胀着的老年群体需要照顾。

——凯文·凯利（Kevin Kelly），《人口缩减的炸弹》

"

THIS IS A WORLD
WHERE EVERY YEAR THERE IS
A SMALLER AUDIENCE
THAN THE YEAR BEFORE,
A SMALLER MARKET
FOR YOUR GOODS OR SERVICES,
FEWER WORKERS
TO CHOOSE FROM, AND A
BALLOONING
ELDER POPULATION THAT MUST BE
CARED FOR.

21

THE UNDERPOPULATION BOMB

人口缩减的炸弹

Kevin Kelly

凯文·凯利

《连线》（*Wired*）杂志创始主编，著有《失控》《必然》。

多少年来，人口过多是人们普遍担心的问题。太多的人住在一个有限的星球上，这样的图景背后是共同的环境忧虑——从污染到全球变暖。相当数量受过教育的夫妇根本不要孩子，或只生育一个孩子，所以，在防止人口过剩方面他们尽到了责任。

虽然至少在下一个40年里全球人口将继续增长，但是今天人口统计学的鲜明趋势确定了一点，那就是更大的生存威胁在于全球人口不足。

初看起来，这个担心有些荒诞不经。我们都见过人口增长预期的官方图表。一条平滑的增长曲线在过去隆起——我们现在是70亿，峰顶大约出现在 2050 年。这个预期的峰值不断被专家们调低，目前联合国人口统计学家预测的数字是 92 亿。峰顶即使被削去 10 亿左右，还是能表现出未来的主要趋势，那个图表仍是正确的。

但奇怪的是，图表从未显示在峰顶的另一侧会发生什么。这接下来的半边经常性地空缺着，居然没有一个人对接下来会发生的事情感兴趣。或许，因为它是个相当可怕的消息。图表隐藏的半边曲线预报了每年不变的跳水式下降，直到这个星球上人越来越少。对于这个数字会多么接近于零，并没有一致的意见。事实上，相比于 100 年后地球上还有几个人的问题，专家们在人口峰顶那个问题上倒是有更多的一致性。

很多人会觉得，较少的全球人口是非常值得庆祝的事情。但它可怕的后果将是“较少的人口会变得更少”。在世界范围内，一个国家接着一个国家出现了生育率降到更替水平之下的情况。这样，就全球而言，人口将很快变得无法维持。随着人口的负增长，每一代人生育更少的子女，这些子女会延续这一趋势。生得更少，直到一个都没有。眼下，日本人口在更替水平之下，欧洲大部分地区，东欧、俄罗斯，还有一些亚洲国家也是如此。而且，日本、德国和乌克兰的绝对人口也在下降，它们已经陷入了人口不足的泥潭。

令人震惊的消息是发展中国家也不甘落后。虽然它们仍在更替水平之上，但出生率下降很快。非洲很多地区、南美、中东和伊朗的生育率都在快速滑落。生育率的下降在一些撒哈拉以南的国家停止了，不过，那是因为它们的发展停滞了。当发展得到恢复，生育率将再次下降，因为生育率和都市生活方式有关。这里存在着一个深度反馈循环：社会越是变得科技发达，夫妇生育的子女越少，对他们来说，子女越少提高生活水平也就越容易；社会越是进步，就越会弱化人们对大家庭的向往。结果是“现代技术—人口”的螺旋呈下降趋势——一个新的，但时下普遍的模式。

要打破这种恶性的螺旋下降，只需要世界各地的城市女性决定要两个以上的孩子，把平均生育率提高到 2.1 个孩子的水平。这意味着相当一部分城市夫妇将不得不生育 3 个或 4 个孩子，以弥补那些不要孩子或只要一个孩子的家庭。在城市，要 4 个孩子可能会成为一种时尚。而问题是，这样的大家庭并没有在任何一个城市地区出现，而且现在，城市生活是人类的主要生活方式，越来越多的人成为城市居民。这个星球上的每一个发达国家都在经历生育率下降。美国是一个例外，其原因是它拥有大量移民，主要是天主教西班牙裔移民，即便是这样，情况也在改变。最新报告显示，美国的西班牙裔移民的生育率比以往下降得更快。很快，美国的生育率就会向世界其他地区看齐。

为应对可怕的人口“塌陷”，日本、俄罗斯和澳大利亚给新生儿提供津贴。新加坡（生育率世界最低）的女性人均生育率不足一个孩子。为了鼓励生育，政府为每对夫妇的第一个孩子支付 5 000 美元，第三个孩子升到 18 000 美元，但这无济于事。在过去，降低生育率的极端措施虽然困难，但行之有效。而提高生育率的极端措施似乎不起作用，至少目前为止是这样。

我们的全球人口在老龄化。整个星球最“年轻”的时刻是在 1972 年。从那以后，地球上的平均年龄每年都在增长。在未来的几百年里，世界的老龄化都没有结束的迹象！这个世界需要年轻人工作，以支付上一代人的医疗保健费用，然而年轻人将补给不上。墨西哥比美国老化得快，所以，那些现在看起来成问题的移民谋职者将很快被要求回家了。实际上，在高峰之后，个别国家将争相进口劳动者，调整移民政策，不过这些个别的成功与失败则互相抵消了，并不能影响全球的未来图景。这个世纪后半期的图景看起来是这样的：日益进步的技术和以前不敢想象的东西延长了人类寿命，有更多的老人，百万计的机器人，但年轻人却很少。以另一种角度看今后 100 年的人口，我们将拥有与现在一样多的 60 岁以上的老人，但年轻人少了几十亿。

在整个人类历史上，人口数量下降与社会进步很难共存（包括在黑死病岁月）。一些近期人口下降的现代国家经历了最初的 GDP 增长，那是因为在人均指标计算中，“人头数”更少了，但是这也掩盖了长期的衰减。不过，凡事总有第一次！

我们面临的挑战在于：这个世界，它的观众逐年减少，产品和服务市场逐年萎缩，能够选择的劳动者一年比一年稀少，还有一个膨胀着的老年群体需要照顾。人类从来没在现代岁月里看到过这样的事情，我们的进步总是与下列现象密切相关：人口增长、受众更多、市场更广阔、劳动者的“蓄水池”更大等。我们很难看到缩减的、老化的人口能为提高生活水平每年都像发动机一样地工作。要做到这一点，将需要完全不同的经济体系，一个目前一点准备都没有的体系。人口峰值的挑战是真实的，但我们知道必须得去做些什么；而一个发达世界人口趋零的衰减挑战更加可怕，因为我们从未遇到过。这是需要担忧的事情。

22

WHAT IS A GOOD LIFE?

什么是好生活？

大卫·克里斯蒂安（David Christian）

悉尼麦考瑞大学历史学教授，著有《时间地图：大历史导论》（*Maps of Time: An Introduction to Big History*）。

2013 年，Edge 的年度问题论坛邀请我们去甄别那些不在公共舆论中，但其实不该被大众遗弃的议题。特别是在学校、家庭、议会、媒体以及联合国，这些问题本应该被反复讨论。这里有一个已经完全淡出了我们视线的古老问题：什么是“好生活”？给每个人提供一种好生活的基础是公共政策的基本目标。然而，有关好生活真正含义的公开辩论几乎消失了。

或许我们排斥这些问题，是因为它们让人联想到古希腊男性哲学家在研讨会上饮着掺水葡萄酒的画面。今天，问题的答案能带来有用的东西吗？或者，我们可能认为自己已经知道了答案。实际上，有一个简单的、貌似真实且强有力的答案是古希腊人无法奢求的：现代技术让我们憧憬一个物质财富日益增长的世界。物质财富指标（如 GDP 或 GNP）表明我们的生活比古希腊人好了很多。1500—2000 年[1]，全球 GDP 总量几乎增加了 150 倍，人均 GDP 提高了 10 倍左右。这就是我们所说的“增长”。我们中的大多数人，在大多数的时间里，都满足地把增长看作好生活的代名词。这也就是为什么大多数政治家、经济学家和企业家都倾尽全力去维持增长。

增长的故事部分地支配了关于好生活的思考。要享受好生活，我们需要

[1] 根据已故英国经济学家安格斯·麦迪森（Angus Maddison）的估计，这一数据被广泛引用。

食品、安全及其他条件因素，而且人们必须使用资源去制造产品。心理学家衡量主观幸福感的尝试也支持了这样一个显而易见的结论：提高超过贫困线的消费水平是幸福满足感的基础。物质消费的最低限度是好生活必不可少的保障。

不过，关于增长的故事至少错了一半。错在两个重要方面：一是它提供了一个对好生活贫乏肤浅的理解，二是它正在把我们错误地导向生态混乱。

我们都知道，超过一定水平（这个水平可能不太高），幸福感会越来越少地依赖于物质消费。假如你刚刚饱享了一顿大餐，就不必再接连吃上5顿来增加你的幸福感；节制与消费一样，是幸福的一个源泉。实际上，好生活的很多组成部分并不需要更多的消费，因为它们是可再生资源，包括友谊、同情、善良和慷慨，还有愉快的交流、审美意识、身体健康与安全、知足感、亲密感、幽默感和良好的思想情趣。增加消费的措施不能满足那些精神渴求。1968年3月，在遇刺前不久，肯尼迪在堪萨斯大学的一次演讲中说：

> 我们的国民生产总值会衡量空气污染和烟草广告，还有在高速公路上清理车祸的救护车。它会衡量我们对红杉林的毁坏和在无序蔓延中消失的自然奇观……但是，国民生产总值不把孩子们的健康，孩子们的教育质量，或游玩的快乐计算在内。它也不包括诗歌的优美，或公开辩论的智慧，或官员的正直……它衡量一切，总之，除了那些让我们生活有价值的东西。

更糟糕的是，增长的故事让我们误入生态灾难。生物圈资源丰富，而且饶有弹性，但也有限制。而增长所真正意味着的，是生物圈里的资源在被一个物种（我们自己）大量消耗以便增加消费。今天，我们开始觉悟，增长正在把生物圈推向它承受力的极限。一种真正的危险是生物圈系统要开始崩溃，或许猛烈而迅速。因为我们被古老的、复杂的、不可预测且全球代谢（比如碳、氮循环）的路径搞乱了。如果生物圈里的资源是有限的，那么增长就不能无限持续。所以，我们必须开始设想，在一个资源有限的世界，好生活将是什么样子？

实际上，物质丰富的基本水平是一个基础。美好的社会就是那种每个人都能享受有物质基础的好生活。不过，超出这个水平，我们必须清楚地区分哪些是好生活的可再生组成部分，哪些是不可再生的组成部分。人们能更好地学会欣赏和享受好生活的可再生资源吗？

开创一个有关好生活的更加现实的故事，将是通向更美好生活和更持久社会的重要步骤。这些对话将是复杂和困难的，必须邀请教育工作者、科学家、经济学家、政治家、艺术家、企业家还有哲学家。但是，当试图为孩子和孩子的孩子们设想一个更好未来的时候，我们就迫切需要这样的对话。

23
A WORLD WITHOUT GROWTH?
没有增长的世界

萨特雅吉特·达斯（Satyajit Das）

金融衍生工具与风险研究专家，著有《极限金钱：世界的掌控者和风险的膜拜者》（*Extreme Money: The Masters of the Universe and Cult of Risk*）。

美国作家阿瑟·米勒（Arthur Miller）曾写道："社会的基本幻想油尽灯枯之时，即一个时代黯然离场之日。"增长——资本时代居于中央的幻影，可能正在走向终结。

增长支撑着现代社会的方方面面。从提高生活水平、减少贫困，到现在解决个人、企业以及国家的过度负债问题，经济的不断前进已经成为所有政治、社会和经济问题的普遍解决方案。

所有的政治主张和经济主张都根植于加强经济增长的观念之中，而且深信依靠政府和央行实质性控制就能使经济恢复到增长轨道上。在1925年的小说《了不起的盖茨比》（*The Great Gatsby*）里，菲茨杰拉德（F.Scott Fitzgerald）认准了这致命的吸引力："盖茨比相信那盏绿色的灯。它是一年一年，在我们眼前渐渐远去的那个美好未来的象征。从前它从我们面前溜走，不过那没关系——明天我们将跑得更快，手臂伸得更远。"

在现实中，经济增长是一个相对晚近的现象。大约经历了5个世纪（1300—1800年），以人均收入指标来衡量的生活水平实现了翻番。1800—1900年，又是一个翻番。我们在20世纪看到了生活水平的快速提高，提高了5~6倍，其中1929—1957年（28年）翻了一番，1957—1988年（31年）再翻一番。在1500—1820年间，经济产值以每百年不到2%的速度增长，1820—1900年间，经济产量大致翻了一番，而1901—2000年间，则接近4倍。

在过去的30年间，经济增长和财富创造在很大程度上依赖于金融化。作为经济增长的传统发动机，诸如人口增长、新市场开发、创新以及生产率提高等，其力量变弱了。债务驱动型消费成为促进经济增长的工具。不过，这个过程需要不断增加债务水平。截至2008年，创造1美元的增长需要4～5美元的债务。中国现在需要6～8美元的信贷实现1美元的增长，而10年前的水平是大致1～2美元实现1美元增长。债务准许社会向未来借款，它加速了消费，因为债务常常可以在今天买东西而承诺未来偿还。经济增长是人为地通过加速消费而引起的，而这些消费本应该在若干年里分别支出。不过，因为可以借到便宜的资金，所以被提速了。但借贷水平不可能永久维持高速增长，这使得债务驱动型增长终将走向终结。

为了强行维护经济的向上势头，政府开始忽视对环境的保护。不可再生的自然资源以错误的价位供给市场，从而导致不经济的挥霍，比如石油和水。很显然，被转移给环境的成本必将变成社会肩膀上越来越重的巨石，最终让整体经济每向前一寸都步履维艰。

问题在于经济模型本身。正如前美联储主席保罗·沃尔克（Paul Volcker）在2009年12月11日发表的评论所言："在过度消费中掺杂着另外一个经济问题，就是我们的投资和出口太少。它涉及金融危机，但在某种程度上，它比金融危机更困难，因为它反映着经济的基本结构。"金融推动的经济增长、环境问题、必要资源的稀缺，这三者同时出现了麻烦，现在正威胁着这个前所未有的增长和扩展周期走向终结。

在现行模型中，政策制定者可能没有对付深层次问题的必要工具。复兴的凯恩斯主义或许不能阻止经济由增长步入长期衰退，因为政府发现自己自行融资很难长期维持需求。如果印钞和金融游戏真能创造经济持续增长及财富，我真要膜拜经济学家了，因为他们能做到神仙也没办法做到的事情。

经济低增长或零增长未必是个问题。它可能有积极的作用，例如，对环境和稀缺资源的保护。但是，现行的经济、政治、社会系统稳定存在的前提条件是没有尽头的经济扩张和与此关联的生活水平不断提高。创造高税收才能减少财政赤字，为满足日益增长的公共服务需求，政府财政需要更多的收入。维持社会凝聚力也需要经济增长。改善生活水平的远景，不论多么遥远，限制了财富再分配的压力。美联储前官员亨利·瓦利奇（Henry Wallich）曾精准地总结道：“只要有增长就有希望，而且使巨大的收入差距可以容忍。”

民主社会里，社会的和政治的协约要求经济增长和生活水平的改善。经济停滞增加了社会和政治冲突的机会。在《世界战争：20世纪的冲突与西方的衰落》（*The War of the World: Twentieth-Century Conflict and the Descent of the West*）里，尼尔·弗格森（Niall Ferguson）认定了这样的危险：

> 经济波动（动荡）事关重大，因为它往往会加剧社会冲突。经济危机的周期为政治上的优势群体转嫁调整负担制造了动机。社会错乱也可能尾随在快速增长之后，因为增长的好处极少能够平等分配……这或许不错，那些在上升期的少数赢家在随后的下降期被认定为“遭报应”的目标。

政治家、政策制定者和普通民众都不愿面对明显较低的经济增长的可能性。就像菲茨杰拉德的悲剧英雄盖茨比那句可疑的战斗口号那样：“不能重复过去吗？为什么你就可以！”但是，哲学家蒙田（Michel de Montaigne）写道：“有多少东西，我们昨天还把它视为信条，而今天就只是谎言。”艾伦·韦斯曼（Alan Weisman）的《没有我们的世界》（*The World Without Us*）就是基于这样的一个思想实验：一个失去人类的世界将倒退回什么样子呢？

我们应该担心一个没有增长的世界会是什么样子。或者，最好的话，拥有低增长或不均衡增长率。

24

HUMAN POPULATION, PROSPERITY GROWTH: ONE I FEAR, ONE I DON'T

人口增长与繁荣增长，哪一个更值得担心？

劳伦斯·史密斯（Laurence C.Smith）

加州大学洛杉矶分校地球与空间科学教授、地理学教授，著有《2050 人类大迁徙》。

如果人口增长是一个物种成功的标尺，那么对智人来说，20 世纪简直是惊人地成功。在不到 100 年的时间里，在世的人口从 16 亿增加到了 61 亿，净增 45 亿人。现在已是 21 世纪，我们突破了 70 亿，而且利用人口统计的计算机模型，在输入来自世界各国的出生和死亡统计数据后，结果显示其增速放缓但总数依旧不断攀升。尽管世界很多地区的人口总生育率在下降，但到 2050 年还是可能增加到 90 亿甚或 100 亿。

这让斯坦福大学的保罗·埃尔利希（Paul Ehrlich）非常担心，他经常把人口的指数增长过程看作初期非常地成功，然后惊人地失败。在自然生态系统中，指数增长是一个物种“激增—暴跌”（繁荣—衰落）的特征标志。举例说，雪鞋兔拼命地繁殖，直到食物短缺或疫病引发崩溃，大量死亡的不仅仅是雪鞋兔，还有猎食它们的加拿大山猫。在自然界中，种群数量市场重复着“兴盛与危机”模式，这也是埃尔利希和其他学者在 70 年代忧心忡忡的原因，因为人口数量没有稳定下来的迹象，继续以指数型增长。这刺激了发展中国家开始采取控制措施，比如印度有针对性的绝育计划。今天，人口增长依然位列世界面临的最紧迫挑战名单之首。想想到本世纪中期，将近 100 亿人（比今天多大约 40%）分享这个星球，对他们而言，确实可怖。

这样的担心有些错位了。不是因为 100 亿只是个小数目，事实上它很庞大。其他大体型、最高层级的掠食者的种群数量，通常在几万到几十万之间，而不是几十亿。随处可见的野鸭是世界上最常见的鸟类，全球数量约有300亿只。养活100亿人，所需要的水、食物、纤维、可耕地、金属、碳氢化合物及其他资源的数量是巨大的，而对资源逼近枯竭的恐慌与对资源的暴力竞争是直线相连的。很多人认为人口总数的数值与水资源短缺、饥荒、食品战争、社会瓦解的预计之间也是这样的关系。这些威胁是真实的，但与自然生态系统不同，它们不是简单地受种群人头数影响。反倒是，在不同收入和文化的社会和社会内部，其消费的急剧变化主导了对当代自然资源的需求。这并不是说人口总量无关紧要，只是生活方式关乎更多。

举个例子，想一想要满足生活在上海的现代都市消费者所需的电力、塑料、稀土金属和加工食品，其对材料的需求如何以数倍的速度跃进，与此相对的是那些在乡下苦干的农民。仅仅在中国，现在大规模的城市化势头就会导致2050年增加10亿新的城市居民，即使中国人口零增长。非洲的数字将是12亿，接近世界城市人口的四分之一。我在加利福尼亚大学洛杉矶分校的同事贾雷德·戴蒙德（Jared Diamond）计算，如果今天活着的每个人都享受北美人、西欧人、日本人和澳大利亚人的生活方式，全球资源消费量将上升11倍。这就相当于世界人口从70亿突然暴涨到720亿。

对我来说，这比总人口40%的增长或者总生育率下降而引起的经济社会“放缓的阵痛”更可怕。但不幸的是，在平复一种担忧（人口增长）的同时，我提出了另一种担忧（繁荣增长），人们当然不可能去谴责它。从农村到城市的大规模移民潮流，把亿万人从无情、困苦的贫穷中解救出来。有谁能不鼓掌？

与其担心世界人口，更明智的做法是聚焦于真正的挑战，去调和我们矛盾的愿望：把所有人都带进现代和繁荣，同时也要把他们的无穷需求稳定下来。问问自己：如果你的生活水平，跟那些在缅甸南部伊洛瓦底三角洲种水稻的人保持一致，你需要放弃什么？好消息就是，和手忙脚乱地修补人类生殖率相比，买一间简洁的小屋，坐公交车，吃食物链低端的东西，这些都是容易做到的。它所需要的是重新定义我们眼中的“成功”。

注：本文作者劳伦斯·史密斯的《2050人类大迁徙》已由湛庐文化策划，浙江人民出版社于2016年出版。

25

GLOBAL GRAYING

灰暗的地球

戴维·贝雷比（David Berreby）

《纽约客》《纽约时报杂志》《自然》记者和撰稿人，Bigthink 网站博主，著有《我们和他们：认同的科学》（*Us and Them: The Science of Identity*）。

我所担心的是世界人口的老龄化问题，虽然其分布存在区域差异，但却是全球普遍存在的问题。老龄化趋势不被谈及（除了偶尔有针对老龄化问题的这样或那样夸大其词的报道和片面的讨论外），但它应该受到关注——关注老年人数量的巨大增长和平均寿命的普遍延长，因为中年人和老年人将在人类社会结构中占据很大比例。

例如，到2050年世界人口达到高峰时，估计中年人和老年人将达到90亿。世界卫生组织预计将有20亿人患上老年痴呆症，即90亿的五分之一。对此，我们的相关社团做好准备了吗？有哪个团体真的在讨论如何做准备？

21世纪中叶，在富裕国家，近三分之一的人口将在60岁以上，但这种人口结构的改变不只局限在发达国家。现在，中国人口的年龄中位数接近35岁，到2050年将达到49岁。在印度，到2050年，年龄在60～80岁之间的人口比例将是现在的326%。在巴西，现在老年人口的比例是7%，预计2050年将达到这个国家总人口的四分之一。当然，一些非洲和亚洲的贫穷国家很快就会经历传统的人口爆炸，年轻人数量急剧增长。但这些只是全球老龄化趋势的例外情况。几年前，洛克菲勒大学的乔尔·科恩（Joel E.Cohen）写道："在2000年，年轻人数量多于老年人。2000年后，老年人的数量将多于年轻人。"

这种对人口结构变化的认识是片面的、零散的。例如，公共卫生专家探讨的是老年疾病数量的巨大增长，非传染性的慢性疾病，诸如心脏病、肺病、中风、糖尿病和肾衰竭；经济学家关注的是适龄工人数量减少，难以维持退休工人福利的问题；金融专家们担忧的是数以万计的人们不能或不愿存钱，导致他们在退休后的几十年无从得到他们所需的收入。在印度和中国，因一些老年人经常被他们的成年儿女冷落，政府已出台法律支持和维护家庭价值观。各行各业都在讨论人口结构的巨大改变对各自的影响，但据我所知，很少有人探讨它的根本原因，或者试图勾画出老龄化的各种后果并把它们联系起来。

这种转变使社会保障体系承受巨大的压力。大多数发达和发展中国家都承诺针对老年人采取一些社会安全保障措施，建立了相应的医疗保健机制。但那种承诺建立在 20 世纪金字塔式的社会结构基础之上，那时，适龄工人的数量多于退休人员。当年轻工人越来越少，需要赡养的老年人越来越多时，我们很难看出社会安全保障是否依然能够贯彻实施。例如在中国，现在大约是 6 个工人赡养一个退休老人。就目前的老龄化趋势，到 2050 年，其比例将变为 2∶1。

政府往往向人们许诺养老金和医疗保健，来解决劳动力短缺、产量下降和政治不安定，但随着支付变得越来越遥不可及，这个药方正在失效。这也是越来越多的国家想要提高生育率的原因。有没有其他办法可以预防这种危机的发生呢？当然，你可以延长退休年龄，让适龄工人多工作几年，但这似乎不切实际。其原因之一是如果这个方法行得通，许多国家的退休年龄会因此而推迟到七十多岁。

政治方面，我担心权力和影响力从年轻人身上转移到中年人和老年人身上的后果。民主方面，因为一人一票，如果老年人多于年轻人，那么我担心老年人关心的事情（维护他们所拥有的，回到过去的“美好”时光，避免尝试新鲜事物）将开始取代年轻人关心的事情。这种事情以前从未发生过，所以我们不知道确切的结果，但我相信结果不会很好。

我想我们能够预见到一些公开且令人不悦的两代人之间的冲突。即使在美国，尽管移民政策上的开放性使其老龄化现象不像其他富裕国家那么突出，但对养老金和医疗保健政策的争论已初见端倪，这些政策往往使老年人的利益（安全可靠的养老金和医疗保健）和年轻人的利益（教育、未来的基础设施、就业机会）发生冲突。

在老龄化发展迅速的国家（西班牙、意大利、日本），一个可能的结果就是排外的民族主义情绪高涨，这有两方面的原因。首先，我们有充分的证据可以证明年龄越大越不容易接受新鲜事物。早在20世纪90年代，斯坦福大学神经系统科学教授罗伯特·萨波尔斯基（Robert Sapolsky）就进行了一系列的实验，结果他的美籍受试对象在35岁的时候不再愿意尝试新的音乐，而在39岁时不接受新的食物种类。“在事情变糟糕之前，让我们回到从前的状态吧。”持有这种民族主义想法的人，在选民中占很大比例。

其次，是因为我前面提到的经济困难，一些国家正在寻求办法提高活跃的生产力,以便能够赡养所有的退休人员。可选择的办法有:(1)提高出生率;(2)对亚洲和非洲贫困国家的年轻移民开放门户;(3)研制大量的机器人（日本人好像在做这项工作）。可选办法（1）和（2）成为仇外言论的明显诱因。（“年轻女性应该承担起她们应有的责任，提高生育率！”或者“现在我们这里竟然有如此多的可恶的外国人！”）

在文化方面，我担心人们太过关注像我这个年龄（54岁）或比我年长的老人的忧虑。在过去的20年里，当把永生作为切实可行的医疗目标去谈论的时候，人们竟然能够理性地予以尊重，我认为这是人口趋于老龄化的前兆。另一个例子是，当谈及医疗保健时，我们常常理所当然地认为生命必须得以保护和延长。未来学家雷·库兹韦尔说，当他问一位百岁老人是否想活到101岁时，答案是肯定的。他问过这位老人的孩子、邻居或员工吗？他们的答案或许不那么肯定。但在老龄化社会，生老病死的自然规律和资源的平等享用成了不能讨论的话题。

经济学家和法理学家理查德·波斯纳（Richard Posner）这样描述老龄化前期的社会情形:“在过去，人们摔倒骨折，然后死亡，这是不错的死法。但现在人们能修复骨折。”波斯纳这一说法的背后是一个简单易懂的观念:你留在世界上的时间是一定的，结束了就要离开。因为其他人或者说年轻人要来这里，他们需要替代你的位置。他们需要的是能用钱买东西而不是用钱雇护士照顾父母，他们需要的是接替老年人的工作，他们需要的是老年人因讨论腹部整形术和伟哥而占用的宽带流量。他们需要不在父母的阴影下生活几十年。这些人对父母虽不能说钟爱有加，但也算孝顺，他们（在父母去世后）可得到解脱。我想起弗吉尼亚·伍尔夫（Virginia Woolf），她父亲 71 岁去世。在 25 年后，她写道："今天父亲应该 96 岁了……但幸运的是他没有，否则他的生活可能会完全终止我的生活。那会发生什么呢？我不会有时间写作，不会出书，简直不可思议。"由于人口结构的改变，我担心人们会开始接受这样的观点：告诉年轻一代，他们的好日子可能也应该永远不会到来（因为老年人活得太久）。

或许，我应该更加乐观，不应像 54 岁的老人那样一味地怀念过去、赞美过去。毫无疑问，老龄化社会有其自身优势。例如，按人口平均计算，老年人消耗的能量少，消费的产品也不多。2010 年，气候专家布莱恩·奥尼尔（Brian O'Neill）和他的同事分析了这一情况，并得出结论：为避免本世纪发生气候灾难而必须减排的二氧化碳，有 29% 可能来自全球老龄化。不管我们对老龄化的态度如何，毋庸置疑，它正发生在我们身边，需要我们给予更多关注。

26

DOES THE HUMAN SPECIES HAVE THE WILL TO SURVIVE?

人类有生存意愿吗?

戴夫・维纳（Dave Winer）

博客和 RSS 的软件先驱，博客网站 Scripting News 的编辑。

直到几代人之前，人类一直在解决这样一个问题：为了生存，我们需要拥有什么？我们用热力、管道设施、医药和农业的发明回答了这个问题。现在，我们拥有了赖以生存的方法，但我们有生存的意愿吗？

这是一个影响巨大的问题，就像是在一个房间里摆上一颗重达 0.4 吨的铅块那样巨大。

27

A FEARFUL ASYMMETRY: THE WORRYING WORLD OF A WOULD-BE SCIENCE

“两个世界”中可怕的非对称

海伦娜·克罗宁（Helena Cronin）

伦敦政治经济学院自然心理学与社会科学中心联合主席，著有《蚂蚁与孔雀：耀眼羽毛背后的性选择之争》（*The Ant and the Peacock: Altruism and Sexual Selection from Darwin to Today*）。

我走进大英图书馆的中庭，穿过牛顿巨人铜像投下的长长阴影。牛顿手里拿着测量罗盘，正在探究宇宙最深层的规律。但是，这个铜像的险恶用心还是让我吓了一跳。因为他是威廉·布莱克（William Blake）著名版画中的牛顿，淋漓尽致地展现出这个艺术家多么厌恶他自己理解的牛顿科学体系——枯燥的理性、没有灵魂的唯物主义。沿着布莱克的想法，我脑海中浮现出“老虎”①和它的“可怕的对称”（fearful symmety）。想到这个短语的瞬间，那个一直在我脑海里挥之不去、至今未能阐明的担忧立即又加深了很多。过去，我常常对自己遇到的那些对科学持轻蔑态度的人感到困惑；这一刻，我终于明白这一切都是为什么了。这是它们可怕的不对称性：科学的客观本质与一群乱哄哄的近代“布莱克们”的诋毁。

如果你从事与人性相关的科学研究（尤其是性别差异领域），你就对“不对称性”再熟悉不过了。很多为“诋毁”推波助澜的人都受过很好的教育，他们中的一些科学家（甚至生物学家）、社会学家、公共知识分子和记

① 《老虎》是布莱克著名的诗作之一，其中有一句在赞美老虎身体的时候，用到了后文提到的“fearful symmetry”，即“可怕的对称”。——译者注

者都尊重科学、生物学（甚至人类生物学），并且至少表面上认同达尔文进化论，还认为它对所有生命物体来说都正确……不过一旦涉及人性的进化问题，那就要另当别论了。

要理解不对称性，以及它为何如此让人忧虑，首先要考虑“两个世界”的关键区别。

一个世界认为，理念代表的世界是客观存在的——尤其是科学的客观内容，包括大量的知识、实际或可能的科学理论、真理或谬误、它们的可反驳性、成功的或失败的实验、有效或无效的争论、遇到的或悬而未决的异议和可利用的关键证据以及取得的进展。达尔文科学在这个客观知识世界中有很高的地位，也许是“任何人都该知道的思想”（引自丹尼尔·丹尼特）；而且，它在科学史上可能独一无二，不太可能被取代。生物学将永远是达尔文主义的，因为自然选择好像是唯一不用设计师就能完成设计的机制。凭借达尔文主义所蕴涵的深刻洞察力，人性本身能够获得更充分的理解。如何更科学地研究我们自身？这无疑是做出了第一次严肃的尝试，并取得了显著的成绩……而且，这很可能是正确的。

另一个世界是心理状态的主观世界，个人的和社会的思想、信仰、观念、情感、情绪、希望和野心。

有了这种区别的认识，我们就能确定什么是不对称性，以及为什么它如此令人担忧了。

一般来讲，对客观世界的一致判断比较容易达成，公众对此类科学理论普遍会接受。但是，在我们进化的人性的科学理解方面却不是这样，毕竟，男女天性如此。如果有关人性进化的争论以客观世界为基础，进化理论不费吹灰之力就能获胜。不过，作为社会学现实在公共意见市场争夺支持者的竞争中，它却惨败给了那些嚣张的批评。

为什么？显然，在这样的冲突中，科学与批评之间的客观关系被颠倒性地互换了位置，所有这些基本的不对称都被系统性地逆转了。

第一，“提供证据的责任”——争论的负担，从批评那里被转移到科学一边；受审的是达尔文主义。同时，反达尔文的态度却不必为自己辩护，它们被不加批判地接受了，源于急切的轻信和对怀疑的闲置。

第二，落井下石，大批被炮制出来的替代说法像魔法一样填平了那些缺口，这些缺口本是真正的科学应占据的阵地。这种“自制”的科学看起来像什么呢？伪方法论的指责；他们甚至在争论中随意中伤，比如诋毁别人为本质主义者、抽象派还原艺术家、目的论者、盲目乐观者、决定论者还有“政治立场不正确”。他们认为，人性中的天然成分和后天进化成分非常复杂地“纠缠”在一起，意思是说既然先天难于理解，因此“纯后天”的充分讨论也是该被豁免的。很多来之不易的经验证据（来自对大脑的全方位扫描）都被人为地忽略与冷落。依据他们的说法，“陈规的压制”（坏）和“角色的激励”（好）具有强大的魔力，一种反逻辑力量在“心理白板”上不断创造着奇迹，比如在“社会化塑造”（坏的——一个男女差别的毒源）、“个人主动防卫”（好的）及多任务自尊心的形成机制中。无疑，他们抱怨进化科学是“有争议的”，从科学角度看无疑是错误的，虽然在社会学上看他们赢了——因为他们扬起灰尘，然后又抱怨什么都看不清楚。这一议程诞生的学术自由政策被“科学中的女性”游说团体所标榜，它被建立在“歧视与障碍”的假设之上，并致力于完全抵制这种差异——在科学中的性别差异。

第三，这些俗不可耐的观点正在逐渐掌控社会舆论的基调。它们不被看作单纯的意见，而且在心理学和社会学上，它们更加强大的影响力和说服力远远超过其客观的科学地位。同时，科学自身在曲解的、中伤的敌视中被视为有倾向性的代表。

于是，这好像就从“两个世界”的视点角度揭示了一幅当下的惨淡图景，但也预示了一个更有希望的前景。搞清楚客观的理念世界与相对心理的主观世界的区别，有助于我们评估科学的真正价值、进步轨迹及独有的持久力量。为此，我突然感觉自己对“非对称性”的担心少了很多。

28

MISPLACED WORRIES

被放错位置的担忧

丹·斯珀伯（Dan Sperber）

布达佩斯中欧大学社会和认知学家，合著有《意义与关联》（*Meaning and Relevance*）。

担忧是一种认知资源的投资，它附带着焦虑频谱上的多种情绪，意在解决一些特殊问题。它和不担心一样，都有成本和收益。花几分钟时间考虑一下怎样准备晚餐以款待客人或许是一项不错的资源投资，而忧心死后魂归何处，则是彻头彻尾的浪费。人类祖先和其他富有远见的动物可能只考虑那些真实的与紧迫的问题。比如，不能找到食物，就可能被吃掉。自那时起，他们变得富于想象，并用丰富的文化因子拓展了想象力。在至少 40 000 年里（可能还要长得多），人类还在为如何改善命运而担忧——个体的命运和集体的命运（明智的忧虑），同样让他们忧虑的还有那些有法力的邪恶的眼睛、故去的祖先的不快、血统的纯粹（错位的忧虑）。

一种新的错位的忧虑可能正变得越来越常见。当前不断加速的科技革命导致源源不断的问题与机遇，提出了前所未有的认知与决策挑战。我们预见这些问题和机遇的能力，与它们的巨大数量、新奇和复杂程度、迅速程度相比，有些不堪重负。

比如，现在的每一天，我们都有理由为互联网带来的新机遇而欣喜不已。对它的担心，已是上个世纪的事了。在 15 年前，人们担心它会在使用互联网的人群与没有互联网的人群之间制造另一条社会鸿沟！实际上，在人类历史上，没有哪项技术传播得如此迅速、如此深远。担心又该怎样呢？通过收集处理每个用户对企业、机构和政府有用的详尽的信息，互联网破坏了隐私，也威胁了自由，其方式比乔治·奥威尔（George Orwell）所写的“老大哥”更巧妙。这就是我们应该担心的吗？或者说，我们应该着眼于确保信息尽可能多地、广泛地被自由使用，摒弃秘密甚至隐私的旧观念，相信真实的信息将消灭错误的信息，那些见多识广的人将不再容易被操纵与控制。换句话说，随着获取信息更加自由，一种更激进的民主是不是正变成可能？

基因工程给了人们新作物、新疗法，以及改善人类基因组的新希望，我们应该有几分兴奋、几分害怕？基因工程本身的发展应该怎样控制？控制到什么样的程度？由谁来控制？

新的杀伤性武器——原子的、化学的、生物的——威力正变得越来越强大，生产和购买也越来越容易。新等级的恐怖主义行为和局部战争可能被发起。当他们付诸行动的时候，争论必将更加激烈，甚于美国“9·11”事件之后的争论，如大国应采取措施尽力阻止他们，包括阉割民主权力的措施。我们应该最担心什么呢，恐怖主义和战争，还是对权力更多的限制？

展望未来，人类将很快与智能机器人生活在一起，并依赖它们。随着主人被他们的侍者疏远，这是否会发展出一种新的主仆辩证法呢？机器人会在事实上自我进化成主人，甚至是智慧的、有目的性的、对人类无用的生命存在？这样的担心是合理的，还是愚蠢的？

这仅仅是一些例子。科技发展以越来越快的节奏带来我们不曾想象的新机遇和风险。当然，关于我们要担心什么，多数情况下，你我能形成统一意见。不过，怎样自信地坚持这些意见，追问这些关切呢？

我尤其担心的是，人类越来越没有能力去鉴别那些他们正在担心的事情，而这些担心对他们而言，弊大于利。也许，正像激流泛舟，人尽力而为的目的不是让舟的速度慢下来，而是要试着选择一条更优化的航线。事实上，这样的航线是否存在，以及能否真正带给人们安全，都是不可控的。即使这样，乐观主义仍是正当的（最坏的情况仍有可能发生），因为我们没有比保持希望更好的选择。

29

THERE IS NOTHING TO WORRY ABOUT, AND THERE NEVER WAS

没有什么好担心的，从来没有

弗吉尼亚·赫弗南（Virginia Heffernan）

“雅虎新闻”国家通讯员。

除了担心之外，我们没有什么好担心的。这通常是对的。马歇尔·麦克卢汉（Marshall McLuhan）说：“电子电路正在将西方东方化。”让我们期许互联网随时完成这件事情吧。它的下一步行动很明显是要革除令人反感的西方成见，从而得到哪怕一丁点儿关于自由和洞见的观念，这些是我们在悲惨的忧心忡忡里得到的，是在漫长的损伤脑细胞的经验中得到的。

网络计算和数字体验分散了自我。它们发现了像幻影一样光彩夺目的当下，强调了我们在本质上是相互依赖的。而且，它们按照自己优雅的方式，嘲笑了顽固的西方分裂主张。数字革命与所有神圣的人工制品一道，造就了显而易见的、欢乐喜庆的，甚至是有利可图的、佛陀的、莎士比亚的、华兹华斯的和世上所有神秘主义者的愿景，无名小辈的愿景和斯坦福主席的愿景也一样：我们是一体的。限制关于过去和未来的信念，会摧毁我们的生活。只有虚心接受现实才能带来和平，鼓励明智的行动。

因此，建立一个防空洞；寄钱给缺钱的人；对你收到的每一封 J.Crew（美国品牌）的促销邮件进行三重加密和明智备份，以防网络恐怖主义降临到我们头上；手忙脚乱地让你的孩子上线下线，吃有机的或当地的蔬菜食物，或什么也不吃。采取这些行动，或者什么都不干。只要不担心它们就好。没有什么好担心的，而且，从来没有。

30

WORRIES ON THE MYSTERY OF WORRY

在担心的谜团中担心

唐纳德·霍夫曼（Donald D.Hoffman）

加州大学欧文分校认知科学家，著有《视觉智能》（*Visual Intelligence*）。

担心本身可能非常值得担心。不只是因为人们很难确定担心的最佳幅度（太多或太少都对健康有害），更多是因为担心给科学提出了一个问题。用语言学家诺姆·乔姆斯基（Noam Chomsky）阐释的一种特性来说，担心是一个谜，而不是一个问题。这个问题很简单：什么是担心？

一个简短的答案是，担心是一种焦虑状态，混合着对现在和预期问题的不确定性。

这个答案可以用担心的生物相关性细节充实丰富起来。简要地说，当我们担心并承受心理紧张时，大脑的前扣带回皮层（ACC）和眶额皮层被激活了，它们彼此相互作用，并与杏仁体作用。杏仁体与海马体及其他皮层下结构相互作用，反过来控制下丘脑。下丘脑控制自主神经系统，自主神经系统又支配肾上腺素、乙酰胆碱和肾上腺轴的释放，它们再支配皮质醇释放到血液中。总之，当我们紧张时，令人印象深刻的复杂阵列式的相互作用的神经与内分泌活动，使整个人、大脑和身体都参与进来。担心与复杂的生物活动之间的相关性是系统的，可预知的。

我们多数人都以不同的形式经历过担心。不是以一种复杂的生物性活动，而是以一种不愉快的意识感受去经历。担心的感受可以从轻微的烦恼（比如当我们担心是否要带上一把伞），途经深度的烦躁（比如当我们担心对癌症选择哪种治疗），到近乎疯狂。（比如莎士比亚笔下的麦克白夫人惊叫："洗掉，该死的血迹！洗掉，我说了。——‘1、2’，那么好吧，现在到了动手的时候了。地狱是阴冷的！呸，我的君王，呸，一个军人，还害怕！”）

担心，作为一种有意识的感受促使我们作出反应，有时伴有徒劳的神经活动，其他时候会卓有成效地解决问题，还偶尔伴有泰然处之的幽默。“我不怕死，”伍迪·艾伦（Woody Allen）说，“我只是不想死在那个地方。”

因此，担心是双面的，它有两个复杂的侧面：生物学的和意识感受的。要回答“什么是担心”这个问题，需要我们结合这两个方面。这很神秘。

假设神经和内分泌的相关性是意识感受之担心的原因和基础。一个科学理论，在这种假设下，应该严谨地解释这些生物相关物如何引起和导致了各种各样的、细微精妙的意识感受——我们称之为担心。问题是没有这样的理论。神秘的是，到今天为止，还远没有一个合理的解释。

这不是说人们没有想法，而是有很多想法。引起或导致担心的意识感受，或许是因为右侧神经回路活动的特定震荡模式，右侧神经微管中特定的量子状态，右侧折返丘脑—皮层回路信息复杂性的特定等级，或者因为右皮层和皮层下大脑区。

这些都是需要探索的有趣想法。以它们现在的状态就将其视为科学理论，让人想起一个著名的卡通，两个怪才站在黑板前，黑板上涂满了令人生厌的方程式，跟着是一句“接下来，奇迹发生了”，下面又是更惹人烦的方程式。一个怪才对另一个说：“我想你应该更清楚下一步。”不幸的是，这是每一个想法的常态。折返丘脑—皮层回路完成了正确的信息复杂性过程，然后，奇迹发生了。接下来，就有了担心的意识感受。就担心的意识感受是怎样的和为什么出现，还没有一个解释，遑论这种意识感受的精妙特质了。要想解答这个问题，如果不在某个精确的位置挥舞一下魔杖，谁都断难跳过从生物学到意识忧虑之间的鸿沟。

这种令人忧心的困境也令人绝望。或许意识忧虑是一种幻觉，本无此物，我们不过庸人自扰吧。或者说，意识忧虑是真实的，并由生物性引起，只是进化尚没有给我们配备相应的概念去理解它。如果是这样，那么，到我们有一天被灵感击中，从而获得我们需要的概念之前，担心的生物起源对我们来说，依旧是个秘密。

我们应该担心什么呢？这种尖锐问题本身意味着一个假设——担心具有因果力量——如果，比如我们担心了一个正确的议题，那么，这种担心有助于议题的有效解决。

但是，担心的意识感受真有因果力量吗？如果回答是，那么我们必须解释因果力量与生物性之间是如何相关的。进而，我们又面对一个不解之谜。因此，很多生物学家给出了否定的回答。他们假设，大脑不知何故产生意识忧虑和更加普遍的意识感受，但不带有结果。这成功地抹掉了因果关系的谜面，却又带入另一个谜：意识感受如何进化、为什么进化？自然选择只在那些适于生存的原因之果的特质中选择。如果意识感受没有原因之果，那就更别说它们有适存的结果了，因此它也就不受限于自然选择。这样说来，担心的感受不是一个自然选择的产物——一个令人担心的结论。

那我们应该担心什么呢？应该担心，当我们担心的时候，我们真正在做什么。无事可忧或者忧而不做，就没有担心的必要了。如果无事可忧，也就没有什么可担心的，而再说“别担心，开心点”，就没有任何意义了。如果心中有忧，忧又无济于事，那么你担心与否，就在两可之间，随你喜欢了，这两种情况没有什么差别。不过，让人担心的是忧虑确实存在，而且还起些作用。它们是什么？是怎样引起的？它们能做什么？到现在为止还是一个谜。

THE FEAR THA
GEN
GROW UP TO

我的忧虑是未来一两代的孩子长大成人后，对现实与空想会发生认知错乱。

——米哈里·希斯赞特米哈伊（Mihaly Csikszentmihalyi），

《错乱：虚拟与真实》

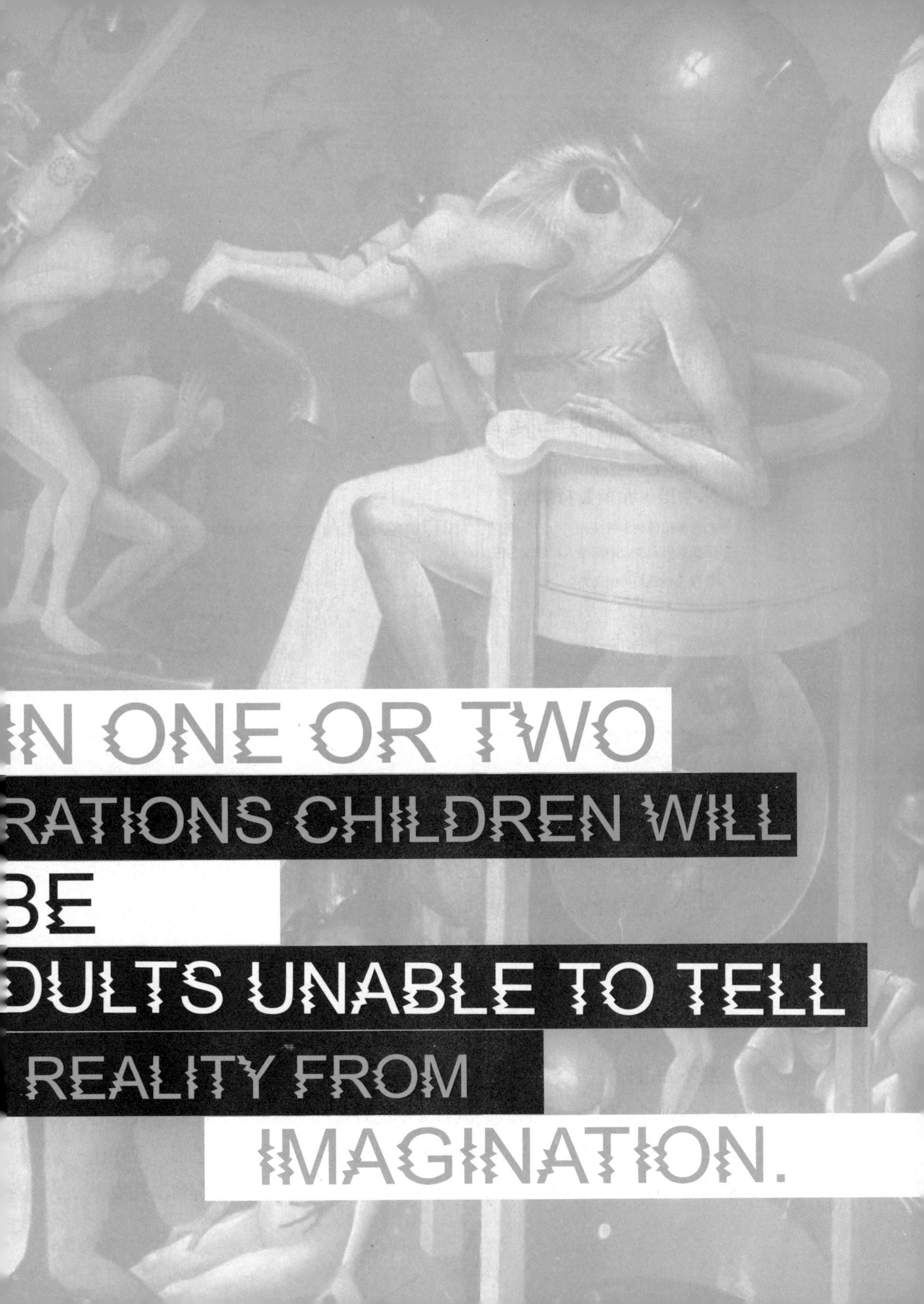

IN ONE OR TWO
RATIONS CHILDREN WILL
BE
DULTS UNABLE TO TELL
REALITY FROM
IMAGINATION.

31

THE TRIUMPH OF THE VIRTUAL

错乱：虚拟与真实

Mihaly Csikszentmihalyi

米哈里·希斯赞特米哈伊

心理学和管理学教授，“心流”理论的提出者、积极心理学奠基人之一，克莱蒙特研究生大学生活质量研究中心的创始人和联席主任。

著有《心流》《创造力》。

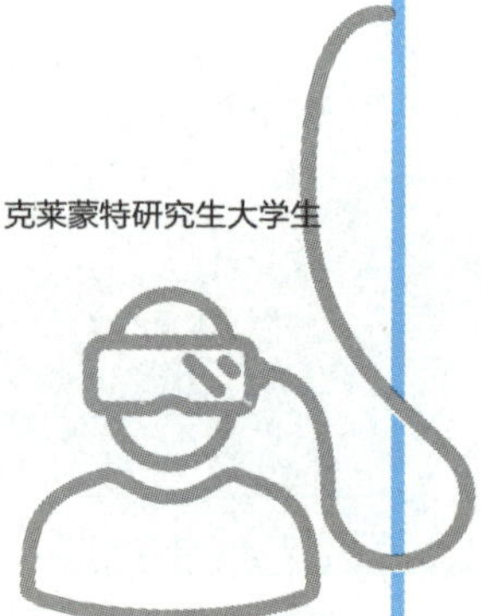

我试图按照严重性给我的众多忧虑排序，不过我很快就意识到在约定日期内无法完成这项初始任务，所以我决定用“随机号码产生器”来选择，得出的结果也确实并不离谱。我的忧虑是未来一两代的孩子长大成人后，对现实与空想会发生认知错乱。不管怎么说，人类一向对现实有一种不太稳固的掌控，而我们却好像被引导着向虚无的深渊纵身跃去。

我不知道你是否会追踪某款主流多人电子游戏的新3D版本发布，里面充满了各种畸形怪物、半兽人、流着涎水的野兽和炫耀致命武器的让人恶心的角色。要在这种环境中生存，玩家需要快速的反应和灵动的手指。现在让我们好好想想，当孩子们在入学之前就开始玩这种游戏，一直玩到十几岁，结果将会发生什么？一个孩子首先是通过经验感知现实，而非通过听演讲和看书。孩子们参与其中的无休止的战争，对他们而言并不是虚拟的，而是真实的。屏幕上的事件比美国独立战争和第二次世界大战更逼真。在表面的认识层面，他们能意识到游戏仅仅是个虚拟世界，但在深处的情感层面，他们却无法这样认为。毕竟，对孩子们来说那才是正在发生的事情。

不错，一些最古老和最流行的游戏都源于某些形式的暴力。比如，国际象棋的玩法就在于除掉或困死敌对力量：步兵、骑兵、通信兵、象背上的军队，还有令人敬畏的皇后①。不过，国际象棋虽然让人着迷，理智的人却从未把它与现实生活混淆在一起。现在的游戏，它们的问题在于太真实，它们抹去了虚拟与现实的界线，因为在孩子们的世界里，时间充裕、缺少竞争。（他们的世界是安全的、百无聊赖的，也是可以预见的。）年轻人轻易获得攻击性武器后，很容易跨过理智的边界，在现实中大开杀戒，这其实不过是他们多年来在虚拟世界里滥杀行为的延续。

几十年前，我就开始研究并写作无节制地看电视可能造成的影响，尤其是它可能对孩子造成危害的文章。后来，市场上开始出现交互式电子游戏，电子技术好像终于和孩子们亲近起来了：孩子们现在有机会做一些让人兴奋的活动，而不是被动地看些空洞的电视节目了。我没有料到，这些新技术所提供的互动性竟然变成了一个盛满喂食大脑爬虫诱

①“皇后”实际上是个误读，象棋发明者为了致敬波斯军队的指挥官，将最重要的武士棋子命名为“大臣”(Vizier)。中世纪，法国军队在近东地区学会了这种游戏，认为这枚棋子的读音与圣母玛利亚（Virgin Mary）有关，后演变为“皇后”。

饵的潘多拉盒子。现在让我害怕的是，经历着如此“真实性”的孩子们正在创造一个希罗尼穆斯·博斯（Hieronymus Bosch）②所想象的现实世界——满是蜘蛛状生物、熔化的物体和野蛮的人类。

② 生活在 15-16 世纪的荷兰画家。他富有想象力的画作充满了荒唐的形式和怪异的象征主义。——译者注

▲ 荷兰画家希罗尼穆斯·博斯的《末日审判》（*The Last Judgment*）局部。

注：本文作者米哈里·希斯赞特米哈伊的《创造力》已由湛庐文化策划，浙江人民出版社于 2015 年出版。

32
THE PATIENCE DEFICIT
耐心的缺失

尼古拉斯·卡尔（Nicholas G.Carr）

数字思想家，著有《浅薄：互联网如何毒化了我们的大脑》。

我担心时间——我们扭曲时间的方式和时间扭曲我们的方式。像其他动物一样，人类也有非常精准的生物钟。拿开腕表和手机，我们依然能够大致不错地估计时间。不过，事实上时间又是很容易被扭曲的。我们对时间的感知是主观的，随阅历和环境的改变而改变。当事情在我们身边快速发生时，本来短暂的延时开始变得冗长起来，每一秒都被拉长了，几分钟的时间都好像没有尽头。“我们的时间意识好像受对比规律的支配。”威廉·詹姆斯（William James）在他 1890 年的杰作《心理学原理》（*The Principles of Psychology*）中说。

2009 年，在英国皇家学会《哲学学报》（*Philosophical Transactions*）的一篇文章中，法国心理学家西尔维·德鲁瓦·沃莱（Sylvie Droit-Volet）和桑德里娜·吉尔（Sandrine Gil）描述了她们所谓的时间悖论：“尽管人类能够精确地估计时间，就好像他们拥有特殊的机制来度量时间，但他们对时间的表述却很容易受环境的扭曲。”她们描述了我们的时间意识怎样随情绪状态而变化。比如，当我们激动或焦虑时，时间慢得好像在爬行，我们变得急不可耐。社会环境同样也影响着人们体验时间的方式。沃莱和吉尔写道：“研究表明，个人会让自己的时间与别人的相匹配。”我们周围的那些“活动节奏”改变着我们对时间流逝的感知。

假如我们理解自身时间意识的变化，就该知道信息技术和通信技术将对个人的时间感知产生重大影响。它们常常决定我们要经历的事件的节拍，并以这样的速度规划人们获得新信息和刺激所耗费的时间，甚至社会交往的节律也由它限定。长久以来，都是如此，只不过我们现在拥有强大和极速的计算机，这种影响力会被强化。那些电子小玩意训练我们几近瞬时地反应，而一旦稍有迟缓，我们就会十分沮丧和恼火。

我知道我自己的时间感知已被技术改变了。如果从速度很快的设备换到稍微慢点的设备，哪怕运行起来只慢一两秒的时间——待机唤醒、发送一个申请、打开一个网页，我就会觉得慢得无法忍受了。从前我从未意识到这一点，也从未因仅仅几秒钟而恼火过。

基于网络用户的调查，表明这是一个普遍的现象。早在 2006 年，一个著名的关于网上零售的研究发现，如果加载购物网页的时间超过 4 秒，则很大比例的网上购物者会放弃打开它。从那以后,所谓的“4 秒定律”又被废除，取而代之的是“1/4 秒定律”。通过对谷歌和微软等公司的研究发现，如果页面加载延迟了 1/4 秒，人们就开始放弃打开它。“两个 1/4 秒，无论更慢或是更快，都是接近于网络竞争优势的神奇数字。”一个微软顶级工程师在 2012 年说。从另一个角度看，这与你眨下眼睛的时间差不多。

一个关于在线视频观看的研究向我们提供了更多的证据，揭示了媒体的发展和网络技术如何消磨了我们的耐心。舒恩穆葛 · 克里希南（Shunmuga Krishnan）和拉梅什 · 西塔拉曼（Ramesh Sitaraman）研究了大量的数据，记录了近 700 万人的 2 300 万视频观看意见。他们发现，在两秒的延迟后，人们陆续开始放弃观看这个视频，这不会使点击“开始”按钮后还要等待视频开始的人感到吃惊。更有趣的是，研究发现了更高连接速度和更高放弃率之间的因果关系。每当网站连接更快时，我们反而变得更加不耐烦。当我们在线体验着更快的信息流，我们就变成了更加没有耐心的人。但这不仅仅是一种网络效应。总的来说，这种现象被 Facebook、Twitter、短信息和社交网站不断的嗡嗡声所放大。社会的“活动节奏”从未如此匆忙。缺乏耐心是一种传染病，会从一个小玩意传染到另一个小玩意。

这些对任何一个与网络媒体或数据运行中心有关的人都有显著的重要性。但是它对我们的思考方式、社交方式甚至日常生活方式也有影响。如果我们假设网络会继续变快——这是非常安全的赌注——那么可以得出结论，我们会变得越来越没有耐心，越来越不能容忍行动和反应间哪怕 1 微秒的延迟。结果，我们几乎不可能去经历需要等待的事情，因为它们没有给予我们即时的满足感。人类伟大的杰作，在艺术、科学、政治方面，都需要时间和耐心去创作和欣赏。最深层的感受不能以秒为单位来衡量。

现在尚不清楚，是技术导致耐心消失，还是这本身就是一种趋势。即使我们并不使用技术，它仍然存在。但是基于对我本身和其他人的观察，我可以假设人们的时间观念确实以一种持久的方式发生着改变。数字技术强化了我们对延迟的敏感度和抗拒度，对新刺激到来前的空白时间更加不能容忍。因为时间体验对我们的生活体验来说十分重要，所以我非常关注技术对人类知觉系统的影响。在任何情况下，如果你愿意花点时间的话，这都是值得你进一步思索的事情。

33

THE TEENAGE BRAIN

青春期的烦“脑”

萨拉－杰恩·布莱克莫尔（Sarah-Jayne Blakemore）

英国皇家学会研究员，伦敦大学学院认知神经科学教授，合著有《乐在学习的大脑》（*The Learning Brain: Lessons for Education*）。

直到大约15年前，人们普遍认为大脑的大部分发育都发生在生命刚刚开始的那几年。但是关于人脑的研究表明，许多大脑区域的发育延续到了青春期，甚至更晚。这种认知的进步加剧了我们原本的担忧，并且可能引起新的问题。世界各地许许多多的青少年在大脑还在发育并被环境所塑造的时候，就丧失了接受教育的机会。我们还应该担心，快速变化的世界怎样塑造着青少年发育中的大脑，对此我们缺少了解。

数十年对早期神经发育的研究表明，环境能影响大脑发育。在生命刚刚开始的数月或者数年中，一个动物必须暴露在特定的视觉和听觉刺激中，使大脑细胞相互连接并开发这些连接；只有这样，神经元线路才能建立起来。这项研究主要关注大脑感觉区域的早期发育，那么，更高级大脑区域的后续会怎么发展呢？像前额皮质和顶叶皮质，它们是与决策、抑制控制、制定计划、社会理解及自我意识有关的部分。我们知道，这些大脑区域在整个青春期继续发育，然而，我们对环境因素如何影响青少年大脑发育却知之甚少。这一点应该引起关注。

在新西兰达尼丁地区的纵向研究给我们提供了一些证据。该研究认为青春期是大脑发育对环境输入信息特别敏感的一段时期。青少年持续摄入大麻会对成年后的认知能力光谱有持久的消极影响。如果是18岁之后开始使用大麻就是另外一回事。那么其他环境因素，如酒精、烟草、毒品、节食、用药、使用互联网以及玩游戏，是否也有同样的影响呢？这些似乎都会对大脑发育产生影响。问题是如何影响，我们根本不知道答案。

很多人担心青少年在上网和玩电子游戏上花费了太多的时间。但是这些担心也许是错位的。毕竟，综观历史，人们总是担心新技术会对下一代人的头脑产生影响。当印刷机被发明出来时，人们担心读书会腐蚀年轻人的心灵；当广播和电视被发明出来后，人们也有同样的担心。其实我们根本不用担心。当代青少年发育中的大脑，有可能是有史以来最具有适应能力、创新能力和多任务处理能力的。从成年人身上我们可以找到证据，玩电子游戏可以提高一系列的认知功能，比如注意力分配、工作存储记忆和视觉敏锐度。关于游戏、社交网络等怎样影响尚在发育的青少年大脑，我们知道得更少。我们不知道新技术对发育中大脑的影响是积极、消极还是中性的。我们需要弄明白它。

青春期是大脑可以塑造的时期，它意味着一个学习和社交发展的良好机会。然而，据联合国儿童基金会的统计，世界上 40% 的青少年无法接受中等教育。在这 40% 中，女孩所占比例更高，但是有足够的证据证明女孩接受教育对家庭健康，生活质量，提升人口增长率，提高女性地位，降低儿童死亡率、艾滋病毒感染率，都有着非常显著的好处。青春期意味着大脑发育的时期，这个时期的教育和训练尤为重要。令我担心的是世界上的青少年不能接受教育而丧失了机会。

34

WHO'S AFRAID OF THE BIG BAD WORDS?

词语禁忌

本杰明·贝尔根（Benjamin Bergen）

加州大学圣迭戈分校认知科学系副教授，著有《无须多言：大脑构建意义的新科学》（*Louder than Words: The New Science of How the Mind Makes Meaning*）。

1973年10月30日，周二下午两点左右，纽约一个广播电台在播放喜剧演员乔治·卡林（George Carlin）的单人脱口秀。他绘声绘色地列举和例证了公共频道上公开禁用的7个词。之后不久，美国联邦通讯委员会制裁了这个电台，他们认定这个广播节目“粗鄙下流”且“公然冒犯他人”。5年后，美国最高法院维持了这个判决。换句话说，这片土地上的最高法院认定这些词语是如此危险，以致言论自由的宪法权利也要被搁置一边了。这是为什么呢？

孩子，当然，这是为了保护孩子。根据最高法院的说法，卡林的节目问题出在那些描写性行为和阴部功能的淫秽词，“或许将带给孩子们比成年人更深远、更持久的负面影响”。基于相同的观点，某些词汇或许会伤害年轻的心灵，所以很多人害怕让孩子接触污言秽语。这一点导致在网上，孩子们的幸福就成了限制言论自由极其正当的理由。但问题是最高法院的前提难以得到实际证据的支撑，即孩子们会被那些挑选出来的禁忌词汇所伤害。没有什么词汇那样可怕、那样恐怖、那样下流，仅仅听到或说起它们都会对年轻的耳朵造成危险。禁忌词汇本身并不会对心灵造成威胁，它所涉及的身体部位或行为根本就不会伤害孩子。实际上，那些禁忌词汇所涉及的事情，在医疗环境下被认为是很正常的，并且它们一直在孩子周围被频繁使用着。况且，这些词汇本身的发音也没有对孩子的听觉系统带来污染。与禁忌词汇相近的音系学词汇，像“fit”和“shuck”，也不会污染耳蜗。

事实上，特定词汇被列为禁忌的事，是历史上的专横事件。那些曾经会让使用者极为尴尬的词汇，如“Zounds!”或“That sucks!”现在已经成为最平常的词汇。相反，今天位居污秽之列的词都一度用来指代最普通的东西，像“roosters”（公鸡）和“female dogs”（母狗）。显然，孩子们通过公共广播听到违禁的四字母词汇所冒的风险，只是扩大了他们的词汇量，即便这种可能也很勉强，因为任何人都可以证明有人最近在小学操场偶然听到过“这些玩意”。

所以当美国电影协会禁止儿童观看《南方公园》（*South Park*）时；当父母让孩子用手捂上耳朵做“耳罩”动作时；事实上，当美国联邦通讯委员向广播公司征收罚金时，他们没有在保护儿童。但是他们的确有效果，而且听起来比较矛盾，正是我们为了保护儿童不受危害所采取的行动，给具体词汇赋予了邪恶的力量。在这些行动中审查制度最为重要，这或许是我们无须担心孩子们接触禁忌词汇的最好辩词。这样做也是最好的办法，可以消除他们虚构出来的种种危险。

35

THE CONTEST BETWEEN ENGINEERS AND DRUIDS

大分歧：工程师与德鲁伊

保罗·萨夫（Paul Saffo）

科技领域预测专家，斯坦福大学工程系顾问教授。

有两种傻瓜：一种傻瓜说，老旧的就是好的；另一种傻瓜说，新潮的东西更好。自有人类以来，就有了二者的争论，但是随着技术指数型的进步，二者之间的鸿沟越来越深，而且比从前任何时候都不可调和。我最大的担心就是这种认知鸿沟将成为阻碍，使技术创新没办法用来解决人类所面临的最严峻挑战。

形成这条鸿沟的两大阵营都需要名字，就叫他们德鲁伊（Druid）[1]和工程师（Engineer）吧。德鲁伊认为：我们必须放慢脚步并扭转两个世纪的工业化所造成的损害与破坏。工程师的主张正好相反：只能用新的技术创新去解决过去的技术带来的问题。德鲁伊主张回到过去，工程师则竭力主张奔向未来。

德鲁伊与工程师的鸿沟实际上在技术触及的每个领域都能看到。德鲁伊呼吁对转基因生物施行禁令，工程师不厌其烦地说要创造合成生物。环保主义的德鲁伊追求已故的戴维·布劳尔（David Brower）称之为“地球国家公园”的地方；工程师则对道格拉斯·亚当斯（Douglas Adams）《银河系漫游指南》（*The Hitchhiker's Guide to the Galaxy*）中的曼格拉斯人情有独钟，他们

[1] 在凯尔特神话中，德鲁伊指祭司，具有与众神对话的超能力。——译者注

希望能够把整个地球敲碎，然后重新设计组合成一个更美好的地球。超人类主义者和奇点主义者都属于工程师阵营，动物解放阵线（Animal Liberation Front）和“炸弹客”希尔多·卡辛斯基（Theodore Kaczynski）属于德鲁伊阵营。在政治上，自由论者属于工程师，绿党属于德鲁伊；宗教方面，信仰基督教原教旨主义者属于德鲁伊，信仰山达基教者属于工程师。

德鲁伊和工程师之间的分歧，使得 C.P. 斯诺（C.P.Snow）的“两种文化”的划分犹如人行道上的裂缝一样。两个阵营不仅持有不同的世界观，而且几乎不说同一种语言。一次通过向不列颠哥伦比亚省附近的太平洋倾倒铁屑来围隔海洋碳的尝试激起了工程师的好奇心，却使德鲁伊惊恐不已，他们认为这是国际污染行为。面对不确定性和危机，工程师加大了油门，德鲁伊却踩了刹车。

德鲁伊与工程师的分歧无处不在，两派激情澎湃又顽固偏执，这使我想起古希腊武士诗人阿尔基洛科斯（Archilochus）和他对刺猬和狐狸的区分（狐狸千伎百俩而有尽，刺猬凭一技之长而无穷），以赛亚·柏林（Isaiah Berlin）曾对这种划分做过引申和丰富。经验限制了我们倾向成为工程师或德鲁伊，就像由它们决定我们是“刺猬”或“狐狸”。工程师容易成为沉迷于物理和工程的技术主义者，德鲁伊充满人类学、生物学和地球科学的自然情怀。工程师是乐观主义者：如果有足够的脑力、努力和金钱，任何事情都是可以完成的。德鲁伊是悲观主义者：无论建筑多么宏伟，最终都会生锈、腐烂，化为灰烬。

或许，这种倾向的影响会非常深刻。几年前，我朋友的 5 岁女儿在家庭餐桌上发现一道陌生的主菜，她说：“它是新的，我不喜欢它。”一位德鲁伊正在形成，这成了她小学时期的座右铭，据我所知直到今天这仍是她的座右铭。

我们生活在这样一个时代，在任何争辩中保持中立都是最孤独的。关于技术在未来生活中所起作用的争辩也不例外。新奇技术的猛烈冲击及其他因素正在诱导个人和相似的机构成为工程师或是德鲁伊。这是我们必须抵住的压力，因为无论成为工程师还是德鲁伊，你都将成为一个傻瓜。德鲁伊不可能复古，工程师也不可能发展没有隐患的技术。

解决的办法是回到中间，良好的开端就是时刻留意自己的工程师或德鲁伊倾向。尽管有人曾经认为，相同的倾向会成为强大直觉的基础，但倾向往往也意味着危险的偏见。你对新事物的本能反应是什么？你的默认选择是期待还是拒绝？谈及无人驾驶汽车，德鲁伊认为机器人车辆不安全；工程师派好奇为什么只有人类可以开车。

我的担心是集体智慧改变的速度会像蜗牛一样慢，然而技术发展的速度却沿着指数曲线增长。我害怕我们不能及时地重新找到中间地带，以此来拯救我们一次又一次的愚蠢。我内心的工程师坚信新星球的文化基因会出现并使我们幡然醒悟，但是悲观的德鲁伊告诉我，如果我们没有“自掘坟墓”或者重返一个“黑暗时代”，完全是侥幸地蒙混过关。如果它们都有一点正确，也都有一点错误的话，我会很高兴。

36 "SMART" "智能"

叶夫根尼·莫罗佐夫（Evgeny Morozov）

《新共和》（*The New Republic*）特约编辑，多家报刊的专栏作家，著有《技术至死：数字化生存的阴暗面》（*To Save Everything,Click Here: The Folly of Technological Solutionism*）。

我担心随着技术解决问题的能力越来越强，我们的判断能力会下降。哪些是重要的，哪些是琐碎的，哪些根本就是伪问题，我们可能会越来越分不清。或许对于世间的每个问题，我们都能找到"智能"的解决方案，但这并不意味着所有的问题都值得留意，事实上，其中很多问题或许根本就不是问题。现实社会和个人生活环境是棘手的、不完美的、嘈杂的、不透明的或者有风险的，这些可能都有特殊的意义。或许，像一些极客喜欢说的那样，缺点不是缺点，是特点。

我发现自己经常计较"智能"解决的隐形成本，某种程度上是因为硅谷的牛人没有骗我们：技术不仅变得更强大，而且变得更普遍。我们曾经认为，在某种程度上，数字技术只存在于一些特殊的保护区内，首先我们称这个虚拟的地方为"网络空间"（Cyberspace），后来我们给它换了一个更中性的标签"互联网"。随着定位服务的延伸，无人驾驶汽车和智能眼镜的出现，我们明白了保护区或许是一个神话，数字技术将无处不在：在我们的冰箱里、皮带上、书籍中和垃圾桶里。

所有这些精妙绝伦的"智能"会使我们的环境更加可塑、更加可以像程序一样编码。这促使我们从互动、社会机构和政治中寻找缺陷，并通过设计解决它们。这仅仅因为我们有能力去解决！如果我们可以设计出没有犯罪的智能环境，那么为什么要有昂贵的法律执行体系？这个完全可以做到，基于网上资料，我们可以把那些被视为“高风险”的人彻底隔离，使得他们根本没有机会犯罪。人们面临着这样的两难困境：我们需要犯罪吗？作为一种民主，在一个没有犯罪的世界里我们将会失去什么？当媒体和法院没有案件可以评述和审判时，我们还能讨论些什么呢？这是一个很重要的问题，我害怕硅谷以其对效率和优化的嗜好，可能无法准确无误地了解它们。

或者再举一个例子，如果通过提名、推送和虚拟徽章的正确组合，可以使人们变成“完美市民”——注重可持续利用，在选举活动中露面，关注城市基础设施——我们就应该利用智能技术提供的这种可能吗？或者我们是否可以接受微小的懒惰和懈怠也是有建设性的？它们可以创造出公共空间和开放环境。其中的审议和道德争论行为能够吸引公民自动参与其中，而不是靠手机应用程序上的一个优惠购物折扣来诱惑他们。

如果解决问题的人可以通过一个游戏让你循环利用废旧物品，那么他们是否还愿意从道德角度说服你，虽然这样做的效率非常低。不同的是，在游戏中赢得积分的人或许最终不知道自己解决了什么问题，而通过争辩的人们会有微小的机会了解到问题的复杂性。这使他们愿意做一些事关未来数年，而不是仅仅眼下的事情。

唉，智能的解决方案并没有培养出明智的解决问题者。事实上，与此相反倒有可能是正确的：各种出色的工具蒙蔽了我们的双眼，人们可能忘记，一些问题和不完美恰恰是正常的代价，去接受这样的社会合约，和其他的人们生活在一起，尊敬他们并确保在追求最新的完美社会上，我们不会向“变革”关闭大门。变革通常发生在喧闹、嘈杂和设计有瑕疵的环境中；在毫无生机的环境里，每个人都安于现状，不知道创新，也不了解技术和社会变化。智能技术时代来临了，有这样一种过于“智能”的东西，但是它并不聪明。

37

THE STIFLING OF TECHNOLOGICAL PROGRESS

阻止技术进步的社会直觉

戴维·皮萨罗（David Pizarro）

康奈尔大学心理学副教授。

有一件事越来越清楚了：人类的直觉，特别是我们的社会直觉和道德直觉，在快速的技术创新面前有些错乱。我们需要担心它会妨碍那些对个人有实际利益、对社会有巨大价值的技术应用。比如，电子邮件提供商能基于我的邮件内容生成针对性的广告，还能给邮件中提到的预约建议一个日历选项，当这个约定临近时便追踪我的位置，邮件提供商会提醒我该何时出发并寻找驾驶路线，让我准时赶到那里。当然可以说，谷歌"读了我的邮件"并"知道我必须在哪儿"。我们禁不住要透过社会直觉的镜面来解读这些自动化的信息，这样就总会怀疑代理商和他们的意图，其实这种意图并不存在。但是，即便我们知道没有谁的眼睛看过自己的邮件，它依然让人感觉毛骨悚然。似乎我们不能确定是否有人翻阅自己的资料，尾随着我们，并有可能在身后议论着。可以预料，很多人认为这些服务侵犯了隐私，即使代理商从没有这个打算。于是，这类技术的应用颇为曲折。

这些社会直觉干扰着技术的进一步推广，而这些技术带来的好处不仅仅是方便。比如，自动驾驶技术已经存在，它能降低交通事故，从而让成千上万的人免于车祸之殇。不过它的基础是实时追踪精确位置。对很多人来说这很恐怖，以致极力回避它而选择相对危险的人工驾车。当然，直觉不是不可改变的。假以时日，当那些技术深深嵌入人们生活时，我们就会学着把不恰当的直觉置于一旁。但我怀疑人们能否足够快速地跟上技术创新的实时速度。

38

THE RISE OF ANTI-INTELLECTUALISM AND THE END OF PROGRESS

反智主义与进步的终结

蒂姆·奥莱利（Tim O'Reilly）

技术图书出版商，奥莱利出版公司（O'Reilly Media）的创始人和首席执行官。

对许多技术精英，即便是那些认为“奇点”过分乐观的人来说，永久进步与经济增长的观念也以某种原因被视为当然。我从曾经的古典学家转变成技术专家，罗马帝国的衰落始终让我念念不忘，那么灿烂的文化烟消云散，直接导致西方世界近千年的停滞。我最害怕的是，我们将缺乏直面世界问题的勇气和远见，并由此倒退回迷信与愚昧。

公元375年前后，因在梦中被自己指控为是一个西塞罗信徒，而不是一个基督徒，圣哲罗姆（St.Jerome）决心放弃攻读经典作家转而致力于《圣经》和神学。公元415年前后，亚历山大城的基督徒谋杀了哲学家兼数学家希帕蒂娅（Hypatia）。以上两个例子至少部分地表明，黑暗时代不是外部世界强加的，文明的崩溃也不是因为野蛮人的入侵，而是一种选择，一种从知识和发现到宗教原教旨主义的转向。现在看美国宗教和政治中的保守势力如何拒绝科学知识，并嘲笑他们的对手是“实境派”（reality based）。但是扪心自问：“如果某种意识形态最终统治了这个地球上最强大的国家，那么对世界而言，其结果又会如何呢？”

历史告诉我们，保守的、复古的运动常常在经济压力下兴起。当世界面临从气候变化到“老龄化人口悬崖”等一系列问题时，广泛地想象人类的未来图景是明智的。是的，我们或许能找到技术解决方案，把我们推进到一个新的黄金时代——机器人、集体智慧和围绕“创意阶层”建立起来的经济。不过，至少还有这样的可能，即我们找到这些解决方案的速度不够快，以致世界对科学与进步变得冷漠和失去信心，在经历一段沉闷的衰退之后，进入一个新的黑暗时代。

文明的败落似乎是宿命，我们还从未看到哪一个文明能够幸免。不同的是在过去的历史中，进步的火炬总是传递到世界的其他地区。但是，现在人类第一次拥有了单一的全球性文明。如果它败落了，我们只能一起败落。

39
ARMAGEDDON
末日决战

蒂莫西·泰勒（Timothy Taylor）

考古学家，维也纳大学人类史前史教授，著有《人造猩猩：科技如何改变人类进化的进程》（*The Artificial Ape: How Technology Changed the Course of Human Evolution*）、《斯坦福极简经济学：如何果断地权衡利益得失》（*The Instant Economist Everything You Need to Know About How the Economy Works*）。

随着年岁的增长，我不再会不耐烦地把耶和华见证人或摩门教徒拒之门外。我也不再指着楼梯顶的大图标——上面是帕特摩斯岛带翼的圣约翰（St.John,《启示录》的推定作者），并虚伪地声称这是保加利亚东正教——说谎的时候我很难严肃起来。曾经有一对志同道合的年轻摩门教徒，从美国中西部一起来到这个陌生的欧洲；我向他们解释楼梯顶的大图标时，显然他们已经知道那既不是保加利亚也不是东正教。

当两个耶和华见证人敲开门并问我是不是乐观主义者时，我心中平静而没有一点不耐烦的情绪。我的脸上出现了一抹真诚的微笑，并给出很肯定的回答。那个负责的（另一个就是徒弟，通常是这样）很快拿出一本《瞭望塔》（*The Watchtower*）的副本，封面上是一朵壮观的蘑菇云，饰以标题“大决战”。他暗示我暂时的乐观可能毫无寄托。

我开始明白他的观点，虽然不是来自他的看法。耶和华见证人的世界末日稍早于最后的审判，而且是预言中对反基督的最后一战。它可能取名于以色列米吉多古城——一个《旧约全书》记录的几个大的局部的天启战斗的代称。埃及的图特摩斯三世（Thutmose Ⅲ）平定了公元前1457年发生在那里的迦南叛乱，公元前609年，埃及人再次取得胜利，击败了铁器时代的犹太人。米吉多是个双重战略要地：就局部而言，它控制了从以色列卡梅尔山的东地中海沿岸通向约旦河谷的路线；就区域而言，它占据了一片相对狭窄的可居住土地，这片土地是连接非洲和欧亚大陆的桥梁。

约在公元前7000年，新石器时代的农民最先定居米吉多，不过该地区更早时候就被占领了。卡夫泽石窟出土了可以追溯到92 000年前的石制工具、颜料染色的贝壳饰品、超过12人的仪式性墓葬。塔捧附近的洞穴里遗存的工具有来自50万年前的直立人，还有来自于大约20万年之前的直立人；另外还有尼安德特人的遗骨——这是一个不同的人种，最终与走出非洲向北渗透的现代智人（解剖学的定义）展开了竞争，时间大致与卡夫泽墓葬群相近。

这些关于我们进化和文化的史前史事实，是由国际跨学科科学项目确定的，但被极端主义者全然拒绝。阿马郡大主教厄谢尔（Ussher）声称，人类始祖是亚当和夏娃，他们由上帝在创世纪的第6天亲自创造，时间差不多在公元前4004年的10月下旬（但是在一个星期一又被驱离了天堂，同年11月10日）。而按耶和华见证人们的计算，世界还要早一个多世纪，由亚当在公元前4129年创造。但是，这两种说法都没有为早期的米吉多农耕阶段留有时间，也没有为生物进化、板块构造及任何真正由历史科学经验确定的事情留有时间。

如果这只是对过去的空间尺度，或对其中所发生的事情持有异议，那么，对考古学家、古生物学家和地质学家来说，还不过是个小小的挫败。但在我看来，相信世界有一个固定的、全新世的开始，总是与相信世界有一个突然的、通常逼近的结束相匹配。否定古人、否定达尔文的进化论，从心理上定义了任何臆想的未来形式与空间，而且它对个人与社会关于资源管理、生物多样性、人口控制以及技术发展的决策方法有暗示作用。

相信世界末日的人，对这些事情是不怎么在乎的。通过“世界末日主义者”这个概念，我的意思是在宗教虔诚的末世论中，秉持一种无关乎等级的区别、无关乎“末日时刻想法”的宗教信仰，其理念是：（1）一切事情都将在近未来一个确定的时间点奇迹般地解决；（2）这个方案将分晓永恒的赢家与输家；（3）生命的唯一真正关切是当决战（不论是具体的还是抽象的）开始时，我们发现自己站在了哪一边。一场正在来临的末日决战被耶和华见证人、伊斯兰艾哈迈迪耶团体（Islamic Ahmadiyya Community）、基督复临安息日会成员（Seventh-day Adventists）、基督教末世论者（Christian Dispensationalists）、基督兄弟会（Christadelphians）和巴哈伊教教徒（Bahái）预见了。更广泛地说，这种末日浩劫后天启重生的信念为摩门教总教会、伊斯兰教、犹太教和大多数其他宗教所共享，禅宗佛教是个值得注意的例外。

很显然，从道德层面看，那些压迫异教徒、惩罚叛教者的宗教狂热分子与和平的宗教信徒是需要区别看待的。还有一种区别就在于是否全面抵制科学，天主教会一直刻意回避在宗教审判时烧死异端，却从未排斥达尔文的人类进化观点。早在1868年，后来成为红衣主教的约翰·亨利·纽曼（John Henry Newman）就发现这可能是相容的，自1950年以来逐渐积极地接受它。但是，天主教依然保留着一个坚定的信念：在一个精准确定的未来中，要进行最后的审判。罗马反对避孕就与此相关；如果一切都将重生，世界本就不必持久永恒。

诚然，科学家可以和牧师一样以世界尽头的绝望景象恫吓人们。如果科学家真的这样做，他们就不必惊讶于人们被包括“拯救”在内的选项所吸引。但是，面对有违经验证据的武断，我们这些具有启蒙主义气质的人并没有担起答疑解惑、因势利导的责任。当然，我们也没有通过向宗教倒卖科学知识而获得好处，也没有基于自我保护意识而委曲求全。这是非常可敬的，在某些司法部门里，现在还列有相应的惩罚。科学的否定者可从没有表现过对理性相同的尊重。

我们应该担心世界末日，不是作为一个虚构的、神启的末日审判的开场序曲，而是作为一种特别的、适应不良的心态。尽管我们空前接近科学知识，这种心态却依然十分流行。奇怪的是，它或许正是因为科学的不断进步才盛行起来的。无知很容易，科学很苛刻，然而，更明显的是，科学既非种族的，也非教条的。科学直接挑战意识派，意识派需要其追随者相信他们一贯正确。我们不应低估反科学意识形态的魅力与影响。如果任其发展，就可能迎来一个新的知识的黑暗时代。

尼日利亚的宗教极端主义坚持认为我们居住在一个平面的、有6 000岁的地球上，圆盘状的太阳比较小且每天都越过地球。异端（比如相信进化论，或者相信下雨的前提是水的蒸发）可能招致审判而处以极刑。

理性消失了。人们日益挣扎于营养不良、干旱与疾病。不过，这也反馈到意识形态之中：在恐怖分子的日记中，他们表述了来世受赏的完美愿景。对来世的期待好像深有悲剧性的吸引力。

这些天，每当我站在门阶上，在我身后是一个带翼的世界末日传道者，在我身前是一个裹在夹克里的传道者，我感到有责任谦恭地、坚定地、清晰地表达一个科学的世界观，顺便张扬乐观。毕竟，我不会深受末日束缚，以致认为一个正在来临的全球知识黑暗时代将永远存在下去。

40

SUPERSTITION

迷信

马特·里德利（Matt Ridley）

科普作家，国际生命科学中心创会理事长，著有《理性乐观派》。

我担心迷信。理性的乐观主义者花费很大的精力去揭穿骗子，那些骗子为制造大众恐慌而虚构了很多理由。因此，最让我担心的是那些让别人为错误的事情而焦虑的人，还有那些利用人们对迷信和恐慌的潜意识而吓唬我们去做蠢事的人：不吃转基因食品，教导孩子地球有 6 000 岁，不让女孩子上学，对移民和自由贸易一味排斥，禁用化石燃料以解除雨林的压力，等等。

迷信能使整个文明沉沦。正如罗马的崩溃一样，大明帝国及哈里发治下的阿拔斯王朝，其生活水平从相对下降变成了绝对下降，信仰对理性的胜利是造成这恶果的重要原因——我指的是官方推崇的信仰。

这里有一个特别的理由让人担心当下迷信在兴起——人口学原因。正如埃里克·考夫曼（Eric Kaufmann）在他的《世界属于信教的人？》（*Shall the Religious Inherit the Earth?*）中提供的证明，在所有重要宗教派别的内部，不管是逊尼派、什叶派、犹太教、天主教、新教、摩门教还是阿米什，极端派都比温和派繁衍得快。两者相差悬殊且差距还在扩大。

幸运的是，孩子们并不总是对父母言听计从。数以百万计被灌输极端教义的孩子会背叛他们的信仰，去拥抱理性和自由，尤其在互联网、手机和社交网络时代。但是还有另一个统计数据的趋势：全球的人口出生率下降，越来越多的国家每个女性只生育两个孩子或者更少。在一个普遍高出生率的世界，极端主义者的生育狂潮无关紧要，但是在一个出生率较低的世界，其影响就会是惊人的。如果世俗百姓不生孩子，而迷信的人生孩子，后者将很快统治这个世界。

不只是宗教迷信困扰着我，科学迷信也在兴起，尽管不是因为人口学。来自权威的说法认为，科学作为一种制度，与哲学相对，一直以来都有漂向宗教的趋势，比如20世纪上半叶优生学的例子，苏联的李森科主义（Lysenkoism），弗洛伊德主义（Freudianism），还有20世纪七八十年代不容置疑的对膳食脂肪的痴迷。当科学变成了政治，无论是“异己派”还是“稳健派”都会经常受到极端主义者的排挤。幸运的是，科学具有自我修正的倾向，因为它们分散在不同的竞争中心。我害怕科学也成了极端主义的“一言堂”。

我担心的是这个世界上的每一个人都学会了假装专心致志。

——威廉·庞德斯通（William Poundstone），
《增强现实技术会让我们变得更冷漠吗？》

I

WORRY

ABOUT

A WORLD

IN WHICH EVERYONE IS

ONLY PRETENDING

TO PAY

ATTENTION.

41

AUGMENTED REALITY

增强现实技术会让我们变得更冷漠吗?

William Poundstone

威廉·庞德斯通

超级畅销书作家，曾两次获普利策奖提名。

著有《无价》《谁是谷歌想要的人才》《剪刀石头布》。

我担心增强现实技术。这是一种极具吸引力的技术，代表了未来20年内绝对会兴盛的潮流。你可能会戴上比普通眼镜更轻便甚至隐形的眼镜，它将以“浮窗”的形式在你视野中显示所有有用的信息。你可以看到互动地图、实时股票新闻或者短消息提醒，任何信息都可以从一块屏幕上获知。

改变游戏规则的东西不是本地特有的“浮窗”（我们已经有了），而是绝对隐私。不论你是在商业会议中快速查找资料，还是在课堂上打游戏，都没人知道。这听起来像是些愚蠢的例子，但我不这样认为。你有多少次因为害怕遭到周围人的鄙夷，而不敢掏出手机查看信息？有了增强现实技术的眼镜，这些顾虑都不存在了。

我并不担心安全问题，或许到那时，连汽车都可以实现无人驾驶了。我担心的是这个世界上的每一个人都学会了假装专心致志。社会生活建立的前提无需阐明：我们需要相互关心。人们需要注意身边人的存在，如果不这样，这个人就会被认为是粗鲁的、冷漠的，甚至病态的。未来，我们确实可能变得粗鲁、冷漠，甚至病态；马尔萨斯灾难（Malthusian Catastrophe）① 正在前方向我们招手。消费者层面的带宽仍然在以指数型增长；但是面对各种诱惑所引发的注意力分散，我们的应对能力却没怎么提高，或者充其量是算术级增长。人们需要创造一种新的社会基础设施来解决这个问题，但是我担心没有太多的时间来行动了。

注：本文作者威廉·庞德斯通的《无价》《谁是谷歌想要的人才》《剪刀石头布》已由湛庐文化策划，浙江人民出版社出版。

① 由英国人口学家和经济学家托马斯·罗伯特·马尔萨斯（Thomas Robert Malthus）提出，主要指不断增长的人口早晚会导致粮食供不应求。人口按指数型增长，而食物按算术级增长。——译者注

42

TOO MUCH COUPLING

过度耦合

史蒂夫·斯托加茨（Steven Strogatz）

康奈尔大学应用数学系名誉教授，著有《X 的奇幻旅程：为什么工作和生活中要有数学思维》（*The Joy of x: A Guided Tour of Math, from One to Infinity*）。

在每一个领域，我们都作为一个集体存在——在社会中，在全球经济里，在互联网上。我们乐此不疲地增加着彼此间的“耦合”，却完全不知道这将带来什么。

耦合指的是复杂系统中的一部分影响其他部分的能力。如果我把 100 个节拍器放在地上让它们滴答作响，它们各自工作，按照自己的节奏不停悠荡。在这种情况下，它们还没有耦合。因为地板是硬的，节拍器无法感受到彼此的振动，至少是不会造成影响。但是现在，把它们放置在一个类似秋千座板的可移动平台上，节拍器可以感受到彼此的振动；秋千也开始摆动，起初不知不觉但是足以扰乱各节拍器并改变它们的节奏。最终，整个系统同步，所有节拍器用同一个声音滴答起来。节拍器通过振动把能量传导到可移动平台，并由可移动平台在节拍器中重新分配，从而使它们能彼此施加影响，我们耦合了一个系统并彻底改变了它的动态。

在各种复杂的系统中，这是一个总的趋势：起初，增加各部分的耦合似乎看起来没有坏处；但是后来，耦合突然超越临界值，一切都变了。这种状态究竟会如何改变，并不容易预见，它取决于系统的具体细节。但它总是与未超越前有质的不同，有时这些改变是求之不得的，有时则是致命的。

我担心我们都在与自己玩耦合游戏，各个领域统统如此。随着手机、卫星定位跟踪器和社交媒体的发展，随着全球化的发展，随着物联网的发展，我们比之前任何时候都联系得更紧密了。当然，也许这是好事。更广泛的耦合意味着更快、更便捷的交流和共享。在相互联系中往往可以取长补短，这决定了网络能比个人干更多的事情。

但数学表明，不断增长的耦合是“塞壬的歌声”，会导致复杂系统变得脆弱。在经济学理论或商业实践中，只有群体中的个人保持独立或接近独立，群体的智慧才会起作用。松弛耦合的群体是唯一明智的选择。

人脑是目前所知的最为精致的耦合系统，大脑不同区域的耦合已经被进化所磨合，这使得我们拥有注意力、记忆、知觉和意识的精妙。耦合过多会导致病态的同步，癫痫发作通常表现出“有节奏的抽搐、意识丧失”这样的症状。

传播恶意软件，世界范围的流行病，闪电崩盘，这些都是耦合过多表现出来的症状。不幸的是，很难预测多少耦合才算是太多。我们通常认为多就是好，越多就是越好，其实根本不对。

43

HOMOGENIZATION OF THE HUMAN EXPERIENCE

人类文化正急剧收缩

斯科特·阿特兰（Scott Atran）

人类学家，法国国家科技研究中心研究员，著有《和敌人对话》（*Talking to the Enemy*）。

50万年前，原始直立人发生了一次分裂：一部分最终进化为现代人类，另一部分则成了尼安德特人——他们沿着更早的直立人的足迹，走出非洲并横穿欧亚大陆。然而，我们的祖先，尽管在大约20万年前就具备与现代人一样的大脑与身体，却依旧受困在稀树大草原和灌木丛中。先是在非洲东部，接着在非洲南部。考古和DNA分析表明，我们这个物种在7万年前曾濒临灭绝，种群数不足2 000。然后，几乎就是眨眼之间（与地质年代的跨度相比），他们就成了我们，信步月球之上，有数十亿之众。

这是怎样发生的？没有证据能证明当时的人类大脑和身体构造或身体耐性、感知基本能力发生了突变。这一惊人的、扑朔迷离的发展的根本原因，很可能是大脑对概念进行整合与处理时，一个心灵的想法和理论的递归语言，其计算效率发生了突变。凭借这一新能力，人们能够更多地用语言来交换对未知世界的看法，这使得群体的创造力和合作紧密度大幅提升，从而可以战胜其他群体。

澳大利亚原住民和美国土著喜欢美丽的沙画，因为它们稍纵即逝；美索不达米亚、印度和中美洲的古代人对金字塔情有独钟，因为它们永垂不朽。另外，尽管欧洲现在是创新者的天下，但仍处于较原始阶段的食物采集者、游牧者、农耕者和武士也生活在太平洋新几内亚、南美洲亚马逊及非洲。对

物理宇宙 生命科学 人工智能 认知神经学 心理学 网络趋势
雪莉·特克尔（Sherry Turkle）
麻省理工学院社会学教授
贾雷德·戴蒙德（Jared Diamond）
生物地理学家
丹尼尔·丹尼特（Daniel Dennett）
哲学家、认知科学家
马丁·塞利格曼（Martin Seligman）
积极心理学之父
丽莎·兰道尔（Lisa Randall）
国际理论物理学权威
理查德·道金斯（Richard Dawkins）
顶级进化生物学家
史蒂芬·平克（Steven Pinker）
世界顶尖语言学家、认知心理学家
威廉·庞德斯通（William Poundstone）
超级畅销书作家
“对话最伟大的头脑”声音专栏
湛庐文化创始人韩焱
带您认识世界上最顶尖的科学家和思想家
洞悉最复杂最聪明的头脑正在思考的问题
湛庐FM，不喧哗，自有声。
每日一更，把世界说给你听。
一场智识的探险，一次思想的旅行！
扫描上方二维码进入湛庐FM，搜索“对话最伟大的头脑”即可购买，如有任何疑问请联系客服小庐（微信/电话 13661022845）

上述情况，我们应该感到惊讶，因为这个世界的社会形式和智力形式居然如此多样；我们还应该警醒，正是这种多样化决定着人们与自然之间的关系。

进入基督纪年后，相邻的四个国家开始沿着“丝绸之路”搭建的贸易网，频繁穿越欧亚大陆的中央地区，它们分别是汉帝国，罗马帝国，居于波斯和美索不达米亚中央的帕提亚帝国（Parthian Empire），位于中亚和印度北部的贵霜帝国（Kushan Empire）。欧亚大陆三个普世性宗教——从犹太教、琐罗亚斯德教（Zoroastrianism）和印度教，转变为基督教、佛教、伊斯兰教——借助“丝绸之路”摆脱了地域和部落的限制，开始在全球范围内争夺信徒。在人类的意识中，宗教创造了两个新概念：个人的自由选择和集体人性。那些不是生来入教的人原则上可以选择归属（或者保持在三教之外），不管他们的种族、部落和地区是什么。这些宗教的使命是对全人类进行道德拯救，而不仅仅是“选民”——那些被神选中去给其他人指点迷津的人。

经过欧洲世俗化的启蒙运动，现代历史的伟大的准宗教主义——殖民主义、无政府主义、民主自由主义——开始利用工业化和科学，在全球范围内努力扩散自己的影响力。

不久的将来，人类丰富多样的文化，最终可能剩下寥寥可数的几个。一些科学家说，这就是进化的残酷，生命即挣扎，要么成为征服者骄傲地活下去，要么找个与世隔绝的地方苟且偷生。他们当中的人文主义者则希望通过警觉的智慧和政治努力，民主、理性、人权和幸福能够独领风骚，从而把世界打造成相互依赖的整体。然而，科学也教导我们，深度的相互依赖隐含的脆弱性可能导致整体走向衰败，一个孤立事件可能引发整体的灾难性崩溃。20 世纪的两次世界大战和全球经济危机，应该让我们警醒，未来可能会有更大的灾难出现。

呼吁“容许多样性”和“尊重自然”只是这些问题的苍白认知。因为过分强调个人经验或日常文化动力学，人类学作为一门关于文化的科学实质上已经消失——前者喜欢浮光掠影地去些有异国情调的地方，就像琢磨着自己的生殖器去臆想他人的性方式有怎样的不同；后者则天天只会关注板凳保姆和地铁乘客。今天的心理学认为，通过比较中美两国的大学生，可以发现他们个人经验的深度和广度有所不同；然而这种显著差别仅仅是心理学意义上的，通过重设起始点及参照点（仅仅意味着一个人思考问题的方式有别）就可以抹平。对于人类思想与行为的真实范围及所受的限制，上述对比没有揭示出任何有价值的东西。另外，“政治上正确”，往往意味着强迫接受，很容易导致连鸡毛蒜皮的小事情也盲从。

随着语言与文化的种类在几何级数地消亡，加上驯服自然的进一步努力导致更深程度的异化（包括“自然保护区”的建立和控制气候变化的努力），我们人类文化正急剧收缩，而一旦到达临界点，就会发生大爆炸式的超级动荡，这与7万年前人类几乎灭绝的情况没什么不同——正是那次爆炸促使人类学会了积累经验。

44

ARE WE HOMOGENIZING THE GLOBAL VIEW OF A NORMAL MIND?

出口“精神病”

穆拉利·多雷斯瓦米（Murali Doraiswamy）

杜克大学医学中心精神病学教授，杜克大学脑科学研究所成员。

我们是否应该担心把美国不健康的心态出口到世界其他地方的后果？

生物学家估计，世界上可能有150万到500万真菌亚种，不过目前仅有5%（较低的估计）确定了类别。在外行来看，这好像跟美国对精神病的分类没有太大的不同。在世纪之交，精神疾病多分为神经官能症和精神错乱。1952年，精神病诊断的圣经《精神疾病诊断与统计手册》（*Diagnostic and Statistical Manual of Mental Disorders*）第一版正式发布了106项症状条款。这个症状条款数在1968年第二版的时候变成了182项，接着的第三版则为265项，随后的第四版（1994年）增加到297项。今天，约有4 000万美国人被认为患有精神疾病。1975年时只有25%的病人接受处方药治疗，但是今天的病人几乎全都这么做了，而且很多人服用多种药物。现在，药物的泛滥使用已到了惊人的程度，在美国公共饮用水中都能检测出抗抑郁的药物百忧解（Prozac）的成分。

20世纪70年代以来的两个关键研究说明了在我们精神病诊断中潜在的主观性。1973年，戴维·罗森汉（David Rosenhan）描述了一个实验，8个健康人模仿幻听的病人去做精神病评估，结果都被要求住院（平均19天）；并且在他们出院之前被迫同意服用抗精神病药物。这本身并不奇怪，因为医生倾向于相信病人对症状的描述。然而，更多启示来自实验的第二阶段，精神病医院向罗森汉挑战，要求用其设备和能力重复这一实验，罗森汉同意了。在随后的几个星期里，医院的精神科医生认定 19 位（在 193 人中）精神病人是可能的假病人。事实上，在这期间罗森汉根本没有派任何一个假扮的病人去医院。

1971 年，在另一项研究中，146 名美国精神科医生和 205 名英国同行被邀请观看病人们的录像带。在一个案例中，有一个独臂的病人歇斯底里、情绪波动并酗酒，69% 的美国医生诊断他为精神分裂症，而只有 2% 的英国医生做出相同的诊断。

尽管世界上顶级的头脑们一直带着最好的意愿，努力使《精神疾病诊断与统计手册》更完善，上述研究所揭示的问题依旧是个挑战：很多轻微疾病难以区分，症状表现的波动幅度过大，症状经常自发缓解，严重程度和持续时间的阈值过于主观；甚至同属于盎格鲁—撒克逊文化对同一案例的医生也会给出不同诊断。

该手册的第三版、第四版被翻译成多种语言，结果是美国的诊断标准被全球化了，即使它们从来没有打算成为一个跨文化的出口品。许多参加美国精神病学协会年会的外国精神科医生开始在他们的祖国实施这些标准。那些意在开拓新市场的西方公司随即跟进，开始大规模的营销活动，向新确认的精神疾病患者兜售它们的新药丸，全然不顾忌跨文化的差异。由美国定义的精神疾病的发病率开始在很多国家（包括新兴国家）不断攀升。

在《像我们一样疯狂：美国精神的全球化》（*Crazy Like Us: The Globalization of the American Psyche*）一书中，伊桑·沃特斯（Ethan Watters）深刻地提出了这样一种担心：出口有关精神疾病的美国观点，把太多人当成了真正的病人，并认定可以通过可靠的药物治疗，或许不经意间增加了这类疾病的传播。他们假设世界各地的人们回应压力的方式与自己一样；他们假设世界各地的精神病表现出和在美国一样的行为；他们假设自己的治疗方法和药品优于当地的传统方法。然而，这些假设是正确的吗？

在很多亚洲文化中，痛苦和悲伤被认为可以帮助心灵成熟并能强化其适应力。其他文化中的人们对待压力的反应与美国不同。即便严重的精神疾病，如精神分裂症，在美国之外的表现也很不一样，原因是文化适应和社会支持程度的差别。举例来说，世界卫生组织研究了来自 10 个不同国家的 1 379 位患者，结果表明贫困国家首发精神病患者两年后的状况要比美国患者好得多，尽管美国患者接受药物治疗的比例很高。

以我在印度的亲身经历，我感到这一趋势越来越明显。随着亚洲精神更加美国化，从孟买到北京，越来越多的人用药物来缓解压力、失眠和抑郁症。这是一个全世界都要追随的正确方向吗？

45

INTERNET DRIVEL

贬值的文字

戴维·盖勒特（David Gelernter）

耶鲁大学计算机科学家，镜像世界技术（Mirror Worlds Technologies）公司首席科学家，著有《精简版美国：帝国学界如何催毁我们的文化》（*Americal-lite: How Imperial Academia Dismantled Our Culture and Ushered in the Obamacrats*）。

假如我们有 100 万张照片，那么，对照片逐一评价的意向要弱于我们只有 10 张照片的时候。互联网推动了书面文字的普遍贬值——每个字平均价值的多方面全球性缩减。由于每个字往往得到较少的阅读次数和关注，而且在消费者那里钱比它更有用，所以在文字创作方面，也就难以拥有更多的写作时间和编辑的倾注。渐渐地，随着一般作者投入的时间和一般读者阅读句子的时间下降，整个社会的书面沟通能力就退步了。而且，对我们读写能力的威胁，就是对科学、学术、艺术等几乎一切的慢性重击。事实上，读写能力是人类独有的，麝鼠和海豚都不具备这种能力。

互联网洪水般的供给，造成了文字的全球性贬值。互联网即时发布文字的能力意味着在写作与发表之间、发表与世界范围内的利用之间没有滞后时间，作者要头顶着压力去生产更多的作品。文字价值的全球性贬值制造了压力，反过来也淡化或消除了对文字的编选和自我编辑。如今，当我告诉学生不要上交初稿时，我有时不得不解释什么叫初稿。

私人信件历来是一个重要的文学媒介。赛维尼夫人（Madame de Sévigné）、文森特·梵高（Vincent van Gogh）、简·奥斯汀（Jane Austen）、E.B. 怀特（E.B.White）的书信集，还有千余部其他人的书信集，都成为了西方文学的名著。为什么没有（或不多）“电子邮件集”出版呢，书面的或在线的？这不仅仅是因为电子邮件写得快且随意，更多的是因为这样一个事实：我们很少留意自己收到的邮件。可能有很多作家的邮件确实值得结集收藏，但不太可能每个人都能注意到。而且，自从电子邮件代替了传统的私人信件，一个主要的文学流派就奄奄一息了。

写作能力是很难衡量的，不过我们可以试试。下面这个消息并不好，伦敦《每日邮报》(*Daily Mail*) 刊登了一条让人沮丧的对美国学生的评价："虽然学生们更可能自诩在写作方面才华横溢（该研究得出的结论），客观的测试分数却表明他们的写作能力实际远逊于 20 世纪 60 年代的同类人。"

文字由于"毒素"混杂而贬值（主要是互联网导致的），我们很难知道如何远离这种影响，而学校每天恰恰就在强行灌输给孩子们这些"毒素"。不过无论如何，互联网胡言乱语的因素都是不好的。而且几乎可以肯定，随着这个世界渐渐被那些花费一辈子时间与他们的"数字玩物"（iToys）泡在一起的人填满，这一因素的重要性会增长。

在《赫芬顿邮报》里，我们就能看见未来。《标准周刊》(*Weekly Standard*) 部分转载了演员肖恩·潘（Sean Penn）发表在《赫芬顿邮报》的文章。即使假设肖恩·潘比大多数人都"文盲"，《赫芬顿邮报》可是一个可敬的媒体，潘的文章还真是让人"大开眼界"：

> 这里冲突的原则，如那些美国人一样在多数情况下限制和限量我们的自豪，考虑到单一族群文化主义、孤立主义和分裂的无所不在的过滤，他们一贯倾向于言行、麻木与不逊，在此，对美国年轻一代是适得其反的，而他们将追随我们。

这段文字的唯一毛病就是它的胡言乱语，10 岁的孩子也不至于是这个水平。威胁是真实存在的，而且已经有迹象清晰显示出它很有可能会一直留在那里。我的预判：情况严峻。

46

WE DON'T DO POLITICS

我们不搞政治

布莱恩·伊诺（Brian Eno）

艺术家、作曲家、录音艺术家，U2乐队、酷玩乐队（Coldplay）、传声头像乐队（Talking Heads）和保罗·西蒙（Paul Simon）的音乐制作人。

我认识的多数聪明人都不想与政治有关联。我们避之如瘟疫——事实上，Edge也在刻意回避它。这是因为我们觉得政治并非重大事件的见证吗？或是因为大家太专注于自己在研究的东西，不论是量子力学，统计基因组学，还是合成音乐？或是因为我们太斯文而不屑与人争辩？还是只因人们认为事情将超乎完美，如果有意为之的话——市场经济“看不见的手”或“技术”将神奇地解决它们？

不管心静如水的原因是什么，政治依旧被操纵——只是不由我们操纵。留给我们伊拉克、阿富汗还有几十万人的伤亡，这就是政治。为了他们前任独裁者的债务而让这些贫穷的国家流血，这就是政治。让特殊利益集团操控国家，这就是政治。袒护银行去毁坏经济，这就是政治。禁止干细胞研究，却扶植加沙和关塔那摩监狱，这就是政治。

但是，我们不搞政治。我们希望其他人为我们去作，而且，当他们搞砸了，我们就发牢骚抱怨。如果再进一步，我们觉得自己的责任就是走向投票箱。之后，我们就可以像“自由放任主义”一样放手不管了。

我担心的是我们在“自由”的时候，别人也在“放任”。

47

DATA DISENFRANCHISEMENT

数据统治力

戴维·罗恩（David Rowan）

英国《连线》杂志编辑。

在一个大数据世界里，一条统计学上的指数上升曲线，使我们明白了自己怎样屈从于数字的威力。根据 IBM 的统计，每天我们总共会生成 2.5EB ①（艾字节）的数据。在国际数据公司（International Data Corporation）的估算中，那就是海啸般的结构数据和非结构数据以每年 60% 的速度在增长。沃尔玛超市每小时把百万单零售交易记录拖进数据库，它在很久以前就已经上传了 2.5PB（拍字节）；Facebook 每天处理 25 亿条内容和 500TB（太字节）数据；还有谷歌每天积累起 24PB 的数据，它的 YouTube 分部独自每分钟就获得 72 小时时长的新视频。难怪硅谷的明星不再是天赋异禀的软件工程师，而是以分析见长的、更受人尊敬的数据科学家了。

当然，在先前对泽它字节（ZB）和尧它字节（YB）散乱的 0 和 1 的处理中，有着巨大的公共利益。利用个性化医疗的算法魔力，低成本的基因组学让肿瘤学家比以往更准确地攻击肿瘤；实时贝叶斯分析能让情报部门尝试去甄别坏人，它成为打击恐怖主义的一种新的数据挖掘方法。还有，不要忘记把原始数据转化成可操作的信息而增加业务的商业优势：根据经济学人智库的分析，那些有效使用数据的公司，其股价通常是同行的 2.5 倍。

①

EB 和下文的 PB、TB、ZB、YB 都是计算机的存储单位。1TB=1024GB，1PB=1024TB，1EB=1024PB，1ZB=1024 EB，1YB=1024 ZB。——译者注

我们的生活不可阻挡地走进数据驱动的世界，然而一个迅速出现的数据下层社会却被排斥在外。任何一个对新算法工具缺少基本了解或极少有权使用它们的公民，都将在经济、政治和社会参与等广阔领域越来越被弱势化。这种数据对权力的剥夺会使个人信用或政治影响很难建立；他们将受到股票市场和社交网络的歧视。我们需要把数据读写能力看作在 21 世纪民主社会中一项必要的基本技能，并发起运动，甚或立法，去保护那些被遗忘者的利益。

数据剥夺权力有两种主要方法。第一，他们在面对那些名义上对所有人都开放的市场中存在系统性劣势。拿股市来说：今天，胆敢与“高频低延迟算法”的机器交易员竞争的任何人，都应该意识到情况对他们多么不利。安德烈·基里连科（Andrei Kirilenko）是美国商品期货交易委员会的首席经济学家，他与普林斯顿大学和华盛顿大学的研究人员一道发现，最富有冲劲儿的高频交易员倾向于创造出最大利润，这意味着小投资者最明智的选择就是让机器帮自己炒股。这并非巧合，一大片其他领域里的权力正在归拢于那些控制算法的人，不论是奥巴马竞选活动使用的“微定位”（microtargeter），还是用“数据施肥”（data-fueled）的精细农业提高产量的战略家。

第二，绝对权力正在交给那些超级数据挖掘者，无相应责任的“优势”使得他们的统治力越来越不可撼动。数据寡头将从各个角度定义普通大众。那些征信机构、雇主甚至美国国家安全局，都有一个关于你的固定看法。这基于你的在线数据流量，比如搜索引擎、社交网络以及个人“影响力得分”网站；他们并不管相关内容是否不实或早已过期。祝你好运，尽力纠正这些正在损害你前程的错误或虚假印象。那些被剥夺了权力的用户（比如 Instagram 和 Facebook 的用户）已经越来越意识到，个人数据如何被使用，是由那些机构说了算，而不是由自己说了算。显然，是用户在生产着那些数据，所以必须明确一种责任，去告知和教导用户。

数据就是权力。随着个人的度量标准变得比以往更容易收集和储存，数据权力必须得到再平衡，并稳固地回归到个人和公民手中。让医药企业有选择地甚至误导性地控制临床实验数据，其实是在阻碍医学的进步。在尧它字节时代，让我们坚持占有数据库机器的钥匙，确保人们对数据库的主权吧。

48

LOSING OUR HANDS

失去的手

苏珊·布莱克莫尔（Susan Blackmore）

心理学家，著有《禅与知觉艺术》（*Zen and the Art of Consciousness*）。

我的意思不是让人把手剁掉，而是我们正不知不觉却又急切地把越来越多的手工技艺外包给机器。这导致我们的思想开始脱离身体和周围的现实世界，只全神贯注于不断发展的技术领域。

起初，我们生产机器是为了按要求办事，让生活更加容易和有趣，但我们没有注意到人与机器的关系发生了迅速改变。从前的主仆关系正朝着“强迫共生”方向发展，谁离了谁也无法存活。

这些机器既包括修建道路、收割庄稼等用的大型高功率机器，也包括从烤面包机到互联网服务器的所有的机器。很明显，这些发动机和起重机把我们从繁重的手工劳动中解放了出来，但伴随这一过程，它们也改变了我们的心性。这是因为手工技艺不仅仅与手有关，也与我们大脑和手的交流息息相关。当我学习如何种植马铃薯、在车床上车椅子腿或更换屋顶瓦片时，不只是在学习马铃薯的块茎之间距离有多远，或者学习车床的使用原理。在学一门新技能时，我们的身心都得到了锻炼。这需要时间和反复练习，使我们逐渐改变，可以更容易地学习如何种植豆类、雕刻座椅或修理排水管。

我们知道现在很少有人学习这些技艺，它们的丢失已成为不争的事实。我们中有多少人能建造防水小屋、制作家具或自己种植粮食蔬菜？这些弥母（meme，一种文化基因）依然幸存，尤其在那些文化欠发达地区，但数量在下降。同样令人担忧的还有人们态度的改变。例如，在英国教育体系中，像木工和烹饪这样的手工技艺或砌砖和管道施工这样的行业技能，现在更多是通过书面考试进行测试，而不是让学生进行实际操作。这种测试方式本意是要提高这些科目的重要性，相反，却使它们变成了纯粹的书本知识，降低了需要通过大量训练才能获得的手工技艺的重要性。每当制造出一台机器，让它做一些我们以前自己做的事情时，大脑和双手就会分开得更远。

在我们热烈地采用新的通信手段时，手脑分离同样发生，但不太被注意到。当我们开始使用电子邮件时，它似乎是一个传统邮件的很方便的替代品。当我们拥有第一部手机时，它好像只是我们与人交流的更为便捷的工具。但是看一看现在的智能手机，不使用这些高科技，便没有人能在当今的世界参与竞争。20 世纪 70 年代时，我们当中还有很多人想试一试“自给自足”，但现在更没有指望了。

然而不知是何原因，人们坚持认为既然开始是我们发明了机器，那么机器就始终为我们所用，我们想怎么用它们都可以。这明显不对。从弥母角度看，是这些科技弥母和优良机器通过复制、重组、保存和传播而受益，不是我们受益。它们得以快速发展，而我们的身体几乎没有任何改变。

但我们使用它们的方式正在改变。现在我们很少花时间亲手制作东西或种植作物，而是把大量时间用于不停地按键和刷屏。我们的大脑在总体结构上几乎没有变化，但大脑的功能变了。对娱乐、竞争和交流的强烈愿望引领我们进入浩瀚的网络信息领域，使我们疏远了周围的人。“我们”是谁？当思想与身体脱节时，我们自己也在变化。一个人变得身在这里，心却不停地游走在各大网站和论坛之间，他更像一个数码实体，而不是真实的人。

因此我们应该担心的是自己在这个世界中的角色。如果我们不是驾驭科技的主人，那我们会是谁？

或许可以做这样一个类比。大约 20 亿年前，线粒体作为原始细菌，通过与早期真核细胞形成共生关系而得以进化。它们彼此相互受益，所以这不是恶意接管，而是逐渐融合在一起，最后双方谁也离不开谁。真核细胞供养和保护线粒体，线粒体为真核细胞提供能量。我们的未来正朝着这样的方向发展吗？这个类比意味着这样一个世界：在这个世界里，我们为不断增加的发明提供能量。作为回报，这些发明给我们提供更多娱乐、游戏、信息和交流。在这样的世界中，我们如此珍惜这些发明带来的结果，以至于心甘情愿将自己的身心与它们融为一体。

这个前景不容乐观。因为这种进化系统的要求是无止境的，难以满足的，而地球的资源却是有限的。同样，我们的贪欲也是无穷尽的，暂时的满足不能使我们感到快乐。如果整个系统崩溃怎么办？不管是天气变化、疾病大流行还是我们担心的任何其他灾难，也许真的会有那么一天，这些灾难致使银行倒闭、电网停止运转，我们不能继续使用手机、卫星通信和互联网服务器。到时我们能做什么呢？我们能用按键刷屏的手来满足自己的需要吗？我认为不能。

我们应该忧虑的是，人们似乎更加担心那些可能降临在他们身上的可能的灾难，而不是担心自身的变化。

49

LOSING TOUCH

失联

克里斯蒂娜·芬恩（Christine Finn）

考古学家，记者，著有《仿制品：一名考古学家在硅谷的一年》(*Artifacts: An Archaeologist's Year in Silicon Valley*)。

我的担忧？当然是失联[1]。英国纽卡斯尔大学的生物学家在发表的一份报告中声称，长时间洗澡会使手指出现起皱现象，这是进化优势的一种标志。这种类似西梅干的变化使我们的手指更好地抓住东西。不只是有助于拿肥皂，皮肤起皱本身就是一种生存要素，就像中石器时代的祖先在江河和池塘里寻找食物一样。

广泛宣传我们因进化而得的能力有助于缓解我自己真正的担忧（或许可以称之为失联恐惧），即与现实世界失去联系的一种担忧。在数字化时代，作为工具，我们手指的未来如何？既然最新的界面装置依赖于手指的轻轻一触，人对机器的指令也可以通过说话、呼吸、眨眼，甚至是脑电波实现传达，那么用手指操作的工作，将只留给艺术家和孩子们玩吗？我们能用手指勾画教堂尖塔和不同民族的人们，当然这些人物也可能出现在戏剧家的剧本里，我们也可以用手剥橘子皮。但在数字化时代，还会有书本需要用手翻阅，有卷曲物需要用手捋顺吗？还有没有地方不只需要刷屏，还需要用手按键呢？毕竟，手指天生具有独一无二的代码，它是我们的安全卫士，当我们把手指放在嘴里时，得到的是内心的平静。

[1] Lose one's touch，这是一句谚语，直译为失去触觉，实际指失去某种原本具备的能力。——译者注

但我们的手指正要予以反击。

我们常常被鼓励去自己动手做饭，找出祖母的针线盒学着做活针；用手打蛋，揉面，做冰淇淋蛋糕；参加编织小组；到大自然中捡拾野生食物。这些事情都是看得见摸得着的。我们鼓励销售真正的纸质图书，但仍然痴迷于次要的东西，不愿意动手翻阅一下我们该读的书。

几个月前，我参观了杰克·凯鲁亚克（Jack Kerouac）在佛罗里达的小屋。在那里，他以一种超乎寻常的打字方式，持续 11 个日日夜夜，创作了小说《达摩流浪者》（*Dharma Bums*）。在这个避难所里，凯鲁亚克远离了那些对他的自传体小说《在路上》（*On the Road*）有种种非议的纽约批评家们，他手指的敲击将思绪转移到纸上，继而又回到头脑中，灵感的火花迸发于咖啡因和安非他命之间。差不多 60 年以后，在这些木屋里，似乎仍然能够听到与众不同的金属打字机的声音。这不是凯鲁亚克的灵魂在击打，经过证实，这是一位从俄亥俄州来的 20 多岁的女作家，她带着笔记本电脑和不知道哪个年代的手动打字机来体会一下当年凯鲁亚克的感觉。

这篇文章以一句手写在信封背面的谚语开始。然后，我的手指开始在智能手机上选出几个单词。我的担心曾经在于不知为何，“勾勒轮廓”和“综合合成”这两个必要的条件发生了冲突，我担心我们对科技的执着是否正确。但手指的皱纹提醒我，我们经历过进化，并且正在进一步的进化中。

50

THE HUMAN/NATURE DIVIDE

人与自然的分离

斯科特·桑普森（Scott D.Sampson）

研究恐龙的古生物学家，犹他州自然历史博物馆研究馆长，著有《恐龙奥德赛：生命网上的化石线》（*Dinosaur Odyssey: Fossil Threads in the Web of Life*）。

我们应该担心人与自然分离所造成的心理上的裂痕。的确，我们有强有力的理由认为，弥补这条裂痕应该列入21世纪最亟待解决的问题之一。然而到目前为止，人与自然的分离仍然没有被提到我们的议事日程上。

在过去几十年里，无数的科学家和环保主义者不停地告知我们，必须改变人们的生活、生产方式，与自然和平相处，否则就会面对灾难性的后果。我经常参加此类活动，发言者通常会引用一些严峻的统计数据，希望引起人们注意。显然，他们认为这些冰冷的事实（发布的数据）如硬邦邦的石头，可以砸醒所有的人（企业家、政府官员），从而改变我们这种不可持续的生活方式。然而迄今为止，几乎所有的关键指标，从温室气体的排放到动物栖息地和物种的消失，都依然在朝着错误的方向发展。

之所以有这个问题，是因为人并非理性动物，至少是在改变他们的行为方式方面。正如营销主管们早已通晓的那样，人类更容易受情感的影响，特别是通过图像表达的情感。想迅速提高某种新型汽车的销售量吗？与汽车马力和燃油效率的统计数字相比，俊男靓女开车穿过原始自然景观的画面才是更有煽动性的促销因素。

但是，什么样的情感正在错失？我们需要什么样的情感来改变行为？一个字——爱。

正如进化生物学家史蒂芬·杰伊·古尔德（Stephen Jay Gould）曾经忧郁地表述过的那样：“在我们和自然之间，如果不建立一种情感关系，我们就不能赢得这场战斗，来拯救物种和生存环境。因为我们不会努力去拯救自已不爱的事物。”值得庆幸的是，人类在漫长的进化史上和周围的自然环境有密切的接触，依恋自然的本能就蕴藏在每个人心中，正等待被重新唤起。想一想生物学家爱德华·威尔逊（E.O.Wilson）所说的“人的依恋自然性”。

坏消息是，作为一个物种，我们从未像现在这样与自然界分离过。因为众多因素——这其中有对陌生人的恐惧和对手机、电脑等屏幕的痴迷——在发达国家，孩子们直接接触大自然的机会急剧减少，不到上一代人的10%。与只欣赏几分钟的自然景观相比，现在的美国青少年平均每天花费7～10小时的时间盯在屏幕上。过多室内活动的结果是难以把控的健康危机，不仅是针对孩子（肥胖症、注意力缺陷障碍、精神压力等）来说，这对他们居住的地方也不好。

科学是导致人与自然分离的主要力量之一，它促使我们把自然看成是客观对象，而不是我们的一部分，它是予取予求的对象，而不是值得尊敬的家人。然而，特别是在过去的几十年，从发现我们体内比细胞多得多的上万亿的细菌，到认识到140亿年进化史中人类作为新手的角色，科学经验性地证明了我们完全内嵌于自然之中。

我们需要更多科学研究吗？当然，而且公众必须知道那些难以避免的事实真相，不管它们是可怕的还是难懂的。我们也需要所有有用的技术引领人们踏上通向未来的可持续性道路。然而，没有与自然的情感联系，只有知识和技术，这远远不够。我们的下一代必须学会以不同的方式看待他们与自然的关系，这与我们目前“人类中心说”的观点、“简化论”的主张及“实用主义”的思想都大相径庭。

What

we should really worry about is psychological stuff like ideologies and norms.

我们真正应该担忧的是像意识形态和规范这样精神层面的东西。

——史蒂芬·平克 （Steven Pinker），《诱发战争的真正危险因素》

51

THE REAL RISK FACTORS FOR WAR

诱发战争的真正危险因素

Steven Pinker
史蒂芬·平克
哈佛大学语言学家，认知心理学家。
著有《语言本能》《思想本质》《心智探奇》《白板》。

在当下庸常的生活中，还在为战争可能突然爆发而整天提心吊胆的人大概不多了，因为大部分人都不相信战火真的会波及到自己。自1945年以来，大国以及发达国家之间的硝烟已基本消散，并且从1991年开始，世界其他地区诉诸枪炮解决分歧的情况也越来越少，战争几乎淡出了大众的视野。

不过，这一梦幻般的趋势将会永久存在下去吗？很多人信誓旦旦地对我说：“现有的和平只是短暂的小插曲，更猛烈的世界大战正在某些角落里悄然酝酿。”

也许他们的想法是对的。世界毫无疑问充满了“未知的未知”，难以预测的灾祸很可能会突然光顾这个已经幸运很久的星球，彻底将人类斩草除根。不过，既然面对“未知的未知”，我们毫无建设性的应对手段可言，那么担忧就显得自寻烦恼了。

而对于“已知的未知”，我们该担忧什么呢？究竟是什么风险因素可能敲响和平的丧钟？在我看来，人们总是搞错了该担忧的事情，或者搞错了该担忧的理由。

能源缺乏

能源缺乏 因为最后一点珍贵的石油、水及其他战略性资源，国家之间会大打出手吗？这当然是不可能的。首先，稀缺资源会自我抑制对它的消费需求：当一种资源越来越稀少时，其价格往往会越来越贵。这将加速新资源的发掘，以及进一步提升该资源的使用效率，或者刺激人们研究出相应的替代品。其次，战争通常并不是为了争夺稀缺的物质资源。（除非你特别认同那个永远无法证伪的理论，即所有战争骨子里就是为了争夺资源，不管发动战争的一方表面上多么义正词严。越南战争的诱因是稀有金属钨，伊拉克战争则显然是为了石油。）其实，物质资源是很容易切割分配或交易的，所以国家间经常就此达成妥协。最麻烦的是一些心理动因，因为它们很难真正地妥协，例如荣誉、恐惧、复仇和意识形态等。

气候变化

气候变化 气候变化问题关乎这个世界上每一个人的利益。我们有很多理由对这个问题表达深度关切，但大规模战争并不应该是理由之一。多数的调查研究都没发现环境退化与战争之间存在相关性。环境危机可能导致局部的小规模冲突，而大规模战争则取决于政治上的全面权衡——战争是否是剩下的唯一选择。20 世纪 30 年代美国的超级沙尘并没有引发第二次美国内战，1861 年美国内战的原因显然与气候环境毫无关系。

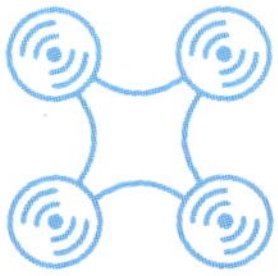

无人机

无人机 相比于炮击、轰炸、坦克冲锋和扫荡式清剿等玉石俱焚的战争手段，无人机的运用无疑大幅降低了生命的损失。在阿富汗和巴基斯坦的战场上，上述传统战争手段所造成的伤亡比无人机大得多。

网络战

网络战 毫无疑问，网络战将继续是个麻烦，很庆幸专家们已经在留心它们了。不过，所谓的“网络珍珠港事件会让人类文明坍塌到原始社会阶段”的说法，就像当年“千年虫恐慌”一样毫无根据。我们真的相信，由政府、大学、企业和程序员网络形成的组合体，在未来会比一群小孩子还笨吗？那些技术落后国家政府资助的黑客真的可以为所欲为吗？他们能逃避密不透风的监听吗？在战略利益刺激缺失的情况下，他们有摧毁互联网的真实动机吗？即使他们把互联网搅乱了一会儿，相比于遭受攻击、燃烧弹和核爆，这种危害不也是小巫见大巫吗？

核必然性

核必然性 如果不考虑概率，那么对核事故、核恐怖主义和核扩散的担忧显然是很有必要的，因为核武器造成的破坏程度是不可估量的。但是它们发生的概率究竟有多大呢？综观美国长达 68 年的禁用核武器的历史，我对“世界依然笼罩在核大战阴影中”的流行说法产生了怀疑。这个说法必须有两个非同寻常的支点：(1) 领导人极度非理性、鲁莽，并有强烈的自杀倾向，从而使世界处在大规模毁灭的危险之中；(2) 我们不太走运。或许，与其相信这个推论——从两个骇人但不靠谱的前提条件中得出的推论，我们或许更应该相信一个可厌但更可能的支点：世界的领导者们尽管愚蠢和短视，却并非愚蠢和短视得那么严重。他们已经努力将核战争的可能性最小化，这也是核战争还没有爆发的原因。至于核恐怖主义，尽管苏联的解体给窃取武器和核裂变材料的盗贼留了一扇易碎的窗户，但是大多数的核安全专家认为“这扇窗户在变小并且即将关上”[1]。

[1] 参见约翰·米勒（John Mueller）的《原子的痴迷》（*Atomic Obsession*）。

通过观察以上这些容易误导人们的风险因素，我们能很容易地总结出它们具有的共同特点：其引发的恐惧通常和人们对世界的认知相关。对此，保罗·斯洛维克（Paul Slovic）、丹尼尔·卡尼曼（Daniel Kahneman）和阿莫斯·特沃斯基（Amos Tversky）曾经总结过：描述生动、新颖前沿、突然发生、无法控制、具有灾难性后果，融合这些特点的风险要素最容易在不自觉中引发我们的恐惧想象。

那些真正威胁和平的风险因素显然是值得所有人担忧的，因为灾难性的战争总是由它们而起，诸如两次世界大战、宗教战争及持久的国家内战。不过，它们一般并不会触发我们的恐惧想象，所以很难引起大家的注意。时下最值得担忧的战争风险因素，我认为应该是如下几点：自恋的领导人、完美的正义、群体主义、乌托邦理论和战争作为正常的或者必要的战术。

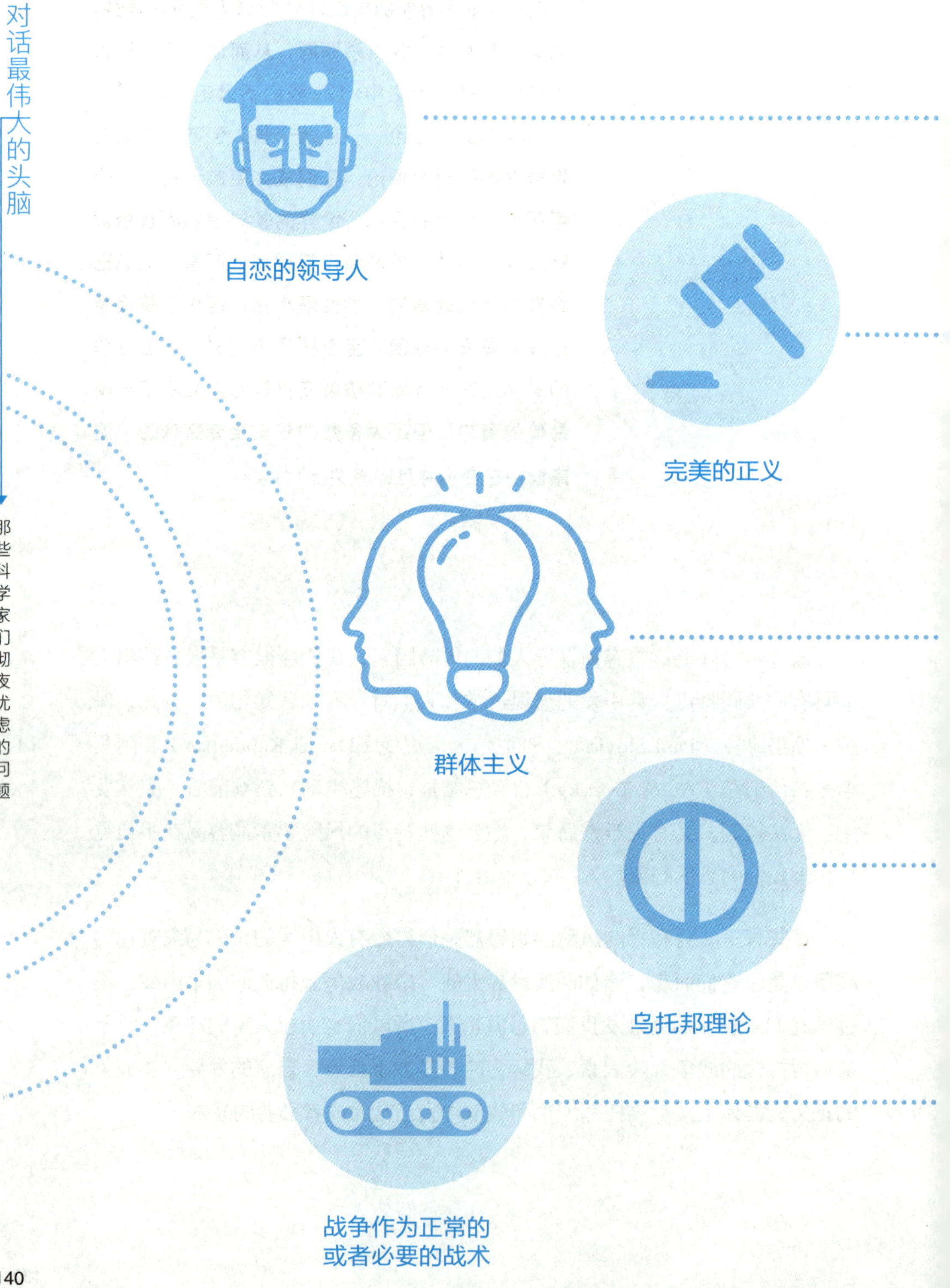
自恋的领导人
完美的正义
群体主义
乌托邦理论
战争作为正常的
或者必要的战术

自恋的领导人 终极的大规模杀伤性武器是一个国家的顶极机密。当一个国家被一位“超级自恋狂”式的领导人接管——自大、自我崇拜且缺少同情心，结果可能就是造成巨大伤亡的帝国式冒险。

完美的正义 人权的理念意味着个人的自我实现就是道德上的“至善”（ultimate moral good），而群体的本质则是帮助个人实现“至善”的社会建构。不过，人权理念的流行并不是很远古的事情，并且它也绝非社会自发的产物。至少在公开场合，很多人仍然持对立的群体主义立场——群体的荣耀才是道德上的“至善”。相比于部落、宗教、民族、阶级或者种族而言，个体就像是身体中的细胞，为了群体的利益牺牲自己变成了个人应尽的义务。

群体主义 每一个群体都有被掠夺和受屈辱的历史。当群体主义的理论和复仇的欲望结合起来，就会使一个群体在加害其他群体时感到天经地义。根据群体主义的道德观，所有的“心慈手软”都会被视为对集体的背叛。

乌托邦理论 如果你有这样一种信仰或者政见：世界无限美好，而且会一直延续下去。那么，为了使这个理想世界成为现实，任何暴力手段都是正当的，任何挡在这条道路上的人都是邪恶并且该严惩的。

战争作为正常的或者必要的战术 普鲁士将军克劳塞维茨（Clausewitz）把战争描述为“通过其他方式推进政策的实施”。许多政治和宗教理论则更进一步，认为暴力斗争是辩证性的进步、革命性的解放，或者是“弥赛亚时代”到来的驱动力。

1945年以来，我们所享有的相对和平是制度和价值观馈赠的礼物，它们抑制了以上的风险因素。民主制度选择的是负责任的管家，而不是极富个性的暴君。人权的理念保护人们不受肆意伤害，或者被煎成革命的“鸡蛋卷”。人们对持久和平与繁荣的兴趣，已经成功超越了向历史敌人复仇以及去实践缥缈的乌托邦。被痛斥为“侵略”的武力征服逐渐成为一种禁忌，它已经不再是民族的抱负，并且逐渐被打入了政策的冷宫。

然而，这些保护措施没有一个是天然或永久的，真正让我担忧的正是它们存在崩溃的可能性。操心武器和资源是理所当然的，而我们真正应该担忧的是像意识形态和规范这样精神层面的东西。

正如联合国教科文组织的口号所言：“战争起源于人之思想，故务必于人之思想中筑起保卫和平之屏障。”

扫码关注“湛庐教育”，回复“彻夜忧虑”，观看本文作者的TED演讲视频。

注：本文作者史蒂芬·平克的《语言本能》《思想本质》《心智探奇》《白板》已由湛庐文化策划，浙江人民出版社出版。

52
MADNESS
战争的疯狂

弗诺·文奇（Vernor Vinge）

数学家、计算机专家、科幻小说家，雨果奖获得者，著有小说《深渊上的火》（*A Fire upon the Deep*）、《彩虹尽头》（*Rainbows End*）等。

我们总是为很多事感到忧心忡忡。其中有些事经常发生，不过即使发生了，对人类文明也几乎毫发无损。还有些事情，从历史统计的角度看，发生的可能性微乎其微，不过一旦与它们不期而遇，我们的文明甚至地球上的所有生命都将化为过眼云烟。

在未来数十年中，有一种危险的确有可能发生，而且能彻底摧毁整个人类。这种危险其实算是老生常谈了，甚至有人认为完全可以把它从风险名录中剔除，因为在 20 世纪它已被彻底解决：那就是大国之间的战争，特别是基于“相互确保摧毁战略”的战争。现在，认为这种战略已丧失信徒的论调显得特别有说服力：没有人能依靠相互确保摧毁战略获益，即使在 20 世纪危机四伏的年代，美国和苏联也竭尽所能地选择克制，从而使双方远离剑拔弩张的边缘。人们认为正是这种谨慎确保了 20 世纪地球的平安无事。

遗憾的是，在人类的历史长河里，20 世纪充其量只能算一块试验田，导致相互确保摧毁战略实施的导火索其实无处不在。没有在 20 世纪发生这样的战争，只因我们幸运，绝不是因为我们的智慧。相互确保摧毁战略涉及长短两个时间范畴。所谓长，是因为很多社会问题和地缘政治问题经过长期积累之后，总会有爆发的一天，这很有可能会导致该战略被付诸实施，过去许多意想不到的战争都源于此。所谓短，则由于相互确保摧毁战略中存在非常复杂的自动化控制系统，这种系统做出即时反应比人要快，不需要经过仔细权衡的过程。

尽管缔造者的人数远远超过破坏者，但是破坏者（破坏公共秩序者、打乱游戏规则者）往往比缔造者（建设者、创造者）有更多的破坏工具。这也是我们对科技发展的一大忧虑：如果科技的发展使大规模杀伤性武器足够廉价的话，区区几个破坏者便可以毁坏我们的人类文明。如果这种可能让我们害怕，那么相互确保摧毁战略就该让我们恐惧。为了推行这个战略，在最发达社会中集结起来成千上万拥有独创精神的人，并为其配置了取之不竭的研究资源。不过，这些最好的创造者却在研究如何让这个星球寸草不生。这一切都决定了相互确保摧毁战略一旦被触发，无人可以幸免！一个极端的例子就是该战略依托的武器系统会瞬间被启动，将这个世界变成灼热的炼狱。既然现在（或者未来几十年）我们和自己的利益还无法设防，依旧暴露于威力无限的武器阴影之下，那么相互确保摧毁战略也就仍然居于所有破坏性威胁的榜首。

当然，为减轻这个战略的威胁，我们其实可以做很多事。相互确保摧毁战略的任何升级改造都需要强化公众的透明度。我们要坚决抵制这样的论调：相互确保摧毁战略能有效遏制大规模杀伤性武器，因此对于全球安全来说，它是必不可少的。

对于过去那些意想不到的战争，我们应该好好研究一下其最根本诱因，特别是第一次世界大战。现在的我们盲目乐观，觉得自己的时代接近完美无瑕。实际上，20 世纪早期与当下的雷同之处比比皆是。现在的世界不也有错综复杂的同盟关系吗？不也一样有些小角色做出惊人之举吗？如果多国都采取相互确保摧毁战略，那么核大战的危险程度又会增加多少呢？

我们虽然有如此之多的担忧，但也别低估那些能与之抗衡的力量——成千上万善良而聪明的人们和让他们变得更有力量的强大数据库与网络。这支力量使得过去的所有知识为之逊色。而且，人类本身和人的自主性使我们能够预测和对抗未来可能出现的许多灾难。只要不自取灭亡，我们就有时间创造超乎想象的奇迹，即使偶尔会担心不能完全控制自己创造出来的东西。

53
WHAT IS CONSCIOUS?
意识本质

蒂莫·汉内（Timo Hannay）

《数字科学》（*Digital Science*）杂志常务董事，“自然”网站前负责人，科学富营（Sci Foo）的合作创办者。

20世纪80年代英国电视连续剧《惊奇轶事》（*Tales of the Unexpected*）中有这样一个桥段，一个业余的植物学家发现植物在被修剪时会发出尖叫声，不过，频率远远超出了人类的听力范围。因此，为了让这些他同情的植物不再遭受痛苦，他要求一个当地的医生给他的树敷药治疗，很快，他就被送进了精神病院。

《惊奇轶事》的编剧罗尔德·达尔（Roald Dahl）的异想天开是有史以来最丰富的想象吗？毫无疑问是的。但是这个想象也凸显了一个非常严肃的问题：我们竟然不知道周围世界中什么东西是有意识的，什么是没有的。

这似乎是一个非常抽象乏味的哲学问题，其实恰恰相反，意识与我们息息相关，它是痛苦和快乐的支点，是人与万物沟通的媒介。如果没有主观体验，就不会有善良、爱和喜悦这样的东西。就浩瀚的宇宙而言，如果没有意识去探索其中的奥妙，它就失去了存在的意义。诚然，如果没有主观体验，也就没有残酷、痛苦或者担心了（包括我正在承受的那种担心）。但如果我们还不想“看破红尘”，那么就必须注意一点：只有搞懂情感的基础存在逻辑，才能使快乐最大化、痛苦最小化。

通常，我们的日常经验是根据表面上事物与我们的相似程度来评价事物（动植物）的意识水平。因此，狗比鸭子更有意识，依次而论，鸭子又比水仙更有意识。但是我们对许多事情的直觉都会出错，从天体的运动到中彩票的可能性，以致我们愚蠢地把一些事情视作所有快乐与冲突的终极根源。

众所周知并且颇具讽刺意味的是，我们唯一可以确定的事情就是主观体验的存在，我们只能透过这副“墨镜”来观察物质世界。好在，科学方法提供了一套非常不错的工具，它能帮助我们验证自己的观点，并就客观世界的基本运行原理达成一致意见。不幸的是，科学在探索主观体验方面一直选择袖手旁观，这造成我们依然对主观体验的起源及其性质懵懂无知。事实上，人们完全不知道哪些事物是有意识的，意识从哪里来，甚至都不知道意识究竟是什么。我们真正知道的，就是它感觉起来是什么样的。

这听起来像是一个奇怪的神经学家的说法。其实，我们对大脑在身体系统中的功能以及不同主观体验所对应的大脑工作状态，都有非常深入的了解。但这与我们能够很好地认识意识还有很长的距离：以合理的确定性判断出谁拥有它，谁不拥有它，以及拥有到什么程度。

这是一个令人难以置信的艰巨任务。相比于丹尼尔·丹尼特出色的思辨和博学，他那本《意识的解释》却远未达到书名的要求。事实上，我们在意识层面上给自己打了个结，以致很难说笛卡尔之后我们是否真的取得过进步。

我们可以就所涉及的困难举一个例子，与阿兰·图灵（Alan Turing）的主张相反，约翰·希尔勒（John Searle）著名的“中文屋”（Chinese Room）思想实验试图证明，孤立的“输入—输出”的特性不足以断定意识心理的存在。直观地看，这个结论似乎是正确的：一个正在睡觉的人，不能活动，无法集中注意力，尽管他可能正在经历一场美梦；相反，在一条熟悉的路线上，我甚至可以不怎么动脑，就能到达目的地。但是“中文屋”里没有什么可以证明此论点，因为它是个思想实验；思想实验的麻烦在于研究者不仅可以选择实验条件，还可以选择实验结果。它可以用于检测内部思想的一致性，但是对探测难以理解的、显然的、突发的现象似乎无用，比如意识。（讲到这里，如果对一个叫作人脑的 1.4 公斤的电生理学黏块进行相同的思想实验，只要你的实验是连贯的，就会得到相同的结论：在人脑内部似乎没有任何地方可以理解为是具有意识的。）

在20世纪末的10～20年中，神经学家终于可以从意识研究的神秘超然现象的不安中摆脱出来，他们得出了一些有趣的结果。我们最好的猜测就是一定数量和种类的信息在大脑中以特定方式集成而产生了意识。但是这仍然很难解释清楚，不仅仅是因为参数的定义不清晰，还由于我们无法准确地理解所谓“信息”的含义。毕竟，每个物理系统都包含一种或另一种信息，然后“推算”自己的行为，从这个角度讲，很难解释为何只有大脑如此独特。

更重要的是，即使能够确切地了解是何种类、数量多少的信息组合在一起正好点燃了意识的火花，我们还是弄不清楚这是偶然抑或必然现象。对于物质世界为什么会有主观体验存在，我们仍然没有答案。这些谜和大自然本身的存在一样令人不解。

临近2012年末，医生们意外获得了第一条来自一位植物人的信息（通过脑扫描）。但是如果“输入—输出”的特性不值得信服（这是很有可能的），我们没有办法确定这是一种有意识的表现或者仅仅是无知觉的物理反应。类似地，麻醉状态下的病人呢？众所周知，他们在手术中可能感到痛苦，虽然后来没有了记忆。诸如此类，从人类胚胎到鸟类、昆虫，对，甚至还有植物，更不用说我们创造出来的计算机，它们或许也有内在的生命？

一种可能是我们独一无二，在冷酷的宇宙荒漠之中放飞意识的碎片，我们是这奇迹唯一的见证者；另一种可能是我们生活在一片全知全能的海洋里，四周围绕着欢乐与冲突，并对我们开放。如果我们是明智的生物就应该留心这两种可能。

54

CAPTURE
俘虏效应

查尔斯·塞费（Charles Seife）

纽约大学新闻系教授，《科学》（*Science*）前特约撰稿人，著有《数字是靠不住的》（*Proofiness: The Dark Arts of Mathematical Deception*）。

2010年4月5日，在西弗吉尼亚州上大支流矿井深处，火花引发了威力巨大的爆炸，隆隆作响，横扫巷道，造成29名矿工遇难。这是美国40年来最严重的矿难。两星期后，一个位于墨西哥湾的深水钻井平台“深水地平线”（Deepwater Horizon）腾起大火，11名工人丧生，并造成有史以来最大的石油泄漏事故。尽管这两个灾难看起来毫无关联，却有一样的深层原因：俘虏。

避免这些灾难应该是联邦工业管理机构的责任。美国矿业安全与健康管理局（它制定矿山管理规则）和美国矿产资源管理局（它制定近海钻井平台管理规则）理应限制商家，并像“看门狗”一样迫使每一个人遵守规则。不管怎样，理想是这样，而现实则有点乱。多数时候，这些机构都不太情愿执行它们自己制定的规则。当一个公司被发现违反了规则，管理当局往往收一点罚金就草草了事。像经营着上大支流矿井的梅西能源（Massey Energy）和经营着深水地平线钻井平台的英国石油（BP）这样的公司，因为藐视规则，不断导致灾难降临，而每一次灾难之后，所有人都想知道在违规行为异常明显且接二连三发生的情况下，为何监管当局缺乏更严厉的惩罚措施。

20世纪70年代，以后来的诺贝尔奖获得者乔治·斯蒂格勒（George Stigler，1982年获奖）为首的经济学家们开始意识到，这绝对不是例外，而是行业潜规则。随着时间的推移，监管机构系统性地丧失了监管产业力量的能力。更令人吃惊的是，它们渐渐成为商业公司利益输送链条中的一环（监守自盗）。显然，监管者不再代表公共利益去监督行业，而是可耻地沦为了被监管行业的工具。这个把监管者从“看门狗”变成“哈巴狗”的过程，即公认的“规制俘虏”。

你实在不必费力查找规制俘虏的具体方式，美国证券交易委员会就是活生生的例子。那些官员们常常被提起诉讼，因为对欺诈视而不见，发起的调查绵软无力地走过场，甚至帮助那些恶人免于支付大笔罚金或坐牢。看看美国核管理委员会的执法报告就更清楚了，他们在维护能源公司免遭相关安全条例的处罚时，干得一次比一次漂亮。规制俘虏并非限于美国。是什么导致了福岛核灾难？归根到底，这是一个因为“监管者与被监管者位置颠倒”而造成的“监管体系的崩溃”，从日本国会编制的报告中就能看出来。监管者变成了被监管的人。规制俘虏仅仅是这个故事的“冰山一角”。我从事新闻工作，这个行业的人喜欢把自己叫做“看门狗”，视自己为社会公益坚定的捍卫者。但我们同样也正在被俘虏；有监管部门的俘虏，也会有新闻业的俘虏。这在诸如技术报告、商务报告、白宫报告等领域最明显。在这些领域，你们害怕不能切入自己的主题，你们仰仗这些产业编织故事，你们的广告收入正是来自这些本应受到你们批评的人。在所有这样的领域里，你会发现很多记者被收买控制了。即使在我自己的管区（尤其是我自己的管区！）科学报道也被俘虏了。科学期刊和科学机构已经建立起极为复杂的封杀和推荐系统，这不但保证了他们能得到自己想要的报道，而且连在什么时候、以什么样的方式得到都能确定。我们不知不觉中把对公众的忠诚转向了我们本应调查的那些人。

俘虏，是一个比斯蒂格勒当初所认识到的更严重的威胁。凡是一定程度上依赖客观性的职业，凡从事涉及权贵利益工作的人，都容易被俘虏。科学，客观至上的领域，也没有逃出被俘虏的魔掌。有证据表明，那些得到行业资助的医学研究者看待自然世界的态度更加“正面”：在其实验中，药品的疗效似乎更好，患者存活的时间更长，负作用更小。然而，有些科学家即使从医药公司或医疗器械制造商那里拿到几万到几十万美元，还坚信自己是在追求真理。这是我最担心的俘虏：你永远不知道自己何时已被俘虏。

55

THE PROMISE OF CATHARSIS

情感宣泄的许诺

安德里安·克雷耶（Andrian Kreye）

《德国日报》（*German Daily*）艺术和散文专栏作者、《慕尼黑南德意志报》（*Süddeutsche Zeitung*）编辑。

进化中没有“情感宣泄”的时刻，而世界上却有很多信仰和意识形态。在现代社会中，前者多半是私人事务，后者是20世纪的一个遗迹，所以一个人似乎不应该再担心被宣泄诱惑了。但宣泄的需求依然存在，这使得非理性的群体思维能通过一条小小的门缝吸引受众。

彻底摆脱这种强大的诱惑或许永远都不太可能，在西方世界中，这种观念已经深深嵌入文化的DNA当中。就艺术领域而言，其本身缺乏内置机制去模拟宣泄，更多宣泄动力来自于宗教。

举一个最知名和最有力的例子，贝多芬的《第九交响曲》。有很好的理由解释，为什么不论是需要抚慰集体悲伤的时候，还是加强民族团结的时候都要演奏这一作品。在“9·11”袭击之后，这首曲子在世界范围内演奏了无数次。“冷战”时期，德国分裂成两个国家，当来自两边的运动队会师的时候，就会演奏这首交响曲。欧盟已经选用其第四乐章的《欢乐颂》（*Ode to Joy*）充当“盟歌”,这使得我们有很多机会能听到这部作品了。《第九交响曲》的关键是悲壮的D小调。在这一个多小时的演奏中，忧郁的心情逐渐消散，直到第四乐章用席勒的诗谱曲的欢乐大合唱。这是可信赖的19世纪的即兴宣泄，而且不必问这份快乐来自哪里。诗的开头写道：“欢乐啊，群神美丽的火花。”

贝多芬的第九乐章使用了一个承诺“所有忧伤都欢乐地结束”的布道，

采取了一个礼拜仪式的力度变化。流行文化在精神振奋中反复即兴演奏，用激情摇滚、黑人音乐歌曲或者音乐会形式。在完美情况下，将有一个令人振奋的开始，在此之后，旋律将舒缓下来直到慢于心跳。如果鼓点和节奏令人心情愉悦，人的脉搏会适应它。渐渐地，音乐将加快起来，节奏也快过了心跳。灯光、动作和音量将协助创造一种忘我的状态。这些技法是从一些信仰中借用来的，比如伏都教（Voodoo）或五旬节派（Pentecostalism）。你有没有想过为什么 U2 乐队的演唱会总要经历类似“喜不自胜”的过程？他们公然借用了天主教的传统。

同样的宣泄主旋律也可以在文学、戏剧和电影中找到。现在依然在电影学院中教授的古典三幕话剧，就是像圣书一样的构造：铺陈、冲突、解决冲突。在叙事艺术中，宣泄不仅仅是一个参照。当亚里士多德在公元前 4 世纪提出悲剧的结构，观众情绪的宣泄就是他公开宣称的目标。

体验宣泄的冲动是如此强烈，当然是因为宣泄意味着救赎。狂欢之后，就是天堂。这种推动力量甚至超越了科学。还用问奇点（即相信人工智能将在某个时候超越人类智慧）是什么吗？它只是一场把人类从这个星球上最终责任派对中赦免出来的技术狂欢。

宣泄的一个问题在于它总是停留在空洞的承诺里。那里没有天堂，没有救赎，没有最终的胜利。不论是生物性的、科学的，还是社会的，进步都是一个单调乏味的试错过程。如果我们为之努力的是一个无法达到的目标，很多工夫都浪费掉了，假冒先知的出现几乎就是理所当然。宣泄因而成为理性思维的终极对手。如果在上界有一个天堂，为什么还要苦恼于此时此地？

但是，没有任何办法可以改变我们的心理蓝图。宣泄总是披着各式各样的外衣，在我们享受艺术、音乐、故事甚至体育时，总能发现这个幽灵。每一个笑话的妙言妙语，每一首歌的回旋跌宕，都给人片刻的释放。宣泄之后，不过尔尔。如果我们对这个冲动保持绝对抵制，将导致清教徒式的抑郁寡欢。如果我们清楚宣泄的模式与动力，就有可能躲开那些逃避现实的陷阱。

56

OUR BLIND SPOTS

我们头脑中的盲点

丹尼尔·戈尔曼（Daniel Goleman）

心理学家，著有《情商：为什么情商比智商更重要》（*Emotional Intelligence: Why It Can Matter More Than IQ*）。

一个科学的共识告诉我们，交通、能源、建筑和商业等人类系统正在使这个星球上支持生命的生态系统退化。正如我们所知道的，这种破坏对生命造成了巨大的长期性威胁。但是，这些变化太宏观或太细微以致不能直接觉察到。

对危险的冷漠表明，有盲点根植于我们的头脑中。人类对付威胁的神经系统早已习惯了“更新世”的那种危险：灌木丛中的瑟瑟声很可能是捕食者潜伏的信号。但是，没有感应设备或报警电路提醒我们作为一个物种现在所面临的危险。人类大脑识别危险的感知偏差，已经到了历史性危险时刻。人类的基因库已经强大到从中世纪人们的挫败中挺过来，已经能意识到老鼠和跳蚤这些黑死病带菌者的危险。但是，今天我们集体的盲点已经嵌入到地球物理系统长久动力的运行之中，比如碳循环，它不仅对人类且对不计其数的其他物种的生存都具有破坏性影响，并且需要几百年的时间才能扭转局面。

很多持续的破坏来自工业平台的系统副效应。例如，我们用长时间高温加热原料来制造混凝土、土砖、玻璃和钢铁—— 一种起源于青铜时代的技术。当这些方法得到发展，“人类世”（authropocene）时代随之而来，而人类的活动把诸如氮循环和碳循环系统推向了峭壁边缘。

既然我们能够把面对的危险概念化，那么最好我们也能踩刹车。京都和哥本哈根全球会议未能就减缓全球气候变暖达成一致，这或许是人类赌局中我们头脑盲点的一个症状。显然，只是单纯理智地理解危险，并不能有效调动我们的激励制度。

我参加了一个20多家全球公司发起的关于可持续发展的首脑闭门会议，每个人报告了他们正在整饬供应链以应对全球变暖的措施，这是一份出人意料且令人鼓舞的清单。但是他们一致认为，进一步推进措施会面临同一个障碍：消费者漠不关心。

有越来越多的迹象表明，在我们的盲点周围也可以找到很多聪明的方法。比如，一位哈佛公共卫生学院的工业生态学家建立了“手印”（Handprints）这个组织，该组织的口号是：用足够的手印，我们就可以医治这个星球。与跟踪增加碳足迹这类坏消息的做法不同，“手印者”会对我们的环境影响设置一个正向旋转，跟踪人们做过的所有好事。该方案让你测量自己减少碳足迹所做的每一个行动，并鼓励你增加手印数量。

一个拟议中的“手印者”移动应用能让你“以小时数或天数为单位来说明你的积极影响，在这些时间里，你生活得干净、正向、积极；用手机查看其他用户正在采取的行动；你和朋友们将能够跟踪你们作为一个团队所具有的影响。这些就是你的家庭、邻居或学校的总的集体手印”。

不久前，我浏览过一本兜售奢侈品的高档杂志。圣诞节特辑推荐了有特色的21件“终极礼物”，包括一支量身打造的价值27.5万美元的钢笔，一座定制的后院主题公园，一辆全尺寸的钢制过山车——价值20万美元外加保养。而在同一个星期，我看到“手印者”在著名众筹网站Kickstarter上为它的移动应用程序筹资失败，金额仅仅为3万美元。

爱因斯坦曾经说：“原子释放的能量已经改变了除我们思维方式以外的一切，因此我们正在走向空前的灾难。”有实际效果的担心是把注意力集中在真正的威胁上，并拟定预期的解决方案，而且要落实。神经质的担心只会让人一遍遍地焦虑。等到有一天，“手印者”不仅得到了资助，而且广泛传播开来，而那个后院主题公园被回收，我或许就能卸掉心头的重担了。

57

THE ANTHROPOCEBO EFFECT

人类世反安慰效应

珍妮弗·雅凯（Jennifer Jacquet）

纽约大学环境研究临床助理教授。

今天的人类再也不像从前那么弱不禁风了，而是变成了一种全球的地质性力量。这个开始于1800年左右的地质年代被称作“人类世”，它的特征用陡峭的线形图描述，看起来就像切成两半的珠穆朗玛峰——人口、水资源利用、生物多样性的丧失、氮径流和大气中的二氧化碳等。

数据无可辩驳地使人类成为环境变化的支配性驱动力量，这是一件让我们所有人担心的事情。但是，我们还应该担心让人类成为这样一种力量将导致更深远的负面变化，我称它为“人类世反安慰效应”（Anthropocebo Effect）。

文化的表达效应无处不在。“安慰剂效应”（用一粒疗效不大的药丸获得积极的心理效果，并使病患症状得到缓解）仅仅发生在这样的文化环境里，即人们相信吃药可以治愈疾病的文化环境。更奇怪的是“反安慰剂效应”（通过片面强调更可能发生的副作用，促使副作用最终发生），它向我们展示出了心理的力量。那么，人类世反安慰效应就是一种恶化人类破坏的心理状态，一种让我们接受人类破坏不可避免的必然的悲观主义。

科学可以帮助我们塑造看待自己的方式。语言影响知觉，而知觉影响行为。试想一下自然选择理论在生物界对我们人类观点的影响。我们应该担心这个新的时代，人类世不仅仅是一种地质现象，也是一种文化形态。

58

THE RELATIVE OBSCURITY OF THE WRITINGS OF ÉDOUARD GLISSANT

被推平的世界：消失的多样化

汉斯·乌尔里希·奥布里斯特（Hans Ulrich Obrist）

伦敦蛇形画廊（Serpentine Gallery）馆长，《策展简史》（*A Brief History of Curating*）编辑，合著有《日本项目：新陈代谢派访谈》（*Project Japan: Metabolism Talks*）。

虽然他并不广为人知，但爱德华·格里桑（Édouard Glissant）却是20世纪最重要的作家之一。对21世纪而言，他的思想仍具有重要的参考价值。我相信我们应该担心他的默默无闻，因为他以卓越的洞察力讨论了那些在我看来是全球化引发的最重要的问题：同质化和灭绝。鉴于殖民历史塑造了他的安的列斯群岛身份，格里桑的“世界克里奥耳化”（creolization of the world）理论关乎国家认同问题。他提出了紧迫的问题：怎样才能更好地避免文化同质化威胁，以及我们如何在不可阻挡的全球交易中努力维持克里奥耳化（多种文化混合）的积极作用。

全球同质化是一个趋势，早在1925年斯蒂芬·茨威格（Stefan Zweig）就已经观察到了，在《世界正变得单调》（*The Monotonization of the World*, *Die Monotonisierung der Welt*）中，他写道：

> 关乎客观生物的一切都变成了同质的，所有的东西都被碾平到一个统一的文化模式里面。越来越多的国家好像变得一样了，人们以一样的方式做事和生活；越来越多的城市外观雷同……越来越多的特色风格似乎消失了。

全球化的力量正在广泛地影响着艺术世界和具体的策展。过去20年里，在新的全球对话中已存在巨大的潜在性，一些人已经意识到了，但是还存在一个持久的危险，那就是全球化的同质化影响将使差异性消失。我担心这个问题，所以每天早晨醒来后，我都会阅读格里桑的作品。他坚定了我关于国际性地制作电视节目的想法，鼓励我去听取和学习任何一种我可能参与其中的文化。由于时间正在全球速度面前丧失其本土属性，这使得个人生活节奏必须竭尽全力去适应它，从而丧失了对抗时间同质化的方式，这已经变得和对抗空间同质化一样重要了。

文化同质化不外乎文化的灭绝。与艺术史学家霍斯特·布雷德坎普（Horst Bredekamp）在他的著作《画像行为理论》（*Theorie des Bildakts: Theory of Picture Acts*）中所写的一样，在今天全球化战争中，“偶像破坏”已经成为突出的战略——古物古迹和文化符号的公开毁灭，如阿富汗巴米扬大佛被塔利班炸毁。通过大众媒体，战争成了一个全球化的形象战，它跨越了领土边界；而且在事件本身之后持久存在，为军事行动和外交政策的合法性提供依据。

科学家们日甚一日地争论人类文化甚至人类物种本身毁灭的可能性。天文学家马丁·里斯（Martin Rees）谈到“我们最后的时刻”和文明能否活过下一个世纪的问题。灭绝的幽灵还在人文科学中游荡。对哲学家雷·布拉西耶（Ray Brassier）来说，我们无可避免最终毁灭的命运，这根源于人类存在终极上的毫无意义，因此他对哲学唯一正确的反应是去接受和追求这一最基本见解的彻底虚无主义的意义。如他在2007年的《虚无的解缚》（*Nihil Unbound*）中写道：“虚无主义是存在一个独立于心灵之外的‘现实之现实主义信念’不可避免的推论，这一现实对我们的存在漠不关心，对价值和意义也很健忘，而我们将用这些价值和意义把自己装饰起来，以示热情友好。”

多数人将会放弃这种绝对虚无主义，当然还有其他的地方值得去看看——希望和意义的根源。例如，艺术家古斯塔夫·梅茨格（Gustav Metzger）已经完成了他以“灭绝”为中心的主题创作。在那些利用巨量报纸文档制成的作品中，他强调在世界上不计其数的小灭绝中，人类灭绝的图景日渐被强化了。通过重新呈现有关这个主题的报纸故事，梅茨格突出强调这样一个问题：在这种消失的绝对规律面前，以及人类明显的无能为力面前，我们听命顺从的集体态度。

玛格丽特·于莫（Marguerite Humeau）是一位年轻的艺术家，她的作品可以追溯到人类历史的前夜。在历史学家埃里克·霍布斯鲍姆（Eric Hobsbawm）所谓的"对抗遗忘的抗议"中，于莫从事一项重建史前灭绝动物声带的项目——猛犸象、恐龙和其他动物——把过去的声音起死回生。像梅茨格的作品一样，她对逝者的纪念中潜伏着对未来的警告。于莫的工作还使她学术研究的复杂技术变得浅显易懂，这是一个表明我们集体困境的策略：对我们来讲，需要巨大的科技进步去觉察我们的处境，进步往往也是这个问题的核心。

艺术家格哈德·里希特（Gerhard Richter）说："艺术是希望的最高形式。"我还要补充一点，艺术是抵制同质化和灭绝的主要方式。让我再次引用茨威格的话："艺术的存在，也是为了表达存在的多种形式。"

59
THE DANGER OF INADVERTENTLY PRAISING ZYGOMATIC ARCHES
“小侏儒”自由意志

罗伯特·萨波尔斯基（Robert Sapolsky）

斯坦福大学神经科学家，著有《猴子爱情》（*Monkeyluv*）。

我认为不存在自由意志。当我 13 岁的时候，这个观点就被埋进我洞察力的“原始土壤”里了。而且，随着我不断成长，这种想法成为了坚定的信念。虽然通过理智思考，我毫不犹豫地坚信自己的观点，但是从感觉角度而言，有时又很恍惚地觉得自由意志是存在的，我们信任它，并听从它。真正让我担心的是，事实上，让任何一个人像没有自由意志一样去行动是极为困难的，而且很可能带来非常糟糕的后果。

假设你是一名神经学家，假如你花些时间独自思考一些问题，比方说大脑中一种酶的反应动力学，或者一种离子通道的结构，或者一些分子如何沿着轴突传送下去，你也许会认为存在自由意志。但是，如果你花时间去思考大脑、激素、基因、进化、童年和胎儿的环境等与行为的关系，就会像我那样，认为根本不可能存在自由意志。

证据是广泛和多样的。提高某个人的睾酮水平，可以使他更容易把一张情绪上暧昧的脸错解为面目狰狞、充满敌意。一个特定基因的变异会增加中年性压抑的几率。在一个特别紧张的产前环境中孕育胎儿，很可能会增加孩子成年后暴饮暴食的可能。额皮质区域的瞬间钝化会让一个人在经济博弈的决策中更冷血与功利。精神分裂症患者的一级（直系）亲属尽管在精神病理上是健康的，但仍可能增加相信“无所不在”事物的或然性，比如相信UFO、超感知觉、《圣经》的字面理解等。血管加压素受体的一个正常的基因变异，会使一个小伙子更有可能维持稳定的恋爱关系。这样的例子不胜枚举。（我仅通过这一段落去证明上述观点，但不必过于频繁地强调它。缺少自由意志丝毫不等同于基因决定论。）

自由意志的概念要求我们认同这样一个观点：尽管在生物性厌恶的漩涡里和湿软的大脑部位塞满了基因、激素和神经质，但是，在大脑的一个偏僻的角落里有一处地下掩体——一个容纳“小侏儒”的指挥中心，你的所有行为都由他决定。在这种观点中，这个侏儒可能由纳米芯片制成，或是过去的、暗黑的真空管，或是老旧的皱巴巴的羊皮纸，或是回响着你母亲劝诫声音的钟乳石，或是硫磺的条纹，或是由进取精神制成的铆钉。不论这个小侏儒用什么制成，它都不是生物制品。没有小侏儒，也就没有自由意志。

这是我能得到的唯一结论，不过，人们很难相信它、感受它。我认为我已经卓有成效地开始反抗小侏儒对自己的限制了。我们夫妇俩和一位朋友一起吃午餐，他端上了水果沙拉。我们惊呼：“哇，菠萝真好吃！”“这已是菠萝的淡季了，”朋友有些得意地说，“不过，我运气好，能找到几个好的。”为此，我和妻子立即肃然起敬——你真是懂得怎样挑选水果，你是一个比我们强的人。我们钦佩他展现的自由意志，在“菠萝选择”的岔路口，他做出了完美的选择。但显然我们错了。基因决定着人的嗅觉感受器，这能帮他识别菠萝是否成熟。也许他来自一个种族，其深远古老的价值观里，包括学习用手摸来判断菠萝的好坏。那位朋友比较优越的社会经济地位，让他能光顾得起高价有机产品市场，从而发挥基因优势，获得幸运的结果。

人们很难不相信自由意志的存在，也很难不坠入如下错误：潜能和局限绝不可能从生物性根基上生长出来，相反，有一个侏儒般的独立存在物，是他决定着人们的潜能和局限。这个问题本身远比关于菠萝的闲聊要有价值。作为一个父亲，我陷在一群神经质的父母当中，他们疯狂地想给孩子指出最完美的成长方向，其实大部分都是家长自己想象出来的。针对孩子们的学校教育，或许可以参考一下我同事卡罗尔·德威克（Carol Dweck）的精妙研究。概括一下她的研究，假如有一个在学业上表现优异的孩子站在你面前，一般人都会赞美地说：“哇，你一定很聪明！”不过，在相同的情况下，其实还有其他的选择，或许我们应该说："哇，你肯定非常刻苦！"对提高学习成绩而言，后者其实才是一种比较好的鼓励方式。不要赞美孩子天生的智慧才能，而应该赞扬他们在学习中表现出的努力和纪律性。

这有什么区别呢？如果德威克的研究仅仅是吹毛求疵，那么大可不必把这些放在心上。但是请记住，假如你称赞脑袋里的那个小侏儒，那就完全错了，相比于一个单纯依靠原始智慧的孩子，通过努力做到一些事情的孩子是更出色、更值得称道的创造者。这是因为即使考虑到存在自律、执行力、情绪调节以及满足感延后，所谓的自由意志仍然会半途而废。例如，大脑中的前额皮质与上述功能密切相关，一旦它受损，就会让一个能分辨对与错的人失去对其行为的控制；多巴胺受体亚型的一个不同版本，会影响一个人对风险的判断以及对刺激感的追求；感染了原生动物寄生的弓形虫后，人可能会略微变得更冲动；有一类应激激素能使位于前额皮层的神经元萎缩；在小学期间生活在贫困环境下的孩子，往往在前额皮层的成熟方面滞后。

我们可能会说"你的颧骨真漂亮"。如果对这句话分析得彻底一点，我们就会意识到它暗含一种信念，即这个人可以选择她自己颧弓的形状。如果我们脑子里并没有这样的概念，其实也不是什么大问题。但是，假如一个六岁的孩子，因为早期生活压力严重影响了其前额皮质的发育，所以常常难以控制自己的行为，而我们却错误地认为一切都源于其很差的道德品质，那么这就是个大问题了。除此之外，我们还有很多其他类似的错误看法，特别是针对癖好、障碍以及怪异行为。这对刑事审判而言有非常重大的意义。有些人认为，所有主张"身体的某种损害导致犯罪行为"的理论都是丧心病狂、泯灭人性的。我觉得对他们最好的回应就是，这要比"由腐烂的灵魂导致该死的犯罪"有道理无数倍。同样，本来是幸运的、有效果的生物学结果，却去赞扬"完美性格"和"明智的选择"，这显然是很不明智的。

但是，当很多因果关系还没有弄清楚的时候，相信不存在自由意志是困难的。或者说，从人类进化中的选择动力到一个人吃什么样的早餐这样简单的决定，在人类智力上，都做不到去斟酌思考所有行为的前因后果。这个困难是我们都应该担心的事情。

60

THE BELIEF OR LACK OF BELIEF IN FREE WILL IS NOT A SCIENTIFIC MATTER

信不信自由意志不是一个科学问题

霍华德·加德纳（Howard Gardner）

发展心理学家，哈佛大学教育研究生院霍布斯教席教授，研究领域为认知与教育，著有《多元智能》《改变思维》《重塑真善美》《重构多元智能》《多元智能新视野》。

在记忆中，我和同事、朋友争论自由意志的存在问题，远比讨论吃喝问题的次数多。根据神经科学的最新发现，在做出行动和反应后，到我们意识到它们发生，存在一个时间延迟。因果决定论近来也取得了一些进展。这些都使我那些同事和朋友相信根本不存在所谓的自由意志。就我自己而言，审视着古代与近代历史事件，反思着他人和自己的某些出人意料的决定，在此，我以同样的气势争辩，人类具有自由意志，而且运用自由意志是我们区别于其他动物的标志。

当然，存在各种各样可能的妥协：丹尼尔·丹尼特的观点是，我们应当遵照“好像”存在自由意志而行动，并以同样的方式对待他人；威廉·詹姆斯的观点是：“我的第一次自由意志的行动应该相信自由意志。”丹尼尔·卡尼曼的暗示是，系统 1 是无意识的，但系统 2 涉及意识反应。

然而我已经得出结论，相信自由意志和不相信自由意志不是个科学问题。相反，使用一个由科学史学家杰拉尔德·霍尔顿（Gerald Holton）创造的术语，我们在这里处理基耦（themata）——科学家和其他学者在他们所从事的工作中加进来的基本假设。就其本身来说，自由意志存在与否就像人性是基本普遍的还是多变的一样，是一个不可能解决的问题。所以，我不再担忧它了。

注：本文作者霍华德·加德纳的多本著作已由湛庐文化策划。

EVEN MORE WORRYING ARE THE DOWNSIDES OF POWERFUL NEW TECHNOLOGIES: CYBER-, BIO-, AND NANO-.

我们更应该担忧的是强大的高新技术可能存在的负面效应：网络技术、生物技术和纳米技术。

——马丁·里斯（Martin Rees），《我们只是在否认灾难性风险》

61

WE ARE IN DENIAL ABOUT CATASTROPHIC RISKS

我们只是在否认灾难性风险

Martin Rees

马丁·里斯

皇家天文学家，曾任皇家学会主席，剑桥大学宇宙学和天体物理学名誉教授。

著有《从当前到无限：科学的眼界》（*From Here to Infinity: A Vision for the Future of Science*）。

一些有幸生活在发达世界的人们，总是为日常生活中的琐碎伤害烦恼不已，比如未必会发生的空难、食品中的致癌物质等。其实，我们现实的处境比想象中更不安全。我们应该更多地担忧那些有幸还没有出现的事情，因为，它们一旦发生，将导致全球灾难，而且随后会频繁发生。

“胃口”越来越大、数量越来越多的人类对整个生物圈造成了严峻的冲击，已经有很多人讨论过由此可能会造成的生态灾难。可能由资源匮乏和气候变化引发的社会与政治紧张，也一直是人们热衷的话题。不过，我们更应该担忧的是强大的高新技术可能存在的负面效应：网络技术、生物技术和纳米技术。人类正在进入一个这样的时代，少数人通过违法和恐怖主义可以引发整个社会的轰然崩溃，而保守的政府却对此不知所措。

有人会认为这种担忧纯属言过其实的自我恐吓：毕竟人类社会已在大风大浪中漂泊了几千年，无数的瘟疫、地震和风雨都没有将我们击垮。不过，人为制造的威胁却与此有很大不同。它们是新近出现的，因此我们对它们的了解时间不长，这决定了经历那些灾难之后，我们对于自己能否幸存并没有十足把握；同样地，一旦灾难降临，我们也很难相信政府的处理能力。当然，就算这样，我们仍应该保持自信：即使技术在未来有可能引发巨大的灾难，人类也能够想出办法克服它。

“人类世”时代始于大规模热核武器的部署。之后，主要的全球性威胁就来自人类，而非自然。冷战期间，由于错判或误算，超级大国（美苏）之间不止一次走到末日决战的边缘。那些经历了“古巴导弹危机”的人们，不仅当时内心充满了焦虑，就连后来回忆起这件事仍然心有余悸。他们真切地感觉到人类与灾难之间擦肩而过。在相关资料解密之后，人们才知道肯尼迪总统曾审慎地评估过核大战的胜算——只有三分之一，甚至更低。罗伯特·麦克纳马拉（Robert McNamara）[1]在退休很久后坦率地说道：“不知道内情的人感受不到当时形势的险峻，那时我们距离核战爆发只有咫尺之遥。幸好脱险了，这不是我们的功劳——赫鲁晓夫和肯尼迪是幸运且明智的。”

[1] 美国商人、政治家，曾任肯尼迪及约翰逊政府的国防部长。——译者注

现在，人们对核威慑的效果不再怀疑，但这绝不意味着它是一个明智的选择。如果你用弹匣里的

一两颗子弹玩“俄罗斯轮盘赌”博命，你当然很有可能活下来，不过这个赌注未免太大——如果你认为生命一钱不值，那就另当别论了。然而，在冷战时代，我们就是筹码，被敌对的双方押在了这样的赌局上面。

如果必须在普通老百姓同意的情况下才能采取下一步的措施，那么当领袖们把评估出来的风险水平公之于众时，会得到什么结果呢？就我而言，我宁愿接受苏联的政治经济制度，也不想用灾难当赌注去玩轮盘赌游戏。不管这种灾难出现的机会是三分之一还是六分之一，只要它发生了，就会使这些国家万劫不复——数以亿计的生灵命丧黄泉，所有的城市化为尘土……

尽管在局部战争或恐怖袭击中，小型核武器还可能被使用，但成千上万的氢弹正在按照相关协议销毁，这无疑值得我们欣慰。不过，回顾20世纪的地缘大事件——两次世界大战、苏联的兴起与没落等，21世纪后半叶的全球秩序调整，很有可能会导致新的超级大国之间再度对峙。新的一代或许要直面他们自己的“古巴”—— 一个可能更难处置妥当或欠缺运气的“古巴导弹危机”。

核武器就像悬在我们上方的达摩克利斯之剑，始终是人类担忧的问题，不过，引发社会崩溃的一个新推手将是环境压力以及随之而来的气候变化。许多人依旧希望我们的文明可以前往一个没有创伤和灾难的低碳未来。我个人对此比较悲观，我认为未来20年里，全球二氧化碳排放量将会继续升高。不过，依靠先进的计算机模拟和积累起来的全球气温变化监测数据，到那时我们就会明确，二氧化碳是否会加速海水蒸发及云层增厚，从而引发全球温室效应。

如果二氧化碳会引发温室效应的结论被证实，并且整个世界正步入温度快速上升的轨道，而减少碳排放的国际协议彻底失败，那么，所有人都很难保证在“恐慌状态”中做出的决定会是理智的。这里可以提一下我们的“B计划”：听天由命地继续依赖化石燃料，然后再通过地质工程的方法减弱温室效应的影响。

这将是一个政治噩梦：地球到底多少摄氏度才是合理的？全球并没有共

▲ 1962年，公众抗议“古巴导弹危机”。

识，而且就预测未来变化而言，科学也难以让每个人都信服。更糟糕的是，很多给地球降温的技术偏方，比如“化学凝结尾”和“海洋固碳”等技术，已经廉价到富豪个人就能够资助并实施它。我们并不清楚这些偏方的长远影响，而且它们很容易导致局势失控；尤其是如果一些人想要一个温暖的北极，而其他人则主张避免低纬度陆地的进一步升温。

核武器是20世纪科学最负面的恶果，而21世纪的新技术却引发了人们新的担忧。我们相互联系的世界依赖于复杂的网络：电网、空中交通管制、国际金融、快速投递，等等。除非这些网络具有极高的弹性，否则它们难以克服的缺点会让其贡献瞬间毁灭。

社会与经济的衰退有时就像病毒，它通过计算机网络和“数字野火”可以瞬间感染全球——字节以光的速度传播。人们对于系统是否会出错疑虑重重，而对恐怖主义的介入更是提心吊胆。比如，对网络崩溃的担忧正在急速增长，因为人们怕罪犯和敌对国家会借助网络发动攻击。同样地，合成生物学为医药和农业带来了巨大潜力，但也为生化恐怖提供了便利。

虽然私下制造一枚氢弹并不容易，但数以百万计的人很容易误用具有双重影响的技术。弗里曼·戴森（Freeman Dyson）曾憧憬过这样的未来：孩子们能时常设计和创造新的生物体，一如他年轻时摆弄化学装置那样。假如这事成真，我们的生态（甚至我们这个物种）肯定不会毫发无伤地延续下去。同样，我们不也要担忧另一个科幻场景吗？计算机网络能够开发自己的心智，并危及我们所有人。

尽管媒体中充塞着各类煽情的科学故事，好莱坞不断演绎各种版本的“世界末日”，玛雅人也早就发出过天启警告，却还是很难引发大众的担忧。人们总是对亲身的经历记忆犹新，比如2008年的金融危机，而对未发生的事情，则不以为意。我很担心，到2050年时，在如何有效减少和妥善处理那些低概率、高危害的风险因素方面，国际社会将一事无成。

62

THE COMPLEX, CONSEQUENTIAL, NOT-SO-EASY DECISIONS ABOUT OUR WATER RESOURCES

水资源问题

朱利奥·博卡莱蒂（Giulio Boccaletti）

物理学家，大气与海洋科学家，大自然保护协会常务董事。

我们应该担心水资源的现状。我不相信在关注当前问题的著作中，会没人提及“全球水资源危机”。总地来说，还是个合理的担忧。

在今后的 20 年，我们将需要消耗比现在多大约 40% 的水来支持更大范围的经济活动，从食品加工到能源生产。因为全球接近一半的食品生产由 20% 的灌溉耕地提供，如果不获取、储存和提供更多水资源，我们就不可能满足日益增长的富裕人口对食品的需求。

对于这个问题，传统的解决办法是建立新的基础设施——水库、大坝、运河。在有些地方，特别是在那些还没有建立很多水利基础设施的国家，这或许是正确的解决办法。但通盘考虑，这种方法代价太大，不能作为我们唯一的解决办法。

我们必须改变用水方式，以较少的资源做更多的事情。遗憾的是，在提高资源生产力方面，我们没有很好的经验。1967 年，国家科学院建立了资源与人类委员会，来回答新马尔萨斯主义[1]的问题：我们能够提高资源生产

[1] 产生于 19 世纪初，广泛流行于 19 世纪 70 年代后，是一种主张用节制生育来限制人口增长的人口理论。——译者注

力，以避免地球资源枯竭吗？人口的成倍增长是全球范围生态系统崩溃的前兆吗？将近50年以后的今天，好消息是我们还在地球上，不好的消息是，就像该委员会预见的那样，我们的生产力没有得到充分提高。目前为止，跟其他资源一样，水资源仍然是需求大于供应。

但是对水资源的担心不能停留在数量问题上。在发达国家，可溶性化合物正以微量浓度源源不断地流入江河水域。例如医药品（从抗炎药品到抗抑郁药品）、个人护理用品、洗涤剂、杀虫剂和各种各样的碳氢化合物，清单在不断加长。其中一些是否会导致显著的流行病学上的后果仍有待观察，但大多数情况下，常规的水处理技术是不能中途拦截它们的。

在生态系统方面，我们也做得不太好。有时候我甚至觉得，保护淡水资源只是爱好钓鱼的中年会计师们所担心的事情。不应该这样。地球上超过四分之一的脊椎物种生活在河流中，按比例算，在淡水生态系统中消失的物种比在其他生态系统中消失的要多。这种状况的恶化对我们来说也是个坏消息。生态功能良好的河流和毗连的生态系统，或许是经济活动过程中不断增加的水资源消耗的必要制衡力量。如果我们种植集约灌溉的农作物并增加化肥使用量，为了减轻它们的影响，确保饮水处理成本不会肆意增加，那么功能良好的河岸生态系统必不可少。面对气候变化，如果我们想提高应对洪涝灾害的能力，就必须将硬件水利基础设施与生态功能良好的湿地融为一体。

因此，我们有理由担心水资源，这一点毫无疑问。即便如此，当提到水的时候，“担心”（特别是有预感末日来临般的担心）是一种很无用的情绪。给水系统不只是我们的一道风景线，需要保护它不受人类活动的影响，它还是我们社会的基本要素和经济发展的基础。正因为水在我们几乎所有的事情中都如此重要，水资源才成为引发争端的重要原因。

能量回收再生系统有助于引起我们对全球水资源危机的警觉，但解决问题的关键不是让人们认识到问题，而是认识到这个问题的复杂性。可怕的是，除了这个专业的小圈子，我们还没能形成以事实为基础的、切实可行的方案来公开讨论水资源问题。我们不需要公众就“水资源战争”的可能性或水是一种可耗尽资源的（错误的）流行观点进行热烈讨论，我们需要的是讨论有哪些切实可行而又重要的选择可以做。

应该如何权衡食品加工与水资源缺乏之间的关系呢？关于水力发电我们有什么选择办法？它们的造价如何？与可利用资源保持一致的经济体应该是什么样的？确切地说，因为多重目标的水资源管理是复杂的，解决办法涉及方方面面，所以我们必须确保公众知道该提什么样的问题，让他们明白不得不认可这些折中的办法。

对许多国家来说，确保水资源能够不断满足日益增长的人口和经济持续发展的需要，这是复杂且昂贵的平衡措施。从全球来看，每年用于水资源管理的资金是 6 000 亿美元，堪比生产天然气所花资金的总额，这还不包括其他行业部门的开支——从农业到制造业——都会影响到水资源利用的程度。

过去，政府作为一般行政事务来负责这方面的大部分开销，并协商各方的用水平衡。但今天，很少有公共机构能获得必要的资金来支付这样的投资，许多机构已经是努力维持运转了。即使有资金，水资源管理问题也不再只是行政管理问题。当我们量入为出时，经济的方方面面都联系到了一起：工业、能源和农业的选择都变成了水资源的选择，我们为河流寻求的生态前景与就业和经济发展息息相关。

这些都是深刻的政治和价值取向问题，值得进行有针对性的公开讨论。公众必须在水资源方面讨论哪些是他们必须接受的取舍，就像他们讨论（或者说应该讨论）从能源到卫生保健一系列重要议题一样。如果做不到，我们的经济、社会和环境将不可避免地因此而更加匮乏。

63

GLOBAL COOPERATION IS FAILING AND WE DON'T KNOW WHY

全球合作面临失败

丹尼尔·豪恩（Daniel Haun）

马克斯·普朗克演化人类学研究所（Max Planck Institute for Evolutionary Anthropology）比较认知人类学小组负责人。

在进行世界范围内的决策时，我们尤其要依靠国与国之间的成功合作。今天许多最严重的问题，单靠个别国家的努力是不能解决的，但如果国际社会联合起来，共同努力，我们就能够找到解决办法。然而，即使问题非常明确，行动方案相当清楚，全球合作在很大程度上也正面临失败。为什么呢？答案就是，人类对自我利益的狭隘追求，胜过任何集体行动带来的可能后果，但这种解释还是不够悲观。假如这是问题的核心，合作失败将不可避免，因为人性最终不会改变。

好消息是，人类固有的自私自利虽然不能使事情简单化，但它也不是全球合作失败的唯一原因。事实证明，除了天生的自私自利，人类本质上也具有合作性。更为重要的是，从很小的时候起，孩子们就能够与他人相互配合以完成共同的目标。最为重要的是，他们有很高的积极性，喜欢合作。此外，其他灵长类也有许多合作所必需的基本能力。所以，长久以来，合作似乎是人类生物学史的一部分，需要很多必要的能力和共同的动机。即使是成年人也选择合作多于背叛，除非是给他们太多的时间去思考合作还是背叛的问题。当需要快速做出决定时，人们的本能反应是合作。我们的合作比我们仅根据自身利益预计的（合作）要多得多。如同自私自利一样，合作是人类本性的一部分。所以，全球合作行将失败不是预料之中的必然结局，它所带来的挑战就是创造全球合作的环境，展现我们人类合作的一面。

坏消息是，我们不知道该如何去做。这是因为当你从小的群体走向国际社会的大群体时，不知道如何才能更好地发挥合作的作用。我们在关键时刻毫无准备地突然想起这个问题，应该为此而担心。

但我们不知道如何在小的群体之间建立一个促进合作的环境（地方合作）。例如，当互惠互利的可能性很大、合作者也彼此信任的时候，地方合作就能够顺利进行；当沟通渠道畅通、合作者认为彼此都是相似的个体、制度承诺会惩罚欺骗者时，个体之间也能更好地进行合作。我们不知道的，是这些因素如何在全球合作的环境下运作。但全球合作不就是更多个体的局部合作吗？我们为什么不能把自己通过地方合作学到的东西类推至70亿人口的大群体？也许有人说，全球合作失败的原因极可能是互惠、信任、沟通、惩罚机制和个体间的相似性都不能得到体现。如果这是问题的核心，合作失败将不可避免。所幸它不是问题的核心，因为全球合作不是放大的局部合作。

是的，没有人能够不受全球合作失败的影响，每个人都会在某些方面帮助解决全球合作问题。但全球合作的实际规模有多大？全球合作涉及到多个层面的决策。通常是群体的代表被委派进行决策，以协调当地的、地区性的、国家的和全球范围内的行动。所以，虽然我们所说的“全球合作”的结果的确影响全球，但决策过程本身是在一个相对较小的群体中进行的。那么，它为什么不起作用呢？如果合作者的群体规模大致相同的话，我们每天都经历的局部合作，与全球合作之间的区别又是什么呢？

区别就是在全球合作的环境中，相互合作的个体面对的是更复杂的问题。原则上，进行谈判的国际代表们会像个体之间那样相互配合，但他们同时肩负着为自己的选民代言的责任。这些人既是专家小组的成员，也是成千上万民众利益的代表。选民的利益是那些代表他们进行决策的人要考虑的因素之一。增加的这层责任可能从根本上改变了合作的结构，我们迫切需要知道它是怎样改变合作的。

除了他们自己和他们的选民在减缓全球气候恶化方面要承担的风险，这些代表还不得不更加担心决策的受欢迎程度；而这在局部合作中是不需要考虑的。虽然我们多少都有点担心决策的社会影响，但在全球合作环境中，这些代表的职业前途则取决于他们受选民欢迎的程度，即重新当选的问题。在已经日趋困难的决策环境中，再加上考虑重新当选的因素，这会严重缩小任何一个代表的决策空间。因此，我们制定的制度可以成功地进行地方合作，对全球合作而言，却可能不够合适。

虽然我们能够很好地理解地方合作，但上面提到的这些因素和其他许多可能因素一起，把全球合作变成了一头不被驯服的怪兽。虽然我们会努力在它的背上绑一个马鞍来驾驭它，但如果我们不能在这些新的、非同寻常的环境中了解人类如何相互配合，如果我们不学会利用这些信息来展现人类本性中合作的一面，进而建立全球合作的机构，那么我们成功的几率微乎其微。

64

THE DEATH OF MATHEMATICS

数学的消亡

基思·德夫林（Keith Devlin）

斯坦福大学H-STAR研究所执行主任，著有《数字人：斐波纳契的算术革命》（*The Man of Numbers: Fibonacci's Arithmetic Revolution*）。

我们看到数学上的进步要终止了吗？在去年我可能还会说不，但现在不是特别确定。考虑到科学、工程、技术和医学的发展在某种程度上都依赖于数学的进步，而它们造就了我们的现代社会。如果这种进步行将结束，除了停滞和衰退，我们将难以看到社会任何方面的进步。这种可能性有多大？我不知道，2013年Edge的年度问题“我们应该忧虑什么”，关键在于“应该”这个词。如果问题是“我们忧虑什么”，我想我的任何诚恳回答都会集中在个人健康、老化和死亡问题上。数学——不管是消亡还是存在——我都不可能关注它。

当然，在我们社会中有许多事情依然困扰着我。但这是年龄大的缘故，总把社会的改变看作是在向坏的方面发展。在我们成长的过程中，一直受到当时环境的影响，当环境发生改变——像它们必须也应该改变的那样，因为社会团体都是一个个活的团体——我们发现这种改变令人不安。事情的发展似乎不可避免地比我们童年时更糟糕，但这也反映了一种事实：作为孩子，我们仅仅接受事物原来的样子。作为成年人，让一种不安的感觉变为担忧，实际是要接受以自我为中心的世界观。也就是说，我们是会思考的、理性的存在体，某种程度上能够控制集体和个人的行动，如果有一种明确的改变发生，我们应该能够看出动向并做出判断。

去年我偶然发现的一种现象，实际是暗示数学可能会像我们知道的那样，在一代人的时间内消亡。也正如你可能怀疑的那样，这种现象是科技上的，但不是你可能想到的那种。虽然在20世纪六七十年代，接连有评论员抱怨说计算器和计算机的出现导致了一代人成为数学文盲，正在发生的一切改变了数学的重要性。特别是对成功至关重要的高运算能力，它持续了几个世纪，突然之间弱化了，就像伴随工业革命的开始，我们种植庄稼和饲养家畜的基本技能随之衰退一样。如今人们更加需要的不是运算技能，而是代数思维能力。（许多情况下，这种需求不能通过课堂教学得到满足，就像算术不能消除几何技能在当今社会中的重要性。）不可否认，科技进步改变了数学已有的重要性。当世界范围内计算设备基本上人人可得时——在未来十年左右，情况几乎肯定是这样的——这个世界不太可能再有类似于各种早期的数学发现，这些都是数学巨人如费马（Fermat）、高斯（Gauss）、黎曼（Riemann）和拉马努金（Ramanujan）的伟大发现。他们留下的笔记说明，当他们调查素性和数字的其他性质时，花了很多时间进行手写计算，这使他们对数字有了更深刻的理解，能够用公式表达深奥的猜想，其中一些猜想随后得到他们自己或其他人的证明。

一旦人人都能享有强大的计算技术，数字的性质可能不会受到质疑。（另一方面，我们也有收获，因为计算机催生了所谓的数学实验，其中大规模的数值模拟引发了另一种猜想——没有功能强大的计算机，这些数值模拟可能不会被发现。我在《计算机熔炉》（*The Computer As Crucible*）这本书中描述了这一现象，它是我与乔纳森·博温（Jonathan Borwein）几年前合写的一本书）。由此可见，科技能改变数学探索的方向，但它会导致数学的消亡吗？2013年9月，我对它可能发生的方式似乎有所预感。当时我在讲授一门（暴得大名的）斯坦福大学MOOC，为来自世界各地64 000名学生组成的班级讲解数学思维的基本原则。因为课程是关于大学水平的数学思维，不是计算，不可能有机器评分的作业。课程的重点是解决新问题，这些新问题没有现成的标准步骤。在某些情况下，对结果要求有严格的证明过程。这种工作富有创新和象征意义，只能通过写满数学方程式和图标的一叠纸（有时候是几叠纸）来完成。有时候还要使用你自己专门想出的标记法，目的就是为了解决手头的问题。

在普通的大学课堂上，我或者我的助教可以批改学生的作业，但在MOOC中，这是不可行的。所以我使用了一种称之为“校准同行评价”的办法，通过这个办法，学生们可以相互批改作业。为了便于匿名共享，我要求学生把他们的作业拍成质量良好的照片，或扫描成PDF格式，然后将它们上传到课程网站上。在那里，MOOC软件将组织整理和跟踪批改成绩。不久，几个学生在MOOC论坛里张贴出问题，询问是否可以用LaTeX键入他们的作业。LaTeX是一种排版程序，被广泛应用于数学、物理、计算机科学和工程学领域的高难度任务中。我说他们可以这样做。事实上，我已经使用LaTeX程序在网站上建立MOOC资源，制作每周的任务表，并自行出版教材了。

现在，LaTeX是一个大型的复杂系统，需要特别长的学习时间，所以对接下来发生的事情，我毫无准备。从第一个那样排版的帖子起，就几乎没有人提交手写页面图像的作业了！几乎整个班（更确切地说，是MOOC中比较典型的10%的学生，他们一直以来在整个课程中都极其活跃）要么不厌其烦地使用常规键盘键入数学作业，要么掌握足够的LaTeX技术，以借助这一程序完成他们的作业。如何使用LaTex的帖子，变成了整个课程中使用量最大和最频繁的帖子之一。我实在不敢想，学生把大量时间花在了排版上，而如果这些时间花在对数学本身的研究上，可能会好得多。

我们似乎已经习惯了在键盘上工作并生成令人满意的页面布局，所以正迅速失去（如果我们确实还没丢失的话）用纸和笔书写的习惯或偏好。我们的演示技术侧重鼓励形式而不重实质。但如果（自由格式）书写消失，我认为数学也会随之消失。你根本无法在键盘上做原创数学题，认知负担太重了。我想，智能手写笔的日渐普及或许能挽救局面，但它与拍照、页面扫描并没有实质区别，因此我不确定这就是答案。问题似乎是，我们的工作应该满足一定的演示标准。在由廉价复杂的演示技术主导的世界里，纸和笔的工作可能会步灭绝物种渡渡鸟的后尘。如果出现这种情况，数学将不再进步。作为一个活生生的、不断发展的学科，它将要消亡。安息吧，数学？或许是吧。20年之内我们可能会揭晓答案。

65

THE POWER OF BAD INCENTIVES

监狱效应

萨姆·哈里斯（Sam Harris）

神经科学家，理智工程（Project Reason）首席执行官，著有《自由意志》（*Free Will*）。

想象一下，一个年轻的白人被错误地判定为重犯，判处有期徒刑5年，在最高戒备的监狱服刑。他没有暴力犯罪的历史，所以可以理解他多么害怕和杀人犯、强奸犯生活在一起。当监狱大门在他身后关闭时，一生的雄心壮志轰然坍塌，他只有一个目标：必须避免与人树敌，以便安然无恙服完刑期。

不幸的是，监狱是充斥着不正当动机的地方。在那里，为了避免成为受害者，囚犯们不得不遵从监狱的行为规范。正是这些行为规范不可避免地把他们引向暴力。例如，在大多数美国监狱，白人、黑人和西班牙裔美国人始终处于永久的战争状态。这位年轻人并不是种族主义者，愿意跟他遇到的每一个人和平交往，但如果他不加入其中一个帮派，就很可能遭到所有种族犯人的虐待。不加入一个帮派就会成为所有帮派成员虐待的牺牲品。作为白人，除了加入一个“白人至上主义”帮派以寻求保护，他可能别无选择。

于是，他加入了一个帮派。然而，为了做一名合格的帮派成员，他必须愿意捍卫帮派中的其他成员，无论其行为多么有悖常理。他还发现，自己必须愿意使用暴力，即使是小小的挑衅行为（例如用“刺伤”去回击“口头侮辱”），否则就可能被人认为是可以随意欺辱的。如果不能以暴力回击第一次的不敬行为，就有可能遭受难以容忍的更进一步虐待。于是，年轻人开始按照这样的方式为人处世，高度设防的监狱因此变成了人间地狱，他也因为在监狱里犯下的严重罪行而延长了服刑时间。

监狱也许是最容易目睹不良动机影响的地方。然而，在社会的许多其他地方，我们发现貌似正常的男男女女身陷相同的困境：忙于使生活变得不那么美好。当选官员忽略长期问题，因为他们必须迎合选民的短期利益。保险公司的工作人员依靠对保险条款的咬文嚼字，拒绝偿付那些危重病人所需要的护理费用。首席执行官和投资银行家给自己的业务和整个经济带来巨大风险，因为他们从成功中获益良多，却在失败时毫发无损。律师继续起诉他们明知无辜的人（同时保护那些他们明知有罪的人），因为他们职业的成功取决于案件的胜诉。政府发动反毒品之战，却产生了黑市利润和政府假装解决却始终解决不了的暴力问题。

我们需要的是比自己更英明的体制，我们需要制度和文化规范，来遏制我们学坏的倾向。在我看来，我们现在面临的最大挑战，就是建立这样的体制和规范。

注：本文作者萨姆·哈里斯的《自由意志》已由湛庐文化策划，浙江人民出版社于2013年出版。

66

EXCELLENCE

过分稳重地追求“卓越”

埃里克·温斯坦（Eric R.Weinstein）

数学家兼经济学家，泰尔资产管理公司（Thiel Capital）常务董事。

在过去的20年，我一直陷于追求“卓越”的困扰中。我和为数不多的几个人深深地担忧追求“卓越”这一倾向的流行，正是因为有“卓越”倾向的人会不由自主地传播他们的观念。大多数受过良好教育的人开始认可“花一万个小时”接受培训就能成为那个行业的领军人物的传说。众多的美国人逼迫他们充满好奇心的孩子远离那些富有创造性的游戏，目的是为了让他们在学业上取得优异成绩，希望他们成为好学生，去一个好学校，拿一个好学位。

这样做的问题是，一味追求“卓越”的我们不能解决真正面对的问题。就在21世纪，我们已经解决了原子核和细胞核的问题。另外，我们还能通过计算机程序为合成生命和数字生命创造条件，使其在择优选择的基础上产生物种。人类社会置身于真正全新的领域，或许自己都无法控制；只有死啃书本、脱离现实的人才会认为我们近来取得的成就与指南针和蒸汽机的发明一样有益无害。所以，要想好好运用我们现在拥有的神一样的能力，只有恪守成规的专家和一味追求“卓越”的思想是远远不够的。

回到美国遗传学家休厄尔·赖特（Sewall Wright）的生存空间成就理论，我们可以看到，人类取得成就的四种模式都有与之相配的原型：

◎ 攀登——精益求精，成为专家。沿着已有的途径，经过个人努力奋斗，进入到一个使自己利益最大化的圈子里。

◎ 跨越——天才。跨越“舒适圈”去挑战所有人都没有经历过的新世界。

◎ 推动——英雄气概。为整个群体创造最大化的利益。

◎ 撼动——叛逆行为。为了地貌更加平坦，夷平山峰、填平沟壑，使大家利益均沾。

天才的本质特点是它似乎有悖追求“卓越”的逻辑。有时候，至少在最初的时候，天才会舍弃表面的成功，转而投身于持续不断的失败，目的是获得人们认为不可能的成果。所谓的舒适圈就是一条界线，它把人们隔绝在自己熟知且安乐的小圈子里面，从而放弃去探索更壮阔的世界以及更高层次的满足感。严格来说，天才就是拥有远见卓识及行动力的人，前者让他能看见远方存在更高的满足感，后者则使得他能承受不断的失败而坚持把想法付诸行动。当然，看到一个人离开自己的队伍和舒适的环境，走向僻径，人们会感到惊诧，不管那个人是神经病还是即将颠覆群体思想的天才。

英雄和叛逆者则根本不接受现存秩序，在他们看来，为了特定群体的利益，所有群山都应当像沙丘一样被重塑或抹平。

本质上讲，这些形式无所谓好坏。成功的个体通常会具备不同比重的各项特征，而以其中一种特征最为突出。但精益求精成为专家的第一种模式，因社会制度的支持，已经演变为我们意想不到的事物，成为把天赋才能和英雄气概排挤出科研领域的超级竞争对手。像“金融市场的自我调节”这样明摆着的愚蠢想法，在许多“面目雷同”的专家中很是流行，这些专家垄断了现在的报纸新闻、政府机构、学会团体、智库、广播电台和专业协会等地方。只要面对金融灾难，政府的高层领导就会滔滔不绝地讲一些关于“最佳金融缓冲”的废话。

我放眼四望几乎整个的研究领域，惊奇地发现稳重追求“卓越”的渗透是如此广泛，可能硅谷和对冲基金例外。“步步为营，稳重求全”被大家推崇是不容置疑的；作为一个病原体，它像病毒一样，传播得很快，而且更愿意寄居在常春藤名校的声望下或其他媒介上。

过去，许多科学家因为有拈花惹草、喝酒成瘾、固执己见、歧视女性、幼稚、淫荡、懒惰、政治上靠不住、不称职、极端暴力、喜好干预、荒谬古怪和精神上反复无常等不良声誉而有失体面，甚至不被尊重。像约翰·冯·诺依曼（John von Neumann），乔治·伽莫夫（George Gamow），威廉·肖克利（William Shockley），詹姆斯·沃森（James Watson），爱因斯坦，居里夫人，史蒂文·斯梅尔（Stephen Smale），罗伯特·奥本海默（J.Robert Oppenheimer），弗朗西斯·克里克（Francis Crick），保罗·埃伦费斯特（Paul Ehrenfest），爱德华·泰勒（Edward Teller）和亚历山大·格罗滕迪克（Alexander Grothendieck），他们的行为就是上面我所列词语的最好诠释。这些行为说明他们根本不在乎其他科学家如何看待自己的做法。

离经叛道掩盖不住他们作为天才或英雄的壮举。我们在过去的几十年间把他们从研究领域驱逐出去，迫使他们进入新创公司和对冲基金。结果，我们的大学里越来越多的是经过驯服的专家，变成了让人厌烦的循规蹈矩的中心，使那些原本有前途的头脑变得千篇一律而又幼稚。

如果说在这种可悲的状态中能发现希望的话，那就是在已有的领域外开始浮现一个群岛，这个临时汇集的群岛链已经开始满足英雄和天才人物的需要。与常春藤的名牌大学相比，这个群岛的主要特点是多样性，举例说，包括火人节（Burning Man），富营集会（Foo Camp），TED 大会，突破实验室（Breakout Labs），Edge，科学富营（Sci Foo），创业孵化器 Y Combinator，泰尔学员计划（Thiel Fellowship program），INET 大会，公益物理团体 FQXi，Summit Series 和一些更加不为人知的机构。

“挑战者”号空难发生后，物理学家理查德·费曼（不擅长技术维修）被错误地邀请参与该事故的调查。在一次听证会上，委员会主席在男洗手间对尼尔·阿姆斯特朗（Neil Armstrong）吐露实言：“费曼真的很让人心烦。”这就是修理工给伟大人物的定论。但这件轶事中最可怕的不是故事本身，而是生活在现代的我们至今还只能聆听老费曼的故事，我们至今还没有现世的英雄取代他：过分稳重地追求“卓越”，很遗憾地占了上风。

67

UNMITIGATED ARROGANCE

“造假”的心理学

杰西卡·特蕾西（Jessica L.Tracy）

不列颠哥伦比亚大学心理学副教授。

我很担心撒谎和欺骗现象，它已经在多个领域影响到了公众演说和文章的发表。例如，科学作家乔纳·莱勒（Jonah Lehrer）在他 2012 年写的书中被发现有多处捏造和引述的不实内容，书名为《想象力：创意是如何运作的》（*Imagine: How Creativity Works*），随后这本书被出版商停止发行。还有社会心理学家戴德里克·斯塔佩尔（Diederik Stapel）被指有 50 多篇已发表的文章存在捏造实验数据的情况，大多数文章最终被杂志社撤销。再就是兰斯·阿姆斯特朗（Lance Armstrong）被指在多年的自行车比赛中服用禁药，导致剥夺了他的 7 个环法自行车赛冠军头衔，并且终身禁赛。

这些问题行为要么源自科技进步，要么是社会氛围改变的结果。目前人们对社会心理学和社会科学著作的热衷，为莱勒和斯塔佩尔这样富有创造力的人提供了极高的回报，使他们通过写作就能获得一定的知名度，难以置信的知名度。兰斯·阿姆斯特朗是幸运的（或不幸的），在他参加自行车比赛的那个年代，血液兴奋剂的使用在很大程度上还很难被检测到。但是这类事件的发生，只是导致撒谎和欺骗现象流行的近期原因。另外，还有一个更广泛更深层的心理学原因，这种原因由来已久，经过人类进化史，已成为我们人性的一部分。诱发和促进这些不道德行为的心理机制就是骄傲自大。傲慢和自负驱使人们用自夸、撒谎、欺骗和欺负他人的方式赶超别人。

骄傲自大不同于我们获得成功时的真正自豪感。真正的自豪感能够激发我们的工作热情、培养我们坚持不懈的精神和对他人的同情心，而骄傲自大则助长敌意、挑衅、恐吓和偏见。这很容易理解，因为这种自傲并不能真正给人良好的感觉。相反，它只不过是一种自我膨胀的、不真实的、极其肤浅的感情的夸大，无非是为了自我保护，为了掩盖根深蒂固的、潜意识里的不安全感。这种自傲的人往往都很自恋，但自我评价很低而且容易产生羞愧感。傲慢是他们用来掩饰他们那深深被压制着的自我怀疑的一种手段。因为任何一种骄傲感都优于羞愧感，自傲的人便不惜一切代价努力维护他们眼中的骄傲感，努力发现抬高自己、贬低他人的新方法。

就像对毒品产生依赖一样，自傲对想出人头地的人来说必不可少，是他们远离不安全感的唯一途径。但这种不安全感会时不时从潜意识里冒出来，提醒那些易于自傲的人他们做得还不够好，还不够聪明、不够快，使他们除了继续追求超出自己能力的成功之外，别无选择，于是不得不运用暴力、挑衅、撒谎和欺骗等手段来维持他们日渐依赖的自傲及其影响力。自傲使他们深信：他们能够摆脱这种不安全感。

自傲的发展变化毫无新奇之处，依然是促使人们爬向社会顶层的动机之基础。真正新奇的是那些自傲的恃强凌弱者拥有易于他们生存的环境。莱勒和斯塔佩尔绝不是第一批追求名利的作家和科学家，但他们置身新的环境，在那里，他们可以通过科学和科学作品获取名利。兰斯·阿姆斯特朗身患致命的癌症，在艰苦的治疗后重返赛场，连续七次赢得世界上竞争最激烈的比赛，成为第一个职业自行车赛手，也因此而获得电影明星般的知名度。

对于我的忧虑，有何解决办法呢？最为理想的就是通过制度制定良好措施，揪出那些谎言家和骗子，并对他们施以更加严厉的惩罚，使风险回报的平衡倾向健康发展的一侧。但也许还有其他的解决办法。我们无法阻止人们有自傲感，毕竟它是人性的一部分。考虑到它的影响力能够给我们带来经济和再生产的益处，权且把它看成是一种进化适应性。但我们能够对它的存在和诱惑力保持警觉，早点感知它并制止它，不致感染上它。

傲慢在人身上的表现是很明显的。在我的研究中已经发现，人们能够迅速而准确地认出他们团队中最具支配力的成员——可能就是那些自傲的人。困难的是如何不受他们的影响，取而代之的是如何让他们从自傲中走出来。

但这可能吗？只要我们开始质疑那些看似太完美而显得不真实的成功经历，或许就有可能。这意味着要牺牲掉英雄们获得成就（甚至是傲慢）带给我们的那份集体自豪感。通过激活别人的自傲，我们就在培养一种骄纵感，这种感觉能够导致大范围的欺骗和犯罪，进一步扩大真正的成就与简单的回报之间的距离。

68

AUTHORITARIAN SUBMISSION

过度服从

迈克尔·瓦萨尔（Michael Vassar）

个性化医疗服务公司 MetaMed 首席科学家，奇点研究院（Singularity Institute）前执行总监。

没有人真正知道我们应该担心什么，我们周围最聪明的人似乎普遍认为答案是机器智能。或许他们是对的，但其他不人道的智能类型也有值得我们担忧的记录，我担心很少有人对此做任何反击。

在没有语言文字的群体中，大多数的猴子不需要决定去哪里。因为如果它们不服从命令单独离开，它们的头领会因此而杀掉它们，或者它们因为离开群体而被美洲豹吃掉。只有种群的头领需要运用凌乱的直觉，这些直觉可以告诉它们发生了什么，应该做什么。正如美国心理学家亚伯拉罕·马斯洛（Abraham Maslow）所说的，只有自己当家作主、能够满足自尊心需要的人类，才能够获得真正的自我实现。马斯洛认为，可以把人统一描述为有 5 种不同层次的需求：（1）避开当前危险；（2）寻求舒适和人身安全；（3）发现能够融入其中的社会环境；（4）在那种环境中努力赢得自尊；（5）主控大局的意向。当一种需求得到满足，下一个层次的需求就会启动，需要人们更加用心地竞争。

一些需求针对的是非常具体的事物，如车、犁或剑，其他需求则更加复杂，如长期结盟和在部落内部寻偶生育的机会。前者可能涉及审时度势和详细规划，而后者则通过默默观察、自动驯服或简单的试错法得以运行。如果真的如此，后者可能会特别容易受到打击。它们也就不可能为通用图灵机（Universal Turing Machine）的出现提供很好的环境。质地和形状可以被数字化地描述，甚至取代，而对于社会性的特征，如怪癖、严肃和性感则很难被模仿。这些需求似乎不被历史上伟大的科学创新者所重视，他们往往进行这样的陈述："我不知道他人对我的印象，但对于我自己，我似乎只是一个在海边玩耍的男孩，偶尔会捡拾特别光滑的鹅卵石自娱自乐……"或"你在乎别人怎么想吗？"这听起来像是只在乎初级生理需求的满足而不关心高层社会层次的需求。

因此我担心只帮助人们满足他们的生理需求而不是满足对爱、归属感和自尊的需要所带来的后果。这样的群体一旦不能满足他们生理或安全层次的需求，就会处于危险之中。如果大众只斤斤计较于这个层次的满足，那将是非常有害的。有人可能会说，解决这个问题的办法就是尽快推动人们对爱、归属感和自尊的需求，但这种做法会带来更严重的危险。

达谢·凯尔特纳（Dacher Keltner）和其他心理学家的研究已经证明，基本上来说，更加富裕阶层的人们，他们的自尊已被更好地满足，导致了不道德行为的增加；其他研究表明，增进自尊的外部努力容易产生反社会的自恋倾向。这种类型的研究非常符合乔纳森·海特（Jonathan Haidt）基于道德认知的关于权力的理论。无独有偶，一个很流行的宗教，名字就叫作"虔从"，统治者总是愿意让被统治者吃饱喝足，不问世事。史蒂芬·平克已经令人信服地证实了现代社会在带给我们前所未有的和平方面所取得的成功。不担心他们的安全但却没有爱和归属感的人，最容易顺从。

当我们说一个人"聪明"时，很大程度上，我们的意思是指他学得很快。在大多数学生具有七年级阅读水平的情况下，"天才"学生掌握了他们学业的全部内容。曾三次当选纽约市年度最佳教师的约翰·泰勒·加托（John Taylor Gatto）介绍说，总课程主要包括六门功课。但在我看来，这些功课可以归纳为一个词：顺从。

罗伯特·奥特迈耶（Robert Altmeyer）的研究表明，对服从权威的群体而言，权威人物是他们赖以生存不可或缺的存在。因为那些接受学习教育的人太过顺从，以致不能规划他们自己的生活，我们的社会不得不寻找智力出众的权威人物，并在其身上投入巨额资金，从模仿他人的创业者到神经兮兮的《财富》500强的总裁。然而，这些人过度关注自己的形象，他们的推理能力欠缺，未曾充分理解学校课程的内容，这样培养而成的领导者不能给社会带来益处。通过模仿，他们能够做些事情，但不会以抽象模式真正地创新。对于这样的创新，我们主要依靠现有的少数几个自我实现者，他们不是特别注重自尊和形象。这不包括富裕、有权力和“聪明”的人，他们已经被学校驯化了。

69

STRESS

压力

阿里安娜·赫芬顿（Arianna Huffington）

赫芬顿邮报媒体集团董事长、总裁兼总编，全美供稿联合组织的专栏作家，著有《第三世界美国》（*Third World America*）。

最令我担心的事情之一，是我们社会不断增大的压力。在过去的30年里，根据个人报告，男性的压力水平已经增加了25%，女性则增加了18%。压力是糖尿病、心脏病和肥胖症患者增加的重要因素，所以它比大多数人们所了解的更为严重。但值得庆幸的是，人们似乎越来越意识到压力的破坏性和损害——就金钱和生命而言。压力不只对我们的人际关系、事业和幸福造成巨大破坏，而且也会损害我们的健康。总体水平来看，我们付出的代价是惊人的。根据世界卫生组织的估计，压力使美国的公司每年损失约3 000亿美元。部分原因在于，压力导致的健康问题成为人们长期请假的主要原因，这是由英国特许人事发展协会（全球最大的人力资源协会）进行的一项调查得出的结果。

在美国，尽管其中的3 200万人正在接受常规的医疗服务，但仍然有总数达3 600万的成年人患有不好控制的高血压，还有超过2 500万美国人患有糖尿病。疾病控制和预防中心估计，医疗保健支出的75%花费在原本可以预防的慢性疾病的治疗上。这就是医疗保健费用成倍增长的一个原因：2010年增长3.8%，2011年增长4.6%。

更容易、更健康、更便宜的应对压力的办法，就是找到造成压力的原因而不是它带来的影响。好消息是，我们知道该怎么做，因为大量实践已经证明，内省、冥想、瑜伽和健康的睡眠习惯在应对压力方面非常有效。对减轻压力的好处的认识正在不断得到推广，从哈佛商学院的教室，到世界各地的大公司，那些课堂能使学生学会更好地了解自己的情绪，而那些公司已经把冥想、内省和瑜伽的练习引入到工作场所。奥林匹克运动员把午睡和减轻压力作为他们日常工作的一部分，退伍军人和治疗他们的医护人员越来越喜欢把瑜伽作为创伤后应激障碍（PTSD）后遗症的有效治疗办法。

另外，新的高科技仪器使人们更有可能掌控自己的健康状况。第一轮互联网技术把我们超级连接到整个世界。但是，在这个过程中，我们可能会忘记自己。这就是我对新技术浪潮特别兴奋的原因，因为它能使我们重新审视自己。例如，一个强大的可穿戴设备的市场已经出现，可以监控从活动、食物的摄入到体重、睡眠的任何一个方面。2012 年，3 000 万可穿戴设备已经上市，2016 年，8 000 万可穿戴设备有望上市。届时消费者的可穿戴设备将达到 60 亿美元的市场价值。这许许多多的创新表明，人们已经在态度上有了重大改变，认为科技能够而且也应该在我们的生活中发挥作用。

70

PUTTING OUR ANXIETIES TO WORK

把焦虑带到工作中

约瑟夫·勒杜（Joseph LeDoux）

纽约大学神经科学和心理学教授，著有《突触自我：我们的脑是如何变成我们这样的》（*Synaptic Self: How Our Brains Become Who We Are*）。

我们应该担心什么？我们可选的答案太多了。只是读一读各大报纸的头版或看一看网络电视和有线电视新闻节目的头条，我们就会有很多担忧。如果你觉得自己担心的不够或不多，别急，还有很多不好的消息现在还没被披露出来。

自从词典中有了“焦虑的一代”（age of anxiety）这个词，每一代人都声称比上一代拥有更多的焦虑。但事实上，焦虑是人之处境的一部分，是我们因具备预测的能力而付出的代价，而所谓预测，就是试图用已知的过去预见不可知的未来。

虽然我们都有焦虑的天性，但我们的焦虑程度各不相同。我们每个人都有自己焦虑的阈值，人们会在这个值周围上下浮动。你有注意过，一个焦虑被解决后那种放松的心情有多短暂吗？这个走了，那个又来，我们每个人都按自己不同的阈值持续焦虑着。

焦虑可以是一种疾病。即使没有焦虑性障碍的人也有萦绕在神经元之间的烦恼，有时候甚至会影响日常工作。我们没必要消除所有的焦虑，因为它有一个作用：能够使我们集中精力在未来的事情上。我们应该担心的是要想办法好好利用焦虑，而不是为焦虑所困。

71

SOCIETY'S PARLOUS INABILITY TO REASON ABOUT UNCERTAINTY

由社会的无能为力引发对不确定性的思考

奥布里·德格雷（Aubrey de Grey）

老年医学专家，SENS 研究基金会联合创始人和首席科学家，著有《终结衰老》（*Ending Aging*）。

受过全面良好教育的人们，通常希望彼此能轻松明白和适应不熟悉话题中所包含的新知识和信息。通过“适应”一词，我要表达的意思是不仅要理解事实本身，而且要领会话题的要旨，就如同在专家社群中探讨一般。遗憾的是，这种期望常常落空。通过自己的工作经历，我首先意识到了这一问题的重要性。在医学抗衰老的发展过程中，存在的主要问题是不管我们使用什么样的心理疗法，不管这种疗法如何不合理，只要它能让人们不惧怕衰老就行。综观历史，除此之外，我们别无选择，但这种现象并没有被该领域的研究人员所排斥。在此我希望关注一个更加普遍的问题。

不确定性问题首先是关于时间范畴的不确定性。人类是在重视短期效益的环境中得以进化的，但在近代史上，远离这种心态已日渐重要。按照推理的方法，这就意味着我们需要培养一种进化上未经选择的技能：如何更好地整合长期效益所导致的日积月累的不确定性。

想想自动化技术，它最初是一个逐步提高的过程，但工业革命让我们看到了它的巨大飞跃，它使我们的工作模式从手工业和农业向了服务行业。但不可思议的是人们对这种顺其自然的进步现象（即服务行业的自动化）并无夸赞之词，这可能对我们未来的工作有所预示。一旦服务行业自动化技术发展顺利，会带来什么呢？人们会把大量工作时间用于娱乐。现在，世界各地都自欺欺人地默认没有发生什么重大改变，而不去营造一个减少工时的生活环境。为什么在政治上毫无动静呢？

主要的问题是公众缺乏概率推理知识。正如在其他领域，自动化技术的不断进步也依赖于科技的发展，只是这种发展无论就其具体过程还是所需的时间而言，都无从预知。所以，这是一种不确定的推测。在此，我使用推测一词并非有贬损的意思，只是为了强调不要因此而忽略了我们知之甚少的未来生活。我们必须用现有的知识去探知未来，在这方面，科学和工程领域的思想领袖应该起到带头作用。公共政策应该顺应而不是领导公众舆论：政治家们专注的头等大事是能否再次当选。这样，如果选民连关于中期选举的客观结论都不能得出——比如说此后十年——那么期望政治决策者做得更好，就是不现实的。

在“高风险、高回报”（即成功的概率很低，一旦成功，则收益巨大）的极端情况下，形势更加糟糕。正如任何一个学院都会主张的那样，高风险、高回报的工作很难得到科研资金资助，为此，那些资深科学家为保持领先，会申请资金去做一些有把握完成，风险相对较小的工作。那些能激发 Edge 读者兴趣的研究领域，对这种机制持非常质疑的态度。前景乐观的研究必定也是长期的，因此是高风险的，也同样必然会有高回报。例如，在医学研究领域，根据目前研究资金的分配情况，我们能在最大程度上，以最大的可能性，让大多数人受益吗？在我能想到的所有这样的领域，公众观点和国家政策总是明显偏向于那些有争议的、能获取适度的短期收益的研究途径，但这些途径并不能为更加切实可行的第二代科学研究提供任何发展前景。对于极有可能成功的第二代科学研究，它们的研究途径因为缺少“中间结果”而被忽略了。

我们应该为此担心。拯救生命的研究被延缓，许多人已经为此付出生命的代价。提出这样的问题真的很难吗？贝叶斯定理到底有多难？明白这个问题的人能够做的有益于人类的唯一最重要的事情，就是说服政策制定者、舆论界和民众更好地理解概率推理理论。

我们不再能利用时间独自思考，取而代之的是我们只想用连接填充时间。

——雪莉·特克尔（Sherry Turkle），《作为欲望对象的电子设备》

“

Instead of

being able to

use time alone to think,

we think only of

filling the time with

connection.

72

OBJECTS OF DESIRE

作为欲望对象的电子设备

Sherry Turkle

雪莉·特克尔

麻省理工学院社会学教授，科技与自我创新中心主任。
著有《群体性孤独》。

孩子们看着父母整天都在玩那些漂亮的技术玩意儿。父母捧着它们，宠着它们，从不让它们离手。当母亲给幼儿哺乳，这些漂亮的小玩意儿就在她们手里，在她们耳朵边上。当父母带着孩子去公园，也会把注意力分给这些小玩意儿，以致孩子都起了妒忌心——事实上，孩子常常是无人照管地走着。游乐场的事故数量一直在增长。

一旦孩子长到能够表达愿望的时候，他们也想要这种小玩意儿，而且很少家长说“不”。在父母的俚语里，这成了“回传”（passback）——把iPhone回传给汽车后座上的孩子，让他安静下来。

每一种文化都有一个共同点：孩子想要成年人渴望的东西。如此一来，那些闪亮的小屏幕就被递进了护栏和婴儿床，然后走上操场。手机、平板和计算机取代了积木、橡皮泥、书籍和玩偶。屏幕是互动的、闪烁的，也很漂亮。它们支持大量虚拟的事物和世界。除了互动性，它们还提供与其他人的连接。当然，它们不是仅仅被当作一种消遣工具而推向市场，还被看作培养艺术创造力和强化教育效果的东西。也许它们确实对后者有帮助，但我们能肯定的是，它们极度不可抗拒。

各种屏幕给予孩子们三个魔法般的承诺，就像是来自仙子们的礼物：

◎你总会听到一些声音；
◎你可以关注任何地方，只要你能想到；
◎你从来不会孤独。

在最小的时候，就有一个社交媒体账户欢迎你。在最小的时候，就有一个地方你可以成为主宰权威，你可以在其中训斥别人，可以横行霸道。从来没有——也许曾经有过——这样的一刻，你不得不平复一下自己，只听听你内心的声音。你总能发现其他的声音。

我们正在开展一项伟大的实验，孩子是这项实验的受试者。这很令人兴奋，但我也有些疑虑。这些小玩意儿从很多东西那里把孩子夺走，而这些东西包含代代相传的、对孩子最有营养的经验。在第一个实例中，屏幕把孩子与声音和人隔离开来，因为人们希望闪亮的小屏幕能让孩子阅读、逗孩子玩、和孩子一起游戏。而且它们把孩子彼此隔离，让孩子有这样的经历：发信息，网聊——实际上是和线上的人交谈。这些经历提供了没有友谊要求（包括友谊的责任）的伙伴关系的错觉。你可能会认为，有了朋友就必须面对“飞扬跋扈”和“黯然神伤”。然而，迅速的、虚假的亲密关系看起来就不会有以上风险，因为你可以随时下线或离开。

孩子们被那三个承诺吸住了，不过，他们最后可能还是输了。为什么？因为与技术对话，或者通过技术与别人对话，导致他们用纯粹的联系代替了培养交际的复杂性和细致之处。实际上，孩子最后会变得害怕交际。在我对孩子与技术的研究中，当我问他们“交际有什么不好”，大约 10 岁年纪的孩子就能回答这个问题了。在这里，我可以告诉你他们的底线解释：“它发生在真实的时间里，你无法控制你要说什么。”他们是对的。这就是交际的问题。当然，对孩子的成长来说，交际是如此重要，他们需要去实践如何与人打交道。就与人交往来说，实践从来不会达到完美，不过完美也不是目标。完美仅仅在模拟中才是目标。孩子变得害怕在一个场合里不能掌控全局，其实在那里并不需要太多的控制。

除此之外，孩子通过与另一个孩子的谈话，来学会如何与他们自己对话。对成长中的孩子来说，自我反思的能力是发展的基石。我担心屏幕的控制力并不能对此有所促进。它提供持续的互动或持续的连接，但却卡住了内心的声音。不像与一本书在一起的时候，一个人的心灵可以自由地漫步，也没有对自我反思的超时限定。显然，只有在一个孩子的心灵被允许慢下来的时候，应用程序才能把孩子带回手头的任务。所以，除了把他们之间的交往夺去之外，过多的网上时间也把孩子从他们自己身边带走了。对成年人来说，这是越过自我反思，去选择娱乐。但孩子需要学着倾听自己的声音。

捏橡皮泥、画画和搭积木，这样的每一件事情都能让孩子慢下来。当你看到他们玩这些东西，你会明白这些材料的物质属性提供了一种抗力，它可以留给孩子时间去思考、去想象、去编造他们自己的世界。孩子学着独立去做这些事情，独自体验这样的时间，在愉悦的独处中认识自己。这种独处的能力会对他们的未来生活非常有用。正是在这方面，我最担心：电子屏幕保证了你从来不必孤独。我们已经看到，那么多成年人害怕独处。在等红灯的时候，在超市的收银台前，他们惊惶失措地伸手拿出一个小设备。与屏幕在一起的生活似乎把我们留给了不停的连接。我们不再能利用时间独自思考，取而代之的是我们只想用连接填充时间。

为什么独处这么重要？为什么我们想在年轻人身上培养它？独处是创造

的先决条件，同时还是我们发现自己的地方——这样才能结交别人并同他们建立关系。在交往中我们真诚地欣赏别人，就像他们欣赏我们一样。这样看来，独处也是交往的先决条件。如果不能与自己相处，我们就是在冒险把别人当作“备件”来支持脆弱的自我。儿童时代最伟大的任务之一就是开发这种健康的独处能力，正是它让孩子们发展出相互的友谊和尊重。

因此，我担心幼儿园的高科技：数字世界闪亮的小玩意儿激发了持续连接、不断分心和永不孤独的感觉。假如你把这些东西交给年龄最小的孩子，他们就会在人生最初的日子里激发出这种感觉。这是一种思维方式，与那种我们通常相信对孩子有益的思维方式背道而驰。独自游戏的能力，培育想象的能力，从根本上钟爱独处，这些是有益的思维方式，因为它们能培养创造性和发展关系。

对电子设备的痴迷似乎使我们自认为，如果被网络连在一起，就不再会孤独。不过，事实正好与此相反。如果我们所做的一切都被强行连接，只会更加落寞。如果我们不教会孩子如何独处，那么他们只会知道怎样寂寞。

我担心缺少一场关于什么是发展中的“新常态”的谈话：游戏室和幼儿园里的屏幕幽灵。当某些事情成为新常态，就很难再讨论了，因为它看起来就像第二天性。不过，是时候去讨论我们希望孩子做些什么了。

注：本文作者雪莉·特克尔的《群体性孤独》已由湛庐文化策划，浙江人民出版社出版。

73

SOCIAL MEDIA: THE MORE TOGETHER, THE MORE ALONE

社交媒体：越是在一起，越是孤独

马塞尔·金斯波兰尼（Marcel Kinsbourne）

美国新学院心理学教授，小儿神经科医师、神经学家，合著有《儿童学习及注意力问题》（*Children's Learning and Attention Problems*）。

马克·吐温曾说过：“善意在时间的半程就结出善果；善意若生恶果，也不会超过半程。”如果他现在还活着，他也会同意社交媒体初衷善良，其好结果也无须争议。然而，马克·吐温会意识到他遗漏了一个善意的更通常的结果：好与坏的影响同时存在。我将要讨论的是人们之间的交往缩减成一个脱离了身体的声音，更糟糕的是，或许缩减成了单词和缩略词的电子呢喃；我害怕我们因此要失去很多东西。

当人们彼此交谈时，至少可以共享信息。说得更远一点，讲话是倾听者已经知道或者没有兴趣知道（技术上讲，仅仅是交际性的）的那些东西的排演。但是，世界各地的人们为了自身目的乐于寻求这种感情交流。研究表明，在一次聊天之后，不论这次聊天内容多么空洞，参与者都会感觉更加美好，而且这样的感觉荡漾在彼此之间。这是怎样发生的呢？

持久的面对面的互动是人类行为之一，这种行为尚未在其他动物之间见到，即便是萌芽状态的也没有。它的进化优势是作为建立亲密关系的机制——父母与孩子之间、合作伙伴之间。友好交谈中的“夹带行为”可以帮助建立更亲密的关系。这类行为主要由荷尔蒙激发，它们包括：眼神的接触，对面部表情的留意（微笑，还是笑容退去），身体节奏的自动夹带，说话的抑扬顿挫，彼此姿势和手势的无意模仿等。如果你能机警地预料到对方的身体语言，并以相应的言行举止做出回应，那么就可以产生更优级的结果；人们形象地称之为“主体间性”或“扩展的心灵”。本来只沉浸于自己心思的个体，开始尊重对方的兴趣点，针对交谈的事情或辩论的主题得出一个彼此认可的结论，这使得双方产生了交集。实际上，和谐开始慢慢超越了具体的概念性的东西，双方之间的情感关联逐渐开始产生。当自己的思想与知己、同道的思想交织在一起时，持久的忧郁情绪便风吹云散了。

二维交谈是应该尽量避免的，你只能满怀期待地注视着它们从屏幕上渐渐沉入空虚。丰富的面对面沟通的关键是要亲密、私人，最好距离在一臂之间，只有这样，相互感知才是可能的。由贴在 Facebook 或 Twitter 上或好或坏的新闻而引发的乏味反响——“哦，我的天！”“可爱！”“好酷！”等——挥霍了人们相互温暖的机会。一个拥抱，欣赏一下戒指，赞美一下文凭和孩子，回忆一下陈年旧事，深切期待和分享这种感觉；当两个人彼此面对，锁定眼神，体会彼此的现实况味，这些才能真实起来。众所周知，进化本身既缺少远见，又不具体。假如它有远见且具体，那么，像游戏《英雄联盟》（*LOL*）挤掉了话剧《现在的笑声》（*Present Laughter*）这样的事，就该在坟墓里像陀螺一样被狠狠抽打。真是浪费！

当代交往的主要方式，有让人疏远和疏离的效果，或许那是有意而为之的：高层讲台；把报告人和倾听者分开的行政办公桌；当 PPT 从演讲者那里切换过来时那昏暗的灯光（这样再也没有人看得清其他人了）。至于书写文字、文本和散文，却变成了毫无生气的“内容”。在今天的商业黑话里，施行信仰疗法的人被降格归属到保险提供商的地位。随后，在线课程出现了，并加冕在线文凭，没有任何面对面的教学。对学生而言，没有机会在直接互动中获得导师的意见，而这本来可以深化对问题所包含知识点的全方位理解。演讲者（作者）和倾听者（读者）都面对一个虚无的空间，那里没有一个人可以谈心。

人类可以做得更好。或许自史前时代，身体节奏的夹带动作就巩固了团队的忠诚度和同甘共苦的心态：同步行军的节奏，礼诵，围绕着烹煮传教士的大锅舞蹈。个体之间也广泛存在这种情况，比如敬礼；还有多种更亲密的人与人之间触摸方式的组合：握手，举手击掌，双人舞。不论其目标是促进军事纪律，坚持一个教派或宗教，还是信仰皈依，节奏性的夹带动作是催化剂和黏合剂。当目标是灌输非理性的、反直觉的信念时，节奏和团队仪式比苦口婆心的说教更能成功。这些就是集体主义的，或者换句话说就是小集团，不论其好与坏。

对他人的强烈吸引天然地含有身体及情感的因素，我担心这些东西被弱化，如果不是完全被放弃的话。这将把人们留在孤独里，即使他们的“好友”数目在增加。我还担心，从亲密关系断裂为个人主义所造成的孤独压抑，它一旦从阴影中走到互联网的聚光灯下或真实世界的突发骚乱中，就会更具破坏性地、更不受约束地表达出来。

74
INCOMPETENT SYSTEMS
无能系统

约翰·诺顿（John Naughton）

学者、记者，英国剑桥大学沃尔森学院副主席，著有《从古腾堡到扎克伯格：你真的需要了解互联网》（*From Gutenberg to Zuckerberg: What You Really Need to Know About the Internet*）。

我担心我们正不断地陷入无能系统之中，所谓无能系统是指系统行为病态却无法自我修复。无法修复是因为要解决这样一个系统的问题，需要该系统重要组成部分的协调行动，但是做出行动不会使任何一个单独组成部分获得短期效益（或者确实违背了他们的利益）。所以，病态的系统行为将继续下去直到灾难发生。

一个无能系统的案例就是我们的知识产权制度，其中很大一部分是关于盗版以及由此而产生的管理问题的。这种制度是在“仿制时代”形成的。换句话说，在那个时代，盗版是困难的、质量退化的，也是代价很大的，盗版产品的传播非常困难，成本很高。

现如今，我们生活在数字世界，盗版不仅不费力气、质量上也不退化，而且事实上是免费的，但它确实又是数字化技术的内在本质。计算机究竟是什么，只是一台复制机器吗？复制之于数字技术就像呼吸之于动物生命一样，你不能两者独有其一。所以，应该尝试实施一种专为虚拟世界设计的知识产权制度，因为在虚拟环境中的所有的媒体和文化产品正遭受普遍的盗版侵害。

每个人都知道这一点，但这个问题得到解决的前景却很暗淡。为什么？因为走向一个更合理的知识产权制度，需要强大的既得利益团体的一致行动，他们中的每个人都拥有“现状的股份”。他们并不打算去改变现状，所以这就是为什么知识产权系统是一个无能系统。

更令人担忧的是对自由民主的怀疑，正如目前在世界各地所实践的那样，自由民主本身已经成为一个无能系统。立法机构、银行的功能失调和随后的主权债务危机，揭示了民主国家的无能是一个普遍的问题。很多西方政府没有能力或没有动力去管理它们的银行，加上为拯救那些被判定为“太大而不能倒掉”的商业企业而单方面强加给公民的巨大成本，这些都导致公民对政府的信任普遍丧失，并逐渐产生了这样的观念：名义上的“代议制”民主政府已经很难为公民利益提供优良的公共管理服务了。

75

DEMOCRACY IS LIKE THE APPENDIX

阑尾效应

迪伦·埃文斯（Dylan Evans）

风险研究专家，投影点（Projection Point）公司创始人，著有《风险思维：如何应对不确定的未来》（*Risk Intelligence: How to Live with Uncertainty*）。

很多人担心世界上没有足够的民主，而我却担心我们或许永远无法超越民主。

在一篇1989年发表的非常有影响的文章里——还有随后的书中，弗朗西斯·福山（Francis Fukuyama）宣称，自由民主是人类政体的最终形式，是“人类意识形态进化的终点”。每一个国家都将最终成为民主国家，自那以后，在政治组织上也不再有根本的改变。这会是一种耻辱，因为或许还存在我们向往的更好的政治组织形式。不过，民主制的传播实际上使发现民主制的替代品更加困难了。要知道为什么，我们就需要理解那些当初看起来可能违反直觉的东西。民主并没有给大多数人他们想要的东西，事实上，它导致多数人的不满。举例来说，当奥巴马以51%的选票赢得2012年大选时，这并不是说只有49%投反对票的人不满意此次大选的结果。很多投奥巴马赞成票的人也相当失望，因为奥巴马慷慨的“政策包”只针对少数人。在每一次选举中，选民被迫在很少的几个候选人中进行选择，而其中没有一个是他们特别喜欢的。不论哪一个候选人胜出，每个人都会失望，因为没人有机会从一开始就能为他们的理想宣言投票。

缺少选择的原因在于政党的倾向性都在朝着一个几乎相同的位置收敛。这是现代民主国家的普遍特征，并且它倾向于把社会在政治的中间地带安定下来。由此而产生的社会稳定具有明显优势，民主社会有助于防止政治极端主义。但是，它也有人们认识不到的弊端。特别是，它妨碍了更好的社会制度的发展。

社会是复杂系统，像所有这类系统一样，它们有时会陷入“次最优状态”。在生物系统中也是如此，一些糟糕的设计可能会存续下来，尽管它们有着明显的缺陷。一个很好的例子就是阑尾，这个器官曾在我们祖先的消化过程中发挥作用，但是现在毫无用处了，而且如果没有它，我们会更好。它不仅对我们无益，偶尔还损害我们。单是美国每年就有数十万人因阑尾炎住院，其中有数百人死于此症。那么，自然选择为什么没有淘汰阑尾呢？为什么它还存在？

一个有趣的启发是由进化生物学家伦道夫·尼斯和乔治·威廉斯（George Williams）提出来的，即阑尾之所以存在是因为那些阑尾更小、更细的人更易于患阑尾炎。所以说，在阑尾的例子中，依靠自然选择自身，无用器官退化到什么都没有的正常趋势被冻结了。也许这个想法被证明是错误的，但是它说明了，如何让人信服地用一些恰好的因素去解释某些东西的留存，而正是这些恰好的因素造成了那些东西有缺陷。

民主制就像阑尾。在民主制中不可避免地造成大多数人不满的那个东西——选举机制——它还使一个更好的政治制度发展起来十分困难。为了给民主制的备选制度铺平道路，改革是必须的。不过，这些改革大多位于中间选民的安全的中间地带之外。因此，那些倡导如此改革的政治家们是不可能被选进权力中心的。

例如，发现政体的其他替代形式的一条路径，可以从几个城市脱离它的母体开始，或者在“平地起高楼”的新建城市中，用不同于这个国家其他地方的规则实施管理。不过，很难想象民选政客能做成这样的事情，即使他们想这么做。至今为止，唯一的历史先例出现在权威主义政权里，那里的领导人不必过分担心竞选连任。

我想我们应该担心，民主制可能最终是一条历史死胡同，从远处看，足够赏心悦目，但不会通向其他更美好的地方。

76

WORRYING ABOUT CHILDREN

担忧孩子

艾莉森·高普尼克（Alison Gopnik）

加州大学伯克利分校心理学教授，著有《宝宝也是哲学家：学习与思考的惊奇发现》（*The Philosophical Baby: What Children's Minds Tell Us about Truth,Love,and the Meaning of Life*）。

为孩子考虑是和担忧密不可分的。在人类生活中，没有什么比抚养下一代更重要也更紧迫了，但是总感觉我们几乎不能掌控结果。英国首相斯坦利·鲍德温（Stanley Baldwin）曾经指责新闻界有“不负责任的权力——整个时代娼妓的特权”。或许可以恰当地说，母亲的特权与妓女的特权恰恰相反，妈妈拥有的是无权力的责任。如果还算有点权力的话，那就是一张为孩子排忧解难的收据。但作为一名科学家和一位母亲，我担心我们对孩子们大多数的担心都是不正确的。我们担心了许多不应该担心的事，对该担心的事反而担心得不够。

许多现代中产阶级的担忧来自一个关于孩子如何成长的完全误导的概念，它是曾经很独特但现在普遍被接受的“育子之道”的概念。只要有人类，就会有父母亲。人类的父亲和母亲与其他物种的一样，都对孩子有特别的照顾。但“育子之道”一词首次出现在美国是20世纪，直到20世纪70年代才得到普及。这个特殊的词汇和我们该如何理解成人与孩子关系这样的观念一起出现。“做父母”就是一个以目标为导向的词汇动词。它描述了一个职业，一种工作，其目标就是把孩子塑造成为某一类型的成年人——比他人更聪明、更幸福或更成功。这一目标需要一系列的策略和方法才能实现，所以当今许多家长没完没了地担心他们是否在使用正确的方法，并花费数百万美元购买那些他们理所应当该提供给孩子们的图书和育儿软件。

这种情景被实验性地误导了。“育子之道”的担忧，主要集中在一些围绕着“父母和孩子一起做什么”这个问题相对微小的改变上，比如是和孩子一起睡，还是一起大声呼喊，同玩一种玩具而不是另一种，多一点家庭作业还是少一点。从长远来看，几乎没有证据证明上述任何一种做法能对“孩子将来变成什么样”起作用。似乎也没有任何灵丹妙药，能使一个备受喜爱、经济上有支柱的孩子在成年后比另一个这样的孩子更聪明、更幸福或更成功。

从进化的角度来看，这种想法是更严重的误导。儿童期是具有最鲜明的人类进化特征的时期之一，其持续时间比其他灵长类长很多。这一延长的儿童期似乎是对人类环境的易变性和不可预知性的一种适应，至少部分上是的。我们把儿童期称为受保护的不成熟时期，这段时期给了孩子们学习、探索和创新的机会，同时不需要计划、行动和照顾自己。单凭经验，我们已经发现，即使是最小的孩子也具有不同寻常的学习和想象能力，完全不受父母任何有意识的影响。人类的童年持续时间长，又受到保护，这使我们有可能获得独有的人类认知成果。

延长的儿童期以及它的进化性，与人类照顾孩子深度和广度上的变化密不可分。当提到关爱时，人类早已形成三重保护。不像和我们最近的灵长类，我们人类的父亲会对子女的保护进行大量投资，女性更年期后继续照顾她们的孙子孙女，非亲属关系的成年人，也就是“干爸干妈”，也会给予照顾。总之，孩子们可以从照顾他们的人那里学习各种各样的技能、观点、知识和文化传统。这似乎给了人类的孩子多样化的认知工具，他们能够修改和完善认知工具，以应对来自下一代的各种不可预知的挑战。

因此这种进化的观点就是，一群看护人给孩子们提供了使他们茁壮成长的两个必不可少的因素。第一，成年人要无条件地提供一个稳定的培养环境，保证孩子安全并得到悉心照料。这种安全保障使孩子们敢于外出玩耍、探险和学习，使他们能为自己的将来做打算。第二，成年人要为孩子提供一个广泛行为模式，甚至是相互对立的行为模式。孩子们能够利用这些优良条件，创建新的有效的行为方式，以适应不可预知的和易变的环境，并最终创建新环境。这与“育子之道”的概念是完全不同的。在“育子之道”的概念中，特殊的父母行为方式，就应该会影响孩子们成年后的性格。

这使我想到我们担忧得不够的事情。当中上层阶级的父母在担心应该把孩子放在面向婴儿还是背向婴儿的手推车里时，在美国，超过五分之一的儿童正生活在贫困线以下，几乎一半的儿童在低收入家庭中长大。儿童，特别是那些幼儿，比其他年龄段的人更可能生活在贫困中。在过去的10年间，生活贫困的幼儿数量大幅提升。更重要的是，这些孩子面对的不仅是贫困，还有对身心健康极其有害的孤立和不安定。不只是许多孩子在成长过程中没有父亲，他们在成长中也没有祖父母和干父母。有父母的，父母也不得不长时间工作，虽然他们的工作不稳定，收入也很低，慈善机构仍然没有出面弥补这一差距。对于儿童保健，我们几乎没有给予任何公众支持，没有给父母报酬，保育员的报酬微乎其微。

当然，长久以来，我们都有一种道德直觉感，即忽视儿童是错误的。表观遗传学的研究已经证明了关心和忽视是如何起作用的。社会学和经济学的实证研究表明，早期经验对儿童的影响非常重要。中产阶级父母抚养方式的略微改变对孩子没有多大影响，但为那些得不到这种照顾的孩子们提供高质量的早期儿童保健，能够对他们的成长产生巨大的持久影响，直至成年。证据表明，这不只是教孩子特定技能或某种知识的问题，而是一种更广泛的研究机构版本的“育子之道”。相反，拥有稳定的、多样化的早期培养环境的儿童，能够在各个方面得到发展：更健康，更少的犯罪倾向，更成功的婚姻。这正是我们所期望的进化结果。我越来越担心，那些没有长期受保护的稳定童年的孩子，他们将来会发生什么？

注：本文作者艾莉森·高普尼克的《宝宝也是哲学家》已由湛庐文化策划，浙江人民出版社于2014年出版。

77

MYTHS ABOUT MEN

男人的迷雾

海伦·费雪（Helen Fisher）

罗格斯大学人类学家，著有《谁会爱上你，你会爱上谁》（*Why Him? Why Her? How to Find and Keep Lasting Love*）。

科学家和普通人花了近 50 年的时间，驱散了有关女人的迷雾。我担心记者、学者和外行人将会使笼罩在男人头上的重重迷雾继续存在下去。在 2010—2012 年间，我每年主持一次全国“性调查”，调查对象是那些接受美国交友服务的单身汉。我们一起设计了拥有 150 项问询的调查问卷（有的项目多达 10 个子问题），并对 5 000 余名单身男女进行了调查。我们不对约会地点的成员抽样，取而代之，我们从基于美国人口普查的典型样本上搜集数据。所有离婚的、分居的、丧偶的，还有从未结婚的；不包括任何订婚的，与情侣一起生活的，或者在一种严肃的关系之中的。调查还包括适当数量的黑人、白人、亚裔和拉美裔；男同性恋者、女同性恋者、双性恋者和异性恋者；来自美国各地区的农村、郊区和城市居民，年龄从 21 岁到 70 岁以上不等。这些数据描绘了一幅男人肖像，不同于美国公共知识阶层描绘的那一幅。

结果显示，男人其实像女人一样急于结婚。在 2011 年 20 多岁的人群样本中，68% 的男人渴望结婚，女人的这一比例是 71%，并且 43% 的男人和 50% 的女人希望要孩子。新闻记者暗示说，男人想要孩子是因为他们不用去换尿布。实际上，男人花费了大量的精力来照顾孩子。为了抚养他们的年轻一代，男人从事危险的工作——90% 死于工作的人是男人。再者，男人普遍要面对闯入的盗贼，并通常驾着私家车驶过狂烈的暴风雪。

男人也不是“玩家”。当被问及对约会的态度，只有 3% 的人回答“我只是喜欢和很多人约会”。男人与女人一样渴求一个伴侣，其实，男人和女人一样容易孤独。而且男人在追求女人的过程中，远远称不上挑剔。在 2011 年的样本中，只有 21% 的男人宣称他们“必须有”或觉得“有”一个相同种族背景的伴侣非常重要，相比而言，31% 的女人有此诉求。仅有 18% 的男人（相对于 28% 的女人）要求相同的宗教。对于伴侣相同的教育背景和政治立场，男人的兴趣远远不及女人。还有，三四十岁的男人中，有 43% 会向大他十多岁的女人做出承诺。女性才是一个挑剔的性别。

男人也更易于堕入爱河，或许因为他们更直观、感性。男人的一见钟情比女人更常见，而且，男人“随见随爱”。事实上，男人只是像女人一样容易在生理上激情澎湃。当我和我的同事用功能性磁共振成像（fMRI）扫描男人的大脑，我们发现，在连接强烈浪漫爱情情感的神经区域，男人与女人的活动相差无几。有趣的是，在 2011 年的样本中，我们还发现恋爱中的男人更急于把他的新伴侣介绍给朋友和父母，更渴望在公共场合亲吻，想更快点同居。然后，当他们安顿下来，相比于女人，男人更愿意与爱人卿卿我我，因为女人与她们的闺蜜往往有很多悄悄话。

最后，男人与女人一样可能相信白头偕老（两性都是 76%）。而且来自其他研究的数据显示，分手后的男人更可能自杀的人数是分手后女人的 2.5 倍。

事实上，在一种山盟海誓的关系中，寻求更多独立的是女人。女人希望有更多的个人空间（77% 的女人，56% 的男人）；更多的女人不愿分享她们的银行账号（35% 的女人，25% 的男人）；女人更渴望女孩子们一起晚上去寻欢（66%），男人的这一比例是 47%；而且女人更愿意与闺蜜一起享受假期（12%），男人与哥儿们之间的意愿稍低（8%）。

在这些年度调查中，有两个问题突显出来：“如果一个人拥有你渴望的一切，但是你并不爱他（她），你会与他（她）相守一生吗？”和“如果一个人拥有你渴求的一切，但你却感觉不到性吸引，你会与之偕老吗？”31% 的男人愿意与他不爱的女人建立伴侣关系，女人的这一比例是 23%；男人可能和于己而言不够性感的人发展成情侣的比率也稍多于女人（21% 的男人，

18% 的女人）。20 多岁的男人最容易放弃另一半的浪漫与性感，女人至少超过 60 岁才有可能。

为什么年轻男子愿意放弃浪漫和更愉悦的性事去维持一段长期的伴侣关系？我怀疑这是野性的召唤。当一个年轻男子找到一个漂亮、健美、善交际、活力四射、冰雪聪明、幽默迷人的伴侣，他或许更愿意借此机会繁衍下一代；尽管他对另一个女人春心荡漾、激情似火，也知道自己并不打算娶她。当这个“差不多”的女人出现时，祖先遗传下来的延续其 DNA 的冲动，战胜了他与一个不太合适的伴侣享受浪漫与性愉悦的要求。

男女有很多共同之处。当问及他们在伴侣关系中寻求什么时，超过 89% 的男女说他们“必须”或认为“非常重要”的是找一个他们可信赖、可倾诉、能尊重人的伴侣。这三个要求在所有年度调查中都位居两性榜首。那种嫁娶一个有“正确”的种族和宗教背景的伴侣，进而融入大家庭的传统需求一去不复返了。婚姻在过去 50 年的变化比过去 10 000 年还多。男人，像女人一样，正在摒弃传统的家庭习俗，去寻求友谊和自我实现。

在史诗《伊利亚特》（*Iliad*）中，荷马称爱情是“让理智的男人疯狂的魔法”。这一大脑神经系统，两性都有。而且我相信，如果人们接受这样的事实，即男人的爱与女人一样强烈，那我们将缔结更好的伴侣关系。

78

THE MATING WARS

两性战争

戴维·巴斯（David M.Buss）

美国得克萨斯大学奥斯汀分校心理学教授，著有《危险的激情：为什么嫉妒和爱、性一样是必须的》（*The Dangerous Passion: Why Jealousy Is As Necessary As Love and Sex*），合著有《女人的性爱动机》（*Why Women Have Sex*）。

性欺骗，很难吸引意中人，亲密爱人间的暴力、不忠、偷情、离婚和分手后的盯梢——这些不同的现象背后都有一个共同的原因：优质伴侣明显不足。优质伴侣的稀少是我们应该担心的事情，因为这往往会引发背叛与残暴。

尽管很多进化等同于生存选择，而生存之所以重要只是因为它有助于成功的婚配。细微的繁殖成功，而不是细微的生存成功，是进化的马达。你可能长寿，但是如果你失于婚配，你就败于繁殖，你的基因就碾入了进化的泥土。我们都是竞争优质配偶的无情选择过程产生的后代，这些配偶可以给我们孩子良好的基因和一大堆资源，从食物、住所到争夺等级地位所需要的社会技能。

我们会因为把一种价值强加在其他人身上而不安，它亵渎了我们的感情。但一个不幸的事实是婚配的价值并非均匀分布。与渴望平等相反，以婚配质量的通货来衡量，所有人根本就不等价。有些资源是极其珍贵的——丰满、健硕、性感、资源丰富、人脉广泛、风度翩翩与乐善好施。在分布的另一端是那些不幸的人，或许身体羸弱、一贫如洗，或者具有不良倾向，诸如那些要承受沉重关系成本的攻击性或情绪不稳定。

吸引合意配偶的竞争是异常惨烈的。因此，那些最优质的配偶永远不能满足所有渴望他们的人面对面沟通的需求。那些有很高婚配价值的人成功吸引到最理想的伴侣。在一个粗糙的非正式的美国度量标准中，9 分和 10 分的人与其他 9 分和 10 分的人结成伴侣。随着价值从 8 分递减到 1 分，人们必须相应地降低他们选择配偶的眼光。“攀富结贵”很可能被拒之千里而徒增伤悲。正如一个女人给她男性友人的忠告所说：“你是一个 8 分的男人，想追求 9 分的女人，却广受 7 分女人的欢迎。”因为这位男性总是哀叹他的挫折。对被他吸引的女性，他缺少兴趣，而对他喜欢的女性，他又得不到有意的回应。

婚恋市场上，问题的另一个根源来自欺骗。对在线约会情况的科学研究表明，男性和女性都试图虚报其高于异性标准的婚恋价值。男性夸大他们的收入和地位，身高也多加四五厘米。女性则在体重上少写 5 ~ 7 千克，也在实际年龄上减去几岁。两性都出示不具代表性的照片，有些是多年前的老照片了。他们为了吸引伴侣，往往以身价的物超所值来“行骗”，有时候还会自欺欺人。正如 94% 的教授相信自己的价值在所供职的部门处于“平均水平之上”；在婚恋市场上，很多人认为他们自己很抢手，其实不然。

尽管无畏地努力，男性试图提高他们在女性眼中的市场价值并不总是奏效，很多都失败了。某些情况下，约会的焦虑可能会磨灭男性的勇敢。一些被嫌弃的男性在屡遭拒绝后变得愤世嫉俗，并对女性怀有敌意。正如大门乐队（The Doors）的吉姆·莫里森（Jim Morrison）所说的那样：“当你不需要她的时候，女人是邪恶的。”在那些足以成功吸引到一位伴侣的人们中间，婚配的困难也没有终结。婚配价值的差异打开了问题的潘多拉盒子。在浪漫关系中，无处不在的挑战源于这样的差异：一个 8 分的人与一个 6 分的人结成夫妻；当最初般配的一对中的一位，其婚配价值暴跌，或当一位青云直上。詹妮弗·安妮斯顿（Jennifer Aniston）对布拉德·皮特（Brad Pitt）的极力挽留被证明是徒劳的。情侣偷猎者诱惑更高价值的伴侣，广撒网，使用小伎俩：“他对你不够好。”“她不善待你。”“你应该得到一个更好的人……像我。”从过往经验来看，较高婚配价值的伴侣更容易发生性背叛、感情背叛和彻底背叛。

较低婚配价值的伴侣通常极其努力，以防伴侣不忠或家庭破裂，他们使用的策略从警惕到暴力。可恶的是，亲密爱人间的拳脚伤害还有一个令人不安的功能逻辑。由于自尊部分地是一种心理适应，用来调整自己的婚配价值，自尊心受到伤害会降低对自身婚配价值的评价。身体和心理上的虐待无疑伤害了受害人的自尊，缩小了伴侣之间可感知的差距，进而使他继续与其施虐者待在一起。

那些成功分手或逃离的女人往往被前男友纠缠。很典型地，男人知道或意识到他们绝无可能再去吸引一个像他们失去的这个女人一样优质的女人了。我与乔舒亚·达特利博士（Dr.Joshua Duntley）合作的研究表明，多达60%的女性和40%的男性一直是被纠缠的受害者。很多纠缠者被一种错误的信念所支持：她们确实爱他们，只是她们自己还没发现而已。像亲密爱人间的暴力一样，纠缠也有一个让人为难的功能逻辑。它在诱惑女人回来时常常作怪。

没有简单的办法可以消除理想伴侣数量的严重不足。在这个婚配不民主的世界里，每一个成功不可避免地对应着竞争对手的失败；每一个怀孕的人都可能是被欺骗的；偷情者将随时准备猛攻。性诱惑的愉悦总在当下，不忠的代价却要付给遥远而不确定的未来。但是，也许关于婚配价值逻辑更精辟的觉察将给予我们工具，去削弱两性战争中更不利的结果。

79

THE LOSS OF LUST

爱欲的丧失

陶·诺瑞钱德（Tor Nørretranders）

科普作家、顾问、讲师，著有《慷慨的男人：怎样帮助其他人是你能做的最性感的事》（*The Generous Man: How Helping Others Is the Sexiest Thing You Can Do*）。

爱欲是我们这个物种繁衍的指导（本能）法则，它的消退值得我们担忧。综观历史，人类在本能和强烈欲望的诱导下，在选择繁殖伴侣方面表现出了极大的智慧。在凝视这个物种的其他成员时，我们秉持的审美标准以及愉悦机制只是某种表象，从更深层而言，它们取决于我们对生殖能力强弱、基因质量好坏及免疫系统优劣的综合判断。因此，我们的爱欲呈现出了相当的合理性。

提及后代的数量，在中世纪的时候，人们就学会了通过分散决策来共同稳定世界人口。这一生育转型不是来自科学的计划，而是来自每对夫妇生物性的聪明。稳定意味着在爱欲中表现出来的生物学偏好支配着人口再生产，这一点比以往更加重要了。因为他们更长寿了，稳定人口就意味着少生孩子。

试图通过生物技术或通过筛选卵子、精子、生育伴侣与胚胎来操纵人口再生产，这将干预爱欲主导的繁殖过程。它可能意味着生存本能中那些进化而来的知识专长的丢失，这才是让人忧心的。

此外，繁殖的欲望通过对性感和性技巧的文化和社会展示，来宣扬良好的基因与一般孕育能力。在科学、艺术和社会生活领域伟大创造活动中，无意识驱动力即使不是决定性的源泉，也是主要的资源。尝试用临床控制的方法走捷径改变交配的偏好和匹配过程，不仅会导致后代质量的损失，而且还会导致文化发育的损失。

80

ALL THE T IN CHINA

中国男女比例失衡对世界经济稳定的影响

罗伯特·库尔茨班（Robert Kurzban）

心理学家，宾夕法尼亚大学进化心理学实验室主任，著有《人人都是伪君子》（*Why Everyone Else is a Hypocrite: Evolution and the Modular Mind*）。

据估计，到2020年，在中国的择偶市场上，男性人数将比女性多出3 000万，或许会有15%的年轻男性找不到配偶。

人类学家已经记载了一种一贯的历史模式：当性别比例失衡，女性所占比例降低时，男性的竞争意识会逐渐增强，更可能参与危险的、目光短浅的行为，如赌博、吸毒和犯罪。这种行为模式在除人以外的生物圈里得到了很好的验证。几十年来在行为生态学方面的工作已经表明，在与雌性交合机会不均等的雄性之间，竞争会特别激烈。

没有人能完全理解从人类失衡的性别比到反社会行为这一过程中的具体细节，但一个可能的生理上的联系，就是未婚可以导致男性睾丸激素水平的提高——通常简称为“T”——这反过来又会影响决策和行为。

在中国，这个“T”是令人担忧的原因吗？

允许一夫多妻制和不允许一夫多妻制的社会，二者之间的差异可能是一个很好的说明。很明显，在一夫多妻制的社会，未婚男性的数量比禁止一夫多妻制的社会更大。这些未婚男性为获得未婚女性的青睐而相互竞争，他们会比已婚男性表现出更明显的暴力倾向，并且参与的犯罪行为也多于已婚男性。事实上，跨国研究显示了不平衡的性别比例和暴力犯罪率之间的一致关系。未婚男性在总人口中占的比例越高，盗窃、诈骗、强奸和谋杀发生的频率就越大。婚姻带来的影响是巨大的，有人估计婚姻能够减少高达一半的犯罪行为。

此外，综观历史，相对贫困的未婚男性可以与其他未婚男性联合起来，使用武力得到他们本来不可能得到的资源。

我们担忧在亚洲国家，因为性别比例失衡而导致犯罪和暴力行为日益增加，还担忧可能发生的犯罪行为的潜在受害者。有证据表明，未婚男青年的过剩也会对经济产生重要影响，它能够降低人均国内生产总值。

中国，当然，在现代高度关联的世界经济中起着至关重要的作用，而且是世界上 78 个国家的最大或第二大贸易伙伴。虽然许多美国人担心中国会“赶超”美国——好像经济学是零和博弈——真正的危险来自于潜在的中国经济放缓的连带效应，无论它以什么方式出现。区域经济体无疑会遭受重创，而欧洲和美国，因遭受供给和需求的中断，也会遇到不可预知却可能很严重的后果。

未婚男性与全球经济衰退的关系或许有点间接，但中国在世界经济中的重要性，使得我们应该担心中国男女比例失衡对当今世界经济稳定构成的威胁。

81
COMMUNITIES OF FATE
命运共同体

玛格丽特·利瓦伊（Margaret Levi）

政治学家，华盛顿大学政治科学系巴赫拉赫国际研究教授，著有《支持、反对与爱国主义》（*Consent, Dissent, and Patriotism*）。

我们都生活在命运共同体中。命运把我们与他人交织在一起，以人们理解或不理解的方式。我们的个体或小组行为常常导致对其他人或组织有显著影响，虽然有时候这种影响不可预见。此外，除了我们自己的家人，还有一些方面的利益与我们自身利益密切相关。用世界产业工人联盟的行话来说，就是“对一个人的伤害就是对所有人的伤害”。谁属于“一个人”，谁属于“所有人”，这个界限因人而异，而问题由此产生。

如何理解命运共同体是很重要的，它关系着世界当今及未来面临的威胁。很多人把自己的命运共同体局限在有限的人群中，把其他人看作是对他们生活方式和价值观的威胁。这让人深感不安，因为这种当代的部落文化心理，与支持它的意识形态一起，让人们拒绝接受错综复杂的相互依赖关系的存在——地方的、国家的、国际的——从而对自己和他人的福祉造成威胁还茫然不知。气候变化和宗教狂热就是个人和群体行为殃及池鱼、影响他人的证据确凿的典型例子。或许最令人担心的是，我们甚至不把子孙后代包含在所考虑的命运共同体中。这对几乎所有的公共政策而言，影响巨大。

但希望仍然存在。我们有可能扩大命运共同体的范围，使它远远超出我们自己熟知的人际关系网。我们不断做出对他人有影响的决定；有证据表明，如果我们明白这些影响对他人的重要性，并扩大命运共同体的范围，我们就有可能做出不同的选择。例如，你买廉价商品，但不知道这可能来自于不合理的廉价劳工。正如迈克尔·希斯考克斯（Michael Hiscox）和延斯·汉缪勒（Jens Hainmueller）在他们的研究中所描述的那样，更多的信息，以及在一个不同的框架里用不同的视角看这些商品，至少能改变部分购买者的消费模式。

杰伦·拉尼尔（Jaron Lanier）主张，“新的道德问题”在于我们的决定是只顾自己的还是顾及他人的。谁应该被包括到他所讲的命运共同体中（拉尼尔称之为“你会为之同情的社区”），这是一个道德问题，但也是一个经验问题。组织和制度因素能够导致命运共同体的改变，能够使个体重新理解自己行为的后果，改变自己命运共同体的范围。至关重要的是群体的管理安排，以及为实施这些安排所制定的程序。所有不同群体都有各自的规则和规范，以界定成员身份及其恰当的行为。会员制组织，包括政府，把这些规则和规范编写为正式的制度。命运共同体——不只是它的会员——其界定，需要拥有在不可预见情况下承诺坚持原则的领导，对违反承诺的处罚（以使这些承诺更可信），提供服务和安全保障，以及会员期待的其他益处。

但这个共同体可以小也可以大。要想把它扩大到组织成员以外的范围，主要取决于领导是否有意愿和能力说服自己的会员，使他们相信自己的利益与更大的一群不熟悉的人的利益紧密相连。要想成功地让成员相信，就必须提供给他们能经受检验的真实信息。最有效地扩大命运共同体的组织，一般都允许他们的会员质疑所得信息，如果有必要，可以寻求更多的信息。实际上，这意味着某种形式的参与式管理和自下而上的民主。

成员之间相互依赖的共同体，其成长离不开有助于集体行动的以下因素：物质刺激、惩罚和长期的监管。但由于行为经济学家的倡导，现在我们认识到了维持公正和情感依赖同等重要。至少有些人，在有些时候，为了对抗不公正将会做出个人牺牲。政治学家伊丽莎白·伍德（Elisabeth Wood）所称的“快乐的力量”能够激励个体服务于更大群体的行为。正如经济学家恩斯特·费尔（Ernst Fehr）、萨缪·鲍尔斯（Samuel Bowles）和其他人所发现的那样，含蓄的情感激励是内在和外在动机的补充，而不是取代。

所以，我们的好消息是命运共同体能够被扩大至包含陌生人和我们的后代。但这里有一个问题，两个额外的忧虑症结。首先，我们还远没有弄清楚如何利用我们已有的关于相互依赖的科学发现，使更多人意识到他们共享的福祉。我们如何推广从实验室和案例研究中得到的结果，让更多的机构和组织了解？第二，更令人不安的是，鼓励人们摆脱狭隘的自私自利行为的机制，能够被用于好的也能被用于坏的方面。恐怖分子和其他的宗教狂热分子、民族主义者或政界人士都相信他们正在为更大集体的利益服务。至少是在为他们所界定的集体内的人们服务，而且他们愿意为此事业而牺牲。我们如何压制这些群体，如何促使政府和组织为更广大的民众服务呢？这确实是一个值得我们担心的问题。

科学与奥运会一样，都需要英雄。如果放弃英雄，我们就会使科学变得索然无味。

——罗杰·海菲尔德（Roger Highfield），《与奥运会一样，科学界也需要英雄人物》

SCIENCE NEEDS HEROES FOR THE SAME REASON THE OLYMPICS DOES.

IF WE ABANDON OUR HEROES, WE MAKE SCIENCE INSIPID.

82

THE DECLINE OF THE SCIENTIFIC HERO

与奥运会一样，科学界也需要英雄人物

Roger Highfield
罗杰·海菲尔德
科普畅销书作家，伦敦科学博物馆外部事务主任。
合著有《超级合作者》。

2012年夏季奥运会之后，每个人英国都沉浸在奥运会中超级体育英雄们的辉煌战果之中，感谢布拉德利·威金斯（Bradley Wiggins）、杰西卡·恩尼斯（Jessica Ennis）、莫·法拉（Mo Farah）和所有其他获得奖牌的英国选手！尽管花费了90亿英镑的巨大投资，但这个国家的大部分人都认为非常值得。相比之下，还有人记得2012年的科学界有多少英雄吗？答案是：英国理论物理学家彼得·希格斯（Peter Higgs）和他半个世纪前取得的成就。

这让我担心，因为科学与奥运会一样，都需要英雄。如果放弃英雄，我们就会使科学变得索然无味。如果科学单调乏味，它就得不到支持和资助。

我们需要科学比以往任何时候都更能激励和吸引普通人，因为通过技术，科学是影响当今文化最强大的力量。如果我们再多拥有几位当代科学界的英雄，那么公众对待科学的态度将完全不同。

但是，在科学界越来越难找到英雄。原因之一是对科学发现的传统报道严重失实，致使英雄这一概念名誉扫地。这些报道倾向于把几个才华横溢的男子吹捧为天才，而弃其他人于不顾——几乎包括所有女性。科学史学家发现，很多被严重扭曲的历史记录都源于那些努力吹捧某些学科和设法给国家带来荣耀的个人。他们强调，科学发现是许多参与者共同的成果，不是孤胆英雄或“尤里卡”（Eureka）时刻的成果。我不反对。科学家们从事的是一项伟大的相互合作的事业，这一事业建立在他们的前辈、同龄人和竞争对手辛勤工作的基础上。问题是，当这种观点过于极端时，给人留下的印象就是：科学研究是由一大群无名的参与者展开的，他们探索着可能的实验或理论的无穷参数空间，其中的突破是必然的，个人的努力则显得微不足道。

削弱英雄地位的第二种力量来自“大科学”兴起的残酷现实。大约 10 000 名来访的科学家，全球一半的粒子物理学家，齐聚日内瓦的欧洲核子研究中心，携手合作，共同研究。国际人类基因组测序联盟的成员也来自众多机构，有 440 多位科学家参与了后续基因组编码分析。甚至数学，一个传统上独立的职业，现在也变得越来越具有合作性，这应该感谢剑桥大学数学家蒂姆·高尔斯（Tim Gowers）的“博学项目”（Polymath Project）①。

① 一个数学家相互合作的在线平台。——译者注

由于合作型研究的兴起和历史学家的努力，英雄注定要消失吗？

我不希望如此。正如好莱坞大片中所体现的那样，人类天生喜欢关于个人的故事，这在心理学家弗里茨·海德（Fritz Heider）和玛丽安妮·西梅尔（Marianne Simmel）于 1944 年进行的研究中得到了生动的体现。在他们的研究中，参与者将观看一段动画短片，短片中两个三角形和一个圆形围绕着一个有开口的矩形运动。根据短片，参与者们讲述了圆形和小三角的恋爱故事，讲述了反派大三角如何试图抢走圆形，圆形和小三角如何相互拥抱，从此过上幸福生活等。

◀ 心理学家弗里茨·海德和玛丽安妮·西梅尔于1944年进行的研究表明：人类天生喜欢关于“个人”的故事。

引人注目的是，由伦敦大学学院的克里斯·弗里思（Chris D. Frith）、乌塔·弗里思（Uta Frith）和国王学院的弗朗西丝卡·哈佩（Francesca Happé）进行的脑部扫描显示，在这些场景的活动中，无论是在考虑运动的图形，还是考虑其他人的精神状态时，参与者使用的是相同的大脑网络：颞顶联合区和前额叶内侧皮质。人类喜欢讲述发生在我们周围的事情，喜欢观察隐藏在暗处的事物以及星座中蕴含的信息。在这些模式中，我们都可以找到英雄。造就英雄的故事非常重要，因为通过一种被称为“间接互惠”的机制，这些故事能够巩固英雄们的良好声誉，这对合作的发展至关重要。

是的，科学故事的现实总是比英雄故事更复杂。但是，在向普通听众呈现科技进步的“真相”时，我们必须实事求是。这不是在选择：应该告诉人们突破背后的完整又复杂的故事呢，还是向人们讲述一个传说？当面对公众的时候，通常要选择：是选一个无趣的白描呢，还是一个引人入胜的英雄式故事？在需要宣传科学的魔力时，我们必须承认，最有效的方法是讲述英雄式的故事。

此外，从极端角度看，集体主义者的观点是很无聊的。每次我喝一大杯咖啡时，我会非常感谢种植咖啡豆的哥伦比亚农民；在绿色田野上种植了一片片郁郁葱葱的甘蔗林，用以加工蔗糖的巴西农民；或者还有挤牛奶的德文郡牧民，因为他们，我的咖啡才可以用牛奶泡沫装饰一下。我也感谢为我们提供电力给咖啡加热的核电站工人，以及那个最先想到可以用炒过的种子做饮料的人，或者获得第一台咖啡机发明专利的人。我可以列出成百上千这样的人，他们工作在世界各地的生产线上，为我们带来能量、信息和原料。不过，我更愿意感谢咖啡师，因为我们惊人的合作能力是人类社会的根本特点。事实也表明，我们所做的几乎每一件事都有很多人参与。

你会抱怨，盲目的英雄崇拜可能会曲解对科学开展方式的描述。是的，可能会曲解。但公众都非常清楚，现实生活总是比运动员站在领奖台上的壮观场面复杂得多，不然就没有人假装生活如此简单了。在残奥会上，英雄们经常会因为获得金牌而感谢他们的家人、赞助商、教练、支付驾驶课程费用的朋友、运动心理学家、运动科学家，等等。我们都知道这些，但这并不会削减赢得金牌所产生的深远影响。

你会抱怨，你要说的就是我们需要英雄，但公众领悟得太慢。完全不是这样。我认为，我们有必要用人们容易理解的语言和能够接受的方式与他们交谈。我们需要通俗的真理，把科学的核心内容传递给广大民众，不需要特别强调发现过程中如何收集资料，更不用求助于数学计算、专业术语和复杂难懂的描述。科学家经常用隐喻的方式来表达复杂的思想，出于同样的原因，你需要英雄人物作为隐喻，来表述科学发展所涉及的宽广领域。关键是，在纷繁复杂的思想领域里，在充斥各种想法的领域里，英雄是科学的“病毒传播者”。这非常重要，因为如果现代民主能够起作用，我们就需要更多人知道科学究竟是什么。

这就是为什么归根结底我们应该担心科学界英雄的减少。在科学研究中，怀疑主义、实验和临时达成的共识是我们人类最重要的成就，现在，也是每个人都应该了解的（好吧，对政治家而言似乎很难）。真正的问题不是我们是否应该有英雄——我们当然应该有，真正的问题在于，如何确保他们能就自己在科学上付出的极为重要的努力，讲述出一个合情合理的真实故事。

注：本文作者罗杰·海菲尔德合著的《超级合作者》已由湛庐文化策划，浙江人民出版社于 2013 年出版。

83

THE IS-OUGHT FALLACY OF SCIENCE AND MORALITY

科学是我们理解人性的最好工具

迈克尔·舍默（Michael Shermer）

《怀疑论者》（*The Skeptic*）杂志出版人，《科学美国人》专栏作家，著有《可信的大脑》（*The Believing Brain*）。

自从哲学家大卫·休谟（David Hume）和 G.E. 摩尔（G.E.Moore）发现“是—应该”的问题，即事实陈述（事物存在的方式）与价值陈述（事物应该存在的方式）之间矛盾的问题，大多数科学家都承认哲学家们在决定人的价值、道德和伦理方面的优势，也同意科学只能描述事实是什么，从不会告诉我们它们应该是怎样的。这显然是个错误。

我们有理由担心科学家已经放弃探索“决定对错”，其价值关乎人类的繁荣；很多用于这类研究的工具正在不断地涌现出来，比如进化伦理学、实验伦理学、神经伦理学以及相关领域。“是—应该”的问题（有时表现为自然主义的谬误）本身就是个谬误。为了创造人类繁荣的前提条件，道德和价值必须建立在事实“是”的基础上。当船正要离港时，我们不能放弃它，让我们给科学一次机会，以使之行驶在通向目的地的航线上。在那里，在我们如何更好地生活的对话里，至少有科学家们自己的声音。

我们以单个生物体作为生物学和社会的基本单位开始，因为生物体是自然选择和社会进化的主要目标。因此，单个生物体（在此语境中就是指人）的生存与发展，“是”建立价值与道德的基础，因此，决定人类兴盛之至的条件“应该是”道德科学的目标。人类社会的构成应该建筑在人性构成的基础之上，而科学是我们拥有的理解人性的最好工具。

◎ 从生物遗传学那里，我们知道了人在性情、个性，还有很多政治、经济和社会偏好方面的差异，40% ~ 50% 来自遗传。

◎ 从进化论那里，我们知道了相互利他原则——如果你给我挠后背，我就给你挠后背——是普遍的；人们并不天性慷慨，除非他有所回报。

◎ 从进化心理学那里，我们知道了道德惩罚原则——如果我给你挠了后背，你却不给我挠后背，那么我就要惩罚你——是普遍的；人们不能长期容忍只索取不给予的“搭便车的人”。

◎ 从行为博弈论那里，我们知道了“组内和睦，组间敌意”。它的意思是相信组内成员，直到他们被证明不可信；提防组外成员，直到他们证明这是多余的。

◎ 从行为经济学那里，我们知道了人们几乎普遍有与人交易的愿望。这使得交易能够帮助陌生人之间建立信任，消除群体之间的敌意，同时还为交易双方创造更大繁荣。

这些仅仅是来自科学很多领域中的几条证据，这些科学能帮助我们为人类繁荣创造最佳道路。我们不仅在哲学原理中建设价值和道德的基础——比如亚里士多德的德性伦理学，康德的绝对律令，穆勒的功利主义，还有罗尔斯的公平道德，还在科学中建设。下面的例子可以看到科学如何决定人类的价值：

问题：管理大型现代人类社会最好的形式是什么？

答案：市场经济的自由民主制。

证据：市场经济的自由民主制比尝试过的其他管理形式更容易带来繁荣、和平、公正。

数据：《三角和平》（*Triangulating Peace*）一书中，政治学家布鲁斯·拉西特（Bruce Russett）和约翰·奥尼尔（John Oneal）使用多元逻辑回归分析模型处理了来自“战争相关性项目”（Correlates of War Project）的数据，这些数据记录了 1816—2001 年间 2 300 次国际军事争端。假设每个国家的民主分值在 1 和 10 之间（基于“政治体制工程”来评价政治过程的竞争力，领导人选择的开放度，对领导人权力有多少名实相符的限制，等等），拉西特和奥尼尔发现，当两个国家是充分民主的，它们之间的争端下降了 50%；如果两个国家民主成分稀少而独裁专制，那么它们之间争吵的机会成倍增加。

当你把市场经济加进这个等式，就会发现它明显地减少了暴力，增加了和平。对每一对高危险的国家，拉西特和奥尼尔加入一定量的贸易（按 GDP 的一定比例），他们发现，那些在给定年份更多依赖贸易的国家，在随后的年份里发生军事争端的可能性更少——民主控制、力量对比、大国地位与经济增长。因此，他们发现仅当两国是民主国家时才能缔结民主和平，不过，当两者任一是市场经济时，贸易就能发挥作用。

最后，拉西特和奥尼尔的和平三角的第三个顶点是国际社会中的成员身份，一个透明度的代理变量。社会学家统计了政府间组织成员（IGO），并对每一对属于政府间组织成员的成员国，用民主和贸易分值进行回归分析，他们发现民主促进和平，贸易促进和平，政府间组织成员国身份也促进和平。三个变量分值都居前十的国家组合，比其他所有组合在给定年份发生军事争端的可能性降低了 83%。

哈佛心理学家史蒂芬·平克对这项工作做了进一步的研究，其要点是在哲学争论之外，为被视为人类生存与繁荣手段的自由民主和市场经济提供了科学的证据。我们能够定量测度它的效果和从中导出的以科学为基础的价值观，这些价值观结论性地表明这种管理形式确实胜过独裁和神权统治。学者们可以争论这些数据，也可以质疑这些证据，但是我的观点是：在哲学家之外，科学家在决定价值和道德方面应该喊出自己的声音。

84

THE DISCONNECT

科学报道与读者的失联

芭芭拉·施特劳赫（Barbara Strauch）

《纽约时报》科学编辑，著有《成熟大脑的秘密生活》（*The Secret Life of the Grown-up Brain*）。

作为《纽约时报》的科学编辑，我每天都在考虑怎样把日益艰深的科学传达给一般公众，比如怎样解释希格斯玻色子（Higgs boson，又名上帝粒子）可见的发现，并帮助我们的读者理解这一巨大的、惊人的，甚至美丽的发现是什么。

幸运的是，《纽约时报》这里有像丹尼斯·奥弗比（Dennis Overbye）这样的作家，他每天不光钻研宇宙科学，还会用适当的诗歌形式把它写出来。

在这里，运气是一个重要成分。《纽约时报》一直致力于科学的深度报道。但是，这样的承诺越发孤独。在过去几年里，我注意到那些关注度很高的报纸对科学与健康的报道收缩了。作为一个科学与健康领域的编辑，我曾经常常焦躁不安地搜寻其他主要报纸，想知道那里是否可能有我们错失的好故事或我们忽略的重要观点。当时，《纽约时报》面临严峻的竞争。

今天，可悲的是，事情常常并非如此。关注度较高的报纸对科学与健康的报道急剧下降了。随着科学部被削减，我一直仰慕其工作的记者们转而去做其他事情了，或者退休和失业了。诚然，有很多更好的网站和出色的博客介绍了广泛的科学课题；但绝大多数针对的是小众读者，他们愿意查询特殊领域里自己所关注的信息。其他国家的一些知名报纸一如既往地重视科学报道，不过，除非你是能够“访问”这些出版物的读者，否则帮助不大。

一些很严肃的东西已经被丢弃了。当然，这不仅关乎普通人的科学认识，还与华盛顿的资金决策有密切关系，甚至与分配医保基金有关。而且，这对我们《纽约时报》的人也没有好处。竞争能使我们都进步。

大众欢迎的科学报道的下降，往往发生在公众分流的时候。在某个层面上，大众好像越来越无知了。毕竟，这不仅表现在让人受罪一样的科学新闻报道上，还表现在学校里的科学教学上。2012年，我们检验了一整个政治季度，看看所有这些是怎样发生的，重要政治人物一个接一个地喋喋不休于他们愚蠢的政见，尤其关于女性健康。（最难忘的是共和党密苏里州参议院候选人托德·阿金（Todd Akin）说："如果这是一起'正当强奸'，女性身体会有办法关闭生殖功能。"）在《纽约时报》这里，有关这些论题的科学论述已经变得如此荒诞不经且危险，以致针对这一系列被称为"政治科学"的议题，我们发起了一个记者团体，用一连串的故事以正视听。

但是，一些事情也在向前发展。看起来人们对科学的无知正在蔓延的时候，人们对它的兴趣也与日俱增。从我这里很容易看到这种兴趣有多高。有关科学的文章，从人类进化的最新发现到流浪者"好奇号"登陆火星，更不用提抗癌的基因新方法——是的，甚至希格斯玻色子——急升到本报的电子邮件发送列表的顶部。

我们知道自己的读者热爱科学，却没能得到足够的满足。这也不仅限于我们的读者。当2012年"好奇号"靠近火星，全国各地不分年龄的人们组成"好奇者派对"去观看着陆新闻。火星派对！随着有关科学的YouTube视频和Twitter经常讨论即时消息，社交媒体也向我们展示了整个社会对科学的兴趣热度。

大众对科学有很大的热情，不过这也使得很多假信息四处泛滥。而我们，至少由我们这些还没获得天体物理学博士学位的人，能够给一般读者提供真实易懂的知识的人，可以依靠的舆论阵地却越来越少了。这两者之间的断层是我们所有人应该担心的事。

不过，我也应该花点时间讲述几件我不太担心的事情，而这也有点矛盾。有时候，在《纽约时报》科学部的十几年里，我看到我们的读者——实际上，我们所有人——变得更加成熟稳重了。误解和炒作都没有销声匿迹，但是在过去的10年，我们对医疗工业综合体怎样运作以及那些推动该产业的资金都有了更细致的了解。我们对常见疾病的复杂性也有了比较清楚的认识，从精神病、心脏病到阿尔茨海默病。我们已经达成了共识，即没有灵丹妙药医治这些疾病，甚至没办法让医保系统接受它们。

虽然我们还有很长的路要走，但对话已经在改变着这些领域和其他领域了。正如我们报道的，对肥胖的不断警示获得了良好的反馈：孩子们的肥胖率正在慢慢向下降。我们也都明白，药品已经变得太贵，而且在这个国家有很多情况是过度治疗。同样，我们也越过了那种急于获得解决方案的思维习惯。现在，更多的人在谈论这类问题时——至少有一点——不再对“死亡项目”[1]大喊大叫了。

在许多这样的领域，当我思考这些问题时，我异常地满怀希望。

[1] 美国很多民众对政府的医疗改革不信任，他们认为政府通过这种方式来掌握民众的生死大权，因此称之为“死亡项目。”——译者注

85

SCIENCE BY (SOCIAL) MEDIA

社交媒体上的科学

迈克尔·诺顿（Michael I.Norton）

哈佛商学院工商管理副教授，合著有《花钱带来的幸福感》(*Happy Money: The Science of Smarter Spending*)。

查看一下期刊网站的“最热电邮”列表，从《纽约时报》到福克斯新闻网站，你会经常看到，在世界大事件和是非丑闻之间零星散布着有关“科学新发现”的小故事:“红酒关乎长寿”“气候变化质疑”或“吃土对你有益”。

尽管媒体对科学越来越多的关注是一个重要的积极进展——确实，我们期待着有科学素养的人群，但那些只发表在无名杂志上的研究将无助于实现这一目标——我们应该留心“媒体上的科学”(science by media) 的爆炸趋势，至少有两个原因。

首先，不能确定最好的科学就是最有名的科学。在一项检验媒体报道的研究中，那些在重要科学会议上提交的科学研究，足有 25% 出现在媒体上，却从未出现在科学期刊上。这是正确的:外行人遇到的足有四分之一的科学，因研究不够扎实而难以通过专家的审查。这种趋势对研究工作而言也是一样，那些登上大报头版的故事更可能被阅读。

这个问题很可能随着社交媒体的兴盛而被激化：我们可能错失了一些科学新发现的最初报道，但很难看不到 Twitter 或 Facebook 上的帖子。更糟糕的是，社交媒体经常鼓励快速浅易的参与。我们看标题——“红酒关乎长寿”——不用深读就能明白其不严谨性，比如说，一定量的红酒可能对健康有益（每天 1 盎司还是 1 加仑）以及对谁有益（对所有人还是仅对红头发的人）。

需要明确的是，我不是因为这个问题责怪媒体（社交媒体或其他的）。甄别科学的好坏本不是记者和外行人的工作。即便是相近领域的科学家也时常不能以看似相仿的原则辨别好坏。如果说有什么的话，也是科学家们自己造成了这些麻烦。一项对有关科学发现的媒体报道的分析表明，大约 50% 的新闻故事过分强调实验干预（expermental intervention）的积极作用。在这种倾向性报道里的最大预言家是谁呢？这种倾向性表现都出现在科学家自己撰写的研究摘要中。

其次，外行人了解的科学更多是由媒体报道的，情感上的偏见——推测的或实际的——很可能造成对其客观性的质疑，或对主持这项研究的科学家是否涉及利益冲突有所担忧。来看看两个假想的研究发现：一个暗示拥有枪支会增加暴力袭击（“枪有坏处”），另一个暗示拥有枪支能减少暴力袭击（“枪有好处”）。想象一下，一篇文章刊载在《纽约时报》上，另一篇发布在福克斯新闻上。

你对基本科学合理性的见解会受到发布平台的影响吗？我猜测多数人愿意相信《纽约时报》上“枪有好处”的部分段落以及福克斯新闻上“枪有坏处”的部分段落，恰恰因为这两类文章所在的出版物的主旨是不同的。反过来就暴露了更大的问题：读者可能认为发布在福克斯新闻上的“枪有好处”的文章不可全信，而发表在《纽约时报》的观点相左的文章也部分忽视了基本的科学规律。

总之，外行人所了解的科学将越来越多地绕过科学家的过滤。即便科学受到专家的审查，外行人也越来越多地自我决定它的可信性，不但基于研究的质量，还基于文章发布的媒体平台。而且，媒体树立的信誉将决定他们是否可能通过社交媒体把科学知识传递给其他人。虽然一般公众变得越来越缺乏科学素养，但“媒体上的科学”却激起了他们阅读越来越多科学文章的好奇心。

86

SCIENCE PUBLISHING

科学出版

马可・亚科博尼（Marco Iacoboni）

神经科学家，加州大学洛杉矶分校医学院精神病学与生物行为科学教授，著有《对照他人：同理心与我们如何跟其他人联系》（*Mirroring People: The Science of Empathy and How We Connect with Others*）。

我们应该担心“科学出版”，当我说“科学出版”时，我真正要说的是同行评议的生命科学和生物医学文献。担忧的原因在于，似乎只有新的发现才能被生命科学和生物医学杂志出版。这是一个严重的问题，因为科学最为关键的一个方面就是结果的可重复性。生命科学的问题是，如果你要重复一项别人发表过的实验，就没有人愿意发表你的文章。人们的典型反应是“我们都知道了”。即使你的实验不是真正的重复，只是类似于先前发表过的，而你的实验结果和先前发表过的甚至并不完全一致，只是接近，除非你是从新的角度去探讨，否则没人希望看到你的研究成果能发表。只有与先前发表的结论截然相反的实验结果，才有可能发表。在此，不能重复使实验变得令人关注。

另一个严重的问题是得出阴性结果，或无效结果的实验，也就是说没有任何实验效果。如果不是和以前实验的结果（阳性）相反，就难以发表。

结合上述两种情况，只以文献为基础，我们很难明白哪些结果是可靠的、能复现的，哪些不是。很明显，这是个问题。

为了解决这个问题，有人主张我们应该公布所有的阴性结果，而阳性结果只有在反复证实之后才能得以发表。我认为这是一个很好的想法，虽然我不知道生命科学和生物医学界的人们何时能接受它。但我还是想举一些实际的例子，来说明为什么在生命科学和生物医学文献方面，事情如此混乱，以及我们如何解决这个问题。

在人类神经科学近年来的发展中，最激动人心的发现被称为“非侵入性神经调节”。它是通过许多技术来实现的，要么通过磁场，要么使用弱电流对人的大脑进行无痛刺激，这种技术对人体没有或者仅有极小的、微不足道的副作用。其中的一项技术已经得到美国食品和药物管理局的批准，用于治疗抑郁症。这样的技术还有可能用于减少癫痫病的发作，或用于提高脑损伤后的功能恢复。理论上，甚至可以增强正常人的认知能力。

在我的实验室里，我们正在对神经调节技术进行反复实验，其中有两项研究分别通过刺激大脑额叶的特定区域，以增强同理心和减少社会偏见。每个实验都有其逻辑依据，很明显，这些依据是建立在曾经的研究和理论基础上的。我们关于同理心的实验是依据自己原先对镜像神经元[1]和同理心研究的成果。我们已经做了大量的背景实验，对实验的逻辑依据资料的来源相当自信。然而，关于社会偏见的实验是受到另一团队新近发表论文的启发，他们也使用了额叶神经调节技术。那个团队研究的认知活动与社会偏见的认知机制有很大相似性。然而问题是：我们知道那篇论文（因为它已经发表），但我们不知道是否有许多团队做了类似事情却没得到任何结果，仅仅因为其阴性的调查结果不能发表。我们也不可能知道那篇启发我们的论文是否可被重复，因为重复别人的研究不可能被发表。换句话说，我们不知道的太多了，这种现状不可接受。

允许发表重复实验的结果或阴性结果，能够使我们从经验层次上更易于了解什么可靠，什么不可靠。如果 20 个实验室进行同一项实验，18 个没有得到任何结果，剩余两个得到各不相同的结果，所有这些研究都得以公布，那么仅通过阅读文献，你就会知道有关哪个方面的研究不会继续下去。但如果 14 个实验室得到相同结果，3 个没得到结果，3 个得到截然相反的结果，

[1] 指动物在执行某个行为以及观察其他个体执行同一行为时都发放冲动的神经元。因而可以说这一神经元“镜像”了其他个体的行为，就如同自己在进行这一行为一样。——译者注

那么这14个实验室得到的结果很可能比其他6个实验室的结果更加可靠。

鉴于目前的出版体制，要想获得上面的结论非常复杂。最好的做法就是把性质相同的实验放到一起分析。例如，我们的团队和其他团队都对自闭症患者的镜像神经元进行了调查并得出相同结论，即自闭症患者的镜像神经元的活动减少了。其他团队没能证明这一点。证明自闭症患者镜像神经元减少的研究结果远远多于不能得出类似结果的调查研究。在这个例子中可以容易合理地从科学文献中得出结论。然而，在其他情况下，就像额叶神经调节和社会偏见的例子，因为在什么能发表和什么不能发表上有强烈的选择性，我们感到无所适从。

解决这个问题最简单的办法就是根据研究中实验的设计是否恰当、资料的收集是否全面、对资料的分析是否正确，来决定实验结果是否应被发表。如果实验本身做得足够好，不管它是否是重复的，也不管得出何种结果，都应当被发表。针对科学出版的现状，在生命科学和生物医学界，有少数人表达了这样的心声。如果这部分少数人最终变成多数，我们终将会拥有这样一个可以被定量评估（x个实验得到这样的结果，y个实验得到那样的结果）而不是定性评估（这个实验证明了X而那个实验证明了Y）的科学文献。

同样的方法，我们可以使那些非理性的论断（否认进化论，否认温室效应，等等）不那么容易伪装成科学。我们可以不再把时间浪费在很久以前靠经验就能解决的问题上，而是集中精力解决我们不明白的问题。

87

SCIENCE HAS NOT BROUGHT US CLOSER TO UNDERSTANDING CANCER

科学并未让我们更了解癌症

洁妮·贾丁（Xeni Jadin）

科技文化记者，Boing Boing 博客网站联合创始人与合作编辑，Boing Boing 视频执行制片人和主持人。

我们应该担心的是科学依然没有使我们更多地认识癌症。1971 年 12 月，尼克松总统签署了《国家癌症法案》（*National Cancer Act*），发起了美国抗击癌症的战争。40 多年以后，如同耗资巨大的反毒品和反恐之战一样，我们的抗癌之战并没有赢。

根据美国国家癌症研究所的统计，2012 年美国有大约 22.7 万女性被诊断患有乳腺癌，而且这个比率还在上升。在过去 20 年里，因乳腺癌去世的女性比在第一次世界大战、第二次世界大战、朝鲜战争和越南战争中死亡的美国人的总数还要多。

但简单的军事数字不能和人们对患病、治疗疾病和试图治愈疾病的艰辛经历相提并论。科学不是战争。能让我们在抗癌方面取得进展的不是这些简单数字的类比，而是科学上的更大进步。

对癌症的宣战已经 40 多年了，为什么科学的发展还没有带我们找到治愈它的方法？也没有让我们更加清楚地理解它的起因和预防方法，哪怕简单地减少病人痛苦的有效医疗方案，我们也没有找到。

即便如此，考虑到在防治乳腺癌方面取得的进展，现在也是诊断乳腺癌最好的时期。一代人之前，被诊断患有乳腺癌的女性可能会有过早去世的预期，在治疗期间或治疗之后更容易发生身形的损毁或生活质量的下降。

现在，像“化疗脑”①这样与治疗有关的副作用只被看作合乎科学的正常现象。一代人之前，乳腺癌患者如果接受化疗，她们会被告知在化疗期间和化疗之后，她们所经历的认知障碍是“她们自己头脑的事情”，与化疗无关。

当然还是有进展的，但真的有多少改进呢？2013 年循证医学为女性研发的最好的药物依然是毒杀肿瘤、切割肿瘤、灼烧肿瘤、再毒杀肿瘤。激素受体性乳腺癌的典型治疗方案可能就是化疗、乳房切除术、乳房复原和放疗，同时需要每天服用抗雌激素的药物，至少连服 5 年。为了确保治疗结果，中间还要加做几个小手术。

在癌症治疗方面我们仍无法保证痊愈，从医生那里，我们唯一能够得到确证的是那些没人想要得到的消息。权衡治疗方案时，从外科医生和肿瘤学家那里听到的无数次“我们真的不知道”，最终使患者明白，他们真的不知道。

今天我们仍然使用让人难受的化疗药物，进行令人痛苦的外科手术，接受让我们身心俱毁的放疗过程，而这与几十年前我们的母亲、祖母们所遭受的经历是相同的。根本无从预测谁是受益者，治愈方法亦遥遥无期。肿瘤专家们甚至不能确定筛检和诊断建议，女性应该从 40 岁开始每年进行乳房 X 光检查呢，还是从 50 岁开始？或者根本不需要检查？亲爱的，这些问题由来已久了。

为了探究我们真正的担心，或许只能“一切向钱看”。因为在治疗癌症过程中，我们是通过生产抗癌药物、器械和改进外科技术而获利的，而不是通过寻找癌症发病原因，进而找到治愈或治疗的新方法而获利。弄明白致癌与环境有关，可能不会获得任何经济利益。例如，对孩子来说，我们吃的食物和呼吸的空气如何导致细胞变异？过多辐射和经常接触人造化学物质如何影响患癌风险系数？

更加令人气愤的是，在毒害我们的同时，还要关注赚多少钱。那些在

① 指接受化疗的癌症患者会出现记忆力和其他认知功能下降的副作用。——译者注

快餐、化学制品和农工联合企业中占主导地位的公司集团，真的想让科学家去研究他们的产品是如何影响癌症发病率的吗？对他们来说，只想在每年10月的乳腺癌防治宣传月去粉饰这些“致癌原因”，想必不会太费劲吧！

尽管慈善机构的粉红丝带活动把令人讨厌的宣传搞得铺天盖地（实质上已自行变成一种产业），但实际上几乎没有乳腺癌慈善机构把重点放在研究癌症发生的原因上，或者将捐款的大部分用于实际研究和科技创新。注重基因组的研究具有广阔前景，但对科学家而言，在政府实验室、国家卫生研究所和国家癌症研究所获得这方面的研究资助比以前更难了。为什么癌症基因组图谱计划依旧没有更多突破，不能给我们带来更有效的治疗方法呢？

驱动我们自由市场体系的逐利动机已经使我们偏离了科学轨道吗？今天，如果用人们所知道的一切重新启动这场抗癌之战，我们将如何开始这场战争？战斗将在哪里打响？

治愈癌症的科学研究，不一定要在大名鼎鼎的肿瘤医院或大型制药厂进行。它需要用一种全新的思维方式看待疾病、健康和科学本身。于此而言，我们应该对千千万万正身患癌症的人感到深深的内疚。或者更确切地说，是对那些与癌症抗争、试图死里逃生的人们。

我知道，我也是他们中的一员。

88

EXAGGERATED EXPECTATIONS

对科学研究过高的期望

斯图尔特·法尔斯坦（Stuart Firestein）

哥伦比亚大学生物科学系主任，教授，著有《无知：它怎样驱动科学》（*Ignorance: How it Drives Science*）。

科学让人失望的频率有多高？应该有多高？我们应该担心科学的失败率吗？

很多人谈到没有实现的科学预言。在谈到这些失败的预言时，科学受到了指责，甚至在某些时候会有人提出科学不可信。这两种看法都不对，他们错了，错在统计上，错在理解上。

统计错误是因为各种各样性质不同的科学预言被放在了一起。例如，第二次世界大战后，科普杂志的封面上充斥着对各种神奇的新产品、新设施指日可待的预言：浮动机场、地下城市、飞行汽车和贯穿市区的多层铁道等。预言之多，令人不胜其烦。这些轻率的预言很少能够实现，但这些预言实现的可能性本来又有多少呢？它们只是科普作者和版面艺术家们不受限制的想象，目的是以封面吸引读者，让杂志卖得更好。

这些轻率的预言，不应与另一些诸如“根除癌症”的严肃预言归为一类。前一类预言只是胡思乱想，后一类则是一种“期票”。人工智能、太空旅行、替代能源和廉价而又丰富的食物都属于第二类。科研活动需要金钱、时间和资源，它是很严肃的事情，而科幻作家的推理幻想不需要很多成本。

当然，不是所有的郑重承诺都能兑现。第二个错误是理解上的错误，科学研究把大量的公众资金和资源浪费在那些糟糕透顶的失败上。举个实例，想一想那场号称抗击癌症的战争。自从 1971 年尼克松总统“向癌症宣战”

以来，我们在癌症研究方面已经花费了1 250亿美元。结果是：在这40多年间，约有1 600万人死于癌症，使癌症在美国成为死亡的主要病因。这听起来很可怕，但事实上，我们已经治愈了许多在前人看来是致命的癌症，并且通过了解环境因素的重要性（石棉、吸烟、日照等等），预防了许多癌症病例的发生。

别忘了我们还得到了很多意想不到的成果，比如疫苗的培育、改良的药物递送方法、对细胞生长和老化的深刻理解、实验遗传学的新方法、基因调节方法的新发现（适用于所有基因，不只是癌症基因）及其他许多令人满意的结果，它们从不被认为是抗癌之战所带来的胜利成果。还有，我们对生物学每个层面的理解都有了空前的提高，从生化反应到细胞行为、调节系统，再到整个动物界和人类及上述环境对健康的影响。有人记录了这一切吗？我敢说，就癌症方面的资金投入而言，抗击癌症的战争给我们带来的益处多于任何一场真实战争所带来的益处，尤其是现代战争。

科学研究的一大部分就是失败，但它是建设性的失败。这一点非常重要。更重要的是，不是所有错误的科学都是伪劣的科学。正如人们对科学发展寄予过高期望一样，人们对科学结果正确性的期盼也有些过度了。科学上的“事实”都是临时的，都需要修改，有时候甚至是完全颠倒的。但这不是坏事，实际上，这是科学持续进步的关键所在。当然这很难，因为你不能单单相信你所读到的一切。但是让我们赶紧长大，尽早看清这个无可争辩的现实，不只在报纸上，也在科学杂志里。

在药物学领域——我们常说药物学的第一定律是每种药物至少有两种效果——一种是你知道的，另一种（或多种）是你不知道的。更重要的药物学第二定律是药物的特异性与它在市场上出售时间的长短成反比。简单讲，就是当一种药品最初被研制出来时，它为一个特定的疗效而用，能够起到很好的治疗作用。但随着时间推移，药品的使用范围更广，服用药物的患者也各不相同。于是副作用开始显现出来，药品不再像人们当时所想的那样只针对特定的病理过程，它似乎还有其他意想不到的作用，但大都是负面的。这是一个正常的过程。它让我们知道自己的研究结果有何局限。如果我们能够避免这一过程，不是更好吗？是的，肯定更好。但我们能做到吗？不能，除非我们满足于仅仅使用非常保守的方法治疗疾病。

那么，我们担心什么呢？我担心人们对科学研究的曲折和偶尔的障碍缺乏应有的信心，对需要不断修改的科研成果缺乏足够的耐心。人们不再相信科学，尽管它是我们了解物质世界（包括我们自身，或我们的大部分）的最佳途径。从历史的角度看，探索之路似乎畅通无阻，但现实是探索的道路上依然迂回曲折，甚至是山穷水尽。科学发现的事实不是一成不变的，新发现也并非永恒。这就是科学研究过程中的复杂现象。我们应该担心不切实际的期望将毁掉科学研究所必需的、异乎寻常的混乱。

89

IMPACT

科学的“影响力”真的重要吗?

布鲁斯·胡德（Bruce Hood）

布里斯托大学认知发展中心主任，著有《自我幻觉：社交活动如何影响大脑的发育》(*The Self Illusion: How the Social Brain Creats Identity*)。

作为一个专注于研究太阳系毁灭问题及宇宙熵量问题的人，我认为我们担心这类问题最终毫无意义。不管怎样，自然选择最终会纠正那些影响环境稳定的扰动。大自然自有它的解决办法，最终一切都不再存在（即太阳系灭亡）。所以我可以轻描淡写地说：“不用担心，高兴起来。”当然我们做不到这样，要高兴就意味着没有担心。我的关注点不是担心，而是我们如何看待科学，特别是如何看待（科学家们）追求影响力的狂热。

直到上个世纪，科学主要是各自独立的富人的特权，他们有条件和时间追求探索的热情。后来，大型商业公司也开始投资科研与开发，目的是通过创新胜过竞争对手，取得优势。20世纪早期，战争、经济萧条和疾病促使政府投资研究。这不仅扩大了研究范围，而且使更多的仅仅因为没有利润而开展不起来的大型项目得以启动，还产生了一个新职位：政府资助的科学家。

在英国，20世纪末是政府资助的黄金时期。自那以后，至少是在西方世界，政府对科学研究提供的资助明显减少了。今天要想得到资助就更难了，因为政府在世界性的经济萧条中挣扎。当然，除非研究能够带来经济收益。

申请研究资金曾经是这样的，用一两句话概括申请研究基金的预期结果，或以出版形式而普及，或在学术会议上作报告。今天在英国（我想在美国也是如此），基金申请的相当大篇幅要说明“影响力”。它确切的意思是什么呢？

根据英国研究理事会自己的指导方针，它必须是这样的：

> 良好科研行为对社会和经济的贡献应该是多方面的。与科研有关的知识和技能以下面的方式有益于个人、组织和国家：提振全球经济，特别是增强英国经济竞争力；提高公共服务和公共政策的有效性；改善生活、卫生保健和创新产品的质量。

这可不只是填表格、走形式。英国科学的卓越研究框架（REF）在对全英国研究进行评估时，是否有影响力是很重要的因素。你可能会问为什么这样？答案就是纳税人的钱被用来资助科学研究，他们需要相应的回报。

首要的问题是，过度强调影响力已经把焦点从科学发现转移到科学应用方面。在过去的10年间，在我工作的部门，我已亲眼看到从事理论科学的人并不像从事应用研究的人那么容易获得政府资助。而且，应用研究也主要被经济财政目标所驱动，大学被鼓励与企业联合以弥补政府资助的减少。这很成问题，原因有两个：企业的运作方式与研究人员的不一致；另外，许多创新不被认为有实际用途，也就不可能出现在强调商业价值的环境中。我认为注重影响力是一种本末倒置，或者至少是没有意识到理论工作的价值。培根曾经说过："意外的发现是追求科学的自然结果。"能记住这句话，我们就是明智的。

许多人的工作性质都难以用影响力来衡量。我自己的研究工作就是理论性的。当我被要求说明我的工作之影响力时，我得引用我喜欢的公众演讲的经历，因为坦白地讲，我感兴趣的东西并不能直接地促进经济。然而，要公众明白这一点不容易，特别是他们特别关心的问题。大多数公众——更重要的是告知他们的媒体——对科学方法和科学数据都不熟悉。这就是公众不相信科学家的一个原因，或者当科学家不能就有关问题给出直接答案时，比如接种或健康风险，公众也会感觉沮丧。大多数非科学工作者都不能理解用可能性、复杂性、多种因素相互作用这样的术语进行的解释。像"某某导致癌症"或"针对某某基因的发现"这样的大字标题体现了公众将科学结果简单化的需求。

最后，大多数学者已不能抵挡影响力的诱惑。每份科学杂志都有它的影响因子，即衡量文章被引用的次数。这种衡量标准是合情合理的，但因为杂志会优先发表那些新颖的科学研究，所以导致科研走上歧路。就像我们在过去几年里看到的，几位知名度很高的科学家因为在影响力极高的杂志上发表捏造的研究成果而名誉扫地，失去了工作。他们为什么要这么做？仅仅是因为成功需要影响力。我关心的是影响力与良好科学研究不能相辅相成，因为影响力歪曲了科学的过程，弃谨慎于不顾，总想寻求即时回报。

或许我这种担心并无根据。科学研究就是自我纠正的过程。当世界经济复苏时，我们应该能够看到理论科研和应用科研之间平衡的回归。但要真是那样的话，我现在就应该更加大声地疾呼，因为这样我就会（因为我能预见未来）有更大的影响力了。

90

SCIENCE IS IN DANGER OF BECOMING THE ENEMY OF HUMANKIND

科学有与人类为敌的危险

科林·塔奇（Colin Tudge）

生物学家与科普作家，合著有《链环：揭示人类最早的祖先》（*The Link: Uncovering Our Earliest Ancestor*）。

我们（一般指科学家和全世界的人们）都应该担心，因为科学已经变得越来越狭隘。物质主义、还原论者及根深蒂固的人类中心说仍然固守着18世纪的哲学观。科学越来越等同于高科技。过去，“职业使命”通常是指在人类所及的范围内寻求真理的热切渴望，现在它却意味着在跨国公司孟山都（Monsanto）找到一份工作。

英国皇家学会已经成为高科技的展示厅。高科技被认为是创造财富的手段，是实际可行的方式，不仅可接受，而且很道德。简而言之，科学正处于失去其完整性和思想独立的危险之中，它有成为大企业和最强大政府附庸的危险。既然我们不能想当然地认为日益增加的财富和自上而下的技术控制对人类有利，科学，因其创造的所有奇迹和成就，就有成为人类敌人的危险。

或许最糟糕的是，社会高层中的那些人（科学和政治的高层中）似乎并没有意识到这种情况正在发生。他们不听批评，“公开辩论”意味着高高在上的信息的单向传递。这种现状，包括其所有明显的缺陷，都被看作是“进步”。但那些因此而做得好的人，包括那些赞同这种行为的知识分子，甚至还没有开始想他们可能是错的。

所有这一切，从各方面来说，都是一个悲剧。

91

WHERE DID YOU GET THAT FACT?

真相在哪里?

维多利亚·施托登（Victoria Stodden）

计算法律学学者，哥伦比亚大学统计学助理教授。

我们每天都要应付如雪片般蜂拥而至的计算结果、结论和数据。在专栏文章、政策辩论和公众讨论中，谁引用了数据，谁就好像可以一锤定音。其实我们需要知道这些数据是如何获得的，从而能够评估它们的相关性、可信度，求大同、存小异，进而做出更好的决定。实际上，弄明白一个数据来自何处就已经是一项艰巨的任务，更不要说它是如何被计算出来的。

这个问题很重要，跟人类的思维方式有关。在每天做出的成百上千的决定中，我们很少用谨慎的理性思维方法做事，比如收集相关信息，从中提取有用信息，然后进行比较。大多数情况下，站在那里左思右想、权衡利弊的，是那些可能会招致强奸、抢劫和失败这一类事情的人，不管是隐喻的说法还是真正发生。左思右想让人错过了生活的乐趣。所以，我们并不经常这样做，人们会基于数百万年练就的本能、直觉、经验而飞快地做出决定（趋利避害）。

然而，计算机特别擅长整合决策过程的各个部分，这方面我们不擅长。它们能够正确无误地储存大量数据，组织和筛选数据，进行令人眼花缭乱的快速计算，显示完美的计算结果。计算机不能（到目前为止）指导问题的解决或将结果置于一定的背景中研究。但对于某些重要的问题，它们能帮助我们做出更加明智的决定，这一点很宝贵。它们进行的大规模计算能解决极其复杂的问题，这是我们的大脑难以做到的。

更好地决策的目标，隐藏在当前围绕大数据的炒作背后，各行各业都要“循证”——政治、医学、实践、管理和一些热点问题，例如气候变化、财政预测、健康评估，甚至是你接触的网络信息。统计学已经用很长时间去研究如何从数据中推出可靠的结论了（例如置信区间、量化模型误差分布和可靠性概念）。

解释所得结论、公开透明地交流科学发现，都是为了让其他人能评价和理解这一结果，这是科学的审慎态度。我们需要时刻牢记这些观点，当看到新的计算结果时，应当掘地三尺找出统计数据的来源，知道这些数据是如何被计算的，以及我们为什么应该相信这些数据。但是，当结果被公之于众时，几乎没有人考虑这些。

我并不是说应该独自核查出现在日常生活中的每一个事实，即使我们想做，也没有足够时间。但是情况允许的话，我们应该有能力去核查，特别是核查在计算机协助下获得的信息。即使没有人真的去重复推理和计算的过程，人们有核查能力这件事本身，就会促使研究人员加倍小心、仔细工作。如果只有少数人核查结果背后的推理过程，他们或许能够发现问题，提供必要的相关说明，或者能够进一步证实原来结果的可信度。大多数情况下，这样的核查在技术层面上是可能的。

举例来说，当 20 世纪 90 年代新闻文章开始在互联网上出现时，我记得自己特别期盼统计数据之间的超链接——在文本上点击任何一个数字就能够知道它的来源。十多年以后，这依然没有成为一种惯例，人们列举“事实”而不提供它的来源。对进入公共视野的任何结论，获得结论的整个过程应被公开，包括用于推出结论的数据和进行数据分析的计算机程序——开放的数据、开放的资料来源、科学的可重复性。

如果我们不具备质疑结论的能力，就会自欺欺人地以为自己正受益于信息时代。但除了提供结论的人，没有人能够真正理解它，而我们还必须用这样的结论来做决定。那样的话，我们寻找真理的大门就会被关上。

“

Vaccines are the most effective means of preventing the spread of infectious diseases.

疫苗是防止传染病传播最有效的方法。

——克雷格·文特尔（J. Craig Venter）
《疫苗接种不是一个公民自由问题》

92

WHAT—ME WORRY?

疫苗接种不是一个公民自由问题

J. Craig Venter

克雷格·文特尔

“人造生命之父”，基因组学家，克雷格·文特尔研究所（J. Craig Venter Institute）创始人。著有《生命的未来》。

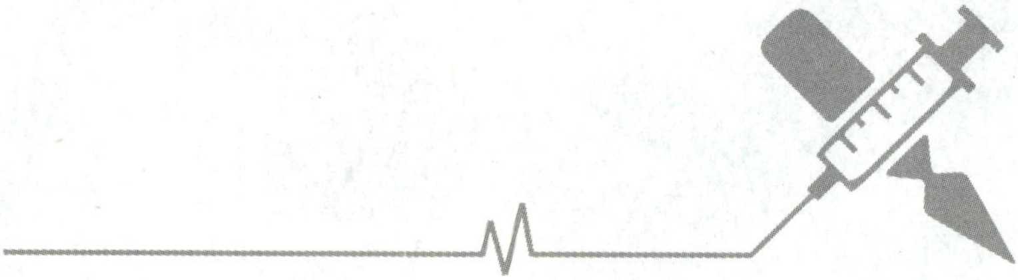

作为一个科学家，一个乐观主义者，一个无神论者和一个阿尔法男性①，我不担心什么。作为一个科学家，我探究和寻求对周围世界及自己内心的理解。作为一个乐观主义者，每天都是我不断奋斗的新起点；每个早晨醒来，我心中都充满希望和激情。作为一个无神论者，我知道自己只有生与死之间的这些时间去完成一些有意义的事情。作为一个阿尔法男性，我相信我能够而且可以去解决一些问题并改变世界。

① 阿尔法（α）是希腊文的开首字母，在天文学中指星座里最亮的那颗星。阿尔法男性，则指那些具有领袖气质的，易成为某领域和场合主导的男性。——译者注

人类面临很多问题，比如为不断膨胀的人口供给足够的食品、水、住房、医疗和燃料。我坚信只有科学能为这些挑战提供解决方案，但是这些方案的采用将取决于政府和个人的意志。

我算是一个自由意志论者，我不想也不需要政府命令我能做什么或不能做什么，以此来保证我的安全。举个例子，我有时候骑摩托车很快，但我有全额医疗保险，所以不需要政府要求我戴上头盔以免在撞车事故中伤到自己。我戴头盔和全套的安全设备是因为我选择保护自己。吸烟问题则在一个不同的层面上。抽烟显然不利于健康，吸烟者改变他们健康状况的最好办法就是戒烟。如果这是问题的全部，那么政府就不该管制吸烟，除非它支付了吸烟者的健康保险。但是，科学已经表明二手烟对吸烟者附近的人具有负面的健康后果。因此，在我看来，那些管制人们在哪里能抽烟的法律和规则不仅合理而且对整个社会都有好处。

疫苗接种也是一样。全球人口一直膨胀的后果之一——尤其是再加上糟糕的公共卫生环境、不洁净的水以及抗生素的滥用——一直就是而且也将继续是新传染病的出现，包括那些人畜共患的疫情爆发。在过去的几十年里，我们看到了艾滋病、非典型性肺炎（SARS）、西尼罗热（West Nile）、新流感毒株以及耐甲氧西林金黄色葡萄球菌（MRSA）。2007 年，美国死于耐甲氧西林金黄色葡萄球菌的人数超过了死于艾滋病的人数。传染病是当今世界上的第二大死亡原因，仅次于心脏病，位列癌症之前。2011 年，在美国，死于抗生素耐药性的人数是死于交通事故人数的两倍。

传染病的出现有很多原因，但其中一个重要的原因与人类自身的行为密切相关。“疫苗接种容易引发自闭症”（已经被证明是无稽之谈）这样的谣言，导致一些父母选择不给孩子接种疫苗。他们相信这是一个公民自由问题，类似于戴不戴摩托车头盔的选择。但我认为那些回避疫苗接种的人们是传染病再度出现与传播的主要成因，某种程度上远比二手烟危险。疫苗是防止传染病传播最有效的方法，没有比强制接种疫苗进而消灭脊髓灰质炎和天花更好的办法了。

当新的或旧的传染性病原体（如病毒和细菌）感染了未接种疫苗的人，可能会发生基因重组，从而制造出这类病原体的新版本，那个时候它就可能感染那些对现存毒株免疫的人群。我们看到几乎每一种类型的传染性病原体都发生过上述情况，而且最令人不安的是，在我们自己工业化、富裕的、受教育程度高的国家里正在发现它们：比如百日咳的小规模爆发；一种中东地区的新型致病冠状病毒的出现；在约塞米蒂国家公园（Yosemite National Park）由汉坦病毒引起的疾病；一种由猪传播给人类的变异流感病毒（H3N2v）在农村社区的出现。2013 年的流感来得更早，而且比前些年更致命，波士顿因为流感病例和死亡人数而宣布进入医疗紧急状态。

躲避疫苗接种，制造公共卫生危险，这不是一个公民自由问题。未接种疫苗的人群，加上抗生素耐药以及动物栖息地的减少（这促进了致病病原体的人畜间传播），这些一起酝酿着一个潜在的灾难，从而使人类退回到前抗生素时代。我想，在像瘟疫之类的全球大流行和致死全球 3% 人口的 1918 年流感[1]爆发之后，我们得到了教训，但是很明显，如果没有现代科学和医学，我们注定要再次栽跟头。

注：本文作者克雷格·文特尔的《生命的未来》已由湛庐文化策划，浙江人民出版社于 2016 年出版。

[1] 1918 年流感大流行是 1918 年 1 月至 1920 年 12 月间爆发的全球性 H1N1 甲型流感疫潮，曾经造成全世界约 5 亿人感染，5 000 万～1 亿人死亡（当时世界人口约 17 亿人），传播范围达到太平洋群岛及北极地区。——译者注

93

OUR INCREASED MEDICAL KNOW-HOW

我们不断增长的医疗知识与个人权利问题

埃丝特·戴森（Esther Dyson）

医疗保健、人力资本和航天初创领域企业董事会成员和投资人，埃戴产业控股公司（EDventure）董事，互联网名称与数字地址分配机构（ICANN）前主席，著有《版本 2.1：为生活在数字时代的设计》（*Release 2.1: A Design for Living in the Digital Age*）。

人类对什么东西会导致疾病的认识正在日益增长，我们应该担心由此引起的后果，特别是这些认识将怎样影响人类的自由。

能够弄明白什么样的膳食和行为会让大多数人保持健康，并已经被验证在使用中效果很好，这无疑让人激动万分。但是它也引出了一个问题，就是如果大众不承担责任，谁来承担责任。事实上，如果仅仅是假设医疗保健费用会产生负担，而社会承担了一些这样的责任，那么社会是否就有权事先干涉普通人呢？这使我想起这样的医疗讽刺：治疗比疾病更糟糕，或免疫反应比病原体更让人痛苦。

在这种情况下，触发点是我们不断增加的认识，了解了怎样会使自己生病或怎样保持健康：合理饮食，适量运动，不吸烟，饮酒有度，充足睡眠。很显然，这种无可挑剔的生活方式（加上用恰当的方法避免压力）对大多数人而言是身体健康的关键，对整个社会减少医疗费用来说亦是如此。

另外，我们对疾病的易感性遗传学和特异标志物的知识越来越多，有遗传倾向的人需要采取更多的措施来保持健康。随着时间的推移，我们将了解更多的具体相关性，而且能够辨别出（如果我们想这样做的话）易患某种疾病的人（以及因此增加的责任）。

需要担心的事情是社会怎样处理这类认识，不论是普通人还是那些承担额外负担的特定人群。我们都了解艺术家和那些至少有点疯狂的人，他们中很多人因害怕（正当的或不正当的）失去创造才能而回避治疗。其他人只是不想成为药罐子，只想顺其自然。况且，虽然很多医学知识可能正确，但不是全部。无疑它们也在不断变化。很多药物和其他治疗并不奏效，甚至可能造成附带伤害。如果你为了延长生命而使身体受到损害，那么究竟要延长多少岁月才能相互抵补呢？

总之，不可预知的健康灾难这一概念，正在让位于某些逐渐泛滥的事情。人们正理直气壮地质问社会，是否应该花钱保护那些生活在可预见危险状态中的人，那些拒绝在骑摩托车时戴上头盔的人，等等。但是，当有人确实罹患这样的灾难，即便是可预见的，社会心态也会改变，而且政府也要提供灾难救助。这种罕见情况正变得普遍起来。

所以问题是：我们有什么样的义务要好好地活下去？如果做不到那样，对这样的结果我们又有什么样的责任？我们又能怎样责怪父母、社会，或者是其他任何人——即便如此，我们承担什么样的责任？社会是否应该花钱预防而不是花钱补救那些本可以避免的结果？我们是否应该把具体责任强加给那些特别脆弱的人们？

这些问题并不新鲜，但是，如果我们要在预测和避免其结果上取得进展，这些问题就变得更加急迫了。对于怎样定义和分配责任并没有简单的答案。这是我们担心的原因。

94

NATURAL DEATH

自然的死亡

安东尼·里斯（Antony Garrett Lisi）

理论物理学家。

在未来100年里，除非人类取得一些关键性的研究突破，否则，你将肯定会死去。在这个悲剧时刻来临之前，你可能还要直面最深爱的朋友与家人逐渐衰老、虚弱和死亡——他们的个性和所有记忆将永久地烟消云散。一遍遍地目睹这样的过程，虽然理智会不断用“自然过程”的说法劝慰我们，但你还是感到可怕、悲伤、心碎。个人死亡的前景是恐怖的，这使很多人不愿坦诚地面对它。凝视虚空并确信——真诚地确信——我们的存在将突然地结束：死亦自然，我们却没有在感情上和知性上做好准备去接受它。相反，很多人在这个问题上自欺或欺人。

有史以来最大的谎言就是存在一个神秘的来世。几千年来，这个谎言被用来鼓舞年轻人上战场，并在牺牲之前激发他们的勇气。更糟的情况是，当面对痛苦和失败，多数人用美好来世的故事对自己撒谎，尽管这类事情没有任何可信的证据。

但是，当死亡既不可避免又因过于可怕而无法被面对时，分享和相信来世的愉悦幻想为什么会有破坏性呢？因为这是有害的，它会导致现世中的糟糕决定，而我们又仅有这么一世。认识到生命如此短暂，就应该更加珍惜生命中的每一刻与每一次交往。在生命中找到的、创造的幸福和爱是我们得到的全部。宇宙中没有神灵关爱我们的事实，使我们彼此的关爱尤其重要。

因为大多数人在死亡的问题上欺骗自己，而非担忧它，我们漏掉了一种可能性，由先进技术带来的基本可能性：我们即将面临的虚无，或许并非像我们想的那样不可避免。从物理学角度看，经过数千年或更长时间，我们健康的人类生命没有理由不能从根本上得到延长。它只是一个复杂的工程问题。但是就各种心理的、社会的以及政治的原因来说，我们却不够努力。

当然，存在一些反对延长生命的争论。最常见的辩解在于年迈和死亡是自然的事。不过，包括脊髓灰质炎、天花和麻风病在内的所有可以用技术治愈的疾病都是自然的事，但明显不是合意的。自然可以是美丽的，也可以是可怕的，而我们已经能够通过科学技术缓解一些恐惧了。

第二个最常见的辩解是大幅度延长寿命将对环境造成不可持续的压力。但是，一个不死的人对环境造成的压力将不会大过生养一个孩子。另外，一个重新恢复活力的人，肯定比一个年老多病的人需要更少的医疗费用——通常非常昂贵，同时也易被激发去爱护未来的环境，因为他或她本身要生活在未来的机会更大。

第三个反对延长生命的辩解是，所有显著地延长人类寿命的努力都失败了。确实如此，不过，在第二次世界大战英雄查克·耶格尔（Chuck Yeager）飞快地突破音障之前，很多人也持相同的态度——坚信音障不可能被打破。

尽管快速找到延缓或逆转衰老的技术方法，其可能性很低，我们还是不该忽略它。当然，即使我们在有生之年对延长生命的研究投入再多，也不可能享受到最终成果了。虽然这个星球上还有其他烦心的问题，但是没有一个比个人问题更重要。不过，即使有这样的动因，花在长寿研究上的资金也还是太少了。因为没有成功的先例以及宗教信仰的原因，政府不会资助它。还因为取得成功会非常困难，市场上泛滥着虚假的流言，实业界也没有解决这类问题的兴趣。虽然它的利润可能是天文数字，却没有遂愿的捷径，这与改进化妆品的前景不一样。花在治疗秃顶研究上的钱是花在衰老研究上的百倍不止。或许有一天，我们会发现自己延展了生命的长度，但这只是服用一粒药丸而产生的副作用，这粒药丸的本来功效是让我们的头发更浓密。

在一个没有确定成功记录的领域，这种荒唐的局面是典型的高风险、高回报的研究。即使有强烈的动因，资金支持也几乎不存在。致力于延长生命研究的科学家们往往缺少设备或一份保障生活质量的薪水，而且要以他们的职业生涯为赌注来冒险，去从事一次次失败的稀奇古怪的研究。这些问题是难解的。不过，即使资源有限，少数科学家也正投身于这一目标中，因为生命攸关。想要成功则需要一个在规模上类似于曼哈顿计划的研究，但是政府和实业界会一如既往地不支持它。最大的希望在于私人能迈出这一步，直接资助或通过为此目的而设立的组织资助这项研究。也许一个古怪的、富有远见的亿万富翁想要一个不死的机会，或许很多人集腋成裘而使这项研究开展起来。在某种程度上，这项研究也正在进行中，因此就给了我希望。

就个人而言，我清楚自己与其他人不同，但我也会有一个接受必死命运的困难期。当我想到所有过世的人和将要死去的人，以及我自己日益迫近的生命终点，这让我难受。因为对地府的厌恶，我对技术解决衰老和死亡抱有的希望可能有所偏颇，这是完全可能的。实事求是地说，虽然我希望在自己死之前能实现根本意义上的长寿，鉴于目前的技术进步速率，很有可能我刚好错过它。无所谓，不论衰老问题能在我有生之年还是百年之后得到解决，估计都不会太快。善良的人们在承受痛苦和经历死亡，这就需要我们尝试从未有过的改变。

95

THE LOSS OF DEATH

死亡的消失

凯特·杰弗里（Kate Jeffery）

伦敦大学学院认知、知觉和脑科学研究系，行为神经科学教授。

在每一代人当中，生活提炼出他们的精华，把它们包装起来并传承下去，去掉其糟粕并创造更清明、更清新、更清亮的一代。这样的事已经在地球上持续了40亿年，并且在这个过程中，从只会附着在岩石上的单细胞微生物完全蜕变而来，通过光合作用产生出具有无限精力和想象力的生物，他们凭此写诗赋词、创作音乐、彼此相爱以及致力于破解他们自己和宇宙的秘密。

然后他们死去。

没有死亡，就没有这个循环的更新重建，有机体的持续进步也就成了不可能的事。老化和死亡可能让一个物种成长和繁荣。因为自然选择会普遍保证那些“存活下来再去生育的孩子”是其父母基础上的一个更优秀的人（尽管改善微乎其微，但这就是进化）。对父母而言，最好的选择是离开这个地方并让自己优秀的孩子继承下去。更简单地说，死亡避免了父母和其子孙竞争同一种有限的资源。所以，重要的是我们终有一死，根植在基因里的自毁的衰老程序，关闭了我们曾一度成功复制的操作，以便我们最终死去，留下孩子们——我们自己更清新、清亮的版本——用我们给予他们最好的东西继续生活：最好的基因、最好的艺术和最好的想法。40亿年的死亡待我们不薄。

现在这一切正接近尾声，因为人类正在用进化而来的智慧去努力做的一件事就是消除死亡。这是一项可以理解的事业，因为没有人想死——想死的基因不会在这个物种身上存在太久了。数千年来，人类的思想家梦想着征服年迈与死亡。对它的宣战渗透到我们的艺术、文化和很多科学当中。我们让死亡化身为幽灵，厌恶它、害怕它，把它与世上一切不好的事情联系在一起。如果我们能制服它，生活将会变得多美好。

在过去的一个世纪里，千年梦想开始有了雏形，因为人类发现了基因，而且在基因里发现了调控老化和死亡的机制，并且，我们能改变这些基因的结构，让它们以不同的方式做事。可以对基因做加减，改变它们的功能，在物种之间进行替换，这种可能性令人激动不已而且前景广阔。在发现了调控衰老和寿命长度的分子机制后，我们已经开始盘算改变生命历程本身的可能性。人们或许能延长寿命，而且很可能不久就能做到。根据最新估计，由于医学和技术的进步，第一个能活到 150 岁的人已经出生了。一旦能根治癌症、心脏病和痴呆等最大的杀手，我们可以再次给生物钟——限制我们寿命长度的结束操作机制——上紧发条，并且改变它。为什么要中途滞留 150 岁呢？如果一个人保持不生病，老化的时钟又被停住了，他为什么不能活到 200 岁、300 岁、500 岁呢？

这是一个多么美妙的主意啊！似乎很少有人怀疑它，所以有关衰老和长寿的研究在每一个富裕的、技术发达的社会都是优先资助的事业，被称为“健康增寿”。这项研究真正意味着延年增寿，因为按照定义，衰老是健康和机能独立于时间的逐渐丧失。如果我们能阻止它，也就阻止了死亡本身。谁不想活到 500 岁呢？享受没有衰老和痛苦的生活，花更多的时间进行喜爱的运动，取得那么多的成绩，从神秘而奇妙的世界中拧出每一颗水滴，不单单看着自己子孙成长，还能看着子孙的子孙们长大。噢，请吧。

不过，等等。我们的寿命之为我们的寿命，是有理由的。在生物界，不同生物的寿命变化巨大，从蜉蝣几乎不到一天的寿命到加拉帕戈斯龟的百岁不止，以及南极海绵估计 1 500 年的寿命。这些寿命都铭刻着自然选择的印记，因为这些寿命最适宜于这些物种，在照顾子孙后代和与其竞争之间实现最佳平衡。

我们大多数人都爱自己的父母。但是想象一下，这个世界不仅居住着你们自己的父母，还有其他人的父母，还有你的和他们的祖父母以及曾祖父母——一个由这些人管理的社会，他们的思想和风格都要上溯四个世纪。想象一下这样的世界，或许你的老板在你垂涎已久的位置上要待100年。每一代人之间相互竞争着食物、住房、工作和空间。正因为如此，年轻人抱怨那些已经快速延长了寿命的长辈们，人到老年却不肯住小点的房子而抬高了房价，不肯退休而加剧了失业。想象一下，在你面前，4个世纪的人在置业和就业队伍中排队。

人类寿命的延长经常受到媒体的吹捧，但是它从未被质疑过。似乎没有人怀疑我们应该推进衰老研究，识别那些基因，对它们修修补补，让它们为我们效力。因为没有哪个人想死，因此我们都希望这项研究大获成功，为了自己和我们的家人，为了自己和所爱的人尽可能长久地活着——万寿无疆，假如我们能做到的话。

但是，对我们这个物种而言，这是最好的事情吗？几近40亿年的进化错了吗？人类不是南极海绵，也不是蓝绿藻，我们死有其因。只有死掉，才能便于我们的后代——那些我们更好的版本——能繁荣兴盛。我们应该担心死亡的消失。

96

AN EXPLODING NUMBER OF NEW ILLEGAL DRUGS

新非法药物的激增

托马斯·梅青格尔（Thomas Metzinger）

美因茨大学哲学家，著有《自我隧道》（*The Ego Tunnel*）。

我对此进行预言已经很多年了，但现在它真的发生了，并以令人吃惊的、历史上前所未有的速度发生着。新精神活性物质的数量在急剧增加，它们未经测试但却容易获得。根据欧洲药品与毒品成瘾监测中心（EMCDDA）和欧洲刑警组织在2012年4月26日联合发布的关于新精神活性物质的年度报告，2011年，在欧盟国家大约每周都能发现新药品。通过欧盟的预警系统，共有49种新精神活性物质首次在2011年被正式申报，这代表了在一年之内曾被报道的新精神活性物质的最大数目（2010年和2009年分别是41种和24种）。总之，这意味着自2005年以来，已经有164种新药品，而且连续三年打破年度纪录。

2011年报道的所有新的化合物都是合成的，且都在地下实验室炮制而成。日益增多的有组织的犯罪发展了这一市场，并引进这些药品。人们对它们的药理学、毒理学或一般安全问题几乎一无所知，而且几乎所有药品从未在活生物体内或动物模型中进行测试。对精神急诊科的医务人员来说，情况更困难，因为即使在大学教育期间，医生们也从来没有听说过现在的孩子们服用的药物的名称，他们接受培训的时候，这些药物还不存在。

我有时会天真地认为，最终能够证明大部分药物是良性的，但现在已经有报道称，即使是“香料药物”（合成大麻素喷洒在草药吸烟混合物上，经常以“合法兴奋剂”的名义在市场上推广），也有可能导致年轻健康的青少年死亡或患上严重的心脏疾病。

2013 年 10 月，奥尔良一位 21 岁的年轻人仅仅服用了一滴 25-I（25I-NBOMe），一种新的合成致幻药物，就导致了死亡。在美国的明尼苏达州和北卡罗来纳州，至少有 3 例死亡报告（最初发现于德国）是因服用了新的苯乙胺，受害者的年龄分别是 17、18 和 25 岁。

人人都了解急性不良反应、精神病的影响和用药成瘾——对此我们还真是有一些文化体验。但长期影响又如何，如早发性认知能力的下降？比正常老化下降的速度快吗？难以预料的致癌因素呢？发现和证实这些影响将花费我们很长的时间。

有人还记得镇定剂沙利度胺（Thalidomide）吗？现在的情况是无法控制了。这是一个复杂的情况：我们可能禁止（或试图禁止）早期的几代对健康危害不大的药物，于是展开了精神药理学的军备竞赛，结果反而导致了更新型的、更具潜在危险性化合物的产生。

2011 年，注册药物的清单中以合成大麻素（市场上有 23 种新化合物）和合成卡西酮（8 个新分子）为主。现在，它们代表了由欧洲早期预警系统监控的两个最大的药品集团，该年的新药品中，大约三分之二出自这两大集团。当然，这种情况可能很快会改变。反毒品之战已经失败，但科学上的探索依然在进行。非法市场上的药物数量将不断增加，或许完全新型的药物会出现，加之相应的“神经现象学的状态分类”，我喜欢这样称呼它们。

导致这一事态发展的主要原因是什么？

首先，它是科学进步与人性的结合：基础研究——例如神经药理学——在进步，新知识和新研发的技术满足了人类在精神上的自我超越和享乐主义的古老愿望，还有贪婪。对我来说，新精神活性物质就是如何将神经技术转变成意识的技术。浅显具体的分子神经药理学不仅创建了主观体验的新形式，而且对整个社会带来很大影响，如不易察觉的危险、新的产业及新兴市场。

第二个原因是互联网。2012 年 1 月进行的互联网调查表明，有 693 家网上商店至少出售一种精神活性物质或产品，比 2011 年 1 月的 314 家和 2010 年 1 月的 170 家有了明显增加。许多新的非法药物的配方以及不同剂量产生不同效果的个人情况介绍，都可以在互联网上找到。通过加利福尼亚的另类心理治疗师、乌克兰失业的化学教授或其他国家的秘密犯罪集团，就可以轻松获得这些药品的配方。现在，新药物上市速度的加快使所有既定程序遭到淘汰。

但对于我们今后数十年将要面对的情况，还有一个更深层的原因：半个世纪以前，西方世界故意选择了一种否定和压制的文化。在 20 世纪 60 年代，我们目睹了遍及世界各地的麦角类的半合成致幻剂，它拥有数百万的新用户和新一代从事秘密研究的化学家。麦角二乙酰胺（LSD）的出现是历史上的新形势。基于道德上的原因，或许我们有机会理性地应对挑战。真正困难的也是最重要的任务，就是要权衡两个方面：一方面是心理和社会风险，另一方面是自由的一般原则和个人体验到的内在价值（从改变了的大脑状态中获得）。但我们却决定任由其发展。半个世纪之后，全球化和科学化的地下化学将会进行大规模反击，会有更多孩子死亡。到那时，如果依然认为我们能控制局面，就将是不切实际的乐观主义。

97

CLASSIC SOCIAL SCIENCES' FAILURE TO UNDERSTAND "MODERN" STATES SHAPED BY CRIME

传统社会科学无法理解被犯罪塑造的现代状况

爱德华多·萨尔塞多－阿尔瓦兰（Eduardo Salcedo-Albarán）

哲学家和政治学家，科学旋涡（Scientific Vortex）公司董事。

根据传统政治学和历史，中世纪的王国是根据上帝和国王的旨意建立的，之后才出现了现代世俗国家。这些国家由世俗的法律所保障，旨在保护社会公益和人身自由。显然，大多数西方国家都实行民主制，拥有公正的法律体系，保障人权，从而进入现代国家的行列。然而，我们应该担忧这样的几个"现代"国家。实际上，它们是为不法行为而建立的，国家法律由犯罪分子颁布，更糟糕的是，这些国家通过正式的和所谓"法定的"民主程序而被合法化。之所以给"法定的"一词加上引号，是因为现实社会往往与权威社会科学的描述不一致。

像电影中展现的画面一样，我们常常认为犯罪就是坏人和好人作对，坏人和好人只有在行贿或进行渗透时才偶尔在一起。但数据显示，好人和坏人之间相互勾结和利用的灰色地带始终存在，比如：叛乱分子和反叛乱分子、公职人员、政客们、候选人和形形色色的私人代理根据他们各自（有时候是犯罪分子）的利益共同起草和制定社会的各项规章制度。

在这样的国家，大多数形式上的民主得以保留：提交议案、通过法律、展开选举程序。但在形式掩盖之下，犯罪分子扮演着不同的角色。在非洲某些国家，私人企业、叛乱分子和公职人员相互勾结、共同腐败，最后导致严重暴乱。

相似的情况在墨西哥、危地马拉和哥伦比亚也有发生。2012年，美国请求引渡危地马拉前总统，他曾参与大规模洗钱计划。2009年，在墨西哥，米却肯州的38名市长因与当地的家族黑帮相互勾结而被捕。2001年7月，在哥伦比亚，30位州长、市长、政治领导人及候选人与反叛乱组织哥伦比亚联合自卫队签署了一项秘密协议，目的是通过制定新的规章制度重新建立哥伦比亚政府。一部分参与者后来成为国家立法委员会委员。

这不是执法人员偶尔腐败的问题，这是在制定最根本的法律制度时的严重腐败和相互勾结。所以这不再是坏人面对好人问题，相反，坏人扮演了好人的角色，其犯罪利益受到国家法律和制度的保护。

于是下面的问题就出现了：对犯罪分子解释提交和通过的法案怎样看？这些是“真正”的法律吗？我们应该要求民众根据法律是否支持犯罪集团而做出服从或不服从的决定吗？如果立法人员支持的不是犯罪集团而是有影响力的大公司，那又该怎样呢？我们需要重新定义“法律”的概念吗？我们需要重新定义“国家”的概念吗？

这不只是概念上的问题。

民法和刑法是我们日常行为规范的基础。我们的所思所想和所为都是大脑与身边的行为规范、规章制度相互作用的结果。如果这些行为规范和规章制度以犯罪分子的利益为基础，我们对是非好坏的判断标准也会随之改变，我们就会生活在一个“不法”就是“法”的社会中，一个被认为是政府失职的社会。结果就是形成一种恶性循环，使犯罪集团更加强大，势力扩张到国外，并参与各种犯罪活动——大范围的腐败、灭绝人性的屠杀、贩卖人口、绑架、敲诈勒索及暴力犯罪。在传统的社会科学中，我们可以一分为二地看待合法与不合法、理性与感性、微观与宏观、个体与社会及其他诸如此类的现象，但我们不能理解和解释这些国家当前的社会现状。

除了原有的定性和定量的研究方法，还需要新的综合性研究方法来解释当前的社会现状，所以我们也担心无法引起社会学家关注我所描述的现状。就在他们专注于用传统方法解释现状时，一些国家已经陷入混乱。

就像医学、工程学、遗传学、人工智能和生物化学之间界限的交汇和融合，使我们通过新的综合方法重新定义了生命的内涵一样，各种社会科学之间界限的交汇和消失将允许我们重新定义诸如“犯罪”“法律”和“国家”的概念，使它们更符合现实。就像我们不再从有机 / 无机或自然 / 人工方面看待这个世界一样，我们也不再从合法 / 非法或感性 / 理性角度看待人类社会。

我们需要担心以违法行为缔造的政府，也要担心那些传统的方法试图解释它们的社会，社会需要军队、执法机构和国家政策，更重要的是，社会需要大量具有挑战精神和前卫精神的思想家，他们不惧怕科学之间界限的消除，他们更关心现实社会的改进，而不是在核心期刊上发表文章——这才是一个帮助弱小国家实现人类巨大潜能的先进思想家的队伍。

98

IS THE NEW PUBLIC SPHERE... PUBLIC?

被高估的开放

郦安治（Andrew Lih）

南加州大学新闻与传播学院副教授，著有《维基百科革命》(*The Wikipedia Revolution*)。

YouTube、Twitter、微博等社交媒体网站的出现，促进了各种多媒体平台上的多对多交谈，从而造就了一个数字化的虚拟地球村。它已经连接了全球观众，提供了新的数字化交流场所，对公民社会、社会规范乃至中东地区的政权更迭都产生了深远的影响。它变得如此重要，不过，这种新的、公开的地球村在关键方面真正公开吗？

我们有理由担心。

不断繁殖的连接和内容拓展并丰富着这场全球对话，这在10年前可能是难以想象的。不过，我们可能没有办法重新创建、参考、调查和研究密集于其中的信息流。我们面临的挑战是巨大的，无论是因为信息分散在私人或私有公司手中，不能被接触到；或是被删除，随网站的倒闭而消失；抑或因为法律原因而不能被转录下来。

尤其是Twitter，它已经成为新的全球公共对话的中心，不过，曾经使用过它的搜索功能的人都知道，搜索查询的内容是不可靠的。Facebook通常是以绝密的私人模式运行的，在Facebook上甚至不能进行正常的搜索查询；不仅公众不行，原信息的发布者也不行。

来看一个简单点的问题：个人能否对他在网站上发布的内容拥有所有权呢？社交媒体内容系统的用户仍拥有他们内容的独家版权，虽然用户同意的服务条款相当广泛。Twitter的条款是非常典型的："您授予我们一个全球性的、非独家的免版税许可（及转发许可），允许我们在任何和所有媒体上，以任何和所有发行方式（目前已知的或以后开发的）使用、复制、仿制、加工、改编、修改、发布、传播、显示和分发这些内容。”

我们且不评判这样性质的服务条款，仅看怎样得到自己发布的信息就很麻烦。通常，在这些服务型网站（Twitter、Facebook、微博、Instagram 等），它们的系统是文本、链接、图像及视频等数字信息的唯一处理者。你可以拥有版权，但你真正拥有已经输入到他们系统的副本吗？你真的能控制他人访问你的信息吗？你有能力搜索和恢复你创建的信息吗？让你的数据对大家公开（例如，通过应用程序编程接口），现在是可能的吗？或能否得到长期保障？

我们继续使用一系列的信息系统，但却不能保证它们的长久存在或承诺开放存取，也不知道它们是不是我们个人经历和交流内容的好管家。这应该令我们所有人担心。

对此，可以做些什么？

值得赞扬的是，Twitter 已经把从 2006 年到 2010 年相当于 4 年的 Twitter 内容转给美国国会图书馆，用于研究。自第一次合作以来，它已经同意向图书馆持续转发所有 Twitter 上发布的内容。这是值得称赞的，但这就像是从咆哮的消防水龙头中喝水，每天大约有 5 亿条新信息源源不断地产生。很少有独立机构能够处理这庞大的数据，它确实可以称之为“数据的汪洋大海”。

Twitter 的协议对图书馆提出了相当大的挑战，因为他们没有提供这些数据资料的适当使用方式。他们自己也承认，有 400 多个研究这些数据的请求被搁置，因为他们还在面对“重大挑战：如何让研究人员能综合、有效地接触这些庞大的数据”。到目前为止，图书馆还没有计划让整个数据库的全部内容被下载，以便让他人尝试处理这些数据。

我们有理由担心，这种新的数字化地球村虽然能让我们相互联系与合作，却不能真正为子孙后代所保留，并被恰当地研究。在法律、基础设施和合作方面的种种困难，使它在可见的将来依旧分裂、嘈杂和不完整。

99

THE DISCONNECT BETWEEN NEWS AND UNDERSTANDING

新闻报道与理解之间的差异

加文·施密特（Gavin Schmidt）

美国国家航空航天局戈达德空间研究所气象学家。

世态变化莫测，有很多问题值得我们关注。新闻报道为当前发生的事情提供了消息来源：投票结果，什么人做了什么演讲，死亡人数等。虽然不充分，但新闻产业履行了自己的职责，为我们提供了新信息。随着社交媒体平台和新闻网站的出现，想要了解新闻越来越容易。

不过，其实我们需要了解的情况大部分并不是新的。人们需要更深层的背景知识，使他们明白新事件发生的原因。如果不了解当地的文化和历史，看阿富汗局势的报道就毫无意义；如果你不明白我们如何知道气候的变动规律及改变情况，报道未来气候恶化的警兆同样没有意义；理解推动“阿拉伯之春”革命运动的力量，需要有奥斯曼帝国解体和随之而来的殖民冒险主义的背景知识。可惜的是，这些背景知识不具有新闻价值。

新旧之间的割裂在加剧，这是最令人担心的。就好比民众对比赛得分非常了解，但却不知道比赛规则。更糟糕的是，他们根本不想寻找可靠的资料来源去学习规则。公众讨论常常沦落为部落文化，人云亦云比亲自调查研究做决定更容易。所以应该欢迎和支持在新旧互联方面做出的任何努力，它使我们更易于了解新闻报道的深度和相关背景知识。我们可以通过为不同知识水平的人提供合适的切入点，研发新的在线工具以搭建信息平台。网上搜索应多一些链接，供感兴趣的人查阅背景资料。但除非我们都去关心这个问题，否则现状不会改变，社会用理性思维去应对复杂状态的能力会继续下滑。

100

WORKING WITH OTHERS

在工作中与他人合作

史蒂芬·科斯林（Stephen M.Kosslyn）、**罗宾·罗森堡**（Robin S.Rosenberg）

科斯林：心理学家，斯坦福大学行为科学高级研究中心主任，合著有《心理意象研究》（*The Case for Mental Imagery*）。

罗森堡：临床心理学家，著有《超级英雄的起源》（*Superhero Origins: What Makes Superheroes Tick and Why We Care*）。

随着21世纪的到来，我们面临的任务将变得日趋复杂。早些年间，许多问题或许能够由一个人轻松解决，现在则需要人们共同合作来解决复杂问题。个体所起的作用必须是互补的，整体的作用应大于各部分的总和。

这似乎很明显，但在当代正规教育中，没有一个阶段——从幼儿园到研究生的任何阶段——其目的是教人们如何在为特定目标而设的群体中很好地与他人相互配合。当这样的群体运转良好时，它能够协同成员的才能。但目前，发生这样的协同作用纯属人们的幸运组合，协同工作的人们碰巧有与手头任务相关的技术和能力互补，碰巧能够有效地相互配合。至于如何更好地组成一个群体以促进这样的协同作用，目前尚不明确。但大多数人似乎没有意识到这个问题的存在。

例如，很多面试官认为他们善于挑选“合适的”应聘者。他们觉得要挑选合适的雇员，不能只根据应聘者回答的内容，而且要考虑他或她的非语言行为。但事实一再证明，凭借直觉和感觉的面试官在挑选应聘者时通常做得不好。

在目标明确的群体中选择与他人协同工作也是如此（如同上面提到的面试）。关于如何把个体分派到某个群体，以及如何组织他们，人们常常凭直觉去做，但基于直觉的决定不一定比随机决定更好。任务明确的群体面临日益复杂的挑战时，单靠运气组织队伍就不会很有效。我们必须克服这样的直觉，并必须认识到，懂得如何为合适的群体挑选最合适的成员是一大难题——了解他们如何更有效地相互配合也是一大难题。

要组织一个能够有效处理复杂问题的群体，我们需要知道：(1) 如何分析任务的性质，目的是为了确定所需要的技术和能力；(2) 如何在个体身上识别出这样的技术和能力；(3) 在工作的每一个细节上，不同技能的人如何能最有效地相互配合。要解决这些问题，需要我们进行更多的研究（这样的研究已经在进行中），但只要人们认识不到我们面临问题的性质及其重要性，研究结果就不能得以广泛应用。

科学胜于直觉，但我们首先必须明白直觉是不够精准的。而且，这件事也不是直觉上显而易见的。

101

THE BEHAVIOR OF NORMAL PEOPLE

正常人的行为

卡尔·萨巴格（Karl Sabbagh）

作家，电视节目制作人，著有《记住童年：记忆是如何背叛我们的》（*Remembering Our Childhood: How Memory Betrays Us*）。

我们社会最令人担心的一面就是对正常人行为的不设防。尽管原罪的说法渗透在基督教义之中，我们大多数人对日常生活中的大多数人持有的看法是，总的来说，他们不是罪犯、骗子、卑鄙的人、自私的人，或者寻求一夜暴富的人。不良行为被视为应当受到警告的行为，要对其进行报道、给予分析，而对不撒谎和不欺骗的人，则认为是理所当然。好的行为被视为人类的默认模式，而不良行为则被看作是“偏离常规的”。但是，从个人经验和斯坦利·米尔格拉姆（Stanley Milgram）的实验[1]来看，我们知道“正常人”并不都是纯洁的圣徒。

不愿以恶意揣度别人的观念遍布社会，并以各种方式伤害我们。当前最令人震惊的例子，当然是关于银行家和金融家的例子，这些人已经向我们证明，只有对他们的活动进行严格的限制，才能阻止他们窃取我们的资金、霸占丰厚薪金和因公司倒闭而补偿的天价遣散费。正是这些金融机构自己强烈反对受到严格的限制，在他们的每一个罪行被曝光后，都承诺自我监管可以阻止下一个罪行的出现。但任何一张日报都将给我们提供无数的例子，证明

[1] 指米尔格拉姆的服从试验，这个概念始于 1963 年由耶鲁大学心理学家米尔格拉姆在《变态心理学》杂志中所发表的文章。这个实验的目的，是为了测试受测者在面对权威者下达违背良心的命令时，人性所能发挥的拒绝力量有多少。——译者注

当他们（或许也就是我们？）能偷一把时，就肯定偷一把。

有很多心理学项目是研究人如何变坏的。这通常以假设人本性善良开始，试图解释为什么一些人远离了“正常”。难道现在还不是时候，让我们以与此相反的观点去调查为什么有些人（或许不是很多）是“善良的”吗？如果你仔细找，就能发现这样的例子。例如，当银行家伪造数据、医生掩盖错误、牧师虐待儿童或政治家挪用公款时，这时出现的揭发者就是“好人”。事与愿违，揭发者非但没有因为他们的善举受到欢迎，反而遭到排斥。这种排斥甚至来自那些外表看起来并非伪善的乡愿，这些人觉得检举违法行为本身就令人反感。

就像有证据表明人的左翼或右翼的政治信仰有其生物学基础一样，或许我们应该找一找“好”的人性的生物学基础。所以许多世界性问题在本质上都是以牺牲他人为代价，努力使自己的利益最大化的人性，即国家性所导致的。即使想着手解决气候变化问题，也会有个人或集团出于私利而横加干扰。

所以我们应该担心的是，科学正错过一个可能的替代解决方案，而这个方案是为我们的许多问题提供的。我们应该考虑如何让更多人变“好”，而不是努力弄清什么使人变“坏”。

WE’RE
SEEING MORE
NEW CASES OF CANCER,
WHICH REPRESENT
DNA OFF THE TRACKS,

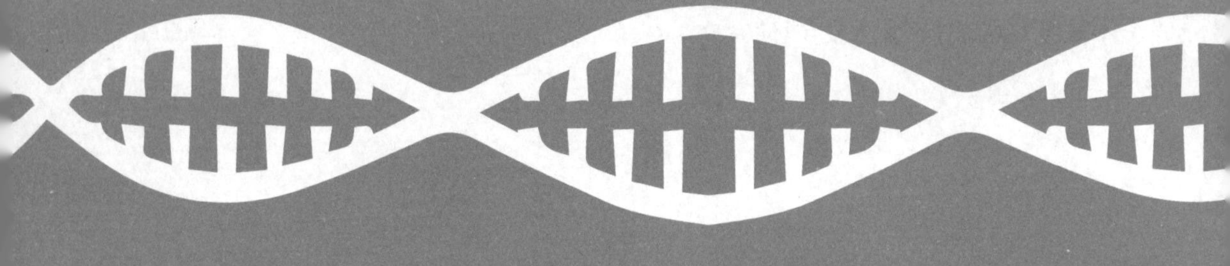

PROTOTYPIC OF
GENOMIC
INSTABILITY.

我们看到越来越多的癌症新发病例，这些病例表明DNA在复制过程中出现错误，属于典型的基因组不稳定现象。

——埃里克·托普（Eric J.Topol）
《越来越多的癌症，是否与我们的基因有关？》

102

THE RISE IN GENOMIC INSTABILITY

越来越多的癌症，是否与我们的基因有关？

Eric J.Topol
埃里克·托普
心脏病学家，移动医疗研究者，基因组学教授，加州斯克里普斯转化科学研究所主任。
著有《颠覆医疗》《未来医疗》。

我们从小就被误导了。从前的小学科学课堂上说，我们的 DNA 序列一半来自母亲，一半来自父亲。但这种说法忽略了一个重要的问题，那就是所谓的新生突变。这些突变都是自然而然发生的，这很重要。

直到 2012 年，我们才能够做到对家庭成员甚至是单精子细胞的整个人类基因组进行测序，目的是为了直接检测这些基因中新生突变发生的频率。在我们最原始的 DNA（生殖细胞系）里，每人都会有大约 80 ~ 100 次的基因改变，这些基因不存在于我们父母的 DNA 当中，但变化的原因是由于其卵子和精子基因的不稳定。一般来说，大约 15 ~ 20 次的“错误”源于我们的母亲，30 ~ 60 次来自父亲。而且，我们对父亲的“生物钟”也有了新的认识：父亲越是衰老，其精子 DNA 就越不稳定，而且越来越多的证据表明这种不稳定与自闭症和精神分裂症的关系极大。

虽然新的突变很少发生在特定的个体身上——或许只有极小的一部分，大概还不到你基因组的 0.001%——但这些突变带来危害的可能性却是极大的。这就是为什么它们没能受到进化论中自然选择的影响。然而新生突变也可能带来好的效果，极有可能是“以毒攻毒”。在有严重智力障碍和其他神经疾病儿童的新生突变研究中，我们已经看到了它的作用。

因此，为了回应“我们应该忧虑什么”这个主题，我认为应该忧虑在人类的生殖细胞 DNA，也就是我们的体细胞（身体细胞）DNA 中，基因组的不稳定性正在呈上升趋势。我们看到越来越多的癌症新发病例，这些病例表明 DNA 在复制过程中出现了错误，属于典型的基因组不稳定现象。因父亲衰老而呈现的 DNA 不稳定性已成为一种普遍现象，这或许有助于揭示自闭症发病率增加的部分原因，这种不稳定已经变得极为重要。迄今为止，我们仅仅知道一些容易作出诊断的病症，比如像精神分裂症和严重的认知障碍与基因组不稳定性存在着某种关系。在其他条件下，比如轻度认知障碍或糖尿病易感性，这样的突变所带来的不易察觉的影响又会是怎样的呢？我们真正需要考虑的问题是，为什么基因组的不稳定性随着年龄而增长，为什么患癌人数年年增长，为什么 7 种主要类型癌症的发病率明显提高，并且是随年龄的增长而提高的？

我认为，基因组不稳定性的重要原因是环境的影响。例如，不断增加的辐射接触就是主要原因。除了来自大气层中温室气体的热辐射，或运用电离辐射的医学成像中产生的热辐射，其他辐射都是人为造成的。在我们暴露于其中的环境里，可能至今还有许多尚未弄清的环境因素影响，例如，人类的天然 DNA 与肠道微生物基因谱的相互影响，还有我们把自己暴露给那些无处不在的病毒，正是这些病毒加剧了基因组的不稳定性。

虽然基因测序技术和解析学取得了巨大进步，我们现在已经理解了新生突变的发生频率，但对导致突变发生的首要原因却没有起码的了解，对可能导致人类退化的最不易察觉的影响也没有基本的认识。让人深感不安的是在人类上万年的进化中，日益增强的基因组不稳定的征兆，正在相对短暂的时间内不断涌现。

解决这个问题可能需要很长时间，但现在我们可以在成千上万的民众和他们的子孙中，通过开展新生突变和环境相互影响的深入研究，做些力所能及的事情。并不是说我们要阻止人类所有的新生突变，而是有一天，或许能发现一种方法预防或筛选出有害的新生突变，进而培养那些有利于人类的。可能有些人认为，这是一种不符合自然规律的选择，但现在正是需要它来扭转局势的时候。

注：本文作者埃里克·托普的《未来医疗》已由湛庐文化策划，浙江人民出版社于 2016 年出版。

103
A SYNTHETIC WORLD
一个合成生物的世界

塞利安·萨姆纳（Seirian Sumner）

布里斯托大学生命科学学院高级讲师。

合成生物学是自然科学家们的乐高乐园（Legoland）。我们先把拼接大自然的“原始积木”拆开，然后以更适合人们需要的方式重新搭建起来。我们能通过重新组合基因来实现自己期望的行为功能，这无疑为生物学开辟了新的道路。上一个10年，我们一直想象着怎样改善社会和环境，现在我们正在实现这些梦想。人们可以用酸奶肃清霍乱，可以生产酵母来给汽车提供动力，还可以改变微生物基因来清理环境。不久，我们就能用现有的生物实现电子工程干的事情——生物计算机将与普通计算机一样实现逻辑门运算。我们会使用动物制品生产比钢铁强度更大的材料。垃圾填埋法真要退场吗？毫无疑问，合成生物学将彻底改变21世纪的生活。我非常担心合成生物学下一步会走向哪里，尤其是它走出实验室进入自然界和公共领域的时候。

生物工程其实早就走出实验室了。早在12 000年前农业开始出现的时候，我们就一直用驯化驯养，进而用育种和人工选择的方法改良动植物。我们诱捕酵母和细菌来制作啤酒、葡萄酒和奶酪；我们驯服狼，使它成为男人最好的朋友；我们巧妙地把草变成高营养来源。合成生物学这门学科，充分展示了我们在操纵自然系统以满足自身奇思妙想方面，熟练到了可怕的地步。一个“即插即用”的方法（例如，生物积木）正在被开发出来，以便于分子水平上的操作。未来，久经测试的基因模块可以由非专业人士组合在一起，生产他们自己的生物工程产品。在未来的圣诞节，我们孩子的孩子或许可以在生物乐高乐园里合成他们自己的宠物！合成生物学有巨大的商业潜力（超越了乐高）。目前，发展主要聚焦于小东西，比如个人基因网络和微生物。不过，对那些更大的、更有魅力的生物体——特别是毛茸动物或濒临灭绝的物种更具潜力。这些物种引起了公众、商人和企业家的兴趣，但这也正是我所担心的。

我们可以从一个干细胞中培育出新的有机体，可以在几个星期内破解任何现存有机体的基因组序列，包括表观遗传指令编码。有了这个工具，我们有潜力重新创造这个星球上的任何生物体。对于濒临灭绝的动物群，我们有了更好、更有力的保护措施，而距离复活灭绝物种也只有一步之遥。

2008 年，人类完成了长毛猛犸象的基因测序，据说日本研究者用现存的有亲缘关系的大象作为代孕母亲来克隆它们。利用合成生物学复活灭绝物种极有可能成功，因为任何丢失的基因信息都可以用“即插即用”的基因模块替代。一个包含了复活动物的群落确实是个令人由衷高兴的事情，它或许能帮助我们发现其神秘的生活并且解释它们为何走向灭绝。但是正如好莱坞告诉我们的那样，“侏罗纪公园”很快就会装不下越来越多的动物了。

目前已经有人尝试重建古代生态系统，方法是将灭绝的巨型物种的后代放归其中（例如，俄罗斯的更新世公园），合成长毛猛犸象或许可以让这个项目更完整。合成生物学可否用来复活那些“更适宜的”或者对人类威胁更小的物种呢？或许一种友善的猛犸象？灭绝的、现存的、友善的或者凶猛的，我担心的是生物合成的新物种被引入到单纯的、易受影响的环境中，会对当地生态系统造成灾难性的影响。我担心如果我们可以改造任何动物，为何还总是要不厌其烦地将保护物种放在首位呢？

合成生物学目前监管严格，用的是类似于监管转基因生物的方法。但是当合成生物产品涌入自然界，将更加难控制。在分子的层面我们能控制得很好，并不代表从个体和生态层面也能做到万无一失。我们确实可以将基因或者基因组的顺序打乱，来创造大自然还没来得及创造的东西，但是生物学单元不会孤立地存在。基因、蛋白质复合物以及细胞模块——一个所有单元的复合体，它们总是在个体内部不断进化，以应对多变的环境。

模块可以循环交换，从而使系统具有可塑性。当然，这种可塑性必须遵守一定的规则，合成生物学正是构建在这些规则之上。人类真的已经对分子原则了如指掌，从而敢于将合成生物放归自然生态系统了吗？其实即使在实验室条件下，我们对控制典型生物细胞分化的表观遗传过程还所知寥寥。那么，10 000 年后，在一个已经发生过沧海桑田变化的环境中，我们如何解决合成基因组的表观基因问题呢？

生态是进化的橡皮泥：生态系统的组成部分被推拉着，改变着它们的形式、功能和关系。我们可以在实验室中创造出看上去完美无瑕，表现也无可挑剔的生物单元，但是我们不能控制生态和进化将如何把合成生物单元重新连接到生态系统中，同样我们也不能预测合成单元会如何重新联系生态系统和它的栖居者。在那些帮助我们清理有毒物质的微生物中，我们加入了分子控制机制，以防止它们自身演化与蔓延。我们能在更复杂的生物体上也安装一个“停止进化”的开关吗？我们如何确定在这样一个开关控制下它不会进化？如果这样的有机体与本地物种繁殖会发生什么？工程化模块毁坏，或者它们转移到其他生物体上，将导致什么样的结果？这些都是不可想象的。

总结一下，我担心自然世界会顺理成章地变成“非自然”的。

104

CURRENT SEQUENCING STRATEGIES IGNORE THE ROLE OF MICROORGANISMS IN CANCER

目前的测序技术忽视了癌症中微生物的作用

阿兹拉·拉扎（Azra Raza）

医学教授，哥伦比亚大学骨髓增生异常综合症中心主任。

作为一名从事癌症研究将近40年的研究人员，我亲身经历过几个研究周期。在每一个周期中，研究人员的工作重点都为迎合当时流行的科技或理论进步而不断转向。

20世纪70年代，研究人员发现单一化疗药物的使用能对某些癌症产生显著效果，而如果多种化疗药物联合使用，疗效就会翻倍。70年代的研究专注于多种化疗药物的联合使用，80年代的研究则专注于抢先发现致癌基因的突变。

20世纪90年代起，人们开始关注免疫疗法和单克隆抗体，并在淋巴瘤的治疗中取得巨大成功。由于科技进步使人类基因组计划得以顺利进行，近10年来，研究焦点已经转向对癌症基因组图谱的研究，即利用高通量的基因组分析方法对最常见癌症病例中的基因突变进行编目。

基因组研究的设想是通过发现癌细胞的变异并与同一个体中正常细胞作比较，这样我们可以更好地理解癌变过程和发现新的治疗目标。这虽令人激动，但如果目前的癌症基因组测序方法保持不变的话，我们将会有很长时间不能真正理解病原体在癌症发生发展中的作用。在此解释一下原因。

一生之中，每2位男性或3位女性中，就有1人患癌。人们普遍认为癌症是一种遗传疾病。当我们不再怀疑癌症是由变异细胞所导致时，仍不能明白在这些细胞中变异是如何发生的。在目前的几种可能性中，至少有两种把病原体与癌变联系了起来。

第一种可能性是个体天生具有变异细胞，但细胞生存的微环境（相当于土壤）不适宜变异细胞的繁殖，变异细胞就会保持休眠状态。如果环境发生了变化，以牺牲正常细胞为代价，为变异细胞提供了更加肥沃的土壤，那么变异细胞就会扩增，导致癌变。我们已经清楚地知道，多数癌瘤适宜在炎症环境中生长，而病原体恰好可以将正常的微环境变成炎症灶，从而为变异细胞的恶性生长创造条件。

第二种可能性是病原体感染正常细胞，并窃取细胞的重要构件，导致变异细胞不加遏制地生长。所以，在恶性肿瘤细胞中或其生存的微环境中寻找微生物的存在是合情合理的。

研究表明，世界范围内 20% ~ 30% 的癌症与慢性感染有关：EB 病毒（Epstein–Barr virus）能够引发淋巴癌和鼻咽癌；人乳头瘤病毒（HPV）能导致宫颈癌和头颈部肿瘤；长期的幽门螺旋杆菌感染可致胃癌；乙型肝炎病毒则引发肝癌。大多数癌症很有可能与病原体有关。一些致癌的病原体，可能是寄居在我们身体里的微生物群落的一部分。这些我们体内的微生物占人体重量的 1% ~ 3%，而数量则多于人体细胞，其比值为 10 : 1。

由美国国立卫生研究院提供资助，80 所大学和科研机构促成的人类微生物工程（The Human Microbiome Project，HMP）通过研究寄居在人体内的细菌群及其对疾病和健康的影响，试图从一个侧面来搞清楚病原体与癌变的关系。

遗憾的是，人类微生物工程仅限于寄居在我们体内的细菌群（他们已经研究了 10 000 种），但这不能帮助识别与癌症有关的微生物。因为缺乏适合的技术去探测像逆转录酶病毒这样不易被发现的病原体，我们还不能把更多癌变与微生物联系起来。可惜的是，这方面投入的人力和物力都太少。

大多数研究人员通过测序研究恶性肿瘤，但与癌变有关的微生物会被错过。因为基因组测序应该是全基因组测序（100% 的 DNA），现在却往往缩减为全外显子组测序（基因编码区域只包括大约 2% 的 DNA），这样做的至少一部分原因是，目前无论在资金上还是技术的先进性上，都不足以保证大规模全基因测试技术的日常使用。对致癌病原体的整合也不可能在编码区（外显子组），可研究人员却把研究的焦点集中于此，这些人现在仍然是癌症研究的骨干成员。

第二个问题是绝大多数研究人员只研究恶性肿瘤细胞本身，而与致癌有关的微生物或许正寄居在肿瘤细胞微环境中的其他细胞里，为变异细胞的生长和繁殖提供肥沃土壤。为了对癌变过程有更全面的了解，我们不能仅仅检测基因组的编码区域，还应该对种子和土壤进行研究并进行全基因组测序。

科普作家卡尔·齐默（Carl Zimmer）在他名为《霸王寄生物》（*Parasite Rex*）的书中写到，寄生虫“擅长的是只制造必要的伤害，因为进化论使它们明白，毫无意义的伤害最终只能害到自己”。进化论最终也将使恶性肿瘤细胞（和它们的主人）明白，永恒存在的办法不是杀死宿主，而是使宿主得以永生。在它们得以永生之前，希望我们能够找到攻克癌症的办法。

105

THE FAILURE OF GENOMICS FOR MENTAL DISORDERS

与精神疾病有关的基因错误

特伦斯·谢诺沃斯基（Terrence J.Sejnowski）

萨尔克生物研究所计算神经科学家，弗朗西斯·克里克讲席教授，合著有《计算型大脑》（*The Computational Brain*）。

人类基因工程是一个非常成功的工程。我们不仅得到了整个人类的基因序列，而且在经过基因测序长达10年发展后的今天，每次基因测序的费用已经从几百亿美元下降到几千美元，这对我们探寻生物学系统的问题产生了深远影响，并取得了许多重要成果。

精神疾病是人类社会的主要健康问题。我们中的大多数人都会认识某个人，他或者有个自闭症的孩子，或者有个得精神分裂症的表兄妹，也或者有个患抑郁症的朋友。基因组学对这类精神疾病的治疗有何影响呢？

8岁以下的儿童中1%患有自闭症，一生中所花的治疗费用估计为320万美元。在美国，每年花费在所有自闭症患者身上的费用是35亿美元；精神分裂症患者——其症状一般是在刚成年时表现出来，目前患者数量已占全美总人口的1%——他们的年治疗费用为33亿美元。相比之下，用于阿富汗战争的年平均费用已高达100亿美元。我们正在发动一场目前看来没有止境的对抗精神疾病的战争，无休无止，给家庭和看护者带来的不只是经济上的负担，因为每个患有严重精神疾病的人都可能打乱其他许多人的生活。

自闭症和精神分裂症都有潜在的遗传因素，这就很有希望通过识别相关的基因来更透彻地弄清楚其发病原因。对同卵双胞胎的研究发现，自闭症的同时发病率是30%到90%，精神分裂症是40%到60%。大规模基因工程的相关研究已经筛检了成千上万有精神疾病的家庭，结果表明单一基因的突变、插入、缺失或拷贝数的变化只占人群中基因变异的极小一部分。这些研究花费数亿美元，研究者名单的长度，就像发现希格斯玻色子时撰写论文的作者名单一样长。上百种基因被提及，其中许多基因对神经突触的形成和功能至关重要。因为自闭症和精神分裂症比经典遗传学的特点要复杂得多，所以要找到一种对许多精神病患者都有效的靶向治疗方案就更困难了。这对未来有关精神疾病方面的基因研究来说，是很令人失望和担忧的。

尽管对患者的基因进行测序还没有产生直接的益处，但遗传学的方法正在为精神疾病的治疗开辟新的途径，对精神疾病的治疗将出现转机。临床抑郁症是另外一种使人失去正常生活能力的疾病，有1 500万美国人患有此病，抗抑郁药物对他们中的20%毫无作用。每年抑郁症的治疗花费是83亿美元，对耐药性的抑郁症来说，一个新的有前景的治疗方法是用电流刺激前扣带皮层。前扣带皮层与大脑其他区域紧密相联，对调节我们的安全感或脆弱性，尤其对情绪反应的调节很重要。在某些病例中，电流刺激的效果非常明显，刺激几分钟后，抑郁症状就开始减轻了。虽然深部脑刺激前景很好，但我们却不知道它起作用的原因；进一步的提高将取决于对神经活动更准确的控制。针对抑郁症、帕金森氏病及其他脑部疾病的治疗有划时代意义的新技术，建立在用光而不是用微电极刺激神经细胞的基础上。光遗传学可以把具有光感性的离子通道，通过病毒有选择地嵌入到神经细胞中。通过这些嵌入的离子通道，光刺激能够控制神经细胞的兴奋或抑制状态。

目前，精神错乱大都通过一些只起缓解作用但同时又有很大副作用的药物来治疗。提高精神疾病治疗效果的进展是缓慢的，但我们依然有理由乐观。抑郁症能够很快治愈，说明神经通路完整无损，只是处于一个不平衡状态。大范围的电流刺激可能会以我们现在尚不清楚的方式使其得到平衡。证据表明，在精神分裂症中，大脑皮层通路在兴奋与抑制之间也存在不平衡，特别是一种名为y-氨基丁酸（GABA）的抑制性神经递质存在下调的情况。y-氨基丁酸是中枢神经系统中很重要的抑制性神经递质，主要功能是向大脑皮层中具有刺激作用的锥形神经元提供负面反馈。利用纳米技术同时记录100万个神经元兴奋状态的计划正在进行中，这将为我们提供更加全面的正常和非正常状态下大脑活动图片。当我们对这些不平衡的性质了解更多时，当外界调节神经回路的分子技术更加完善时，或许我们能够更好地医治这些主要的精神疾病，甚至有可能完全治愈它们。

被诊断患有自闭症和精神分裂症的人，有各种不同的症状和严重性。现在我们知道，部分原因是由于不同的致病基因，同时，环境因素的影响也很重要。套用托尔斯泰的话来说，健康的大脑都是相似的，患病的大脑各有各的病因。①

① 此句套用的是托尔斯泰在《安娜·卡列尼娜》中的名言："幸福的家庭都是相似的，不幸的家庭各有各的不幸。"——译者注

106

THAT WE WON'T MAKE USE OF THE ERROR CATASTROPHE THRESHOLD

生命的界线与灾难的门槛

威廉·麦克尤恩（William Mcewan）

英国剑桥大学 MRC 分子生物实验室博士后研究员。

只有遗传信息在传递给下一代的过程中不过分失真，病毒复制传播才有可能。我担心人类没能力设计一种方法加速它们失真。

在与病毒感染的斗争中，我们无疑处于战略劣势地位。我们的基因组很庞大，任何一个基因发生复制错误，都会使人类生命受到威胁。因此，我们必须忠实地复制我们的信息——每个复制周期里，1 010 个核苷酸中有 1 个左右的错误，这是哺乳动物的概率。同时，传播速度极快的“RNA 病毒”样本显示，一代之间它就能达到 4 个数量级的序列多样性，而病毒代际更替的时间其实并不长。

但是，容易出错的复制并非没有限度。有这样一个点，即病毒的灾难门槛（阈值），这时候基因信息的复制不能得到支持。越过这个门槛（阈值），复制能力就丧失了。有人认为这可以被用作医疗干预措施，只要轻轻一点病毒，让它翻过这个门槛。多么聪明的主意！错误灾难门槛定义了信息遗传能力的界线——生命的界线。在界线的另一侧即是万丈深渊。

错误灾难已在理论上建立起模型。在理论指导下，作为抗病毒战略，组织培养和小鼠实验支持了被加速的突变。但不幸的是，诱导病毒加速突变的药物对病毒宿主也是有毒的。对特定病毒的特别错误，施放诱导药物是可行的，但相比于纯粹抑制剂，它就像是个冒险的游戏。

现在，我们为新近的知识感到欣喜，虽然自然其实早已到达那里。APOBEC3①基因家族系统地把错误引进到病毒基因组，轻推它们越过门槛。病毒严肃对待这一威胁。HIV 有一个基因，其功能就是对抗 APOBEC3。没有这个基因，HIV 不能复制。其他病毒似乎已经输掉了这场战争：人类基因组里杂存着那些已灭绝的病毒的残余物，它们是 APOBEC3 行动遗留下的疤痕。或许，加速突变是那些病毒消亡的原因。我担心进化的创造力——在地质年代上，缓慢积累起来的每一代 1 010 个碱基对——或许优于我们自己，除非我们能抓住这个美好的想法，设计一些温和的、无毒的病毒技术。

① 一种阻止 HIV 复制的蛋白质。它能使逆转录病毒 HIV-1 基因组发生 G→A 的碱基突变，致使 HIV 基因组不能执行正常的功能而抑制 HIV-1 的复制。——译者注

107

WORRYING ABOUT STUPID

担忧愚蠢

罗杰·尚克（Roger Schank）

人工智能理论家，认知科学家，苏格拉底艺术（SocraticArts）公司首席执行官，著有《教学思维：认知科学如何拯救我们的学校》（*Teaching Minds: How Cognitive Science Can Save Our Schools*）。

我担心愚蠢，它就在我们周围。当国会讨论一个问题时，讨论双方似乎都是错误的，更糟糕的是我们的代表似乎也无法给出一个合理的说法。在上次选举中，不断有候选人承诺各种事情，但这些事完全没有证据的支持。这些候选人的支持者通常不能以任何合乎逻辑的方式解释他们真正支持的是什么。

或者可以想想你在客户服务处的经历，很明显，跟你说话的那个人是在照本宣科，因为没有这些文字材料，他们真的不知道自己在说什么。

我们的高中毕业生都非常擅长考试，但不断有新闻报道作弊是如何发生的，即使在最好的学校也会有作弊，有的甚至涉及老师的参与。对于学生毕业后能够做什么无人问津，因为没有人关心，我们只关心他们记住了什么。我担心他们能否独立思考。你可以去跟一个刚毕业的学生谈谈，看情况是否如此。

我担心年轻人不再愿意交谈了，“LOL”和“OMG”不是谈话的方式，谈话中要有信念，要有自己的思考，而不是充满情感图标。

我担心，既然没有人认为自己需要思考，新闻报道就变成了观点的代言人，对这些观点，听众很容易人云亦云。对信念的质疑不再是新闻报道的目的。

我担心，我们已经不再问为什么，并且不再提供答案。我们说，在学校里需要更多的数学和科学知识，不要问为什么；我们说，需要更多的士兵和武器，不要问为什么；我们说，处方药能有奇效，但我们不会询问关于它的其他作用。

在电视节目中，我们美化愚蠢，展现人们做的事是多么愚蠢，这样我们都能报之一笑。我们赞美的是那些唱歌动听的人，而不是慎重思考的人。我们录制一个又一个电视节目，也一次又一次地证明拙劣的演技会让你名利双收。这些节目大部分没有思想上的交流，不需要有相应的证据支持其观点，但似乎也没有困扰到任何人。

我担心，在美化愚蠢和拒绝认真考虑现实问题的背后，是大公司赚取了大量金钱。出售处方药的人不愿意人们询问疗效如何，临床试验是如何进行的，或者这种药可能的危害是什么；讨论削减开支的人，不愿意人们询问为什么他们从不谈论削减国防开支或减少我们给予其他国家的巨额款项；以获利为目的的教育企业的负责人，不愿意人们询问是否获得博士学位的人就不会再失业，因为他们只想组织更多的测验，销售更多的测验准备材料；高校办学的人，不想任何人询问大学教育对大多数人来说是否真的有必要，或者在大多数大学教育能否很好地开展；新闻机构的负责人都有一个宗旨，即新闻机构并不是要造就优秀的思想家来点评世界上发生的事情。

因此，我担心人们不能够思考，不能根据证据进行推理，甚至不知道什么是证据。人们不知道如何提出正确的问题，更不用说回答问题了。我担心，除了一些非常优秀但得不到赏识的老师，没有人试图教人去思考。

我担心，作为一个社会，我们将会继续做出越来越愚蠢的决定；也担心，周围没有人足够聪明到能认识到这些糟糕的决定，并因此做些努力来改变它。

108

IS IDIOCRACY LOOMING?

笨人会越来越多吗?

道格拉斯·肯里克（Douglas T.Kenrick）

亚利桑那州立大学心理学教授，著有《性、谋杀及生命的意义》（*Sex,Mupoep,and the Meaning of Life*）。

2006年的《蠢蛋进化论》（*Idiocracy*）显然不是奥斯卡级别的电影，不过它有一个很有趣的开头：假设现代社会缺乏基于智商的择优机制，而资质一般的人往往比智商高的人生育更多孩子。电影导演推断这种倾向持续了500年，所以他在电影中描述了一个充满傻瓜的世界。这真的可能发生吗?

有几个原因值得关注。首先，“自然选择不在乎智力”的假说是正确的。凭借肥厚的大脑皮层的信息处理能力，人类这种生物总认为自己能解决现代生活的重大问题，所以我们的后代能世世代代繁衍生息。但不一定总是如此。恐龙比蟑螂聪明很多，相比之下，南方古猿的聪明程度直追爱因斯坦，然而蟑螂繁衍至今，比恐龙和南方古猿存活的时间长得多，而且人们普遍认为蟑螂能比现代人活得更长久。

思考一下下面的几个现象：

1. 即使校正了其他的影响因素，生活在大家庭中的人们一般智商稍低。

2. 在现代社会，受教育程度低的人比受教育程度高的人的生育年龄早，而且会生育更多子女，拥有更大家庭。

3. 受教育程度低的人比受过良好教育的人更可能持有保守的宗教思想。

4. 保守的宗教信仰与反对节育和堕胎有关。心理学家贾森·威登（Jason Weeden）有数据显示，这几乎是自由主义左翼和保守党右翼分裂的实质所在。

5. 一些保守的宗教，比如耶稣基督后期圣徒教会，积极鼓励人丁兴旺的大家庭，多子多孙。

6. 其他保守的宗教，像罗马天主教会，通过禁止使用大多数人工避孕办法间接鼓励多子多孙的大家庭。

7. 人丁兴旺的大家庭有可能更加贫困，贫穷导致青春期和生育年龄的提前（大量研究表明这种现象与生物生活史的模式有关，不受宗教和当地文化的影响）。这些因素结合起来，导致贫穷、受教育程度低的年轻人更有可能因循守旧，生育更多更加贫穷、受教育程度更低的下一代。

8. 如今受过良好教育的知识分子家庭人口比较少，因为受过高等教育的女性经常延迟生育年龄，从而错过了她们的最佳生育年龄，不再能有孩子。

20 世纪，人类的智商有上升的倾向（一种被称为“弗林效应”的现象，是以发现它的研究员的名字命名的）。为了解释这一现象，人们提出各种假设，包括良好的教育和小规模的家庭。但是我上面列举的因素预示了一条与“弗林效应”方向相反的路线。

还有另一个颇具讽刺意味的可能变化：如果受教育程度低、宗教信仰保守的人，依靠人口优势不断扩张自身的选票数量，那么流入教育和科学研究的资金就有可能逐渐减少，这会使未来社会的人越来越笨。人口受教育程度过低，不仅会导致其数量规模增长，还可能导致其经济螺旋式衰退——这个结论来自海纳·林德曼（Heiner Rindermann）和詹姆斯·汤普森（James Thompson）的一些引人注目的调查。林德曼和汤普森希望弄清楚智力变化与经济发展之间的联系，为此，他们依据智力水平对 90 个不同国家居民分别进行了分类。除了从整体上分析国民平均智商外，两位研究人员还重点关注了每个国家的“知识分子精英”（智商水平前 5% 的人口）及“最笨的那些人”（智商水平最低的 5% 的人口）。就像各国的财富分配不同一样，它们的智商分配也各不相同。例如加拿大和美国，这两个国家中最聪明的人的平均智商是一样的（120），而加拿大“最笨的那些人”比美国“最笨的那些人”的智力水平要高出 5 分（80 对 75）。

林德曼和汤普森的分析使他们得出以下结论：拥有高智商的知识分子阶层能够给国家创造更多财富，他们中的许多人在科学、数学、技术及工程方面取得了卓越成绩。用纯经济学术语表达就是：一国居民平均智商每高 1 分，其人均 GDP 就高 229 美元，而知识分子精英的智商每高 1 分，该国的人均 GDP 就会高 468 美元。

一个高智商的知识分子阶层也与更加健全、更加自由的经济和政治体制息息相关，并且有助于国家“知识氛围”的进一步发展，这也是林德曼和汤普森所称的“良性循环”。自由的氛围提高了高智商创新者的创造力，使他们能够无拘束地重新审视旧的做事方式并拓宽思路，进入科学的新领域。这激发了新的科学技术和更新、更有效的做事方式，为下一代创新者提供了更好的成长环境。

显然，如果有越来越多敌视知识的人设法削减教育和科研经费，他们实际就是在蓄意搞破坏。“人力资本”在当今生产力要素中处于决定性地位，而教育和科研经费的缺乏，必将使该类资本的生产机制停止运转。我有很多同事来自其他国家，依照他们的看法，美国从小学到大学的教育质量很一般，但是如果想进一步深造，这个国家无疑是最好的选择。世界各地的人们争相来到美国接受世界上最好的博士课程。所以最终，削减高等教育和科学研究经费（大多数科学研究是由各主要大学中最优秀的博士生开展的）将会暗中破坏国家经济的健康发展。

因此，削弱知识分子上流社会的政策也妨碍了经济增长，间接导致经济威胁，使贫穷、受教育程度低的人们更加提前了生育年龄，子孙更多。

109

CLOSE TO THE EDGE

走近 Edge

卡伊·克劳泽（Kai Krause）

软件先驱，软件用户界面设计师，哲学家。

我们都应该担心的是在纽约的某个地方，有一个很有影响力的文化推动者，他汇集了几百名顶级思想家，针对许多令人担忧的问题展开讨论……正在提出更令人担心的事情。

没有了一次又一次的危机，一次又一次的绝望，我们特别需要新的悲观失望与现在的担忧相依相伴吗？

我曾经特别希望我们能把这种练习向着更有用的、积极的方向发展。例如：做一份切实有用的计划，在 2017 年如何更有效地使用 10 亿美元——然后看看思想家们的大脑到底拥有怎样的实力，并确实这样去做。

在这几百人中有不少亿万富翁和慈善家，很容易就能设立个与 X 大奖（X Prize）匹敌的 Edge 奖，鼓励人们提出具体问题并以最聪明的方式解决。

这可能包括科学本身的问题，也涉及被低估甚至在某种程度上被遗弃的科学本身所固有的问题。希格斯玻色子对土头土脑的白痴来说是没有意义的，虽然在各方面都能加强对他们的教育。所以，我们不只是要教育培养底层的人们，在上层社会中也蕴含着巨大的受教育潜力。这些聪明人存在于任何地方的不同群体中，都可以加大培养力度。

举个例子：用一秒钟想象一下，假如给每个孩子都分发一个属于他们自己的 xPad，完全免费，而且规格相同，彻底防震。用云端软件平台为每个学生提供一个"家"。xPad 只是一个简单的终端，几乎不包含本地的任何东西，每个设计都只是一个观察界面，中立的、可交换的。这样的 xPad 似乎是一件不值得偷的、没有价值的物品。

目标受众的规模允许第三方制作精美的课程软件，使他们有公平的竞争环境，在各个层面上提高其竞争意识。网上也提供了各种新的课程，例如，如何找到答案和解决办法，如何搜索，如何应对安全问题及社交网络的娱乐性和陷阱——所有这些问题对于孩子们来说比"老式学院派"的课程重要得多——现在要完全凭他们自己去解决这些问题了。

在美国大约有 8 000 万人注册接受教育，总的预算接近一万亿。你认为这样的一个举动会有很大影响吗？我相信会的，而且也很划算。当然，会有无数的"但是"来干扰，许多细节问题需要思考，但 Edge 才是聪明人施展才能的地方。

仅仅设立 Edge 奖本身就会形成一个让同龄人审核的体系，从而把最聪明的想法和建议公之于众，这是最好的实施建议，由此可以产生更多好的建议，而不是把它交给一些所谓的"专家"研究小组，或等待政府漫长的决策过程，或交给被游说的利益集团。你可以在许多学校问这个问题，你会吃惊地发现你所担心的具体问题的数量……当然还有许多解决方法和建议。

诀窍就是"创建这个体系"，让最好的想法在这个体系中得到奖赏。你真的以为苹果公司需要有 1 260 亿美元的现金储备，而拥有 1 240 亿美元就不会出问题吗？我确信他们乐于助人，如果不是因为完全无私的原因，其他公司也会这样。其实在很大程度上都不是钱的问题，而是需要有合适的提议。

你应该与我有同感，很庆幸这种事情没有发生在我们身上。

我的意思是，仅仅一个 xPad 的想法就能出人意料。我意在规则本身：我们不能用目前的方法论去解决界定政府的方法，它的运作方式，它的组建方式，它的受资助方式以及它是如何部署资金的，所有这些都是不连贯的……这无关左右，不过是尽量抽象地看待这样的事情。作为一个整体与社会相比，个体处在"被取消"的边缘上。

解决这些问题的唯一出路就是应用科学。你不妨想一想：聪明的想法、智慧的计划、系统的分析、超越个人偏见、远离合作品牌，也没有金钱利益。对待它几乎像一种艺术形式：最佳路径之美丽或找到解决办法之愉悦。

而且确实有些人真能做到，他们将全部的生命完全地贡献给寻找的过程，虽然只是在他们狭窄的小领域内。

这个星球的现状是所有这些问题中的超级问题，而那些能真正给出新鲜想法的人们却又天天被琐碎又寻常的细枝末节所缠绕，就比如他们要回答一些关于“我们应该担心什么”这样的问题。

110

THE PARADOX OF MATERIAL PROGRESS

物质文明进步的悖论

罗尔夫·多贝里（Rolf Dobelli）

Zurich.Minds 非营利基金会创始人，记者，著有《清醒思考的艺术》（*The Art of Thinking Clearly*）。

我曾跟一位朋友在他瑞士的豪宅里吃饭，这位朋友是著名的知识产权律师，他的豪宅坐落在临近苏黎世湖为数不多的几个住宅区之一。同大多数拥有豪宅的人们一样，他带我参观了整个住所，包括桑拿浴房（装修一个桑拿浴房有多少不同的设计方式呢）。豪宅实际就是科技进步的精彩展现。我的朋友可以通过他的 iPad 控制房间的各个角落。展示期间，他告诉我："物质文明将很快普及到每个家庭。"高科技、高触感房间的故事已经听说好多年了，我这时才真正目睹它的存在。觉察到我没有惊愕之情，他就领我到"照片室"，那里的墙壁上悬挂着他跟家人在一起的照片，有的是在帆船上，有的是在滑雪场、高尔夫球场或网球场，有的是在马背上照的。有一张照片，他似乎特别自豪，是他跟教皇本笃十六世（Pope Benedict XVI）的合照。"这是私人会见。"他说。

在这里，我们学到了《了不起的盖茨比》里也学不到的，那究竟是什么？物质进步将继续扩展，知识在不断积累。在过去的某些时期，知识减少了。典型的例子是塔斯马尼亚（Tasmania）①，或在一个更广的范围上讲——中世纪。但是自西方印刷发明家古腾堡（Gutenberg）之后，我们难以想象人类

①塔斯马尼亚岛一般用来指代文化退步。一直以来，人们以为文化只有逐渐进步，没有退步之说，但塔斯马尼亚岛打破了这个观念。它位于澳大利亚东南部海岸外 130 英里，由于与世隔绝、人口太少、没有文化交流，导致文化退步。——译者注

会再一次遗弃信息。通过知识积累和国际贸易，很快地，我的律师朋友今天所享有的产品和服务，津巴布韦最贫穷的农民也同样可以享受到了。但无论我们积累了多少知识，无论运算、通信和信息存储变得多么廉价，无论贸易流通多么畅行无阻，农民还是永远不可能约见教皇。

在隐喻的层面，可以把教皇看作是那些不受科技创新和再生产影响的一切产品与服务的代称。你能够在独一无二的圣巴茨岛（St.Barts）上度假；艺术家罗伯特·劳森伯格（Robert Rauschenberg）的原创作品只有那么几件；坐落在苏黎世湖岸的豪宅也就那么几栋。把科技带给一只熊并不能创造出什么，与虚拟教皇的约见永远都实现不了。

作为哺乳动物，我们都是有目标的物质追随者，没有追寻目标的动物就找不到门当户对的伴侣，最终会被淘汰，导致绝种。因此，象征身份的物品是很重要的，然而那却是我们大多数人难以企及的，也是科学技术改变不了的。或许有一天，我们能够重新设计自己的认知结构，以减少甚至消除对身份地位的追求。即使到那时，大多数人也必将忍受科技失信带来的沮丧：也就是几乎不花任何成本，人人都可以得到所需的产品和服务，但同时，代表身份的产品将离我们越来越远。这是物质进步的自相矛盾之处。

是的，我们常常把奢侈品定义为能够使生活变得更容易的东西：干净的水、中央暖气系统、冰箱、汽车、电视机和智能手机。如今，奢侈品反而使我们的生活变得更艰难。展览和保护劳森伯格的作品、学习打水球、喂养一厩赛马、有机会谒见教皇等都是很累人的事情。这没关系，他们真正不可企及的东西才是重要的，其实这些事情对大多数人而言是几乎不可能的。

随着全球财富的增加，不可再生产品的价值急剧增长。太多看重身份的人都在关注稀缺的能够代表身份的产品。不可再生产品的价格更多取决于财富不均等，而不是社会财富的绝对数量，这就进一步导致这些产品的紧俏。

顾名思义，技术进步的那些许诺是它不能信守的。我认为我们应该担心的是后果，包括一个可以想见的对目前技术、资本主义和自由贸易经济生态的反弹。

111
CLOSE OBSERVATION AND DESCRIPTION
近距离的观察和描述

厄休拉·马丁（Ursula Martin）

伦敦大学玛丽女王学院计算机科学系教授。

从一袋土豆中拿出一个，仔细观察它。是的，你真的需要这样仔细观察。现在再把它放回去，与其他土豆混合在一起，看看你是否能够重新找到它。容易找到吗？现在再拿个橘子这样做，仍然很容易做到吗？现在找个朋友来，描述、勾画甚至拍一张清晰度足够高的土豆照片，目的是让你朋友找到它。用橘子也可以。

在我的花坛里生长着一种开粉红色花的杂草，与生长在墙壁上的开黄色花朵的另一种草很相似。它们是延胡索属植物（药用球果紫堇 Fumaria officinalis）和紫堇属植物（黄花假烟堇 Pseudofumaria lutea），属于罂粟科中的野花。《野外指南》告诉我，前者在耕种的田地里经常能见到，后者则多生长在石灰岩的墙壁上。为了准确辨认出我手里拿的延胡索属植物是英国大约 12 种中的哪一种，我需要仔细推敲植物学的语言描述，计算和测量花序、花梗及萼片。《野外指南》提供了许多有用的手绘彩色插图，关于花不同部位的黑白色简图，还有一个向后查找的图例（“如果花序比花梗短……那么它是……”），用来补充纯文字的描述。

这样的观察、描述和说明曾经是专业和业余科学家的家常便饭。我有一本厚厚的八卷本《植物志》，配有颇具收藏价值的可爱插图，带着被原来的主人——一位 19 世纪有闲阶层女子——反复翻阅的痕迹。虽然这本植物志是为没有科学知识的人而写的，但内容与现在的专业图书并无两样，仅仅多了大量民俗、轶事和文学作品的引用。

达尔文的书籍和信件都充满了对植物详细的描述。对一个看不懂《野外指南》的新手而言，读到就连达尔文也为搞不清到底是两片叶子还是同一叶子上的两片复叶而苦恼时，他或许会感到欣慰。达尔文似乎特别钟情于延胡索属植物，对它的不同品种都给予了精彩而又详细的描述，比如它们是否以及如何吸引昆虫，花的不同部分的构造和韧性如何影响蜜蜂传播花粉。他在寻找获得进化多样性机制的诸多可能，比如，蜜蜂会偶尔把花粉从一朵花带到另外一朵而导致杂交。其分析后来见于《物种起源》一书。

莎士比亚和他的读者不仅了解花草，也知晓它们的栖息地，以及可耕土地与永久牧场之间的区别。在《亨利五世》中，我们得知战时无人照管的情况如何改变了乡村，还没来得及耕种的土地遍布着毒麦、毒芹和延胡索属植物，而在无人照管的草地上，“可恶的酸模属植物、杂乱的蒺藜、刺果植物”已经取代了黄花九轮草、地榆和苜蓿。任何地方的园丁看到这种描述都有同感。

每个人都可以花上大约一小时的时间，轻轻松松找到延胡索属植物的很多资料：网上的信息资料以一种前所未有的方式允许我们收集分析图像、风景、地理及其他数据，有助于建立并检验更广泛的科学理论。可是，分析的结论有多好，取决于分析的数据有多可靠。如果大众只会描述“这是一朵粉红的花朵”，再加上一张模糊的手机照片，那么大众科学也站不住脚。

让我们用掌声欢迎这样的观察和描述。延胡索属植物和紫堇属植物或许太高深了。我们从土豆开始吧。

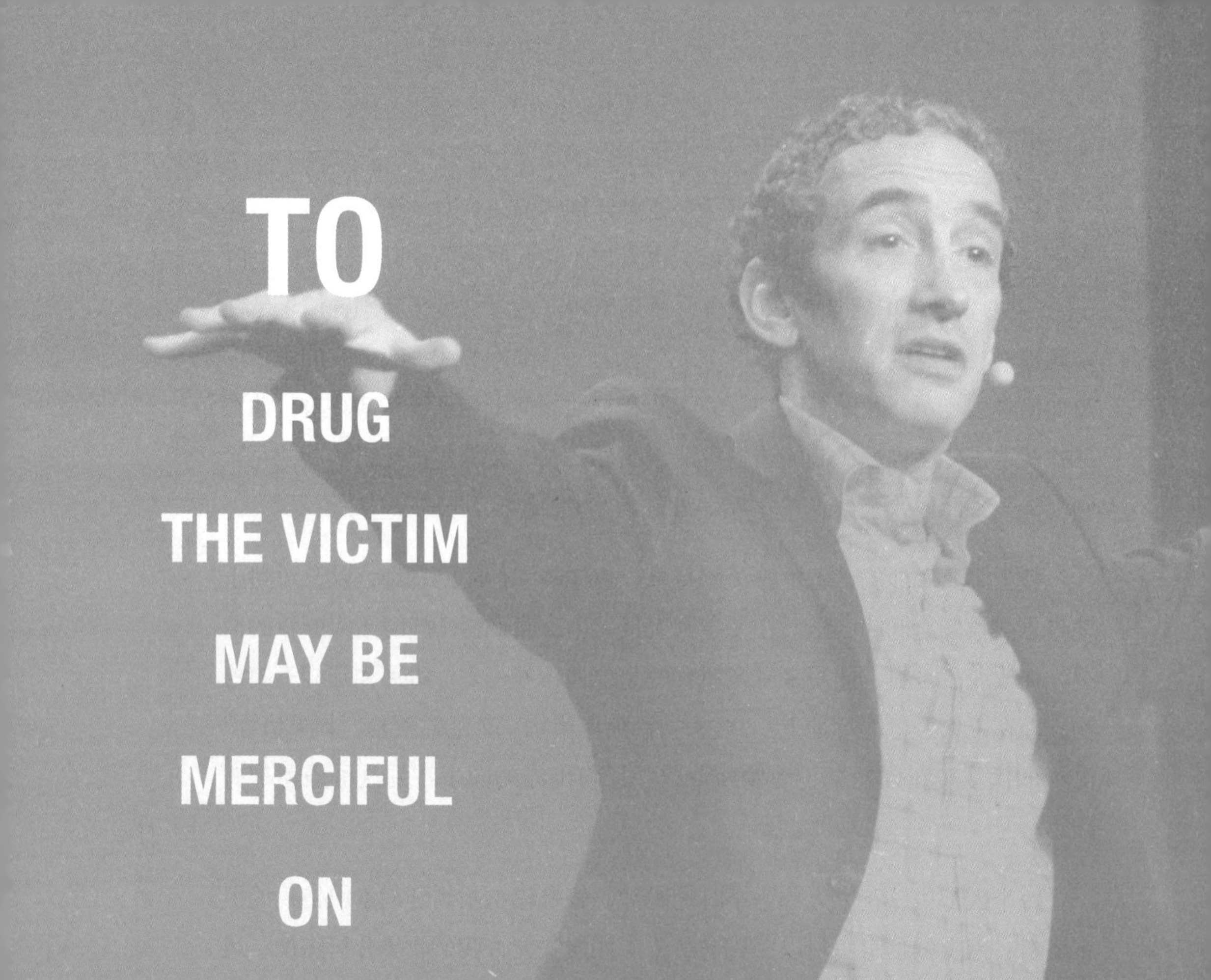

在某种程度上，麻醉受害者可能是仁慈行为，但作为一种文化和一个物种，这只是麻痹了我们集体的自我协调能力。

——道格拉斯·洛西科夫（Douglas Rushkoff），《我们的集体认知和意识的丧失》

BUT ONLY
PARALYZES OUR
COLLECTIVE
SELF-REGULATION
AS A CULTURE

AND
A SPECIES.

112

THE LOSS OF OUR COLLECTIVE COGNITION AND AWARENESS

我们的集体认知和意识的丧失

Douglas Rushkoff
道格拉斯·洛西科夫
传媒理论家，纪录片制片人。
著有《当下的冲击》。

我们应该担心人类神经系统的衰退。应该担心某个事物——可能是环境的，但也可能是比环境更细微的——这个事物和那些功能良好的感知装置一起，正在减弱我们抚养下一代的能力。我们应该担忧，作为一个物种，这不仅关系着社会未来的经济，也关系着我们的集体认知和意识的发展。

想一想被归类为有“特殊需要”的年轻人不断上升的比例。据目前统计，88 个孩子中就有一个患有自闭症范畴内病变——其中，54 个男孩中就会有一个。3 ~ 17 岁的孩子中，8% 有学习障碍，7% 有注意力缺陷多动症（ADHD）。这些数字还在持续上升。患有这些障碍的大多数儿童都同时有

"复合病态"，如焦虑症、感觉异常障碍、智能障碍和社交障碍。这些有特殊需要的儿童可能需要特殊教育，另外，在他们的余生还需要特殊照顾和特别看护者。总要有人为此有所付出才行。

此外，当这些有缺陷的孩子人数增加时，培养和教育他们所用的资源数量反而下降了。有特殊教育需求的孩子越多（每年需要 10 万美元或更高数额的资金），剩余的钱就会越少，普通班的人数就会增多。当然，针对这些问题有许多社会救济办法，从加强社会各界的支持和参与，到对教育本身的根本反思，等等。但我们受到良好教育的程度越低，解决这些问题时，准备得就越不充分。

谱系障碍恰好是神经死亡最明显的证据。我们必须注意 SSRI（一种常用的抗抑郁药）和其他提高情绪类药物的大量使用。不像那些迷幻药和其他人们熟知的药物，SSRI 类药物被研制为可持续使用的药物。通过把紧张、焦虑甚至短暂的抑郁当作慢性疾病，开这些处方药的医生们（受兜售给他们药物的公司的影响）正在改变着人们的神经生化。年龄在 40 ~ 59 岁之间 23% 的美国女性服用 SSRI，这一事实或许使我们较少谈及这个群体的抑郁倾向，而是更多地谈论我们的社会目前对这些女性的反应方式。在某种程度上，麻醉受害者可能是仁慈行为，但作为一种文化和一个物种，这只是麻痹了我们集体的自我协调能力。

因此，一方面，我们应该担心未来只有少数人是健康的，他们照顾着大批"神经系统功能不健全"的成年人。在受媒体影响且充斥着愚昧的信念、公路暴力和对刺激不恰当反应的社会中，我们看到这种现象正在形成。日常生活，例如吃饭就医以及民主体制得以正常运转等，这些所依赖的那些理智的人们，其数量似乎在减少，取而代之的是脾气暴躁、有自卑感及无法阅读基本社会信息的人。另一方面，如果所有这些不良情绪困扰着我们，就应该服用药物以改变自身对社会现象的感知能力和反应，因为这些社会现象无疑能使健康的人抑郁。已经选择通过药物控制自己情绪变化程度的人，其数量值得担忧。他们不再具备见证我们集体现实的能力，但却很少有人对此感到担忧，进而采取必要行动。

更严重的是，所有这些药物最终都会流进我们的供水系统，或者远不止如此，结果很可能导致患各种生理障碍的儿童数量增加。（例如，怀孕期间服用SSRI，生育自闭症婴儿的概率就会翻倍。）所以我们回到原点，越来越多的智障儿童，越来越少的健康人，对这种恶性循环，我们越来越无能为力，或者失去了关注它的能力。

除此之外，我们应该担心的不是人类要失去的生物圈，而是我们丢失的灵魂。共同的感知和认知能力是人类最大的进化成果，是赋予生物学以意义的活动。人类神经网络正处于恶化过程中，感知能力正偏离方向，这种偏离是不由自主的，也是人为操控的。在更广阔的科学界，大多数人所能做的就是希望科技能改变目前的懈怠状态，为我们提供更精确的传感器、更快的网络和一个新的可以适应现实复杂性的舒适的“家”。

我们应该担心，没有了人类，这种网络不能发挥作用；我们也应该担心，没有了人类，它们可能发挥什么作用。

113
NEURAL DATA PRIVACY RIGHTS
神经数据的隐私权利

梅拉妮·斯旺（Melanie Swan）

思想家，未来学家，MS Futures Group 公司董事，公民科学组织 DIYgenomics 创始人。

在科学和文化的议事日程中，有一种担忧至今尚未提及，那就是神经数据的隐私权利。即使生物统计数据的隐私权利，也不在此讨论范围之内。鉴于个人数据流是从“量化自我”的追踪活动中收集而得的，显然，数据泄漏产生的后果是不可思议的。我之所以如此担忧神经数据的隐私权利，有以下几个原因。

首先，个性化的神经数据流已经可以从睡眠监测装置中获得，这最终可能会扩展到来自眼球追踪眼镜、消费者脑电图（EEG）和便携式磁共振成像（MRI）的数据。在某种程度上，神经数据的有效性和实用性与人类身心健康的各种状态相互关联。尽管这些都是很敏感的数据，它们的安全却得不到切实的保障。对个人生物统计数据的恶意窃取可能会发生，所以需要以其人之道，还治其人之身。或许有很多个人生物统计数据和神经测量数据的必选用途和可选用途，对于这些用途，我们需要有不同的权限管理模式。

当人们用智能手机应用程序、微型生物监测装置和其他与互联网连接的工具量化自我时，个人生物统计数据流就会不断增加。可穿戴设备（智能手表、一次性眼罩、功能多样化的眼镜）加快了这一进程，甚至可能超过平板电脑。可穿戴设备的使用，使我们能收集以前无法客观度量的大量隐性数据——不仅包括生物统计学的内容，如皮质醇（压力）水平，皮肤电反应，心率变化以及神经递质水平（多巴胺、血清素、催产素），还包括强大的神经测量学的内容，如以前只能在实验室里才能获得的大脑信号和眼球追踪数据。这些数据可能会被绘制成图，用来预测个体的精神状态和行为。随着对认知和情感的进一步理解，以及解决诸如意识问题的可能性，这些客观的度量标准可能会在众多科学领域得以应用。

客观度量标准的可能应用和心理过程的量化定义，也引发了神经数据的隐私权问题，尤其是技术进步意味着更容易发现他人的状态（想象一下固定在天花板上的监控器正监视着满屋子人的状态）。涉及到健康数据隐私问题，生物统计数据是敏感的，神经数据更是如此。比较特殊的是，大脑是极其个人化的，其趋势则是加强这方面的隐私权。例如，很多人都愿意分享他们的个人基因组数据而不是他们患阿尔茨海默病的可能性。保护神经数据的隐私权可能是一种担忧，但就整体而言，分享是进步的需要。方法已经在研发中，或许能有所帮助，比如：对生态系统多样性的研究，分级用户参与模式以及对恶意黑客攻击的回应。

鉴于神经数据对科学的极高参考价值，隐私模式与这些研究项目相互协调发展的可能性是存在的，但无论是在收集数据的数量和类型上，还是在数据的有效性和实用性上（在个性化基因组学的某些方面仍存有争议），要实现规模发展，或许会有压力。原始数据流与神经生理学的形态需要相互关联。一个兼具开放和封闭研究模式的生态系统正在逐步发展，以适应那些进行和参与研究的不同组合。实现规模发展的一种方式是众包，无论是对数据进行采集还是分析，都可以通过这种方式。尤其是，当消费者和感兴趣的个体能享用这些低成本的神经数据监测工具时，他们就会将自己的信息提供给开放的数据共享空间。当乐于分享数据的少数人选择建立所有人都可享用的公共资源平台时，就能满足不同层次的隐私偏好。这不只是发生在基因组学领域（但不是在纵向的表型数据中），开放获取数据可能会成为神经学研究的一种规范。

也许不是最初，而是在未来的主流神经数据中，我们可能拥有一个颗粒状分级的权限管理来提高隐私权及安全性，一个熟悉的例子就是在Facebook这样的社交网络中的访问权限（家人，朋友）。利用神经数据，我们可能拥有相似的（和更接近的）特征。例如，允许专业人士在一天的某些时候进入某些神经数据流。然而，也可能有局限性，这种局限性与目前对神经数据流缺乏理解和不知道信号如何被传输、处理和控制有关。

可能会出现对神经数据流的恶意攻击，攻击其外部数据流和设备（就像其他任何数据安全漏洞一样）并利用所获信息反击人类。对后者的猜测似乎太遥远，但有先例存在，就是那些垃圾邮件、恶意软件和计算机病毒。这些都是“红皇后”[1]的问题，也就是作恶者和反作恶者同步竞争，必须尽力地不停奔跑，才能保持在原地；必须不断创新，才能临时超越对方。对神经数据流的恶意攻击可能不会凭空发生，我们可以设想副作用的产生，并且需要开发类似于防病毒软件那样的防御体系。

我们应该担忧，因为在社会进步过程中，神经数据隐私权需要提高到一个新的水平。这种持续不断的生物神经统计信息思潮所带来的、潜在的长期回报是重要的，客观度量标准数据的收集和对它的宣传应用，或许能极大地提高自我认知和理解能力，以及与他人合作的能力。当个性化基因组学已经有助于解决健康问题时，神经数据或许有助于解决心理健康和行为问题，尤其是能让我们推断出许多问题的存在，而这些问题都来自少数人的数据。自我与他人间的良好互动能提高我们的理解能力，在具有干扰性的沟通问题上，可以花更少的时间和情感，有更小的认知压力，让我们从容过渡到一个真正先进的社会。

[1] 一种关于生物协同进化的假说，指物种间为了抢夺资源必须不停优化，这个假说名称来自《爱丽丝梦游仙境》。——译者注

114

CAN THEY READ MY BRAIN?

他们能读取我的大脑吗？

斯坦尼斯拉斯·德阿纳（Stanislas Dehaene）

法兰西公学院神经学家，实验认知心理学家。著有《脑的阅读：破解人类阅读之谜》（*Reading in the Brain: The Science and Evolution of a Human Invention*）。

像许多神经科学家一样，我每周都会收到一些奇怪的电子邮件。不过，给我写信的这些人似乎都有很合理的理由担忧：他们认为自己的大脑被装上了窃听器。由于新的“神经声学”技术的发展，他们认为有人在监视自己的大脑，其想法能立刻被传送到谷歌、中央情报局、世界各地的新闻机构……或者他们的配偶那里。

这真是个偏执的担忧，再说，它是真的吗？神经科学正取得巨大进步，但你不必精神分裂到怀疑它是否会开启你的心灵密码箱。也许在不久的将来，你内心的情感和温馨的回忆会赤裸裸地展现在他人面前，但会有那样的时刻吗？我相信谨慎的回答是“不会”，至少现在不会。

脑成像技术无疑是有影响的。15 年前，在功能性磁共振成像的初期，我已经在惊叹我们竟然能测定一个单一的运动动作了：任何时候，一个人用左手或右手点击一个按钮，我们就能看到相应的运动皮层被激活，并且能以高于 98% 的精确度说出这个人使用的是左手还是右手，我们还可以断定扫描的人讲哪种语言。为了对法语、英语、印地语或日语所说的句子做出反应，脑激活要么干扰左半脑的大片区域，包括布罗卡区（Broca），要么停留在听觉皮层范围内——这个人听懂或听不懂所说内容的明确信号。我们还设法仅仅通过监测视觉词形区的激活，断定一个人是否已经读懂给定的文字材料。视觉词形区就是包含合法字符串知识的大脑区域。

每当就这项研究开讲座时，我都会强调研究方法的局限性。动作和语言都是大脑的宏代码，它们动员巨大的皮层网络，这些皮层网络以厘米级间隔，因此很容易被我们不精确的脑成像仪区分开来。然而，我们大部分细密的思虑都被用一种亚毫米神经元活动模式的微码加密。区分我认为对象是一只长颈鹿还是一头大象的神经结构非常微小，这些神经结构对我的大脑而言是独有的，并混杂在同一个大脑区域。所以它们将永远不被破解，至少用无创成像方法不能破解它们。

2008 年，汤姆·米切尔（Tom Mitchell）在《科学》上发表的优秀论文证明了我的部分错误。他的研究表明，最先进的功能性磁共振成像的快照中包含了许多关于具体想法的信息。当一个人想起不同的单词或图片时，它们所引发的大脑活动模式如此不同，以至于机器学习算法比偶然的猜测更容易区分它们。引人注目的是，在这些模式中，很多都是肉眼可见的，在不同人的大脑中，它们甚至是相似的。这是因为当我们想起一个单词时，不只是激活了作为内部指针指向其意义的颞叶的少量神经元，激活也波及编码每个单词的具体组织网络的较远感知和运动皮层。对我们所有人来说，动词“踢”，会激活足部的运动皮层，“香蕉”，会使人联想到一种气味和颜色，等等。这些联系和大脑皮层模式是可预测的，即使是新的、未经记忆训练的单词，也可以通过它们的大脑标记来识别。

为什么对神经学家来说，这样的大脑解码是有趣的挑战呢？首先，它是一个证明，证明我们足以明白大脑能部分地进行解码。例如，我们现在对数字常识有了足够了解，能够准确说出一个数字知识在大脑中被加密的位置，并且足够确信，当伊夫林·埃格尔（Evelyn Eger）在我的实验室拍摄到高分辨率的顶叶区磁共振成像时，她可以告诉被扫描的人是否已经观察了 2 个，4 个，6 个或 8 个点，甚至是对应的阿拉伯数字。

同样，在 2006 年，与伯特兰·蒂里翁（Bertrand Thirion）一起，我们验证了这一理论，即大脑皮层的视觉区域作为一个内部视觉黑板，心智图像被投射在上面。事实上，通过记录它们的活动，我们设法解码一个人已经看到的大致状况，甚至在完全的黑暗中，她脑海里想象的情形。在伯克利分校，杰克·加伦特（Jack Gallant）将这项技术提高到可以解码整部影片，这主要是根据它们在大脑皮层产生的痕迹来进行的。他对一部电影大致内容的重建曾经在 YouTube 上红极一时，当然这样的重建是根据对观众大脑的监测推断出来的。

那么，我为什么不担心中央情报局可能利用这些技术来监视我的想法？因为很多限制依然妨碍技术在日常情况下的实际应用。首先，他们需要一个 10 吨重的充满液态氦的超导磁共振磁铁——机场安全门户网站里的一个不可能的添加物。而且，功能性核磁共振成像仅适用于保持静止不动并遵守协议的合作志愿者，绝对的静止不动是必不可少的。即使一毫米的头部移动，尤其是如果它发生在与扫描规程密切相关过程中，就可以毁掉一个脑部扫描。在不太可能的情况下，对你的扫描是违背你意愿的，你可以有节奏地转动你的眼睛或稍稍移动你的头，并伴以能够阻止检查的刺激物；如果是脑电图，那么咬紧你的牙齿将会大有帮助；有条不紊地想其他事情当然也会扰乱解码。

最后，还有神经代码的性质所产生的限制。磁共振成像是以间接方式，在粗略的空间规模上抽样分析大脑活动，大脑扫描过程中，每个毫米大小的像素平均分配给数十万计的神经元活性。然而，包含了我们详细想法的精确神经代码大概存在于个体测试信号的快速定时，个体测试信号则来自数千个相互交织的神经元——不打开颅骨我们就无法看到的微小元件。事实上，即使我们这样做了，思想被编码的具体方式仍然能够避开我们。重要的是，关于用语言句法的形式组合而成的复杂思想，它如何被编码进神经网络，神经科学甚至缺乏一点粗浅的认识。在此之前，我们很少有机会解码这些嵌套的想法，如“我认为 X……”“我的邻居认为 X……”“我曾经相信 X……”“他认为，我认为 X……”“这是不正确的 X……”，等等。

当然，不能保证这些问题不会被解决——下周或下个世纪，或许使用电子植入物或微型电磁录音设备能解决这些问题。那么我们应该担心吗？相反，成千上万的人将欢欣鼓舞。由于脑部技术的发展，很多脑部病变患者的生活可能很快被改变。在一个有积极性的患者身上，解码移动手臂的意图并非不可能，它也可以让一个四肢瘫痪的人恢复他或她的自主性，比如通过控制计算机的鼠标或一个机械臂。目前，我的实验室正在研究一种基于脑电图的装置，这种装置能够解密处于昏迷或植物人状态的患者残余的脑部活动，帮助医生判定意识是否存在或很快恢复。如此有价值的医疗应用是脑成像的未来，不是我们错误担心的恶魔般的科幻设备。

115
LOSING COMPLETENESS
完整性的丧失

安东·蔡林格（Anton Zeilinger）

维也纳大学物理学家，奥地利科学院量子光学与量子信息研究所主任，著有《光子之舞：从爱因斯坦到量子隐形传送》（*Dance of the Photons: From Einstein to Quantum Teleportation*）。

我最担心的是看待世界的方式，无论是理性的还是感性的，我们正越来越多地失去理性与感性之间正式和非正式的相互沟通。

想一想20世纪早期的欧洲，当时的维也纳是艺术、科学、文学、音乐、心理学和其他许多学科的中心所在，例如，约翰内斯·勃拉姆斯（Johannes Brahms）在那里给维特根斯坦家族上音乐课；由数学家和哲学家创建的逻辑实证主义的维也纳学派，给了我们所有人看待最根本问题的新视角。

另一个例子是埃尔温·薛定谔（Erwin Schrödinger），波动力学的创始人。他在自传中记述了自己差点成为一名东欧布科维纳地区切尔诺夫策的物理学教授的经历，布科维纳是今天的乌克兰管辖区。他写道，在那儿他本来应该给工程师们上物理课，这样就可以有很多业余时间去研究哲学了。

当今世界，所有这些活动——科学的、艺术的，无论哪方面的——都已经被细分到前所未有的程度。很少有人能进行跨学科研究，专业知识和活动领域越来越窄，新的差距不断出现，部分原因当然是互联网的发展。因为对一些小问题，互联网通常能提供即时回答，而且问题涉及范围越窄，答案就越完善。深层分析是一种努力，就其本质而言，完全不同于浏览网页。

我担心这种趋势——变狭窄的趋势——将继续下去。我也担心，我们最终将失去自己文化遗产的重要部分，因而也将失去作为人类的身份证明。

116 MORBID ANXIETY 病态焦虑

乔尔·戈尔德（Joel Gold）

精神病学家，纽约大学兰贡医疗中心精神病学临床副教授。

就担忧本身而言，它对我们的生活极其有害。我们担心的事情往往与那些吸引我们注意力、激励我们、动员我们采取行动的问题截然不同。识别潜在的或即将发生的危险是非常有用的，我们能就此做点什么；但在麻痹的状态下沉思，则完全是另一回事。在科学上、政治上采取行动或用个人行动提出气候变化问题，这是一种进步，而躺在床上睡不着，思考极地冰帽融化，只会给失眠症患者造成精神和身体的伤害。

正是"担忧"这个词本身包含着被动和无助的含义：我们担心将来的某件事情，希望它能得到妥善解决。2013 年 Edge 提出的年度问题，说明我们的担忧绝大部分是不合理的。我相信，关于应该担忧什么的诸多回答，能够使读者消除疑虑，因为答案明确且有证据支持。"不要担心，快乐起来"这样的陈词滥调是没有用的。注意，被告知"放松"的人很少能做到放松。

此外，对很大一部分人来说，静思祈祷真的不能使他们减少忧虑。他们不能区分生活中哪些障碍是能排除的，从而减少忧虑；哪些障碍毫无益处，应该抛之脑后。这些人不仅担心找不到解决问题的办法，而且还担心在别人看来似乎不是问题的问题。对于这群人，他们不理智的担忧变成了病理性焦虑。我就正在写一本有关数千万美国焦虑症患者的书。

目前，在我的精神治疗中，我给那些经常被讥讽为"担忧亚健康"的病人进行治疗。他们当然忧心忡忡，但实际上已处于病态。没有人质疑这种病态与精神病患者的非理性恐惧有关，在纽约的贝尔维尤医院，我曾经治疗过这样的患者：他们担心自己被毒害。这种担心已经在他们头脑中根深蒂固，以至于他们咒骂地球变成了地狱。然而，试图用理性的解释来治愈某人的恐惧症，就和劝说某人从妄想中走出来一样没有用，除非使用规范的认知行为疗法。

焦虑症患者非常痛苦：有强迫症（OCD）的年轻人被令人不安的意象所折磨，强迫自己不停地洗手，直到双手流血；退伍老兵因曾经的搏斗场面萦绕心头而焦虑不安，一次一次经历着对死亡的恐惧；因为害怕坐飞机，曾经的飞行员宁愿开车数百公里；前明星运动员现在被恐惧困扰，不敢离开住所，害怕在购物中心或开车经过一座桥时可能会恐惧症发作。这样的患者数目之大，令人震惊。焦虑症最常被诊断为精神疾病，每年困扰将近 20% 的美国成年人，几乎占据他们生命 30% 的时间。患恐惧症、恐慌症、普通焦虑症和创伤后应激障碍等病症的人们，更可能患抑郁症，更容易虐物，更可能英年早逝。在死亡来临之前，无论早晚，焦虑都会影响他们对生活的享受，快乐与焦虑不能共存。

我们都想避免焦虑在生理层面和社会层面上的危险。但是对成千上万的美国人和无数地球人来说，这太晚了。一旦病态焦虑开始起作用，只有精神疗法和精神药物疗法才会有效。担忧会像发烧那样折磨着那些忧虑的人们。没有合适的治疗，极度的焦虑炙烤着这些病人的灵魂。只有通过精神或药物治疗，这种煎熬才能被打碎。只有那时，他们才能康复。

117 SHOULD WE WORRY ABOUT BEING UNABLE TO UNDERSTAND EVERYTHING?

我们应该担心不能理解一切吗?

克利福德·皮克奥弗(Clifford Pickover)

著有“皮克奥弗三部曲”(Pickover Trilogy):《医学之书》《物理之书》和《数学之书》。

我曾经担心人类的数学和物理知识不断增长,但大脑的思维和语言技能却依然如初。一些计算机芯片和软件变得难以想象地复杂,新的数学和物理分支不断形成,所以需要我们用新的方法去思考和理解。

我曾经担心,对于越来越多的知识,我们会理解得越来越少。例如,在过去几年里,针对数学史上著名的问题已经提出了许多数学证明,对专家而言,争论的时间太漫长,论证的过程太复杂,以至于专家们不能确定他们是否正确。数学家托马斯·黑尔斯(Thomas Hales)将他的几何论文提交给《数学年报》(*Annals of Mathematics*)后不得不等待了5年,最后那篇论文的专家评审员们终于确定没有发现错误,可以发表黑尔斯的论文,但必须和一条他们不能确定其正确性的免责声明一起发表!而且,数学家基思·德夫林(Keith Devlin)在《纽约时报》上公开承认:“这个故事已经使数学达到了如此抽象的阶段,即使是专家,也无法弄清它的许多前沿问题。”

以色列的数学家多伦·蔡伯格(Doron Zeilberger)评论说:“当代数学会议实际是这样一个场所,在这里很少有人能彼此理解。疲惫不堪的数学家只是不断地进行演说,但对所说内容,他们自己也不理解。”2009年蔡伯格曾写道:“上周刚参加完在宾夕法尼亚州立大学举行的第1025届AMS(美国数学学会）会议，我意识到数学王国正在走向死亡。取而代之的，是一个专业狭窄又互不相交的组织……除了狭窄的专业知识，这些数学家不仅一无所知，而且还满不在乎！”顺便提一句，蔡伯格认为自己是一个超有限论者（ultrafinitist），他否认存在无限自然数集的数学原理。更令人吃惊的是他认为非常大的数字并不存在。在他的思想体系中，当我们开始数 1、2、3、4 等——似乎可以永远数下去，但最终要数到一个最大的数字，当我们给那个最大的数字加上 1 时，得到的是零！

冒着我们会进一步无法理解的危险，来看看日本数学家望月新一（Shinichi Mochizuki）的工作。他的一些关键论证是基于“宇宙际泰西姆勒理论”的。当他在这个已历经几十年时间，在无数纸张上被演练过的数学理论的基础上提出新的证明的时候，有多少人可能真正理解他的工作呢？面对这样的工作，理解又意味着什么呢？21 世纪，由于数学和亚原子物理学的发展，理解的含义必须改变，就像毛毛虫变成蝴蝶。毛毛虫是能力有限的人类大脑，而蝴蝶就是以计算机做辅助的人类大脑。

不理解亚原子物理学、量子理论、宇宙学、数学和哲学的深奥之处，我们应该为此而担忧吗？或许可以稍微改变一下担忧对象，只接受对我们有用的思维模式。今天人类用计算机帮助自己思考直觉范围以外的问题，计算机可以使数学家获得在其普及前做梦都想不到的发现和深刻见解。计算机和计算机制图让数学家发现了很久以前只能在形式上证明的结果，开辟了全新的数学领域。教育家戴维·柏林斯基（David Berlinski）曾写道：“计算机已经改变了数学实验的最初本质，首次表明数学像物理学那样，可能变成一种实证学科，即只有得到验证，才能称之为发现。”科学家和数学家必须学会接受并忍受神秘事物的存在。1998 年，马克·理查森（Mark Richardson）在《科学》上发表的论文中这样写道：

> 知识的岛屿越变越大，未知的神秘事物也随之增加。当主要的理论被推翻，我们想到的是知识的更替和以不同的方式解读神秘。这种新发现的神秘可能是微不足道和不稳定的，但这就是追求真理的代价。富有创造性的科学家、哲学家和诗人在这个充满神奇的海岸线上不断成长。

118
THE DEMISE OF THE SCHOLAR
学者让位

丹尼尔·埃弗里特（Daniel L.Everett）

本特利大学艺术与科学学院院长，语言学学者，著有《语言：文化工具》（*Language: The Cultural Tool*）。

1961年4月22日，未来学家和发明家巴克敏斯特·富勒（Buckminster Fuller）提出了对高等教育的瞻望，这种瞻望体现在他后来出版的书《教育自动化：让学者回归自己的研究领域》（*Education Automation: Freeing the Scholar to Return to His Studies*）中。他的想法是人口爆炸和信息技术革命的出现需要高等教育扩大规模。也许他书中最好的建议就是，大学应该"获得最全面通用的联网计算机设置，来处理文献资料。这些文献是你的教师和研究生学生团队根据你新型庞大的世界和宇宙范围的新生探示器主观收集的资料客观制作而成"。他的观点是，这将带来社会和海外大学的全面改善，把学者们从教学中解放出来，从而可以把时间几乎都用于研究工作。

大规模网络开放课程，即MOOC，表面上似乎实现了富勒的瞻望，然而即使MOOC能提供高质量的讲座，吸引更多学生，似乎比历史上任何一种教育形式都更具优势，但它同时也威胁到学术的生存。其原因是，MOOC并非让人们通过大量的师生交流进行研究和开发，而是让我们更接近高等教育的全自动化。MOOC不是让人们进行深刻的思考、拥有新的理念和进行有益的实际运用，而是更频繁地为人们获得廉价证书（一些网上教育工作者已经称之为"徽章"，这让人联想到童子军）提供便利，这些证书仅仅证明了他们技能的获得。伴随着高等教育目标和方法的改变，作为一种职业，学术的消失似乎也越来越有可能。这令我担忧，它也应该令大家担忧。

富勒的梦想有可能成为噩梦，这种意想不到的改变会使学术消亡，学者的生存之道被剥夺，因为绝大多数学术源于“施教型的教育”——男女教师通过他们的学生阐明他们的研究，又借助于他们的研究丰富他们的教学。虽然MOOC不可能危及一流大学，但它们将导致许多小型文科院校和州立大学分校关闭。比尔·盖茨预言，通过MOOC，获得大学教育的费用很快就会降到两千美元。他还预言：“在那样的大学教育中，需要场地活动的重要性要比现在的大学降低五倍。”伴随着大学重要性地位丧失的，还有学者型教师的消失——知识和科学思想的促进者。通过在线授权证书，MOOC将取代许多大学，也即学者的雇佣机构。

教师型学者是中等收入的个体，也是组成解决问题、培养人们求知欲望的教学模式的个体。这种模式形成的地方，即现代学院和大学，是柏拉图学院的延续。西方文明最伟大的成就主要来自过去和现在的大学生，他们都是那些大师们的追随者。也是这些大师在保护着他们，在课堂上，传授给他们知识；在实验室里，与他们共同进行研究；在校园酒吧和学生会里，喝着啤酒（或咖啡）跟他们畅谈学习的可贵。

在离我家几公里远的大波士顿地区有不少世界上最好的大学，当我去看该地区许多大学院系的日程安排表时，我看到的是夜间授课的一览表、棕色袋子的午餐、实验报告、新书发布和讨论会。我知道这些都发生在美国的实体院校，是流动学习的一部分。取代这些经历不是目前的MOOC能力所及的，也不是它的目标。

就像这些大学在美国和其他国家已经被界定的那样，它们背后的驱动力也一直是对现在和未来的探索。如温故而知新，为人类的疾病找到新的治疗办法，掌握思考问题的新方法，理解价值和价值观的新方式，了解资本和劳动力的新动向，学习量化和阐明知识的新方法。然而，把大学作为发明创造摇篮的观点正在消失。我们这一代人都把大学默认为就业准备的证明者，而不是好奇心的培养者和提高智力状况的发起者。大多数学生不再渴望寻找自我或改变世界，他们只想找到一份工作。可悲的是，人们相信这些目标代表的是一个鲜明的选择而不是相互的融合。目前为止，大学帮助我们为这两者做准备。

后互联网时代的理念是所有知识都应该是廉价的，这个观念能快速唤起人们对 MOOC 和技能传播的教育观的极大兴趣。如果学习本身是一种奢侈的话，我们不再能够支付得起，那么社会将不会像富勒极力主张的那样，让教授“回到他们的研究中去”。在教育自动化之后，为什么还需要有如此多的教授、学生会和图书馆呢？

学习是一件苦差事，需要一杯杯的巧克力热饮和啤酒做支撑，需要与曾经辛苦和正在辛苦工作的人们交流。作为学习大团队里的一员，学习属于个体的劳动。人类已经拥有了灿烂的文化，这是代代相传和不断学习的结果。现代社会最伟大的价值观之一就是奇思妙想，值得年轻人为此花几年的时间参与到学术领域中进行学习。不只是富有的年轻人，而是整个国家所有致力于学术的年轻人，他们都应该积极参与进来。

富勒的观点是通过穿插说明材料的专业视频讲座来提高教学——视频中的视频。我们已经做到了。但他的相关设想，即这种技术将允许学者有更多时间从事研究，同时也能让世界上更多的人参与到探索的过程中来，这正在被他自己预言的技术所威胁。如果学者能把成为教师型学者作为谋生之道的话，技术的发展却导致大多数学者的教学任务减少，学者因此会收入降低。如果学生更感兴趣的是找到工作而不是发现真理，那么，我会担心学术如何能满足经济发展的迫切需要，就像学生迫切要求 MOOC 和其他课程能立刻提高他们的可雇性一样。

富勒对教育自动化有先见之明，但他没能预料到教育自动化成功所带来的经济和智力后果，正使他希望保护的学者们面临着生存威胁，这应该令我们所有人不安。

119

ILLUSIONS OF UNDERSTANDING AND THE LOSS OF INTELLECTUAL HUMILITY

理解错觉与知识分子谦逊的丧失

塔尼亚·伦布罗佐（Tania Lombrozo）

加州大学伯克利分校心理学副教授。

因为自动拼写纠正功能的改进，我的拼写能力退化了。智能手机在手上，何苦动脑筋做多位数的乘法？我不敢说，是不是 GPS 和导航软件使我头脑中的地图消失了或者不准确了……

得益于技术进步，这些都是从许多人的头脑中被剔除的部分技能。不久以后，我们社会生活和精神生活的重要方面也要步其后尘。随着界面的改进和人机交互障碍的突破，各种信息不只是简单地在我们的指尖上出现，而是与我们在社会生活中的所作所为密不可分。

像拼写、导航，甚至使用这些小设备的某些基本常识和技能的丧失，不会使我有太多担心。我担心的是由于信息可以毫不费力地获得，导致对知识及其理解产生错觉。认知科学的研究表明，人们依靠大量的信息提示来评定自己的理解力。其中许多提示涉及到信息处理的方式，例如，如果你能轻松回忆起一幅图像、一个单词或一项声明，你很可能会认为自己已经学会了它，更可能因此停止需要努力的认知过程。

如此轻松的回忆有时候是理解的可靠标准，但也容易出问题。用难以辨认的字体提出的问题会降低回忆的流畅度，认知过程需要付出更多努力，但它生产的结果令人吃惊。例如，当问题以不易看懂的字体呈现时，人们能更好地解决逻辑推理问题和棘手的单词问题。由此可见，借助机器，高智能、高效率的信息检索会导致人脑的信息处理过程更加笨拙和低效。

我想到另一个例子：教育心理学家马西娅·林（Marcia Linn）和她的合作者研究了“欺骗性的清晰度”。它源于那种复杂的可视化技术，这种技术已经经常用于课堂教学和网络教育了。清晰度具有欺骗性，是因为可视化的透明度和可记忆性被误认为是真正的理解。不只是那些可以看见的图片消失了，你刚刚对问题的理解也随之消失了，因为从一开始，你对这些问题就没有真正地理解过。

即使没有神奇的科技，人们仍然痛苦于理解的错觉，但目前更快、更方便、更全面的信息检索倾向于加剧而不是纠正任何盲目的自信，使我们自以为能够真正理解。这些趋势也有可能暗中破坏一些与生俱来的自我纠正机制。例如，在给他人（甚至自己）解释某件事情之后，或延迟解释后，人们通常能更加准确地评定自己的理解力。如果我们减少了社交互动和信息交流的时间，就会为此付出代价，那就是减少了我们理解力的判断能力。

技术进步和理解的错觉是不可避免地交织在一起的吗？幸好并不是。如果字体的改变或访问的推迟会降低回忆的流畅度，那么许多对信息处理和呈现方式的其他细小调整也一定能做同样的事。在教育环境中，通过引入心理学家罗伯特·比约克（Robert Bjork）所称的“理想的困难”，欺骗性的清晰度可以得到部分解决，如改变信息呈现的条件，延迟反馈，或使学习者进行生成和评价——所有这些都能扰乱理解的错觉。一些有助于纠正理解的社交机制，比如解释，可以通过信息技术和社交媒体的结合得到完善。

但避免理解的错觉和它们所体现的知识分子的傲慢，不只需要技术上的改变，它将需要我们期望和行为的改变。我们必须放弃这种想法，即快速、便捷地访问信息是获取信息的更好途径。

120

THE END OF HARDSHIP INOCULATION

“困难”疫苗接种的终结

亚当·奥尔特（Adam Alter）

心理学家，纽约大学斯特恩商学院市场营销学助理教授，著有《粉红牢房效应：绑架思维、感觉和行为的 9 大潜在力量》（*Drunk Tank Pink: and Other Unexpected Forces That Shape How We Think,Feel,and Behave*）。

在实验室里，当心理学家要求人们解决一个新的心算问题时，他们常常以一连串的实践练习开始。随着实验新奇感的消退，参与者对任务有了初步掌握，不再浪费自己有限的认知资源，试图记住该按哪个按钮，或反复排练期望他们做出的回应。就像让人们为了预防疾病进行的疫苗接种一样，一个小型实验就使参与者对实验本身的严酷性有了思想准备。

同样的逻辑也解释了随着孩子们长大成人，他们如何能够应付自己面临的各种思想问题。这些小的困难有助于他们应对未来更大的挑战。如果没有这些经验的积累，他们可能会被击败。一个能记住妈妈电话号码的孩子，此后能更好地记住其他数字信息。另一个经常在数学课进行心算的孩子，则培养了运用更复杂心算法则所需要的技能。第三个孩子在下雨天无聊地坐在家里，不得不想一些新的娱乐形式，与此同时，他初步学会了批判性思考。

可惜的是，这些重要的体验正随着生活方式的科技化而逐渐减少。iPhone 和 iPad 的操作特别简单，但它们的简单易用让年仅三四岁的孩子也能学会。智能手机和平板电脑完全不需要我们记住电话号码、进行心算或寻找新的娱乐形式，所以 21 世纪的孩子们从来没有体验过参加那些活动时遇到的小挫折。当然，他们从科技发展中获得了其他益处，但便利和刺激是把双刃剑，它也预示着接触困难几率的降低。随着时间的推移，今天的孩子对未来遇到的更困难的任务，可能缺乏充分准备。

特别令人担忧的，并非今天的孩子将成长为认知能力欠缺的人，而是这一趋势预示着我们的孩子、孙子等可能会发生什么样的问题。理想的世界——一个每经历一代，看上去就越来越像当今世界的世界——与没能帮助我们进行记忆、计算、生成、阐述和思考的世界，是同一个世界。我们还不知道哪些认知能力将被机器和小设备所取代，但久而久之范围将会扩大，那些掌管政府、企业和科研机构的人们，因为这种放弃了的“困难”疫苗的接种，将成为缺乏准备的一群人。

注：本文作者亚当·奥尔特的《粉红牢房效应》已由湛庐文化策划，浙江人民出版社于 2014 年出版。

121

THE NEW AGE OF ANXIETY

焦虑的新时代

加里·克莱因（Gary Klein）

宏观认知有限责任公司（MacroCognition LLC）高级科学家，著有《如何作出正确决策》（*Sources of Power: How People Make Decisions*）。

2013年，Edge的问题是让我们找出新的担忧，但我没有意识到我们缺乏担忧之事。恰恰相反，已经有太多的威胁令我们彻夜难眠，而这正是我担心的，我们似乎已经进入了焦虑的新时代。如果问题出在人类身体内部，可以用抗焦虑药物来治疗。不幸的是该问题来自外部，它是以不断扩展的恐惧列表的形式出现的，这些恐惧因科学而产生，并得到媒体乐此不疲的大肆宣扬。坏消息总会受到关注，我们听那些即将到来的暴风雪的新闻报道，总比听温和晴朗的天气预报要仔细得多，所以科学和媒体的结合，就是乐于用各种新的威胁来助长我们的恐惧。

我担心的是，我们需要担心之事的数量在不断增长。科学和媒体的结合使他们特别善于发现我们食品和水供应方面的各种安全问题。他们喜欢警告世人有关环境的恶化，生育率下降，新的致癌物质，身体和心理健康问题，等等。威胁越新奇越好，因为恐怖故事在被宣传了一段时间之后，人们会有一种适应性倾向，而新的危险能够避免这种倾向的出现。原来的担忧很少有自然消失的，一些疾病，如天花，可能会被征服，但是科学和媒体的结合使我们担心恐怖分子可能获得天花病毒样本，或者在实验室里重新培植该病毒，从而使我们难以获得新的天花免疫接种，以此给世界造成严重破坏。所以我们对天花病毒的抵抗力不是在增强，而是在减弱。

我担心对各种担忧的鼓噪在不断升级。在海量的担心中，如果一个新的担心的后果是世界末日的话，那么它就特别引人注目。如果它没有威胁到我们的文明，也就不会得到多少播报的时间。压力在科学家和媒体专家身上，因为他们要解释清楚新的问题，不只是危险的，而且是非常危险。它不仅仅具有传染性，而且通过某种方式还能发生变异，或者将自己附着于一个普通载体身上，形成一种新的致命瘟疫，给我们带来严重威胁。宣传不只是针对结果，也是立即采取行动的需要。为了引起我们的关注，科学和媒体的结合不得不明确表示，新的问题应该优先考虑，因为威胁已接近临界点，超出它，威胁将变得无法控制。

我还担心为每一个新危险提出的补救措施。为了称其职，新的威胁不得不进行快速和极端的反应，这些反应必须立即启动，使我们没有机会估计它们所产生的意想不到的后果。我们的恐惧越是言过其实，反应就越不成比例，使事情变糟的可能性就越大，后果就越不堪设想。

我不情愿提出这个问题，因为这样会加剧问题的严重性，但我确实认为这是值得我们担忧的事情，我看不出有什么简单的方法来对付这个焦虑的新时代。

科学和媒体的结合在不断加强。不断寻找新的危险，更多威胁使我们夜不能寐，然后我们不得不担心睡眠不足的后果。担心永无止息。

WE SHOULD BE REALLY WORRIED ABOUT THIS AGE-OLD AND UNAVOIDABLE INTRUSION OF SOCIOPOLITICAL FORCES AT THE PRESENT HISTORICAL MOMENT, BECAUSE OUR HEALTH, SECURITY, AND WEALTH DEPEND SO MUCH ON PROGRESS IN SCIENCE AND IN WAYS NOT APPRECIATED WIDELY ENOUGH.

在当前历史时刻，我们真的应该担心这股由来已久、不可避免的社会政治力量对科学的干预，因为我们的健康、安全和财富如此依赖于科学的进步，其依赖程度完全超乎我们的想象。

——尼古拉斯·克里斯塔基斯（Nicholas A.Christakis），
《社会政治力量应该插手科学领域吗？》

122

THE UNAVOIDABLE INTRUSION OF SOCIOPOLITICAL FORCES INTO SCIENCE

社会政治力量应该插手科学领域吗?

Nicholas A.Christakis
尼古拉斯·克里斯塔基斯
哈佛大学医学博士，社会学学者。
与詹姆斯·富勒（James Fowler）合著有《大连接》。

我真的不担心科学给社会带来什么负面影响，并且很乐于抛开对核能、转基因食品甚至是病毒基因序列消息的恐惧。相反，我更担心社会可能带给科学的不利之处，我认为我们都应该担心。

我已经看到过很多政府对科学的干预，它们扰乱人心而又毫无裨益：法律禁止疾病控制和预防中心对枪支暴力的流行病学进行分析；法律要求给我们的孩子进行“智能设计”教学；法律监管干细胞科学；法律还影响气候科学。如同旧时的神父那样，政治家和权威人士借助互联网与电视，以中世纪人们特有的腔调谴责科学。

当然，自从伽利略受到宗教裁判所的传唤开始，社会、政治和宗教方面的因素就已经影响了科学活动的开展。事实上，当付钱让阿基米德设计战争武器时，社会因素就已经具有了这种作用，这种作用甚至可以追溯到人类有记录以来。所以，一直以来都是社会力量在影响科学活动，比如我们研究什么，如何研究，为什么研究，谁去研究？

不过，虽然科学一直“由社会建构”，但也只是到了20世纪后期，社会的干预才日趋明显。现在我们可以理解为什么过去几个世纪的科学家能持有那样一些观点了（甚至还进行了“客观的”观察），它们不仅明显是错的，而且明显受到意识形态和文化的影响。从分析犯罪的颅相学原因到诊断那些因“漫游狂症”而逃跑的奴隶，所有的观点都以科学作为伪装。

在当前历史时刻，我们真的应该担心这股由来已久、不可避免的社会政治力量对科学的干预，因为我们的健康、安全和财富如此依赖于科学的进步，其依赖程度完全超乎我们的想象。科学形成的方式能够影响我们的幸福感，因为经济增长的主要驱动力是知识的不断积累，科学和发明能使我们越来越富有。在过去的200年里，科学发现的步伐在不断加快，导致经济的同步增长，有时还会因某种原因而先于经济的增长。

因此，当科学（和科学教育）成为政治家的玩物时，当科学家被视为类似于任何其他利益集团（与农民和银行家相同）而不是完全不同的另一种身份时，我们应当予以关注。我们应该担心政治对科学的干预，甚至是反对，它会伤害我们所有人。我并不是说科学家应该与社会隔绝，没有道德顾忌或不受集体监督。但是把科学看作独断专行的或具有威胁性的活动，把科学家看作（仅仅是）自私自利的人，并利用那些借口来限制科学研究或扭曲科学上的发现，这是危险的。

极具讽刺意味的是，鉴于21世纪科学活动方式的改变，科学活动的开展更需要政府的支持和社会的监督。孤独的科学家（牛顿、达尔文、居里夫人、亨利·卡文迪许、布莱恩·考克斯）用有限的资源得到重大发现的日子一去不复返了。若要更好地从事科学研究，必须有大规模的资源和跨学科的团队。如果我们想要做好自己的工作，除了依靠广泛的社会支持和公共资金外，别无选择，所以不可避免要考虑到政治因素。我们不想有——甚至也没有——不受约束和控制、未经权衡或带有偏见的科学研究。

因此，我们没有办法解决这个复杂的难题。对于那些想两者兼得的人——既希望公众支持科学，也希望政府停止干预——我的答案是肯定的，我也非常想两者兼得。但最重要的是，我们应该担心政客和公众是否会忽略这一事实，即科学研究归根结底是一种公益活动。

注：本文作者尼古拉斯·克里斯塔基斯的《大连接》已由湛庐文化策划，浙江人民出版社于2013年出版。

123

THE GROWING GAP BETWEEN THE SCIENTIFIC ELITE AND THE VAST "SCIENTIFICALLY CHALLENGED" MAJORITY

科学精英与大众之间日益扩大的差距

利奥·夏卢帕（Leo M.Chalupa）

神经生物学家，眼科专家，乔治·华盛顿大学副校长。

在一次跨国飞行中，我发现自己坐在一位成功的律师身边。他记得自己曾经参加过我关于大脑研究的一次讲座，大约十年前，在旧金山的一家私人俱乐部。交谈中，他问我是不是仍在试图弄清楚大脑如何工作，当我表示仍然在做这方面的研究时，他似乎很惊讶，因为他认为，经过十年的努力，这一切都应该解决了。

在那一刻，我突然觉得，这个受过高等教育的人并没有理解科学的工作原理。在科学上，他是无知的。进入法学院之前，他在国内一所领先的研究型大学获得了学位，但这并不能使他了解科学过程的基本原则，即研究是永无止境的追求。

现在，我想起了近年来不断得到证实的人们对事实的无知，比如大多数人不相信进化论，有相当多的人认为地球只有几千年的历史，很多人认为疫苗的弊大于利，以及人们普遍认为大脑是肌肉（对于我们这些从事脑科学工作的人来说，真是特别令人担忧的事情）。

这种令人沮丧的情形与另一种个人经历截然不同。这涉及到由乔治·华盛顿大学举办的西门子高中科学竞赛，在那里我担任研究会副会长。这次比赛的决赛选手是来自全国各地的高中生，他们展示了自己研究项目的成果。这些成果远远超过 20 世纪 60 年代我在纽约斯泰弗森特高中上学时所完成的任何事情。的确，就像几个教授评委所说的那样，这些高中生的研究可以与研究生甚至博士后的研究相提并论。

所以这是我担心的关键所在，即少数美国科学精英和面临科学挑战的大多数人之间的差距日益扩大。这是涉及不同层面的一种担忧。一方面，对研究的支持和资助主要依赖于知情的选民，而且特别依赖于有科学素养的民选代表。此外，当我们的世界面临日益增多的挑战时（如气候变化），我们处理这些复杂问题的方式依赖于对科学和科学方法的理解。

从小学到大学，我们的教育机构大都不以科学家实际研究科学的方法讲授科学知识。太多科学课程涉及的是大量看似无关“事实”的记忆，其中许多“事实”的正确性值得怀疑。但我们必须做得更好，并且需要现在就这样做，即通过提问和设计实验来检验特定的假设，引导不同水平的学生学习科学知识。每个城镇和城市都应该有一个实用的儿童科学博物馆，每个专业的科学组织都应该有一个社区外展计划。虽然计划中的部分目标已经完成，但科学上知情者和不知情者之间的差距依旧在继续扩大。所以，在我们能提出一个切实可行的方案来扭转这种令人不安的趋势之前，我依然担心并将继续担心下去。

124
PRESENT-ISM
“当下主义”与集体失忆

诺加·阿里卡（Noga Arikha）

思想史家，巴黎艺术学院批判性研究教授，著有《激情与情绪：幽默的历史》（*Passions and Tempers: A history of the Humours*）。

我担心未来可能会发生集体失忆的现象。感谢互联网，让我们对信息的获取从来没有像现在这么方便和普及。然而，在那些成年人中间，任何超出当下范围的知识总量似乎都在逐步减少。1945 年之前（假设那个时候）的任何事情都是迷乱的、遥远的风景；几个世纪彼此交融在不为人注意的岩浆之中。著名的人物闪烁在屏幕上，他们的时代落后于潮流，他们的纪元枯燥无味。一切都是平铺均等的。

全世界的学生在走进大学时都表现出惊人的历史知识缺乏，这是有缘由的。一方面，在“应该教什么”这个问题上，认识很混乱。现在，在任何国家，“经典”被很多应该教授它们的人看作是过时的“帝国主义”武器，而不是一些经过了时间检验的作品。它们可扩充、可更改，并且理应去开启人们学习的进程。年代学是有待商榷的，相反，学生们可以选择一般性主题，分析观点和做出解释。历史当然需要一个深思熟虑的计划，一个不希望它回归君主和战争这些东西的计划。但是，由于对质疑的称道和强调取代了讲授有疑问的事实，时间的连续性也就丢掉了。而且除了互联网之外，学生们很少有指导者，互联网已经成为他们的依靠，他们的代用图书馆。

因此就存在技术的摩擦。今天已步入成年的那些人要面临来自这些发明的挑战，而他们的长辈则从这些发明中获益良多：Facebook 分散了每个人的注意力，但却以极其强烈的方式俘虏了他们；维基百科是一个有用的快捷方式，每个人都可以用它来衡量自己的研究是否恰当，并作为研究的起点，但学生使用它，则是认为它包括了所有的研究。如果没有迅速浏览书籍的基本能力，而是以旧的方式学习如何判断相关性、层次性、准确性和相互参照的话，学生入学后就无法知道从哪里开始他们的教育，因此也就无法知道在更广阔的世界里，该将自己置身何处，他们对知识的基础部分倍感困惑。少数学生确实知道如何发问和问什么样的问题，或许能够通过指导来深入研究世界历史，从而获得对历史的感知，体会到别人所不知的那份感受。但对大多数学生来说，差距将持续到成年，虽不易察觉，但难以去除。

无可否认，每当科技进步改变文化的传播模式时，担忧就会出现。虽然技术改革的加速和对往事的遗忘速度之间可能有关联，但人们不应该忘记。当印刷业得以普及时，人们对遗忘的担心也随之增强。虽然我们更加健忘，但不应归咎于新技术本身。因为我们的课程设置方式酷似互联网的“熵”，不能为年轻人提供所需的指导方向，使他们成为通晓历史的学习者。正因为如此，我们的时代变成了信息过剩的时代，而知识则失去了深度。

科学活动也是通过这种方式运行的，举例来说，科学会去奖励那些带着“当下是为了未来而存在”之感觉的短期记忆。十年前的科学论文，现在都是老掉牙的东西了，毕竟，每年都有超百万的新论文得以发表。结果，从20世纪20年代开始，一些开创性的工作，比如动物学，就被遗忘了，并且在新的实验室里重新进行研究，就好像以前从没进行过这方面的探讨一样。几乎所有的东西都要归档，但又没什么发现，除非有人知道需要去寻找。很多人可能在重新发明轮子，却不知道在历史的永久冻土层里到处都是珍宝。

这同样适用于较长的科学史、艺术史、哲学史和政治及经济史。（我们当下的一些困境，可以说是由于经济学家们缺乏历史眼光而造成的。）对现代早期论文的引用已经成为高度专业化的事情，难以放在年代学中。不只是学生，对许多人来说，历史是现代的，没有什么先于现代，当科学具有神秘色彩时，所有的艺术都是相同的，所有的政治都是专制的。历史与其说是简化了，不如说是消失了。人们对前现代时期的认知是有限的，广大民众认为它是迷人的，好莱坞的导演们则把它选为电影题材。对西方人来说，前现代时期是指古埃及、古希腊、古罗马、中世纪、文艺复兴、印度莫卧儿王朝、美国内战和法国大革命，但每个都被看作是一个独立的时期，在关于世界历史的娱乐性肥皂剧和古装剧中，都是很容易跳过的情节。所以，深层次的历史编纂学问题更是无从着手去解决。

当然，仍有人在研究、撰写和阅读历史，严格意义上说，这些人使这门学科得以延续下来。任何时候，总是少数受过教育的人掌握所有的历史知识，这从未改变过。为了赶上当下飞速前进的步伐，我们的世界已经挂在了高速档，无暇顾及复杂的过去了。很多有文化的人能够享有先进的教育，获得经过时间检验的原始资料，但就在昨天，他们依然不知道世界是什么样子。这一事实表明，最终我们可能会处于集体失忆的状态。我们冒险停留在一种文化中，在这里每个人都忽略了各种造成当下状况的因果联系，只是快乐地专注于今天不断增加的复杂性中。

还有一个办法：通过将历史教学整合到所有课程中，使用任何数字的或其他的方法，我们必须把注意力聚焦在慢速阅读和历史知识方面。否则我们将注定生活在没有洞察力、缺少智慧和经验的日子里，而这些是我们用以建设未来生活的基础。因当下主义的高傲自大，我们将会不断重复历史，却对此一无所知。

125

DO WE UNDERSTAND THE DYNAMICS OF OUR EMERGING GLOBAL CULTURE?

我们了解新兴的全球文化动态吗?

柯尔斯滕·邦布莱斯(Kirsten Bomblies)

哈佛大学有机生物学和进化生物学助理教授。

人类正在建立全球性的超级文化。我们都知道它是充满生机而又令人兴奋的,但我们知道自己将会陷入何等境地吗?像地方文化一样,这个全球超级文化存在于信息并存的世界中,只是这些信息很松散地维系在物理基质和个人头脑中。它有自己的生命,我们并不完全了解其进化潜力,因此,也就不可能充分意识到与它相关的潜在危险。全球化文化可能会有什么意料之外的突发性质?

幸运的是,在生物进化和文化发展之间有许多相似之处。文化系统和生物系统一样,会随着时间的推移而改变。对应生物学的基因来说,文化的可继承部分是难以界定的,但我们可以观察到信息的传播和改变,例如,理查德·道金斯(Richard Dawkins)将其通俗化为"弥母"的信息包。与基因不同,思想(或弥母)可在全球范围内瞬间传递,并且潜在受众巨大,因此,文化可以迅猛发展,远远超过生物进化的速度。思想的变化和差异性存留,类似于遗传变异体的突变和差别化生存,因此,我们可以通过生物学概念了解文化的演变。

生物进化的主要教训是,那些繁殖条件最好的遗传变异体达到了数量上的优势,不过它们常常通过有益于自己的载体而得以更好地繁殖。一些变异体如此善于繁殖,即使伤害了它们的载体,也能够在数量上继续增加。思想的传播也是类似的。大量不正确的、有分歧的或误导性思想的传播屡见不鲜。

在自由社会中，这是一种疾病状态还是交流中有益且自然的部分？回答这一问题的困难之处就在于一个人的危险想法可能是对另一个人的启示。在一系列无害的或有益的思想与危险的意识状态之间有明显差别吗？

很明显，尽管在界定文化疾病方面有困难，自私的想法还是能够不断增加——我们在有生之年已经看到了这一点。这里我所说的“自私”是进化意义上的自私，就像某物只是擅长数量上的增加，而不能够给它的宿主任何好处。社会学和心理学能够解决的问题是为什么有些思想能够传播，有些则不能，但在任何不断进化的系统中，自私的想法会在某一时间成倍增加，这似乎是不可避免的。每个生态系统中都有寄生现象，几乎每个基因组都有自私的成分，每个社会都有欺骗行为。因此，我们或许应该考虑，在全球文化中什么样的有害思想能够传播，它们所造成的不良影响如何因文化的规模和复杂性而加剧。存在，或者说可能存在文化免疫系统吗？例如，随着来自不同人反对意见的出现，系统能够进行充分的自我管理吗？我们需要知道，全球文化系统是否也会出现严重问题，如果会的话，该如何识别，如何修复。我希望我们可以保证：它的缺点是次要的，它会成为人类文化系统中普遍存在的积极力量。

126

WE WORRY TOO MUCH ABOUT FICTIONAL VIOLENCE

对假想暴力的过度担心

乔纳森·戈特沙尔（Jonathan Gottschall）

华盛顿杰弗逊学院英语副教授，著有《讲故事的动物：故事如何成就人类》（*The Storytelling Animal: How Stories Make Us Human*）。

在大量枪击事件之后，我们迫切需要知道“为什么”，进而才能知道“怎么做”——我们怎么做才能阻止枪击事件不再发生？当学校、商场或办公室发生枪击事件时，持左派观点的人通常把它归咎于不严格的枪支法律，建议严加管理。持右派观点的人则往往归咎于文化因素——影响文化健康发展的暴力电子游戏和电影美化了肆无忌惮的暴力行为，使年轻人对暴力麻木不仁——他们不把松散的枪支管控看作屠杀的原因，而是看作我们防御屠杀的最好措施。

但是指责媒介的想法是老套的，也是不对的。首先，从实际情况看，我们应该在哪里划定界限？如果我们设法禁止《毁灭战士》（*Doom*）、《使命召唤》（*Call of Duty*）和《光晕》（*Halo*）这些射击类游戏，那么，关于《拯救大兵瑞恩》和同样暴力的经典影片，像血腥的改编自荷马所著的《伊利亚特》，我们该怎么办？我们应该删除莎士比亚戏剧中的杀戮场景吗？

其次，反映暴力的媒介促进了暴力行为的发生，这种说法非常不可靠。暴力是娱乐经济的一个主要的——或许是最主要的——组成部分。作为一个社会，我们在电视节目、小说、电影和电子游戏中目睹了大量虚假的暴力，然而，经过50年坚持不懈的调查，虚构的暴力行为与它对现实世界的影响之间是否有因果关系，至今没有找到确凿的证据。一些研究人员认为，我们了解的暴力行为越多，在现实世界中就越有可能表现出攻击性。其他研究人员则不同意这样的观点，并以方法论为基础，对其研究进行批评，他们指出，无数人观看暴力电影、玩暴力游戏，但丝毫没有杀人的冲动。像史蒂芬·平克那样的科学家指出，我们正以前所未有的高速度消费着暴力娱乐，然而却从来没处在低风险的血腥死亡中。我们观看的暴力娱乐节目越多，就变得越平和、越遵纪守法。

媒体上的暴力节目真的能帮助减少暴力犯罪吗？这种观念或许不像起初看起来那样反常。媒体暴力的批评者设想各种场景，让我们间接沉迷于肆无忌惮的野蛮行径中，但在大多数电子游戏中发现的信息却有很强的亲社会性。冒险类型的电子游戏几乎总是将玩家置身于发挥英雄作用的场景中，他们勇敢面对各种混乱和毁灭的力量。当你玩电子游戏时，它没有将你训练成疯狂杀手，而是把你培养成为好人，能够挺身而出，将自己置于邪恶与受害者之间。

这同样适用于虚构暴力的传统表现形式——电影、电视和小说。几乎无一例外，当故事中的歹徒杀人时，人们谴责他的暴力行为；当英雄杀人时，人们认为他的行为是壮举。小说宣传的是，只有在特定情况下，暴力才可以接受——即防止坏人或恃强者欺负好人、凌辱弱者时。有些游戏，比如《侠盗猎车手》（*Grand Theft Auto*），似乎是给不良行为以赞美和奖励（尽管是以半讽刺的形式），但是那些游戏臭名远扬，不能证明一般规则。斯蒂芬·金（Stephen King）在他的著作《死亡之舞》（*Danse Macabre*）中谈及的对恐怖故事的看法，广泛适用于一切形式的假想暴力：

> 恐怖故事，在它的獠牙和恐怖的假面之下，真的像穿着三件套细条纹西装的伊利诺伊州共和党人一样保守……其主要目的是通过向我们展示冒险进入禁地的人身上所发生的可怕事情，来重申遵守规范的美德。在大多数恐怖故事的框架内，我们都能发现一个道德准则，它如此具有约束力，以致可以使清教徒感到欣慰。

那么我们应该如何应对众多枪击事件所导致的悲剧呢？首先，无论是在娱乐行业还是枪支游说团体中，我们必须抵制那种要找到替罪羊的习惯性思维方式。即使我们能够阻止那些情绪不稳定的人远离虚构的暴力，他们仍然可以从晚间新闻、历史、《圣经》或自己狂热的梦想中得到很多启示；即使我们能通过法律，不使枪支落入坏人手中（这对一个估计有 3 亿美元私下枪支交易的国家来说，是一个难以完成的任务），但我们如何阻止他们用简易炸药杀人或开着 SUV 冲撞人群呢？

其次，尽管很难，但我们必须时刻警惕这些恐怖主义行为。身处发生枪击事件的地方是危险的，但去学校、剧院、政治集会路上发生交通事故的危险性更大。与其努力把枪放在“好人”手中或进行关于枪支和娱乐在美国人生活中作用的文化辩论，不如通过关注道路安全等事情，挽救更多人的生命。这虽是老生常谈，但事实的确如此。当我们反应过度时，是恐怖分子获得了胜利；当我们反应过度时，我们就会给予枪击事件制造者的弥母以更多关注，而这种关注，正是它迅速发展所必需的。

所以，虚构的暴力不应该是我们担心的。

应该担心的是：我们所遭受的痛苦和恐惧，使我们对现实中的暴力采取的无效的应对方式。

127

A WORLD OF CASCADING CRISES

级联危机的世界

彼得·施瓦茨（Peter Schwartz）

未来学家，商业战略学家，软件服务公司 Salesforce 主管全球政府关系与战略规划的高级副主席，著有《未来在发酵》(*Inevitable Surprises*)。

几乎每天，我们都会听到某个重大的世界危机，已经出现的或正在开始的，似乎无休无止。现在，我们生活在无穷的危机和由此产生的高度焦虑之中。危机并不鲜见，人类社会已经经历了自然灾害、战争、饥荒、革命、政治崩溃、瘟疫、经济萧条以及其他很多危机。但有两种危机是新的：第一，世界上很多系统的相互连接，导致一场危机级联到下一场危机，就像倒塌的多米诺骨牌一样；第二，因为全球通信和新媒体的出现，我们比以往任何时候都更能意识到危机的存在。

第一种情况的最好例子就是 21 世纪初期的金融危机，它开始于次级房屋贷款抵押市场（这时恐惧大于希望），并通过银行系统级联至我们的经济，引发欧元危机和中国经济的缓慢增长。然而在危机最严重的时期，为挽救经济所采取的货币措施有可能引发通货膨胀危机，这时经济增长开始复苏，但生产力的发展未能满足新的需求。

公众对暴力的观点是第二种情况的一个很好的例子，充分说明我们的危机意识提高了。史蒂芬·平克已经向我们表明，在大部分人的生活中，真正的暴力威胁已经明显减少。然而，大多数人都认为，对暴力行为各种劈头盖脸的报道，已经夸大了它带给人们的威胁。郊区街道上不见有儿童在玩耍，这说明父母是多么害怕孩子们被绑架，而事实上这种可能性很小。

如果问题中的某个方面，只是由于互联的驱动而加剧了人们的危机感，而且只是一个感知问题，那么我们为什么应该为其担心呢？因为生活在高度焦虑的社会中经常使我们做错事情。我们采取短期的、局部的解决方案，而不是持有系统的、长远的观点。人们相信不断的金融创新不会导致将来另一场金融危机吗？然而，结构性问题甚至不在讨论之列。对“9·11”事件和吸毒的过激反应，已经使我们不能回到永久的安全状态中。大量民众甚至不是因为犯罪而被关押，他们付出的代价是巨大的。当我们容忍这些巨大代价和机场安检过程的中断时，获益的是本·拉登（Bin Laden）这样的恐怖分子。当然我们的政治制度会发挥它的复仇作用，因为他们在系统性的和长期的解决方案方面臭名昭著，并且那些反常的本能因公众的永久危机感而得以发挥。在先发制人和抑制焦虑状态方面，公众不可避免地会对政府机构的能力失去信心，因为当今世界似乎无法摆脱焦虑。

从这个摇摇欲坠的危险情形看，我们没有明显的归途。不能切断世界的功能系统，也不能中断对世界信息系统的感知。这是我们面临的新的现实：由级联危机引发的高度焦虑，真实又可信。

128 WHO GETS TO PLAY IN THE SCIENCE BALLPARK

谁可以在科学竞技场上一展身手？

斯蒂芬·亚历山大（Stephon H.Alexander）

达特茅斯学院自然科学教授，物理学和天文学副教授。

我担心谁是科学竞技场的赢家，谁将被淘汰。我在纽约长大，小时候曾学过爵士乐，我总是能够得到鼓励和奖励。当需要选拔优秀乐手时，音乐老师、长辈和同龄人都具有包容性，给每个人独奏的机会，如果合格了，就可以进一步学习。

遗憾的是，除了少数开明的人，在某些科学学科中，专业内容很少包括少数人的集体经验。（这超越了种族，包括“有不同想法”的少数人。）鉴于美国的人口趋势，有些人认为，我们为了提高自己在STEM（指科学、技术、工程和数学学科）相关领域的竞争力，需要将科学工作深入到人口日益增长的拉美裔人和黑人群体中。我担心，当资金结构倾向于解决中小学和大学的问题时，就不会认真讨论在学院中招聘和晋升不同肤色的人。大量研究已经表明，缺少了这些少数人群体中的模范代表，对取得科学成就会产生不利影响。

科学上缺乏包容性的问题不是平权法案通常讨论的内容。才华出众的人，不论其背景如何，都应该让他们感到自己被赋予机会是因为能力，而不是政策使然。科学界需要容忍不同意见的存在，并真诚感谢它们的存在，包括那些使我们感觉不舒服的不同意见，尤其要感谢那些以不同于我们的方式看待世界和思考问题的人。

我明白种族的包容性问题是敏感的，并带有复杂的社会学和政治色彩。但我确实认为这是我们科学家亟待解决的大问题，我们需要有诚实和包容的态度，随着美国人口（以及整个世界人口）的变化，我们确实应该着手准备各级学院，与少数人群体共享资源和各种优势。带着我朋友布莱恩·伊诺那样的奉献精神，我已经接受挑战，大胆提出了可能令人不舒服的观点，因为这样做比文质彬彬更富有成效。

129 DIGITAL TATS 数码文身

胡安·恩里克斯（Juan Enriquez）

优越风险管理（Excel Venture Management）公司董事，著有《新财富宣言：基因改变未来》（*As the Future Catches You: How Genomics & Other Forces Are Changing Your Life, Work, Health & Wealth*）。

“一个人除了用死亡威胁他人，还有其他方式吗？一个有趣且独创的方法就是用永生威胁某人。”博尔赫斯（Jorge Luis Borges）对阿根廷军政府暴徒的回应，兼有同等程度的勇气和恐惧。他并没有那么恐惧生活的残酷，就像古往今来生命不惧怕被重新审视和评价一样。

我们都应该听从他的告诫，因为通过电子文身，我们将很快获得永生。电子文身使人们留下越来越多关于自身的信息：我们是谁，做什么，喜欢什么，不喜欢什么，想什么以及说什么，一个大数据肖像出现了，而且难以消失、修改和删除。在大数据的世界里，我们不只留下自己的当前信息，还自愿或不自愿地留下了生活的点点滴滴。过去只有皇室、总裁、演艺巨星和体育明星日常生活的各个方面被关注、分析、审查、批评和剖析，现在无处不在的摄像头、传感器、收费站的监视器、无线射频识别技术、信用卡、鼠标点击、朋友以及“投饵”电子邮件，它们能每分每日每月地描述和分析我们的生活。我们的习惯、仇恨、观点和愿望都被记录在内，并将保留相当长一段时间。你穿什么、吃什么，和谁在一起、在哪里，你说了什么、做了什么，你在哪里休息……众多的数据和几乎关于我们所有人的内部丑闻让《纽约邮报》的八卦版“第六页”（Page Six）都感到尴尬，使《人物》成了英雄形象，使传记文学中的主人公苦乐参半。

很少有人知道这种无处不在的永久记录是如何产生的。高清晰度视频既昂贵又笨重，这就是为什么在 YouTube 上你没有看到数以百计“9·11”事件的实时视频，因为在 2001 年，掌上电脑和高清摄像机并未得到广泛使用，不像今天这样普及且廉价。过去，大部分街道摄像头由封闭式小区、商店店主、警察或交管部门安装与管理。这些安全摄像头的作用不仅越来越大（不到两年时间，一个数码摄像头的报单就多达 116 734 张），而且所有类型的摄像机都相当便宜，几乎成了一次性使用的产品。所以高清摄像头和传感器遍布各处。长期以来，我们被数以千计的摄像头监控，这些监控来自安保部门、出租车、家用监视器、某人的手机、保姆、沙滩木板路资助人、冲浪者、营销人员、“公民”新闻人物、天气预报和许多以拍摄为借口的人。不只是拍摄本身改变了我们的生活规则，更确切地说，它几乎就是没有成本的存档。而我们曾经使用的昂贵的磁带，在录制数分钟或几小时后就要删除再录。现在，所有东西都能被保留下来，我们能以先前想象不到的方式看到和了解彼此。（只需浏览大量涌现的真人秀电视节目和数以万计的 YouTube 视频。）

每次我们发微博、缴费、借记或浏览 Twitter、Facebook、谷歌、亚马逊、领英、维基百科、YouTube、Meetup、Foursquare、Yelp 这些网站时，都会留下电子信息，其中，我们是谁，和谁在一起，我们喜欢什么和对什么感兴趣，比其他信息更容易显示出来。从某种意义上说，我们给自己做了电子文身，我们的喜好和生活以一种比真实文身更加全面和详细的方式被记录下来。电子文身容易操作，看似无害，最初无痛，但效果是持久的，总有一天，不断出现的电子文身将会把你塑造成近似一个圣人或罪孽深重的人，或两者兼而有之。电子文身非常容易复制、散播和存储，比你的肉体更长寿。所以在某种意义上，它们开始应验博尔赫斯最大的恐惧：将要使人得到永生。

文身是郑重的承诺，每个家长都知道这一点，但孩子们常常不知道。一旦文身，身上的刺青就是对文化、事业、个人或情感的终身承诺，没有象征至死不渝的标志，就不可能为某帮派所接纳。有时，文身就是将身份公之于众，即使有可能，也难以改变自己当初的立场。无论是在海滩、卧室、教室、办公室还是牢房里，每双眼睛都在判断，认为它知道你是谁，你的信仰是什么，谁是你的朋友。文身是对忠诚、奉献、爱、恨和愚蠢的公开宣扬。或许，在拉斯维加斯喝几杯龙舌兰酒看起来是无限浪漫的象征，但这也可能成为关于未来蜜月谈话不愉快的原因。现在，利用电子文身能够使尴尬之事、信息泄露和过去的经历增加千倍。（在谷歌中键入“高中生”，首先出现的四个搜索提示是“理解”“难熬”“身穿比基尼”“接吻。”最后，你真的想要看到还没有爷爷的未来奶奶的详细视频吗？）

永生和完全透明化的结果就是我们都在直接冒险，冒险让世界知道我们喜欢做什么，做了什么，而且更便于我们的同龄人、竞争对手、老板、爱人、家人、仰慕者和不期而遇的陌生人查询我们的信息。SceneTap 摄像头让你知道，在任何给定的时刻，波士顿的几十家酒吧里到底有多少人，男女比例和平均年龄分别是多少，这似乎很有趣。面部识别技术能使你利用智能手机来识别站在一家酒吧里的某人，精确度达 90% 以上。添加姓名识别和位置到你的手机，很可能会获取一系列详细情况，比如关于那边的那个可爱的人，她是否有任何犯罪记录，居住在哪里，财产价值是多少，多大的抵押，Yelp 上的偏好，谷歌上的个人资料，Facebook 状态，Twitter 消息，与亲友团聚的记录……

关于我们生活的所有这些记录将是可见的，可访问的，在很长一段时间内难以删除的。将另一个数码文身添加到我们原本已经丰富多彩、数据翔实的电子皮肤上是如此轻松、容易、廉价而又司空见惯，以至于我们很少从长远考虑它可能产生的影响。因此我们已经给自己进行了全身覆盖式的电子文身，信息之多，可以媲美这个星球上文身最多的人。

根据今天的规范和习俗，即使你的行动无可挑剔，电子文身的永恒性仍存在巨大挑战，如宗教、道德、风俗和喜好的改变。目前我们反感的事情，对下一代而言或许截然相反：模糊地知道伟大的希腊哲学家与年轻男孩的性交往，不同于在历史课上直接观看过分渲染的录像带。开国元勋们对待奴隶的详细视频资料可能会严重影响他们的声誉，今天的遗传学已经发现并详细介绍了托马斯·杰斐逊（Thomas Jefferson）的过失。如果几个世纪前就能获得今天的技术和详细的记录，很可能只会剩下为数不多的公认圣人。毫无疑问，今天看来理所当然的事情，将来可能会显得粗鲁、野蛮，对坐满未来高中生的课堂来说，甚至不道德，而这些未来的高中生却在探寻巨大的生命数据库。

130

FAST KNOWLEDGE

知识快餐

尼古拉斯·汉弗莱（Nicholas Humphrey）

英国剑桥大学达尔文学院心理学家，著有《灵魂：神奇的意识》（*Soul Dust: The Magic of Consciousness*）。

1867年，陀思妥耶夫斯基在巴塞尔参观大教堂时，被德国画家霍尔拜因（Holbein）所画的死去基督的肖像惊得目瞪口呆。根据他妻子的日记，他爬上椅子仔细观看这幅画像，足足看了半个小时，记下了每个细节。两年后，在他的小说《白痴》（*The Idiot*）中，对这幅画像的准确描述令人惊叹，好像他已经把它影印在头脑中。

现在当然不需要这么麻烦。我们可以把画像照片存在苹果手机里，然后通过Retinex技术显示出来。事实上根本不必去巴塞尔，我们可以回家利用谷歌图片搜索功能，进行核实。当我们打算这样做的时候，只需要键入“陀思妥耶夫斯基+霍尔拜因”，就能发现有十几家网站证实了这件轶事。

一触即得式的知识可能是一个巨大的福音，不过我担心，在培养人们成为伟大的天才方面，它正在创造一个令人担忧的“公平竞争机会”。当每个人都以相同的方式轻松学到很多东西时，他们就会成为单纯浏览知识的游客，好比在9 000米的高空上，从一处景观飞往另一处，根本不考虑沿途的地面景色。一步式旅游也是一个福音，但当人们发现去了相同的地方时，当到达目的地比旅行的过程更重要时，当沿途没有发生令人难忘的事情时，我担心我们将一事无成，尽管也算得上有特别丰富的经历。

过去，当人们像陀思妥耶夫斯基一样不得不致力于自己分内的工作时，从中积累的知识，无论多么不合常理，都会受到重视。人类所知的景观有高山和峡谷，沙滩和喷泉，为了自己，人们已经探索了这片领土的某些地区；有些地方，需要有人引导着去发现，或许还要有所付出；还有一些地方，或许能靠运气偶然发现。但不管以何种方式，我们都很自豪，因为我们知道自己所做的事情。这些事是我们带到智力辩论桌上的礼物。辩论中，当我们愿意的时候，就可以展现它们，可以把所有东西呈现出来，但也可以假装不懂，欲擒故纵。

我们应该担忧这一层面的个体智力正在消失，随之而来的是浅尝辄止，从而也导致了思想的肤浅。很快，没有人会比别人的知识更渊博，知识也将没有差别，就像整形手术形成的统一标准的美一样，不再令任何人感到兴奋。

131

SYSTEMATIC THINKING ABOUT HOW WE PACKAGE OUR WORRIES

对担忧的系统性思考

玛丽·凯瑟琳·贝特森（Mary Catherine Bateson）

文化人类学家，乔治·梅森大学荣誉退休教授，波士顿学院老龄化与工作研究中心访问学者，著有《青春永不落：不怕老的理想生活指南》（*Composing a Further Life: The Age of Active Wisdom*）。

对于如何看待我们自己的担忧，现在是需要进行系统性思考的时候了。大多数人似乎只在看到危险和有能力同情受害者时，才予以回应。这表明人们有如下需要：

◎ 一个现实的时间框架。见多识广的人期待伊朗沙阿政权最终崩溃，但什么也没有做，因为没有行将发生的日期。与此相反，许多人为千年虫问题做准备，因为它的时间框架是如此具体。

◎ 特别关注那些会受到伤害的人。如果危险不是在我的有生之年发生，但它威胁到我的子孙的话，或许也是至关重要的。比起蜜蜂与蝙蝠，人们更容易同情北极熊和鲸鱼，更关心他们曾经到访过的国家的自然灾害。

◎ 对即将发生的危险的感知，这通常是指所谈内容的附带结果或次要影响。“全球变暖”是对危险的不恰当描述，因为这个词听起来很舒服，即使“气候变化”听起来也是相当中立的。引起人道主义灾难的极端天气状况得到了更多关注，为获取资源（石油）和可耕土地而爆发的区域战争可能比温度的变化和海平面的上升更值得关注。作为附带结果，全球变暖完全可能导致核战争，但这却不是我们的关注点。

有必要对恐惧和焦虑的社会心理进行研究，毫无疑问，这将不同于我们所知道的恐惧和焦虑的个体心理。例如，在某些人群中似乎长期存在着威胁感。是什么取代了美国人对“红色威胁”的恐惧？这种取代如何影响了美国人对移民和财政赤字的态度？这种长期威胁状态对以色列的社会团结有何重要作用？在美国政治中，政府如何有意识地处理人们对恐怖主义的恐惧？对“陌生人危险”的恐惧如何取代了对家庭暴力的恐惧？或许，人类需要在生活中有某些担心，不管这种担心是对地狱的恐惧还是对邻居们的害怕。但如果是这样的话，把担心聚焦在红袜队（Red Sox）赢得锦标上或许更安全。

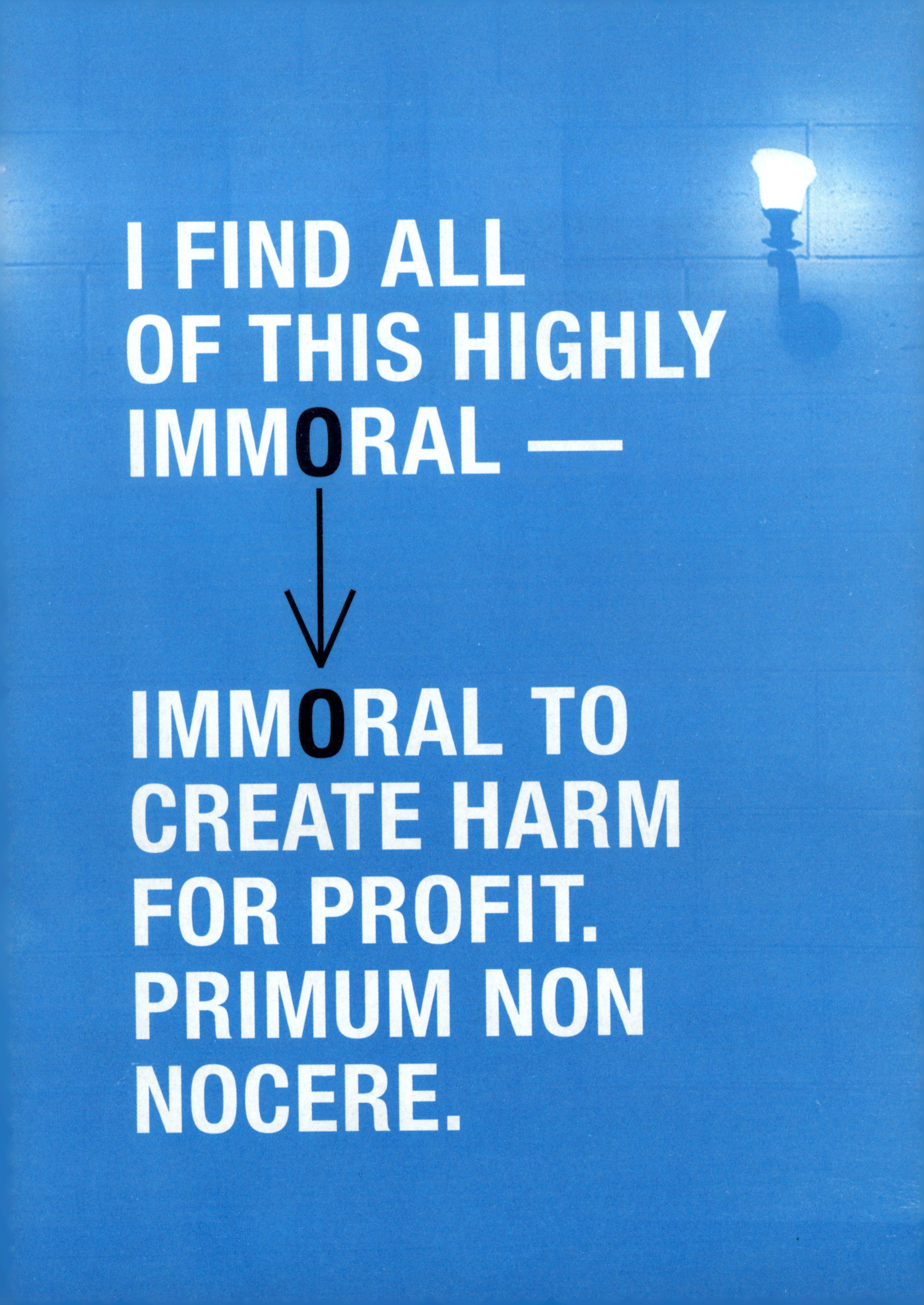

I FIND ALL
OF THIS HIGHLY
IMMORAL —

IMMORAL TO
CREATE HARM
FOR PROFIT.
PRIMUM NON
NOCERE.

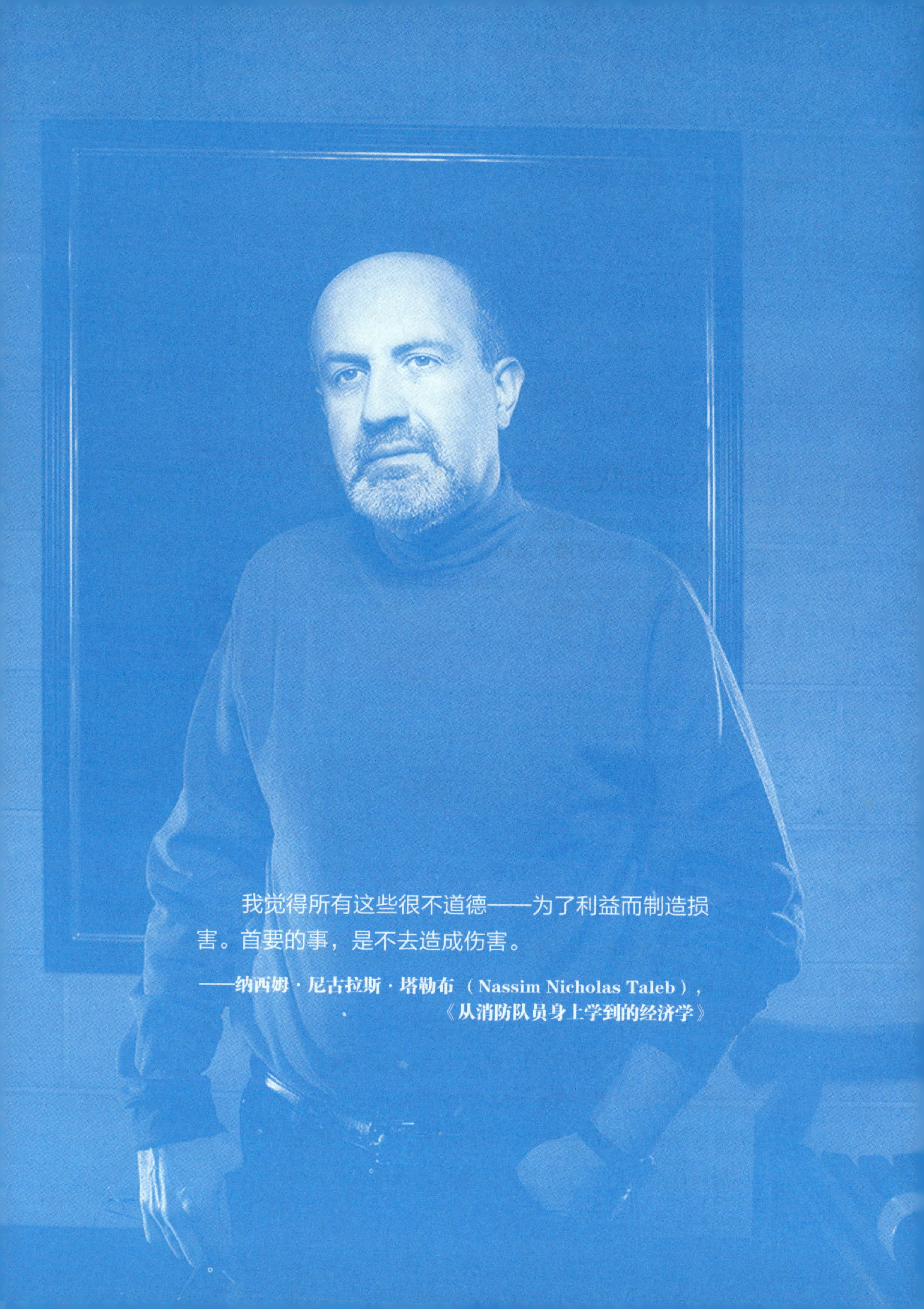

我觉得所有这些很不道德——为了利益而制造损害。首要的事，是不去造成伤害。

——纳西姆·尼古拉斯·塔勒布（Nassim Nicholas Taleb），
《从消防队员身上学到的经济学》

132

WHAT WE LEARN FROM FIREFIGHTERS: HOW FAT ARE THE FAT TAILS?

从消防队员身上学到的经济学

Nassim Nicholas Taleb

纳西姆·尼古拉斯·塔勒布

纽约大学理工学院风险工程系特聘教授，风险管理理论研究者。
著有《反脆弱》《黑天鹅》。

几年前，我用来自社会经济变量的两千万条数据（当时的有效数据）做研究发现，每当出现一系列偏差，或者说“黑天鹅事件”（The Black Swan）时，经济学的流行工具和计量经济学就不再奏效。简单地说，10 000 个观察中的一个，或者换句话说，40 年中有这么一天，教室中央出现了一只巨型猛犸象。这可以解释大部分的“峰度”（Kurtosis）①，我们称它为“肥尾”（Fat Tails）②，即在所考虑的分布中，有多少偏离了标准高斯分布，或者远程事件在决定总体特性方面起多大作用。就美国股市而言，1987 年的崩盘，单日就决定了其 80%

① 峰度又称峰态系数，统计学术语，指次数分布曲线顶峰的尖平程度。
——译者注

的峰度。同样的问题也出现在利率、汇率、商品及其他变量中。问题不只是数据存在肥尾（一些人"记吃不记打"），问题在于我们永远不能确定"尾巴"有多"肥"，永远不能。

②肥尾，金融术语，是金融资产收益率的基本特征。在金融资产收益风险分布图中，某些金融事件的发生概率虽然很小，但是一旦发生，其造成的损失却非常大，而且这一概率比通常作为分析基础的正态分布概率大得多，易为管理层忽视而形成著名的肥尾效应。
——译者注

言下之意是，经济学上使用的那些工具在科学上是无效的（除非在变量受到限制的某些罕见情况下），这些工具的基础是平方变量（更严格地说，是欧几里德的［Euclidean］，或欧几里德距离［L-2 norm］），如标准差、方差、相关性、回归或风险值——你在教科书中见到的那类玩意儿。你在研究中发现的所谓"P 值"，对经济与金融变量来说没有意义。甚至在数理金融学中使用的更先进的随机微积分技术，在经济学上也不起作用，除非在选定的领域内。

因此，基于这些标准统计方法的大多数经济学论文的结果——人们在统计学课堂上学到的那些东西——你无需指望它们能重复，事实上它们也的确不能重复。此外，这些工具还会引发愚蠢的冒险。任何替代的技术都难以得出对罕有事件的可靠对策，除非我们能够知道远程事件是否被低估了，而且又没有赋予它真正的价值。

证据

故事发生了令人沮丧的转变，具体如下：我为以上论断写了篇论文——外加一个显示了某些统计学观点之不可能性的先验数学推导——简直可以和"黑天鹅理论"相提并论。这篇论文待在网上多年，却又被张贴到 Edge 的网站上（具有讽刺意味的是，Edge 发出的时间恰恰是雷曼兄弟［Lehman Brothers］③宣告破产前的几个小时）。论文在社会科学研究网络 SSRN 上被下载了几万次。作为额外的增补，一个更严谨的版本还被发

③雷曼兄弟控股公司是一家国际性金融机构及投资银行。2008 年，受到次级房贷风暴连锁效应波及，在财务方面受到重大打击，同年 9 月 15 日，宣布申请破产保护。雷曼兄弟的破产被认为是 2007—2008 年全球金融危机的标志。
——译者注

表在一本同行评议的统计学期刊上。

我以为这件事就这样结束了，而且人们将会关注这些证据；毕竟，我以科学启示、交流和证据传送的精确原则对待它。然而，什么都没有发生。更糟糕的是，我卖出了上百万本《黑天鹅》，还是什么都没有发生，这样看来，不可能是成果没被适当地传播。我还在一个国会委员面前作证（两次），甚至还有模型引发了金融危机，然后也什么都没有发生。我得到的唯一回击是说我“啰嗦”“自我”“傲慢”“愤怒”，或者为了丑化目的，说我“虚无缥缈”。没有人去解释，为什么那些流行的经济学伎俩不是江湖骗术和彻头彻尾的模型欺诈。

经济游戏中“庇护衣”的缺失

直到有一天，我收到一名消防员的信息，一切都变得清楚了。他认为我对尾部风险（Tail Risk）④的想法是极易理解的。他的问题是：那些风险专家、学者和金融建模者怎么会不明白呢?

那么，看着我，答案就在信息本身那儿。作为一名消防员，这个小伙子负担不起误解风险和统计特性的代价，他会因自己的错误受到直接损害。换句话说，他在这场经济“游戏”中有“庇护衣”。此外，他的工作是可敬的，为他人甘冒生命之险，其他人也因此无须冒险。

所以，模型欺诈的根源必然是游戏中庇护衣的缺失，大量的金钱和危险的权力更增加了其严重性。如果建模者和预测者因自己的错误而受到损害的话，他们就会退出这场游戏或者提高他们的道德水平了。其他人（社会）要为这个错误买单。显然，建模者和预测者的学术职业主要是“玩游戏”，他们取悦“著名”期刊的编辑，或关注被“高度引用”。当受到质疑时，他们

④尾部风险，指在巨灾事件发生后，直到合约到期日或损失发展期的期末，巨灾损失金额或证券化产品的结算价格还没有被精确确定的风险。——译者注

就用虚无主义的谬论开脱说:“我们必须从某个地方开始。”——这句话简直能为使用占星术作为科学的基础进行辩护。商界也有一种让人难以置信的流行认知：对学术职位而言，在“工作市场”中，一个“成功的博士学位”就会有“好结果”。在某商学院，我拒绝教授风险模型和“现代投资组合理论”，我就被直截了当地告知，作为一名教授，我的使命就是帮助学生找到工作。我觉得所有这些很不道德——为了利益而制造损害。首要的事，是不去造成伤害。⑤

⑤ 此句原文为拉丁文 Primum non nocere，是一句医学伦理谚语。——译者注

只有在经济游戏中建立“庇护衣”的规则——即阻挡来自一个人犯错导致的直接损害——才能够揭露这类研究中游戏性的一面，进而与现实建立某种形式的联系。

133

LAMPLIGHT PROBABILITIES

灯光概率

巴特·卡斯科（Bart Kosko）

南加州大学信息科学家、教授，著有《噪声》（*Noise*）。

我们应该担心，虽然有比实际使用的数目更多的概率模型，我们大多数的科学和技术仍然只使用5个主要的概率模型。我称它们为“灯光概率”。这个词来自一个老笑话，说的是一个醉汉在黑暗处丢失了钥匙，他却在路灯下寻找，原因是那里有光。

5个灯光概率确实解释了大量的实测世界，它们有简单的闭合式定义。所以容易讲解。打开任何一本概率论的书都能读到它。我们已经证明了很多关于概率的定理，还在许多闭合式概率的事件中得到了证明。这些定理使世界上很多现象得到了解释，而且我们还进一步把它推广到金融业、通讯业和核工业等相关模型中。

但它们到底有多准确？它能在多大程度上与事实相符，而不是仅仅把挑选一个好的现实世界的随机模型这个苦差事简单化？

实践中，它们的应用很少同时进行统计假设检验，而统计假设检验能够就一个灯光概率假设与手头数据的吻合程度给出一些客观的测度。每个模型都有数据必须满足的明确的技术条件。然而，在实践中，数据惯常地违反这些条件。

每个人都知道第一个灯光概率：正态的钟形曲线。事实上，多数人认为正态钟形曲线就是钟形曲线。但是有整整一族带着“肥尾”的钟形曲线用来解释种类繁多的、其他不太可能的“不寻常”或“黑天鹅事件”，其依据是这些"肥尾"有多"肥"，而且，这里依然假设钟形是规则的和对称的。在多数教科书中，你恰恰找不到这些钟形曲线。

对于在时间序列数据（诸如价格的历史数据或人的发言抽样）中的这类"细尾"的正常状态也有简单的检验，该过程的所有高阶累积量必须是零。累积量是这一过程的特殊平均数。观察所谓正常过程的高阶累积量通常会有一样的发现：它们都不是零。所以这个过程不可能是正常的。然而我们常常是在灯光概率下处理这个过程，并不管怎样都假设过程是正常的，尤其是因为那么多其他研究者在相似情况下做着同样的事情。这可能导致严重低估不寻常事件的发生，比如贷款违约。当金融工程师们找到一种把正态曲线强加给复杂的相关金融衍生品的方法，这就是发生在金融恐慌的工程模型中的事。

第 2 个和第 3 个灯光概率是泊松（Poisson）和指数概率模型。泊松概率是把随机计数事件模型化，比如互联网网站的点击次数，或者进入高速路的汽车数量，或者落在人行道上的雨滴数量。指数概率模拟要出现下一个泊松事件需要多长时间，下一位顾客走进门或下一个雨滴落在人行道上需要多长时间。推而广之，为接下来的 10 个互联网点击或接下来的 10 个雨滴，你要等待多久。现代排队理论就是基于这两个灯光概率。这就是关于排队中泊松到达的等待时间的全部。因此互联网本身也依靠这两个灯光概率模型。

但是泊松模型有一个"阿喀琉斯之踵"：它们的平均值必须等于它们的方差（散布在平均数周围）。不过，在实践中经常失于保持这个条件。指数模型也有类似的问题：它们的方差必须等于它们平均数的平方。这也是一个在实际中很少能保持的精确关系，多数情况下只能维持在一个模糊的程度。近似值是否足够好是一个判断的需要，而灯光概率使这种判断相当容易。

第 4 个灯光概率是均匀概率模型。大家都知道均匀概率模型，因为它是这样一种特殊情况:所有的结果都是同等可能的。它恰恰是外行人以为的"随便"做事，比如，取吸管或从宾果斗里抓取一只带有编号的乒乓球。但是，由于吸管的长短、粗细不同，所以被抽取的概率不完全相等。实践中，随着结果数量的增加，产生同等可能的结果变得越来越难。这甚至是一个理论事实，因为无穷大的性质，一个人不能从一系列整数中随机地抽取一个整数。这样，它有助于迎合灯光概率下的习惯做法，并简单地假设所有的结果都是同等可能的。

第5个也是最后一个灯光概率是二项式概率模型，它描述了随机抛掷硬币的典型比喻。二项式模型要求二元结果，比如正面或反面，并要求独立试验和抛掷硬币。每一次抛掷得到正面的概率必须保持不变。这似乎十分简单。但是，这种情况可能难以接受：当前面的3次独立抛币的结果全部都是正面，而接下来的再一次抛币的结果正面和反面的可能性还是一样大。

即使知情的人也会对二项式过程感到挠头。考虑一枚公平的硬币，这里公平的意思是，当抛掷这枚硬币时，它出现正面和反面的可能性一样大（因此第4灯光概率描述了这个基本结果）。所以正面的概率是1/2。现在抛这枚硬币数次。那么回答这样的问题：你是在6次抛币中更有可能得到3次正面的结果，还是只在5次抛币中更有可能得到3次正面的结果？正确的答案是两者都不是。两种情况下得到3次正面的确切概率是5/16。这几乎不能凭直觉获知，而是直接来自计算所有可能的结果。

灯光概率已经证明了现代贝叶斯定理的一个特别严酷的限制。鉴于现代贝叶斯算法的迅猛增长和广泛的观念——在新数据和证据的情况下，学习本身就是一种使用贝叶斯定理更新自己信念的形式，这是令人失望的。贝叶斯定理说明了计算逻辑逆命题的概率。如果我们知道肺癌的原概率是多少，以及假定一个病人事实上患有肺癌，我们又能观察他的活体组织检查的概率，贝叶斯定理就能说明在这样一次活体组织检查的情况下，如何来校正这个病人患有肺癌的概率。但是，几乎所有的贝叶斯模型都把这些概率限制到众所周知的灯光概率，而且更进一步限制它们来满足非常严苛的“共轭”关系。结果把很多现代贝叶斯算法置于自己设计的桎梏之中。

共轭是诱人的。假设患癌概率是正态的，再假设活体组织检查的条件概率在患癌的情况下也是正态的，这两个概率共轭。那么，看起来像是数学奇迹的事情发生了。给定活体组织检查的可能性，肺癌的期望概率本身是一个正态概率曲线。因此，正态结合正态产生了一个新的正态，它就让我们把这个新的正态模型作为肺癌的当前估计，然后对一个新的活体组织检查重复这个过程。

计算机可以反复数百或数以千计的这类基于数据的迭代，而且结果永远是一个正态的钟形曲线，但是，一般来说，改变输入的两个正态曲线中的任何一个，结果将不再是正态的。这就给出了一个有悖常理的诱因，以便遵守灯光概率并维持假设一条细尾的正态曲线去描述数据和我们相信的东西。当我们试图用二项式和一条概括均匀分布的贝塔曲线估计一枚偏重硬币的正面概率时，同样的事情出现了。而且一个相似的共轭关系存在于泊松概率、指数函数与它们的推广——伽玛概率之间。这样就给出了三个共轭关系。多数贝叶斯应用都假设这三个关系之一的某种形式，而且几乎总是为了便于计算或符合惯例。

在概率计算方面，不可能发生一场革命。

134

THE BLACK HOLE OF FINANCE

金融黑洞

塞思·劳埃德（Seth Lloyd）

麻省理工学院量子机械工程教授，著有《为宇宙编程》（*Programming the Universe*）。

2007年秋天，投资银行像又瞎又瘸的巨人一样摇摇欲坠，现金流开始紧张，而各种金融工具也越发让人不明就里。接着是一声巨响和一系列失控的爆炸及解体。一些银行活了下来，一些则没有，我的退休储蓄缩水了一半。事关金钱，我无计可施，但可以做些事情来愉悦自己，那就是为所发生的一切建立一个科学理论。既然充满担心与怀疑，索性就试着解决这个问题，最好用一些很棒的方程解决。

在隐喻的层面上，投资银行的“金融内爆”类似于在宇宙初期形成了一个超大质量的黑洞。一个巨大的星体，百万倍于我们太阳的质量，在几万年里燃烧它的核燃料。当它的核燃料消耗殆尽，它再不能产生抵抗引力所需要的热量和压力了。无法支持自身的重量，这个星体就崩溃了。当它解体的时候，在以光速运动的一次爆炸中掀掉了其外层。

在这次金融事故的沉思中，我认为金融崩溃与引力坍缩之间的相似性不仅仅是个隐喻。事实上，有可能构建一个数学理论，同时适用于引力坍缩和金融崩溃。能解释一切的关键是“负能量”的存在：在牛顿和爱因斯坦的引力理论中，物质的能量为正，而重力的能量为负。在作为一个整体的宇宙当中，质量的正能量和动能正好被引力场的负能量平衡了，从而使宇宙的净能量事实上为零。

能量在金融系统中的相似物是金钱。家庭、企业、政府，当然还有投资银行，它们都拥有资产（正的钱）和负债（负的钱）。当我拥有其股票的公司发给我它的年度报告时，像魔法一般地，我迷惑地注意到它们的资产和负债共计为零（这种魔法般的计算或许与我的退休金缩水有关）。让我们看看系统的理论，系统中有积极的东西和消极的东西，而东西的总量共计为零。

先从重力开始。星体、星系或宇宙自身，拥有正负两种能量，它们的表现不同于几杯咖啡之类的东西，咖啡的能量完全是正的（忽略掉咖啡因的引力和心理影响）。特别地，重力系统呈现出一个名为“负比热”（Negative Specific Heat）的怪异效应。一杯咖啡的特殊热量衡量着它的温度如何下降，随着它向周围辐射热，它会失去能量。当杯子辐射能量，它就凉下来了。奇怪的是，当一个星体、星系或星际尘埃云团辐射能量时，它会变热。星体失去越多的能量，它就变得越热。星体具有负比热。

如果一杯咖啡有负比热，当你把它放在桌子上，而又忘了几分钟，它也不会凉下来，而是变得越来越热。你忘的时间越长，它也就越热，最终过热的咖啡会像喷泉一样爆炸。相反，如果一个冰块有负比热，它吸收的热量越多，就变得越冷。如果你把这样的冰块留在桌子上，它将从更热的环境中吸收热量。当它吸收热的时候，它变得越来越冷，从周围吮吸越来越多的热量，直到它和它周围的所有东西都被无情地拉向绝对零度。

负比热不会立即导致灾难。在一个星体中，氢在几百万度高温下熔入氦，从而具有正比热，抵消了重力的负比热，导致10亿年以上的大量自由能的和谐产生。地球上的生命就是这种和谐的产物。但是，一旦太阳燃尽它的核燃料供应，重力将占据主导，我们的星球就会崩溃。

现在转到金融体系。就像在重力系统中那样，只存在“负的钱”或负债并不会导致崩溃，正如在一个星体中，资产的产生（正能量）与负债（负能量）之间的相互作用能和谐地发展，并生产出许多产品。但是“内爆”的可能性总是存在。是什么驱使一个星体或投资银行越过门槛，从能量/财富的稳定生产，转向失控的爆炸和崩溃？这里有详细的数学模型可以帮助我们。

1900年左右，物理学家保罗·埃伦费斯特（Paul Ehrenfest）试图了解分子怎样在气体中跳来跳去。他构建了一个简单的模型，现在被称作埃伦费斯特罐子模型（Ehrenfest Urn）。取两个罐子和一堆球。起初，所有的球都在其中一个罐子中。给每一个球编号，然后随机挑选一个号码，并把贴有这个号码的球移到另一个罐子中。会发生什么呢？起初，球趋向从盛满球的罐中移到空罐子中。随着最初的那个空罐被填满，那些球又开始移回到另一个罐中。最终，每个罐中球的数量差不多相等。这种最终状态称之为平衡态。在埃伦费斯特罐子模型中，平衡态是稳定的：一旦两个罐中球的数量差不多相等，它就会保持这样的状态，但由于过程的随机性，会有小幅的波动。

我所构建的数学模型是埃伦费斯特罐子模型的一个简化。在我的模型中，有白球（正能量/资产）和黑球（负能量/债务），它们可以成对地创造或者销毁。结果是，白球的数量总是和黑球的数量相等，但是球的总数不是守恒的。在这个模型中，有两种过程：球随机地从一个罐子移到另一个罐子中；如前所述，另一个过程是球可以在一个罐中成对地创造或销毁。

具有创造和销毁机制的模型，有两种不同的行为方式。如果两个罐中球创造和销毁的速度是相同的，那么这个系统的行为和埃伦费斯特罐子模型相同：两个罐子中球的数量最终大致相同，并随着时间的上下波动处于稳定的平衡之中。与此相反，如果球多的罐子允许成对创造的速度快于球少的那个罐子，这种行为就是不稳定的：球多的罐子会得到越来越多的球，无论是白球还是黑球。如果球多的罐子中销毁的速度也快，那么这个罐中球的数量将会急剧增加并最终崩溃。用物理学术语讲，之所以会出现非稳态行为，是因为“富裕”的罐子能以更快的速度产生球，给整个系统带来了负比热，所以稳态平衡是不可能的。

从金融角度讲，创造一对球类似于产生债务，销毁一对球类似于收回债务。罐子模型说明，如果相比于不那么富裕的机构，富裕的机构（有更多球）能以更快的速度产生债务，而后资产和债务的流动将不再稳定。也就是说，如果富裕机构有较高的融资，经济平衡将会不稳定。雷曼兄弟倒闭时，其杠杆率约为30 ：1——它实际拥有1美元，却可以借到30美元。这符合罐子模型非稳态的标准。非稳态平衡的显著标志,就是普通的业务,比如银行借款,不再引导资源的最佳配置或者相近的事情,相反,它导致了资源的最糟配置!听起来熟悉吗?

所以,应该担心什么呢?不要担心宇宙的终结,或者地球掉进银河系的黑洞。但是,如果银行的杠杆作用再次装上把柄,那你应该担心听到另一次巨大的爆炸声。

135
THE FOURTH CULTURE
第四种文化

布鲁斯·帕克（Bruce Parker）

史蒂文斯理工学院海事系统研究中心客座教授，著有《海洋的力量》（*The Power of the Sea: Tsunamis, Storm Surges, Rogue Waves, and Our Quest to Predict Disasters*）。

如果按照C.P.斯诺的定义，Edge应该是“第三种文化”的代表（一批科学家和思想家用最直接的方式与一般大众沟通他们的新思想），其他科学家和所谓的人文学家属于第一和第二种文化。除此之外，其实还有另外一种文化，而且以它的影响力增长之迅速，我们完全可以把它称之为“第四种文化”，但这种“文化”不是真正意义上的新文化。

过去，我们可能只是简单地称它为流行文化，认为它是一种很肤浅的娱乐形式而不予考虑，虽然也有特定的群体在追捧它（这部分人被认为没有知识和影响力）。但现在，这种流行文化已经因互联网的驱动遍布全球，它日益增长的影响力不允许我们忽略它的存在。

互联网（及相关媒体或通信实体，特别是手机和有线电视）成就了第四种文化。现在这种文化不只关注流行音乐、电影、电视和电子游戏，也关心宗教和政治以及人民生活的方方面面。它是一种自下而上的文化，使人失智，埋下祸根。

关于第四种文化逐渐增长的支配地位，以及它如何直接或间接影响我们的生活，应该予以重视。由于其传播能力和对人们的自尊心、性取向、偏见、信仰、梦想和恐惧的迎合，第四种文化很容易改变成千上万人的思想。它看中的是感性而非逻辑思维，提倡以自我为中心胜过开放思想，推崇娱乐至上和赚钱能力胜过对真理的追求和知性思维。最主要的是它无视科学的存在。

互联网最基本的用途依然是其娱乐功能，但正是这种娱乐功能使我们担忧。因为越来越多的人把越来越多的时间消耗在这种娱乐形式上，很少有时间参加一些有益的活动来提高他们的才智，提升他们的情感，唤起他们对互联网（支配着他们的小天地）以外事物的兴趣。当一个人把他在战争电子游戏中得高分看作自己的成就，因亲眼看到自己最喜欢的摇滚明星而自豪，或因喜爱的球队赢得了一场比赛而激动不已时（在互联网之前这些已有可能，但现在更加极端），他还有多少热情投入到我们的现实生活和工作中，去解决人类面临的问题？把这种生活与古罗马人类比也不为过：古罗马人被诱惑到角斗场，观看角斗士们格斗至死的惊人场景，以致他们不能专注于现实生活中的问题。

第四种文化对科学而言可能不是一种威胁。科学（以及科学衍生出的技术）创造了大量的财富，因而科学不会消失。我们不会为培养更多的科学家而努力提高学生的科学和数学成绩，但总有一些孩子天生对世界运行的方式充满好奇，这种好奇使他们进入科学领域，或从事分析型工作。我们之所以想把培养所有孩子们的科学素养的工作做得更好，原因是想把他们培养成好公民，使他们能够用科学的眼光看待这个世界及其存在的问题。他们必须能够识别出解决问题的逻辑方法，不会被特定利益群体鼓吹的某些宗教观点、荒诞的说法和莫须有的恐惧所蒙蔽。

没有什么比第四种文化给领导人施加的影响更令人忧虑了，这个掌权者是我们自己用现在这种残缺的民主体系选举出的。现在，科学成果的应用往往取决于那些不懂科学的决策者们；他们中的一些人对科学并不认可，认为那些经过仔细研究和反复论证的理论无异于宗教教义。

我们希望自己选举的官员是有才智的，是能够身体力行为本国民众（或世界民众）谋福利的。但一个人只要达到一定年龄，并出生在美国，他不需要其他条件，就可以直接竞选政府职位。参加竞选的候选人要想赢得选举，不需要有大学学历、成功的经商背景或任何其他有据可查的成就。他们只要通过竞选团队进行煽情，说服民众为他们投票就可以了。因为第四种文化，使人们通过煽情，以迎合宗教自由、爱国精神、阶级意识、种族偏见等形式

（当然，是以烧钱为代价的），轻轻松松选举出那些无知甚至愚昧的官员。视频片段和竞选广告，这些看似电影预告片的东西，最终战胜了深思熟虑且富有逻辑性的演说。

新闻界，因其对其他三个机构的监督作用，一度被称为民主政府的第四个分支机构；现在却只是“媒体”而已，它已经失去了许多或者说大部分的监督职能，真的很令人痛惜。为了摆脱财政困境，在互联网占支配地位的传媒领域生存下来，新闻媒体已经减少了播报新闻；其信息的获取主要依靠真伪混杂的网络资源，他们不得不把网上流行的故事当新闻（减少了用于报道重大新闻特别是科学报道的版面），有时甚至许可那些白痴般的、侮辱性的评论出现在自己的网站上（名义上是为了言论自由，实际目的是向广告商证明其网站的受欢迎程度）。

我们曾希望互联网成为一股民主化的力量，也曾希望它能为所有人提供话语权，带给人们新鲜的想法和解决问题的新途径。某种程度上讲，它做到了，而且依然有可能做更多。但互联网也给了无知者发言权，以前他们从未有过这样的权利。这种声音越来越大，越来越冲动。我们希望第四种文化的影响力是不具有大规模破坏性的，但它依然值得我们关注，值得我们寻求方法以减少它的负面影响。这也是扩大第三种文化重要性的另一个原因。

136

C.P.SNOW'S TWO CULTURES AND THE NATURE-NURTURE DEBATE

斯诺的两种文化与先天 / 后天大辩论

西蒙·巴伦－科恩（Simon Baron-Cohen）

英国剑桥大学自闭症研究中心心理学家，著有《恶的科学：论同情与残忍的起源》（*The Science of Evil: On Empathy and the Origins of Cruelty*）。

自从 C.P. 斯诺在剑桥大学评议会大楼里举行的里德讲座（Rede Lecture）上发表演说至今，50 多年的时间已经过去了。那是 1959 年的 7 月，当时他公开表达了自己的担忧，担忧他那些人文学科的大部分同事在科学上一无所知，而身为科学家的大部分同事又对文学不感兴趣。他担心的是，两种文化已经出现，并且越来越不能互相理解。通过引用生动形象的事例，斯诺认为，科学家难以读懂查尔斯·狄更斯的小说，人文学科的教授则不能陈述热力学第二定律。“所以现代物理学的大厦在升高，但西方世界中大部分最聪明的人对它的领悟却和他们新石器时代的祖先一样。”他如此断言。

斯诺是一名经过严格训练的科学家，转行当了作家，彰显了这种罕见的尝试跨越两种文化的人的勇气。1962 年，剑桥大学文学教授利维斯（F.R.Leavis）为了严厉抨击斯诺“两种文化”的观点，很刻薄地把他记叙为“缺乏能力的小说家”。利维斯的抨击被理所当然地驳斥为“对人不对事”。但斯诺是正确的吗？如果他是正确的，考虑到过去 50 多年科学上惊人的进步速度，这两种文化之间的鸿沟可能会扩大。另一方面，约翰·布罗克曼和其他的文化推动者及出版人的不懈努力，极大地鼓励了科学家与广大公众的交流，创造了所谓的“第三种文化”，使得现在的非科学工作者也能理解并运用科学。那么斯诺所说的两种文化之间的鸿沟是变得更宽还是更窄了？

我认为答案是两者兼而有之。差距缩小应该感谢像史蒂芬·平克所著的《语言本能》这类优秀的书籍。如今，对语言学家来说，语言不只是文化的结果，也是基因的产物。平克的书籍中体现了什么是“第三种文化”，阐明了在导致人的行为方面，生物学和文化之间相互作用的复杂性。科学家们发现，生物和文化相互影响的想法不会令人吃惊，而且几乎无人置疑。作为一名心理学家，即使有，我也想不出人类的哪些行为是完全受文化影响的，我认为，对人的行为感兴趣的人大都持有相同的中立态度，承认生物学和环境的相互影响。无论是成为完全的生物决定论者还是彻底的社会决定论者，似乎都很极端。

20 世纪 70 年代，我在牛津大学人文科学系学习，有人开玩笑说它正好在班伯里路中段，一侧是社会人类学系，另一侧是生物人类学系。我们人文科学系的学生，感觉就像能说两种语言的儿童，不仅能在适当的时候转换两种文化，还能以多学科相互结合的方式自动思考所谈话题，即使他们在每个部门的“学术父母”很少穿过马路去了解对方的文化。我愿意相信我们已经取得了长足的进展，现在，学科之间有了丰富的交流，至少在人类行为的研究上是这样。

但我担心，斯诺所说的两种文化之间的差距在一些地区依然存在，甚至有可能扩大。例如，人们心理上的性别差异。我个人的看法是，研究性别差异告诉我们两件事情：首先，不能纯粹基于性别去判断一个人的心态，因为一个人可能代表了他的性别特征，但也可能说明不了什么，事实上，这样做会有失偏颇，甚至产生性别偏见；其次，当对男性群体和女性群体进行比较时，就能发现普遍的性别差异，这些差异可能反映了多种因素的共同影响，包括父母教育方式和同龄群体的影响，或胎儿在子宫内产生的睾酮数量和伴性基因的影响，等等。

然而，即使在今天，仍有学者声称不存在普遍的性别差异，例如，语言——理由是在语言和交流上的任何性别差异要么是特定文化的，要么不可复制。如此的主张，实际是把语言的性别差异具体化为某一特定文化或实验的独特性，因此也就不需要提及生物学。虽然我会同意男性和女性谈话风格的相似性大于其差异，但当谈及儿童的语言习得时，我了解的情况是，总体而言，男孩和女孩语言发展之间的差异是显著的，而且可能具有普遍性。这里有两条实验证据。

第一，女孩的词汇量通常比男孩增加得快。这在俄罗斯的一项大型研究中得到证实。这项研究的对象是550个女孩和487个男孩，年龄从18个月到36个月不等，这项研究的结果在英格兰文化中也得到体现。第二，男孩存在口吃和其他语音问题的案例，至少是女孩的两倍，这可以从儿童健康全国调查的更大数据集中得到印证，研究采样涉及全国91 000位儿童，年龄在3～14岁之间，包括不同种族背景的儿童。社会决定论者可能想采用这些研究得出的数据，并试图完全按照后天的经验解释它，但由于基因突变（如GNPTAB和CNTNAP2）与口吃和语言障碍有关联，所以在特定语言的获得过程中，个体间所表现的差异很可能与部分遗传因素有关。

没有人否认经验和习得在语言发展中的重要作用，我担心的是，关于性别差异的争论似乎仍分化为先天与后天两个对立派别。在社会科学和人文科学领域，仍有人认为生物学没有发挥任何作用，他们显然没有意识到与此相反的科学证据。如果斯诺今天还活着，他可能会绝望，像我一样，尽管努力向大众宣传科学，但在性别差异领域依然存在着割裂两种文化的现象。

137
METAWORRY
元担忧

布莱恩·克努森（Brian Knutson）

斯坦福大学心理学和神经科学副教授。

我担忧“我们的担忧”。具体一点说就是，我们担忧的对象正确吗？担忧的进化意义在于，它帮助我们避免死亡而无须首先体验死亡的过程。然而，只有当担忧存在实际的威胁时，也只有通过采取相应的行动（避害），担忧才能够拯救我们。担忧看起来是外部因素造成的，但实际上它不是。神经担忧引擎始终在运行，寻找着下一个目标，就像弗洛伊德自由浮动的焦虑理论。

祖先生活的环境可能调整了我们的担忧引擎，因为个体担忧程度的不同表现出明显的遗传性（大约 50%）并呈正态分布（大多数人经历的是适度的而不是过少或过多的担忧）。这种钟形分布（正态分布）意味着，世代以来那些担忧太少的人死了（或者被吃掉了），而那些过度担忧的人也不能生存（或繁衍）。所以，我们祖先列出的环境威胁清单可能体现了最佳的担忧程度。我们很少提到并感激的是我们的祖先不仅选择担忧的程度，还选择担忧的对象。想一想恐惧症患者们普遍害怕的事物，如公众的评判、蛇、蜘蛛、高度等。除非你生活在新几内亚的丛林中，否则这些不可能是值得你担心的生存威胁。在美国，死亡的主要原因通常很“单调”（心脏病、癌症、中风、意外事故），许多近期的原因（吸烟、饮酒、不良饮食、缺乏运动、汽车、枪械）也加剧了死亡的发生。在想象的威胁和实际的威胁之间，这种“担忧误差”表明，我们的担忧常常针对错误的对象。

我的元担忧（或者说“关于担忧的担忧”）是实际威胁正在快速改变，

比我们祖先那时快得多，很容易导致担心误差的扩大。这种状况主要由人为造成。人类活动中使用的机械装置、计算机、运算法则等导致了快速、极具破坏性甚至波及全球的变化。举一个金融和环境的例子。过去10年，我目睹了全球金融泡沫的破灭和全球气温的上升。相对于进化的时间框架，这些变化是快速的，而且似乎都是人为原因导致的。我担心人类的担忧引擎不能及时重新调整方向，去关注这些快速改变中的威胁，不能及时采取预防措施。

我们可以通过数据资料，尝试缩小不断扩大的担忧误差。如果我们能计算蛇、蜘蛛、汽车和枪械引起死亡的相对风险，就能比较“我们担心什么（例如蜘蛛）”和“实际上什么造成更多死亡（例如汽车）”之间的误差。然后就可以尝试用排名靠前的担忧替换排名靠后的担忧，甚至开发出某种软件，便于更好地重新分配担忧。（我正期待着你们的行动，移动应用程序开发者们。）如果我们要去担心某件事情，它最好真的是威胁到人类生存了。

缩小担忧误差的另一个办法涉及政策的改变。毫无疑问，政府应该收集各种威胁相对效力的数据资料，这样就可以把有限的资源用到减少最强危险的事物上。但只有信息资料是不够的，它必须促进行为的改变。所以，有时候需要法律（可强制执行）把这种信息资料转化为行动。很不幸，就全球威胁来说，政府间必须协调他们的法律。这并非不可能，过去曾经发生过，为了阻止大气中臭氧的损耗，各政府间达成一致，禁止使用氟氯烃。将来可能会通过碳封存来应对全球气候变化，但它同样需要大量的协调和不断的努力。

我主张的是元担忧，不是过度担忧。过度担忧会自我加剧：不断加剧它可能引发正反馈，最后止于极度恐怖。既然大脑精力有限，或许我们应该把担忧看作是一种能够保存和有效分配的资源。不是增加担忧程度，元担忧意味着在信息的基础上，让担忧重新分布。重新调整我们原来的担忧引擎或许很困难，但并非不可能。想一想法律要求开车时系安全带这件事。不可思议的不是这些法律在美国大多数州必须强制执行，也不是它们像预计的那样减少了恶性事故，而是法律对我的影响已变成了我本能地去遵守。25年前，我想都不用想，没系安全带就开车出去了。现在，当我不系安全带的时候，会感到不安和紧张。总结成一句话，我担忧，并且要努力缩小担忧的偏差。

138

HISTORY AND CONTINGENCY

历史与偶然

保罗·科德罗斯基（Paul Kedrosky）

风险投资家、彭博新闻社及 SK 集团特约编辑。

在专门打给美国消防部门的应急电话中，有多少是真正关于火灾的？事实上，不到 20%。如果收到的不是火灾呼救电话，那电话通常是关于什么的？他们收到的是有关医疗急救、交通事故的求助电话，是的，他们很少接到有关火灾的电话。换句话说，尽管他们名为消防部门，但经常处理火灾以外的事情。

那它为什么还被称为消防部门？这是历史原因造成的。过去，城市建筑主要使用预燃的材料，例如直接从森林里砍伐的木材。但现在主要使用燃烧后的材料，如钢、混凝土和其他已经用火冶炼过的材料。当救火成为一个城市更加迫切的需要时，便创建了消防部门，如今仍然沿用这样的称呼，它是对许多城市过去容易发生火灾的一个提醒。

无论你走到哪里，都能看到"消防部门"。不是真正意义上的消防部门，而是一些组织、技术部门、机构和民间团体，等等，就像消防部门那样，虽然当初创建它们时的主要功能已经减弱，但其重要性不容忽视。

我最喜欢列举的例子是关于城市选址的。很多美国河流城市的选址都会考虑到陆上运输路线。在两条水流湍急、通行困难的水路间，有船只往来和货物运输的路线。这意味着，很多时候需要有过夜的地方，于是酒店、娱乐场所应运而生，最终导致当地工业的产生。起初，所有这些都是为航运服务的，但后来服务范围逐渐扩大。然而现在这些水陆枢纽城市处境困难，坐落在沿河区域，不再因为它的经济而重要，同时还要应对季节性洪水以及不利于发展的复杂地理状况——一切都是因为早期的旅行者使用现在看来已落后的运输技术，不得不在几处水流湍急的地方往返运输。说白了，如果我们现在重新恢复这些城市的功能，它们中的大多数将会领先于其他任何城市。

这不仅仅是关于城市或消防部门，这是有关历史、发展方向、运气和“用户基数”的影响。想想白炽灯泡、大学（或大学的职位）、纸币、邮局。这些事物的存在和技术的持续使用，不是因为它们是解决这类问题的最好方式，很大程度上是由于历史的原因，虽然当时的确是为解决这类问题而建立了这些部门或发明了这些技术。现在它们则常常不利于更好的解决方案的提出。

显然，在不久的将来，这种情况还会出现，我们可以列出更长的清单。或许，多车道高速公路将加入这张清单，正好位于内燃机之后，还有成本越来越高且功能弱化的公共市场，以及作为电子商务牺牲品的购物中心，甚至还有众筹平台 AngelList 和 Kickstarter 的风险资本家。按地域划分的公民又会如何呢？所有这些似乎都过时了，显得碍手碍脚，虽然大多数人尚未注意到它们。

但这不是一个清单制作游戏，也不是“跟上科技”的训练，训练中我们会因跟上事情的迅速变化而庆祝。正好相反，我们不断受困于历史的发展，在其制约下寻求新的方法——为此付出了大量的时间和金钱——在我们能够改变方向之前，必须遵循历史发展的必由之路，无论新的方向看起来可能多么令人向往。历史对我们的进步来说，越来越举足轻重。因为它，我们取得了今天的成就，它留给我们的有精华也有糟粕。我们建立的环境就是一个已安装的基底，它就像一个妨碍进步的古老的计算机操作系统，因为原有的兼容性带给了它如此巨大的优势。

科幻作家威廉·吉布森（William Gibson）曾说过一句名言：“未来已经到来，只是分布不均。”我更担心过去还在这里，只是它如此均匀地分布，以至于我们难以到达未来。

139
UNKNOWN UNKNOWNS
未知中的未知

盖瑞·马库斯（Gary Marcus）

心理学教授，纽约大学语言和音乐中心主任。著有《乱乱脑》（*Kluge*）。

世界上存在“已知中的已知”和“已知中的未知”，但我们最应该担心的是“未知中的未知”。并非因为它们是我们要面对的最严重的危险，而是因为心理学告诉我们，在遥远的未来中，不明显的危险是最危险的，因为它不太可能引起我们足够的重视。

至少有四个不同的心理机制在其中起作用。第一，与抽象的信息相比，我们更容易被生动的信息所感动（即使当抽象信息原则上应该占主导地位时）。第二，我们常贴现未来，现在急于得到一美元，而不是等待一年后，我们有可能得到两美元。第三，即使将来会有更严重的问题出现，聚焦幻觉（幻觉常因事先得到的消息而产生）也往往让我们纠缠于最紧迫的问题。第四，我们倾向于相信世界是公平的，在公平的世界中，大自然能够自然而然地进行自我纠正。

这四种机制可能来源不同，一些源于支配动机的系统（未来贴现），一些源于产生快感的系统（相信世界是公正的），还有一些源于我们的记忆结构（聚焦幻觉和因生动而产生的偏好）。无论它们源自何处，四种机制共同为我们创建了强大的心理动力，以减少我们不能完全预知遥远未来的危险。

气候变化是一个很好的例子。1975年，美国哥伦比亚大学地球化学家华莱士·布勒克（Wallace S.Broecker）在《科学》上发表了《气候变化：我们是否正处于全球变暖的边缘》这篇文章，文章极具影响力又有先见之明，但他的忧虑被忽视了几十年。部分原因在于，很多人误以为自然会以某种方式自动进行正确设定（并与我们的倾向性保持一致。我们倾向于从生动信息中得出结论，所以精心制作的关于气候变化的专题片，在吸引公众关注方面发挥了重要作用，可以说远远超过原来的科学文章）。

牛津大学的哲学家尼克·波斯特洛姆（Nick Bostrom）曾指出，我们应该担心的三个最大的未知是生物技术、纳米技术和比人类更聪明的机器的崛起。每一个听起来都像是科幻小说，而且也确实是科幻小说一直在描述的情节，但每一个都对人类构成了真正的威胁。波斯特洛姆把它们假定为“存在的危险”，即可能的，虽然未必会发生，但一旦发生，灾难将会彻底毁灭我们整个物种，就像一颗小行星撞击地球导致恐龙灭绝一样。重要的是，根据他的判断，其中许多危险远远高于其他问题导致的危险，但这些其他问题往往成为公众最大的关注点。气候变化也许更有可能发生，当然也是很明显的，但不太容易导致人类物种的灭绝（即使它可能毁灭很大一部分）。

事实上，我们根本不足以了解可能的生物技术、纳米技术或人工智能未来的迭代次数，以便估计它们的危险程度。已有人提出令人信服的证据，证明原则上三者中的任何一个都可能导致人类灭绝。这些危险可能容易控制，但我认为如果不重视它们，我们就不能控制它们。长远来看，通过提高生产力和控制疾病的发生，生物技术、纳米技术和人工智能更有可能帮助而不是毁灭人类。但我们需要更多的投入，以搞清楚究竟什么是危险的，并为应对这些危险做好准备。现在，美国一年花费超过 25 亿美元来研究气候变化，但（据我个人粗略的估算）用于生物技术、纳米技术和人工智能研究的资金不到这个总数的 1%。

真正应该担心的是，在应对未知危险方面，我们做得还很不够。

注：本文作者盖瑞·马库斯的《乱乱脑》已由湛庐文化策划，浙江人民出版社于 2010 年出版。

140

THE WORLD AS WE KNOW IT

我们所熟悉的世界

理查德·福尔曼（Richard Foreman）

剧作家兼导演，“本体论—歇斯底里剧场”创始人。

2013年，Edge的年度问题是关于这个世界或当前人们关注的各方面存在的问题。我相信，这些问题不能通过直接思考或直接行动而最终得以纠正或解决。当然，时间会改变这些问题存在的限定条件，这些条件将被新出现的条件所同化或超越，最后不复存在。即使“世界本身的终结”是可能的，那也将会导致其他某种状况——或许不可思议，但即使是一个模糊的暗示，我们人类也将把它看作超出思想之外的和不希望看到的结果而不予考虑。这种可理解的拒绝源自相同的心理学基础，它隐含在“忧虑”这个词汇中，也是Edge年度问题的关键所在。

可以说，“忧虑”能够被看作是关注一个特定问题的方式。但这一举动——从许多可选问题中选择一个问题的举动——实际是为我们设置了一个陷阱，只要开始思考这个世界，就会落入陷阱。我们应该担忧的，其实不只是一个选定的问题，而是所有可能出现的问题。

但最重要的是弄清楚“忧虑”意味着什么，而不是不可避免地陷入人类意识，聚焦于思维（产生了科学、政治和我们熟知的这个世界上的一切）。我们似乎别无选择，而且，担忧只是对过去事情的一种选择，取代了不光彩的脱离现实世界的“狂喜”状态。

或许是，也或许不是。我所说的不仅有被禁止的玄秘传统，以及更受欢迎的哲学家，如海德格尔和以现象学为发展方向的同龄人，而且首要的还有大学早些时候激发我灵感的艺术理论，也就是安东·埃伦茨维希（Anton Ehrenzweig）的伟大著作《艺术的隐秘秩序》（*The Hidden Order of Art*）和《艺术视听觉心理分析》（*The Psychoanalysis of Artistic Vision and Hearing*）。在书中，埃伦茨维希说明了不同学科、不同历史时期的艺术家如何靠广角无集中的感知，而不是通过正常的集中视觉进行创作。此后不久就出现了关注此类问题的论文，含蓄的或明显的，都在“官方认可的”其他西方思想体系中。但这些理论如何与我们现在应该担忧的那种现实世界的问题相关联呢？嗯，那就是不再关注萦绕心头的令人担忧的问题，这通常会让解决方案突然出现，令之前有针对性的努力以失败告终。

那么，我们应该忧虑什么？在停止担忧（所有停止都是自动的，是在具备了充分的关注和担忧的理由之后）能够使一个解决办法突然出现之前，或许我们仍不能停止担忧。

是的，这是棘手的问题，很难回答。有时候，一个可怕的冒险能引发无法控制的担忧“病毒”，也就是当“将要知道”时，放弃我们“知道”的一切。但我认为，Edge 的年度问题是一个隐秘的恶作剧。那不是有意的，我确信。但我认为对半清醒、半昏睡的人类意识而言，这确实是一个很难回答的问题。

141

WORRYING—THE MODERN PASSION

担忧——现代人的热情

詹姆斯·奥唐奈（James J.O'Donnell）

乔治城大学古典学教授，著有《新罗马帝国衰亡史》（*The Ruin of the Roman Empire*）。

担忧是一种忧虑。发现一个严重的问题并采取合理的措施来分析它、减轻它的严重性，这是优秀行为；发现一个严重的问题，采取一切你能采取的措施来减轻它的严重性，最后意识到你别无选择，这也是优秀的行为。

不过现代人对担忧有一种空前的热情。想要有恰当的担忧，你就应该担忧许多事情；应该识别可能发生但不是必须发生的事情；应该忘记阅读丹尼尔·卡尼曼的《思考，快与慢》（*Thinking, Fast and Slow*）；应该继续考虑担忧这个话题，设法增强自己和他人的焦虑感；应该坚决不进行合理的（尤其是定量的）分析或不关注他人在担忧方面所做的工作；应该避开可能使问题得到解决的所有行动。

你的焦虑最终将会消失，因为问题很可能会消失；或者你恐惧的事情真的发生了，但不得不面对不同的生活处境；或者，你就真的死了。你可以最大化自己的痛苦和压力水平，如果运气好的话，还能连带那些“快乐到没心没肺”的人也跟着你忧心忡忡。

古人当然知道这种行为，希腊人把它称为恶魔（deisidaemonia），拉丁人叫作迷信（superstitio）。他们用这些词来归类那些导致坏结果的行为。我们已经借用了后一个词，但其含义被缩小了，只用于有限的一些活动——在那些活动中，想象的神灵能帮助大家解决一切烦恼。古人不需要一个更精密的分类系统，因为无处不在的神灵会因任何事情而受到指责。目前我们仍然没有想出一个更好的词来描述和谴责普遍的焦虑，我们可以选用一个。同时，在这个时代以及之前所知道的所有时代，对文化及民众和国家行为的广泛认识，可能是对担忧的一个很好的补救措施和对理性行为的激励。

有许多文章是关于这一典型有趣的 Edge 年度问题的，文章中援引担忧，并轻松使用这个词汇——那么我们应该为此而担忧吗？下面是我用来决定是否应该担忧的小测验：在这些内容中，如果我的同行所谈论的是基于证据的，尤其是定量的、同行评审或同行复审的，能够提高我们的理解能力，让人们对我们作为个体或社会所采取的明智行为有所感激的话，我不会称那种情况为担忧，而且确实有许多这样的情况。

但如果是 ISON 彗星突然偏离其轨道，撞击地球，对此我们束手无策——这才是我们应该担忧的担忧。

142

THE GIFT OF WORRY

担忧的礼物

罗伯特·普罗文（Robert Provine）

马里兰大学心理学家和神经科学学家，著有《为什么屁股不说话》（*Curious Behavior: Yawning, Laughing, Hiccupping, and Beyond*）。

担忧是一种进化而来的思想和记忆，它给生活指定方向并让我们免遭危险。没有它的絮叨，我们将沉湎于潘哥拉斯主义者（Panglossian）①的生活方式，吸毒、失业与破产是这种方式通常的特点。为什么不抽烟、酒驾；为什么不污染水源、偷税漏税？一切都会好起来的！在这个感觉良好、笑脸盈盈的时代，在这个免受瘟疫、饥荒和战争之苦的时代，我们很容易抱有一种飘飘然的乐观主义，并贬损在我们进化历史中一直行之有效的行为。

大众媒体时刻都在提醒我们，快活放纵的乐观主义能使得个人和社会获益，而悲观和忧虑具有很强的腐蚀性作用。我可以说说自己的经验，作为一位研究笑话和幽默的专家，经常有记者们联系我，希望我能对某些问题给出专业性意见，以使得他们受命撰写的类似“笑笑有益健康”“积极人生观的力量”这种故事看起来更可信。当我讲到，从进化角度看，笑和说话一样，其出现的主要目的是帮助我们去改变其他人的行为。笑的存在并不是为了人类健康，其任何疗效都是次要的，一旦我讲到这些，这些记者就都没有兴趣了。同样不受欢迎的，还有我对“笑的阴暗面”的评论，比如嘲笑、耻笑

①

潘哥拉斯是伏尔泰小说中的一个人物，他总是认为一切事物都是按照最好的“目的”设计出来的，将所有的灾难都解释成各种可能性中最好的一种。——译者注

与暴力当中的笑。为了寻求平衡，我愿意扮演乖戾的角色并不断捍卫担心的价值。

1921 年，刘易斯·特曼（Lewis Terman）选定 1 178 名高智商男女儿童，开始了他的长期追踪研究。在此基础上，霍华德·弗里德曼（Howard Friedman）和他的同事发现，责任心是最佳预期寿命的人格特质。与期望相反，快乐（乐观主义和幽默感）与长寿负相关。换句话说，责任心，一种忧患的伴生物，在长命百岁中得到了好的结果。适度水平的忧患通常是最好的，一个在心理与行为科学中熟悉的 U 型函数的实例。太多的担心使我们陷于一种绝望、焦虑和偏执的不安状态；太少又使我们失去动力与方向。担心提供了一生待办事项的清单，但是，它的无情提示令人不快，而且我们会通过努力划掉清单中的项目来裁减它们。这份清单时刻微调与更新。当一生的问题都解决了，担忧的话题也就清零了，或者说，如果没有可怕的事情发生，或已经变成了过去，我们就替换成新的、更具适应性的关心话题。底线在哪儿呢？不要担心忧患。这对你有好处。

宇宙常常比我们更具想象力。

我们需要了解宇宙正在告诉我们什么。

——丽莎·兰道尔（Lisa Randall），《我们需要为重大问题寻求答案》

THE UNIVERSE
OFTEN HAS MORE
IMAGINATION
THAN WE DO.
WE NEED TO KNOW
WHAT THE UNIVERSE
IS TELLING US.

143

BIG EXPERIMENTS WON'T HAPPEN

我们需要为重大问题寻求答案

Lisa Randall

丽莎·兰道尔

理论物理学家和宇宙学家。

著有“宇宙三部曲”：《弯曲的旅行》《叩响天堂之门》《暗物质与恐龙》。

我担心人们会逐渐停止那些对科学研究非常重要的长期投资。如果我们要解决困难的（通常还是抽象的）科学问题，这些研究就是必要的；重要的基础实验科学将永远为技术上的可行性提供理论支撑。有时候，科学的现实应用不甚明显，这时就必须强化一个根本的信念，那就是我们需要为深层次的重大问题寻求答案。宇宙是怎样演进的？我们是怎样演化的？我们是由什么组成的？天空是由什么组成的？事物是怎样运转的？解答这些问题的能力是人类的特质之一，它使人类无与伦比，并为我们的生活赋予了意义。为了短期的结果而放弃这种努力必将酿成悲剧。

在我所在的粒子物理学领域，每个人都担忧。这不是随便说说的。我曾在短时间内连续参加了三场会议，会上讨论的主题都是“未来”。很多想法并不新鲜，但我和同事们的确担心实验研究还能否开展。

目前，我们一般都能用大型强子对撞机（Large Hadron Collider，LHC）来寻求新的实验结果。对撞机位于日内瓦附近，它能实现很高能量的质子对撞。2012 年夏天，人们发现了希格斯玻色子的存在。

这是一个重要的里程碑，大型强子对撞机的工程师和实验人员都倍感自豪。使用更多上一年被记录下来的希格斯玻色子衰变数据，我们将更深入地理解相关粒子的特性。

不过，我们也想知道，是什么存在于希格斯玻色子更深远的地方——它可用来解释希格斯玻色子的质量问题。我料想一定有超越希格斯玻色子的新粒子存在；然而，我不能断言可以在不超过以往实验能量的两倍条件下，就可以发现它。这是令人担忧的。颇有讽刺意味的是，“或许找不到任何东西”将是不做什么最好的理由——大型强子对撞机的能量根本不够高，更高的能量是必要的。但是，科学发现通常是鼓动我们继续努力的东西，没有任何发现，这会让人感觉很糟糕。

超导超级对撞机（Superconducting Super Collider，SSC）本可以产生三倍的能量，它是按照人们心目中的终极物理学目标来设计的，很多人断言它会是一个更加强大的机器，很可惜它后来被美国国会取消了。大型强子对撞机虽然是旨在回答相似的问题而设计的，不过它建在一个先前已有的“隧道”里，这个隧道限制了它能获得的最大能量。如果我们能获得三倍的能量，我会减少很多担心。

我担心自己将不会知道我十分关心的这些问题的答案了。理论研究（也是我在做的）当然可以，进步也不会干脆停止，因为我们依然能从天文观测和地球上的小型实验中获得新结果，而且还会有很多想法可以实践。但是，我们不会知道它们中的哪一个能代表世界上真正发生的事情。

最重要的是，宇宙常常比我们更具想象力。我们需要了解宇宙正在告诉我们什么。一些最棒的新想法，就来自于解释神秘现象的努力尝试。我希望未来给我们提供一些答案——还有更多的秘密要解释。

注：本文作者丽莎·兰道尔的《弯曲的旅行》《叩响天堂之门》《暗物质与恐龙》已由湛庐文化策划，浙江人民出版社于 2016 年出版。

144

THE NIGHTMARE SCENARIO FOR FUNDAMENTAL PHYSICS

基础物理学的希格斯噩梦

彼得·沃伊特（Peter Woit）

哥伦比亚大学数学物理学家，著有《甚至没有错：弦理论的失败以及对物理定律统一的探索》（*Not Even Wrong: The Failure of String Theory and the Search for Unity in Physical Law*）。

在20世纪，有关物质世界在最基本层面上如何运转的理论探索，从一个成功走向另一个成功。在其最初的几年，涌现出了革命性的新思想，包括狭义相对论和量子理论，在随后采用这些新思想的几十年历程中，我们的洞察力有了跨越式的发展。到20世纪70年代中期，今天我们称之为标准模型（Standard Model）[1]的所有要素都已完备，而在那个世纪的最后几十年，主要是用没完没了的实验结果来证实这个理论的预言。到20世纪末，我们被置于一个尴尬的境地：标准模型不能完全令人满意，它遗留下各种各样的重要问题没有回答，但也没有与此相悖的实验结果。物理学家对如何进行下去也鲜有头绪。

大型强子对撞机本应提供这个问题的答案。它能够产生希格斯玻色子，促进标准模型的关键部分研究，这些关键部分从未被测试过且不太令人满意。针对“超标准模型”物理学，有一系列略显投机的、可信度不高的方案，许诺会有重大发现——在大型强子对撞机可以提供的能级范围内。

[1] 在粒子物理学中，标准模型是一套描述强力、弱力及电磁力这三种基本粒子的理论。它隶属量子场论的范畴，并与量子力学及狭义相对论相容。——译者注

来自大型强子对撞机的结果已经传来，而且它们带来了令人不安的暗示。不出所料，那些方案许诺的“超标准模型”粒子一个都没有露面。其实，更让人担忧的是大型强子对撞机的成功：希格斯玻色子的发现。在充满不确定性的实验里，我们最终看到了希格斯玻色子，而且它们的表现与标准模型的预言一致。物理学家现在面对的是一种尴尬的概率，不相信会发生的事情真的发生了——发现了标准模型希格斯玻色子的大型强子对撞机会成为各种计划的“梦魇”，使得其他关于标准模型的研究计划都一无所获。

对实验者来说，留下的是去路不明。大型强子对撞机事例是明显的：它的技术是可行的，希格斯玻色子或许还有其他东西不得不待在那里，等它去发现。升高到较高的能级是极其困难的，但是，现在没有合适的理由期待发现任何特别的新东西。为详尽研究希格斯而设计的一个低能级的“希格斯工厂”（Higgs Factory）专用机器可能是一个最好的可选项。从长远来看，我们可能需要技术突破，来实现在较高能级和可支付的成本范围内进行物理学研究。

原则上，理论家不受技术强加限制的影响，但是他们要面对这样的挑战：既要处理数十年揣测性工作前所未有的溃败，又无法从寻求新思路的实验中得到帮助。该领域的社会学结构不足以处理这个局面。面对困难的问题，已经开始出现退缩与放弃的迹象，很多人越来越陷入什么事情都不愿做的宿命论中。争论正在发酵，因为随机波动，我们生活在一个可能性的“多元宇宙”的一个角落里，没有希望来回答有关为什么这些事物就该如此的基本问题。

这些担心在某种意义上仅仅出自科学家小圈子里的一些人，但是我认为它们有很广泛的影响。在几个世纪的伟大进步之后，我们对生活其中的这个宇宙的理解正在进一步深化，一个新时代正在到来。随着人类文明的一个重要方面，不断被陌生的、令人不安的停滞所纠缠，智识进步会逐渐变成一种久远的记忆吗？不幸的是，这似乎正在成为值得担心的事情。

145

NO SURPRISES FROM THE LHC: NO WORRIES FOR THEORETICAL PHYSICS

理论物理学不必担忧

阿曼达·格夫特（Amanda Gefter）

《新科学家》(*New Scientist*) 杂志顾问，《文化实验室》(*CultureLab*) 创刊编辑。

这是一个物理学家的噩梦：欧洲核子研究中心大型强子对撞机没能带来一点点惊喜。大型强子对撞机，人类曾经建造的最大的机器，全球现实世界探索者们的希望所在，跨越两个国家、耗资 90 亿美元的地下粒子加速器，外加 30 年的计算和 10 000 名科学家的辛勤工作，却没有发现超对称粒子、额外维度或其他意料之外的稀奇东西。更糟的是，只有希格斯玻色子是被标准模型预见的那个。理论物理学家们必须去思考宇宙的奥秘，除了他们已经知道的，再也没有什么能武装他们了。

物理学家是如此有趣，他们的噩梦是“完全对的”。其实，他们更希望自己“错了”。他们担心“对了”，这是一个死胡同。对大型强子对撞机缺少惊喜，将会扼杀理论物理学的进展。但是，我看不出有什么理由担心。事实上，如果我们回溯物理学的历史，很清楚就能看到，像这样的进展绝少是由实验异常现象推动的。

爱因斯坦深度思考过异常现象在物理学中的作用，他区分了两种理论类型。构建性理论是为说明异常的观察结果而拼凑起来的模型，就像双缝实验决定了量子力学的形成。另一方面，原理性理论从逻辑原则开始，从这些逻辑原则可以得出关于世界的特定事实，也包括异常现象。相对论是一个原理性理论。“物理学家最重要的任务是获得普遍的基本规律，由此，就能用单纯的演绎建立起整个宇宙。”爱因斯坦如是说。怎么样？通过寻找悖论，在建立原则的地方发生了矛盾冲突，逻辑自毁了。狭义相对论的发展提供了两种路径的精准比较，因为爱因斯坦不是唯一发现那些相对论方程的科学家。亨德里克·洛伦兹（Hendrik Lorentz）通过实验异常现象得到了它们，也即迈克尔逊-莫雷（Michelson-Morley）实验的零值结果。阿尔伯特·迈克尔逊（Albert Michelson）和爱德华·莫雷（Edward Morley）希望能搞清楚地球相对于假想的“以太”的运动，于是他们（用分光镜）把光束一分为二，并将每束光发射到一个干涉仪的观测臂上；一束光与地球围绕太阳运动的方向平行，另一束则与它垂直。在每个观测臂的末端是一个反射镜，它将光束反射回起点。物理学家预计，投向平行观测臂的那束光回来的时间会晚，因为它需要横穿以太“风”。令每个人惊讶的是，两束光在完全相同的时间回到了原点。要解释这一异常现象，洛伦兹认为，以太在物理上缩短了干涉仪的平行观测臂，这使得延迟时间得到了精确的弥补。这个神奇的收缩是怎样发生的？为什么会发生？这是一个谜，于是洛伦兹写下了描述该结果的方程。

与此同时，爱因斯坦得出了同样的方程，不过他没有注意到迈克尔逊-莫雷所发现的异常。爱因斯坦的思路来自悖论，他发现按照一般原则，物理学定律对所有观察者都一样，而麦克斯韦的电磁学理论明显与这个原则相抵触。如果两者都对，那么两者都不可能对。解决悖论的唯一办法就是找到并删掉引起问题的假设条件。爱因斯坦发现问题出在空间和时间的绝对性上，由此，相对性原理萌发了。既然洛伦兹和爱因斯坦都提出了狭义相对论方程，我们为什么把这一理论归功于后者？这是因为洛伦兹虽然写下了正确的方程，但他却不能揭示它们内涵的思想。而爱因斯坦发现空间和时间相对于一个观察者的运动是变化的，光速在每一个参考系中都是一样的，他不仅印证了迈克尔逊-莫雷的结果，还解释了它的内涵。

近代，悖论推动了我们对宇宙的认识，即黑洞信息丢失悖论。按照量子力学，信息必须逃过一个蒸发着的黑洞；按照相对论，它做不到。如果两者都对，那么两者都不可能对。这一次，李奥纳特·苏士侃（Leonard Susskind）前来救场。他提出了一个具有侵略性的假设，即时空位置的绝对性。在悖论的遗骸中，萨斯坎德发现了地平线互补原则和全息原理。

不难看出，由悖论和原则推动的发现，比那些通过实验得到的更令人满意。理解自然的原则就只是——理解。这就是科学。在另一方面，为说明实验而构建出来的理论，其本质上就是临时的（特定的）。它告诉了我们事情是怎么样的，却没有告诉我们为什么。因此，量子力学依然是个谜，尽管其拥有难以置信的实验成就。

这并不是说我们不需要实验。实验是科学的最终裁决者，它对理论正确与否有最终决定权。异常现象不是向导，而是约束。爱因斯坦不可能从水星的异常轨道推导出广义相对论。但是，一旦他通过逻辑原则发现了这个理论，能够解释这个星体奇怪的近日点，那就有助于说服科学家们相信这个理论是正确的。

尽管失望的情绪回荡着，但是物理学家手上已经有了大量的异常现象。有加速宇宙膨胀的暗能量，还有把星体拴在星系中的不明暗物质。在宇宙微波背景辐射中缺少大规模的波动，还有绰号为“暗流”的星系的同步涌动，或许还有潜伏在大型强子对撞机数据中的惊喜。

但问题是，异常现象并不意味着理解。为此，我们需要悖论。很幸运，有一个悖论冒出来得正是时候。由艾哈迈德·艾尔姆赫里（Ahmed Almheiri）、唐纳德·马罗尔夫（Donald Marolf）、约瑟夫·波尔金斯基（Joseph Polchinski）和詹姆斯·苏利（James Sully）提出的“防火墙悖论”（Firewall Paradox）[1]，再次让广义相对论与量子力学在一个蒸发着的黑洞附近对立起来。不过在这种情况下，地平线互补原则不足以解决这个悖论，看来另一个假设不得不被打破了。找出这个可以打破的假设，将使物理学家对宇宙的运行方式理解得更深刻。这是物理学家们最大的梦想。

[1] 科学家借鉴量子信息理论（即认为光和原子是信息的载体），得出结论认为，穿越黑洞的事物也会有量子缠结。量子力学表明黑洞视界上会有量子缠结，就在黑洞里面和外面的微粒之间。但如果这种缠结消失，带能量的微粒便会织成一道壁垒，即能量幕帘，或者说“防火墙”，它会在黑洞视界周围下降。——译者注

146

CRISIS AT THE FOUNDATIONS OF PHYSICS

防火墙理论与基础物理学的危机

史蒂夫·吉丁斯（Steve Giddings）

加州大学圣芭芭拉分校理论物理学家。

真正让我彻夜难眠的是，一个重大危机正在物理学最深层次的内部酝酿着，而解决这个问题的唯一办法可能是对基础物理原则的深刻调整。

我先讲一些轻松的事情来开始这个故事——“防火墙”。有一张十足离经叛道的关于黑洞与“防火墙”的图片在我的同事之间疯传，它描述的是掉入黑洞的观察者在视界上瞬间化为灰烬的场面。这张图片引起了一些新争论，并已经开始传到新闻界，但其实它只是用“防火墙”重新命名了早已为人所知的现象。如果正确，它很可能意味着在我们银河系中央的黑洞根本就不是个黑洞；相反，它是位于银河系中央的“防火墙”，并且它能瞬间摧毁任何冒险进入约 1 200 万公里中央区域的人和物。

我不担心这个故事是正确的，因为它太离谱，并且过分违背了最基本的物理学原理。但是，其他严肃物理学家转发它这样的事实，无疑彰显了我们所面临危机的严重程度。

总之，危机源于基础物理学原则之间的深刻冲突，这些原则是物理学基本框架结构的基石。根据这些原则形成了量子力学理论、相对论（狭义和广义）和局部性（locality），而这些理论又联合造就了局部量子场理论（local quantum field theory）。局部量子场理论是我们解释真实物理现象最重要的工具——从发光的太阳到早期宇宙的物质创造，再到希格斯玻色子（如果事情就是这样）。

任意一个原则被推到极端就会引发冲突。当两个带有足够能量的粒子相撞而形成一个黑洞时，最尖锐的问题就出现了。我们遇到了著名的黑洞信息问题：如果进来的粒子开始处于纯量子态，霍金的计算推测出黑洞会蒸发成一个混合的、热均衡的最终状态，并伴随着大量量子信息的消失。这个问题冒犯并就此宣判了量子力学。虽然严肃的人们确实在考虑修正量子力学，但霍金的说法可能会引发更麻烦的问题。比如，霍金最初拟议的量子力学改动，将意味着对所有观察者而言都存在一堵“防火墙”，并无处不在！而量子力学似乎对任何修改都表示出非同寻常的抵抗，即使有些确实是合理的。

如果量子力学是神圣的，显然其他的原则必须靠边站——不论是那些相对论的不变性还是局部性，或两者兼有。然后，相对论同样对合理的修改异常抵触。不过，在量子力学和万有引力有关的理论中，局部性总像黏合剂一样使前两者能够并存。所以，局部性的合理性也很值得怀疑。

局部性的基本表述是，量子信息不能传播得比光速还快。至少早在 1992 年，局部性就被建议修改，以解决在黑洞之外获得丢失的量子信息的问题。在接下来的几年里，局部性走到了被推翻的边缘，一个更激进的“非局部性”表述开始逐渐被认可。这一局面建立在全息原理和互补性的新概念上，它们认为黑洞的内部观察和外部观察是互补的，类似于尼尔斯·玻尔（Niels Bohr）量子力学中位置和动量测量的补偿。全息论 / 互补性受到广泛探索，并被重要的物理学共同体所接受。

在过去的几年里，有一点逐渐变得明朗起来，互补性的激进其实毫无必要，甚至很可能自相矛盾。虽然物理学共同体还没有就摒弃互补性给出最终裁决，不过，它的明显没落，还是让越来越多的人开始关注我们面临的深刻危机。

在上述情况中，一个或更多基础原理必须被丢弃，我们显然需要一点疯狂——不过不能太疯狂。互补性是非局部性的一个极端、合理但又自相矛盾的表述。另一方面，如果你认同量子力学并允许非局部性适用于黑洞，你就会遇到防火墙问题，但是你同时接受量子场理论在黑洞之外的任何地方都是有效的。有没有不那么疯狂的选择呢？我相信有，非局部性可以用“非暴力”的形式扩展到界限之外——我们可能会将这个界限描述为黑洞视界，并把量子信息传输出去。我说“可能会”，是因为把视界概念提到一个典型的时空画面，它很可能是完全错的。

我只想说：看起来，量子力学必须要修正，而且局部性有主要嫌疑。局部性的修改绝不是件小事。对局部性天真幼稚的修改——正如 Edge 的其他物理学家经常提议的那样——很可能从根源上导致量子场理论的整个框架灾难性地崩溃。量子场理论一直都能得到实验的支持，并且保持着极为精确的可验证性，这使得它已经成为我们解读这个世界最根本性的工具。如果这样的修正必须进行，事实上，它必须是巧妙的。还有，基于时空结构建立起来的物质世界也很可能彻底崩溃，取而代之的将是这样一个框架，在这个框架里，量子力学的数学结构浮出了水面。

我深切关注我们将如何获得一个完整一致的万有引力理论。而且我们必须这样做，它不只能解释黑洞（已发现在宇宙中它无处不在），还能解释宇宙早期膨胀和膨胀前的演变，以及暗能量主宰的未来。在当前基础上的困境直接牵连着很多其他问题——我比较担心我们是否有能力解决这些问题。

147

THE END OF FUNDAMENTAL SCIENCE?

多重宇宙与基础科学的终结

马里奥·利维奥（Mario Livio）

空间望远镜科学研究所天体物理学家，著有《杰出的失误：从达尔文到爱因斯坦——改变我们对生命和宇宙理解的伟大科学家的大错误》（*Brilliant Blunders: From Darwin to Einstein-Colossal Mistakes by Great Scientists That Changed Our Understanding of Life and the Universe*）。

基础物理学好像正在进入一个新阶段，而这个新阶段让很多物理学家担心。人类除了维持自己的生存需要之外，还一直对自然现象充满了好奇。一方面，这份好奇心产生了精巧的神话和宗教；另一方面，它也促进了科学的进步。

自伽利略、笛卡尔和牛顿拓展了人类对世界的认知深度以来，对解释宇宙和准确预测所有尺度上宇宙现象的深度渴望，一直是科学进步的关键动力之一。很显然，人类取得了极为辉煌的成绩。事实上，我们现在已经拥有了一个关于宇宙演化的可证实的“故事”；从宇宙刚诞生一分钟直到现在，都可以被解释。

科学家在构筑自己的理论时，经常借助一种强有力的方法——证伪；理论需要提供明确的预测，且这些预测能直接由实验和观察检验。

我们一直希望能构建一种理论，它既能解释我们在自然中观察到的所有力（重力、电磁力和两种核力），还能清晰阐述所有自然常数数值的来源（比如力的相对强度，基本亚原子粒子的质量比率等）。不过，在过去的20年里，一些新观念认为自然常数并不是真正“固定的”，而是“随机的”。这些模型认为，世界其实是“多重宇宙”构成的，而不单单只有我们居住的这一个宇宙。

这些自然常数的数值在不同的宇宙中是随机分布的。实际上，以恒定的数值参与万物及人类的进化过程，并被我们观察到那个常数，仅仅是巧合。因此，某些常数的数值根本不存在真正的物理学解释。这些模型的细节不重要，重要的是平行宇宙或许不能直接被观察到，这也正是让物理学家彻夜难眠的事情。大量观察不到的宇宙好像偏离了真正的科学方法，我们进入了一个纯粹的形而上学的王国。对一些科学家来说，承认我们宇宙的某些部分不能用第一定理解释，这就标志着基础科学的终结。

好了，不是吗？我不这么认为。

我们不能直接观察自由夸克（质子的构成部分），但是所有的物理学家都相信它们的存在。为什么？因为夸克理论（被称为标准模型）能做出足够多的可直接被验证的预测，所以，我们接受了它所有的预测。多重宇宙和偶然常数如果希望被大家认可，它也得对这个可观察的宇宙做出可验证的预测，而且需要足够多的次数。如果做不到，它将仅仅是种推测，不是个理论。

仍然还有机会，物理学家最终会成功地构想出一个理论，它不需要偶然自然常量的概念。这显然是非常美妙的，并遵循着科学历史发展的精神。但是，我们必须对一切可能性保持开放。我们“万物理论”的梦想是基于一种认识，那就是什么才是真正基本的东西。在这种情况下，多重宇宙可能只是标志着科学思维一个新的、激动人心的时代之开始，而不是科学的终结。

148
QUANTUM MECHANICS
量子力学

李·斯莫林（Lee Smolin）

圆周理论物理研究所物理学家，著有《时间重生：从物理学危机到宇宙的未来》（*Time Reborn: From the Crisis in Physics to the Future of the Universe*）。

我担心我们其实并不理解量子现象。我们确实有一个成功的理论——量子力学，自从1926年被创立以来，每一个实验检验都增强了人们对它的信心；并且除了万有引力之外，它是我们理解所有物理学的基石。它还是量子信息和量子计算等新技术的基础，而这些新技术目前正蓬勃发展。不过，我仍然很难相信量子力学为自然提供了一个完整的描述，我坚持认为还有一个更真实的描述在等着人们发现。

我之所以对量子力学持保留态度，主要原因是它只对实验结果给出概率预测。原子和分子因其秉持的能量不同而处于一系列的离散状态，这些离散状态是我们认识化学的基础。当一个原子或分子在状态之间转换时，它发射或吸收光量子来补偿能级跃迁。量子力学为那些要发生的各种跃迁提供了概率。许多系统可以通过统计在某个时间点实验结果的出现频率，来验证量子力学推断的概率。

但是，我们可以设想一种具体情况，比如单个原子在一个特定瞬间从活跃状态衰减到低能态。这个瞬间会是什么时候，量子力学显然难以提供精确预测；而当它发生了，其背后有什么原因，量子力学同样也提供不了解释的基础。为什么单体事件会发生，我相信它一定遵循因果关系；而且如果我们能理解它，就能创建一个在原则上能够预测单个原子何时跃迁的理论。也就是说，我想要一个超越量子力学的量子现象理论。

那些最初创立量子力学的人们，并没有宣称量子力学给物质世界提供了一个完美的描述。玻尔、海森堡及其追随者解释说，自然中存在两种过程——一般过程和测量过程。为了区分二者，他们设置了一条界线，从而把世界一分为二。在这个分界线的一边是我们想要描述的量子系统；另一边是人类世界，我们通过测量工具以及时钟认识它，老式牛顿物理学能够很好地解释这个世界。当这两个世界相互作用，以及用概率来描述它们相互作用的结果时，一个测量过程发生了。他们争辩说，量子力学没有办法描述和说明那些发生在纯粹量子世界的事情；它是一个工具，用来讨论概率——我们对不同量子系统的干预可能得到的不同结果。

但可以肯定，我们和我们测量的由原子等组成的系统，都是量子世界的一部分。在这种情况下，把所有的事物放进分界线的量子系统这边，并把我们自己和我们的工具都看作量子系统，不应该有这种可能吗？当试着这样做的时候，我们发现无法解释那些产生具体结果的实验，也无法预言这些结果的概率。为了弄清这个所谓的测量问题，学界已经争论了 80 年。

一种应对是“多重宇宙”的解释，它声称现实远远大过我们能观察到的世界，而且包含无穷无尽的历史；任何事情的结果在不同历史中有不同影响，量子力学预测的是每一种影响的概率。我们亲身感受的世界只是这些历史中的一个。

我不相信现实的存在无边辽阔。我相信只有一个真实的世界，在这个世界中，有具体的实验结果，在这个世界里，只有一种历史在很多可能性中被实现了。很多其他的解决方案被提出来迎合这样一个事实，即量子力学对个别现象不能给出说明。这些解决方案，或者把逻辑改变了，以致逻辑不再能表达我们的困惑，或者认为量子力学描述的不是性质，而仅仅是一个观察者通过实验收集起来的关于物质系统的信息。

但是还有另一种可能：量子力学对那些个别现象中发生的事情不能提供解释，因为它是不完整的——量子力学遗漏了性质的若干方面，而这本来应该得到真实的描述。这就是爱因斯坦笃信的，也是德布罗意（Louis de Broglie）和薛定谔（Schrödinger）笃信的——德布罗意和薛定谔在创建量子力学的几个关键节点上都起到了重要的推动作用。这也是我相信的，而且我终生的忧虑一直是如何发现那个更完整的理论。

一个能够充分描述个别现象的完备的量子力学，被称为隐变量理论，其中几个变量已经被发现。一个一直被大量研究的变量是由德布罗意在 1928 年发现的，并由大卫·玻姆（David Bohm）在 50 年代再次发现。这表明它是可能的，现在我们要做的是找到正确的理论。最好的办法就是发现这样一个理论：它与量子力学过去所做的所有实验相一致，而和现在开发着的、大型的、复杂的量子设备的实验结果存在分歧。

我们知道，这样一个理论必须是彻底而非局部的，在这个意义上，一旦两个粒子相互作用并分离，它们的性质就纠缠在了一起，即便它们彼此游离很远。这意味着参与实验的两个粒子一旦相互产生作用，它们之间的信息精准传递的速度比光速要快。

因此，一个完备的量子现象理论必须包含一个时空理论。我一直相信，完成量子力学的任务和统一量子力学与时空的挑战，其实是同一个问题。我也看到了这样的问题，即在宇宙尺度上扩展我们物理学的认知与发现量子力学背后的世界是一样的。

许多物理学家把量子力学视为终极理论，并试图在量子物理学的现有框架内解决物理学和宇宙学中的公共问题，比如统一和量子引力。我担心这是错误的，而且不会成功，因为量子力学本身必须彻底深化和完善，以使我们对自然的认识取得更大的进展。

注：本文作者李·斯莫林的《时间重生》已由湛庐文化策划，浙江人民出版社出版。

149

ONE UNIVERSE

加速膨胀的宇宙

劳伦斯·克劳斯（Lawrence M.Krauss）

物理学家、宇宙学家，亚利桑那州立大学“起源项目”（Origins Project）主任，著有《无中生有的宇宙：万物起源于空，空又从何而来？》（*A Universe from Nothing: Why There Is Something Rather than Nothing*）。

在大爆炸发生140亿年后，均质宇宙中的一个普通星系相对安静的角落，这就是我们存在的时空位置。很多人可能会认为这种环境能够保证人类悠游自在，不过，它却让我担心不已。

应该感谢20世纪物理学的两大支柱：相对论和量子力学。它们使我们明白，尽管从经验的角度看，我们对宇宙的了解越来越多，但要想获得关于宇宙的坚实知识，还是受限于特殊的环境。而且，或许有新的限制隐约出现在我们探索自然的最终能力上——这些由过去50年物理学理论与实验得到的非凡成功，已经越来越明显地成为阻挡进一步探索的认知藩篱。再者，这些限制是我们境遇的结果，至少在原则上，突破它们的制约构成了一条道路，基础科学能沿着它取得进展。

首先，当前的物理学理论认为我们的宇宙可能不是唯一的。远远超出我们直接探测能力之外，可能有无穷多的宇宙，它们有不同的物理定律和不同的时空特点。如果我们只对自己生存的这个特定宇宙的性质感兴趣，那么多重宇宙也不算什么问题了。但很可能，物理定律其实是随机性的，至于它们为什么会是我们这个特定宇宙中的样子，没有什么根本的原因。正如只拥有一个病人的流行病学家，只能说出一点点防止传染该病的注意事项；因为缺乏参照物，我们很难知道什么是正常，什么是不正常。如果我们能研究的只有一个宇宙——我们自己的——也许永远不能直接经验性地断定基础规律是不是真正基础的或仅仅是偶然的。我们可能足够聪明，派生出一个能解释物理定律怎样横贯多重宇宙分布的理论，并判定分布在我们这个宇宙的特定定律的概率。但如果没有获得更大的样本，它依旧不过是某种花言巧语，我们可能永远不会知道。

事情变得更糟了。我们已经发现宇宙膨胀正在加速。显然，等的时间越长，我们看到它的机会就越少。最终，我们现在能观测到的所有星系，都会在视野中彻底消失，甚至大爆炸的证据也将彻底隐没。虽然我向美国国会建议，在我们依然还有机会的时候，应该强化宇宙学的研究。我们不能想当然地推定，只要我们和我们聪慧的继任者们坚持下去，大自然就会暴露它更多的秘密。

加速可能永远无法被阻止。如果一个空阔的空间有能量，那么这种能量会导致观察到的事件加速。但是没有实验能探测到这种能量，我们唯一的依据就是随着时间观察宇宙膨胀。膨胀的恒定加速度是与绝对真空的宇宙所蕴涵的能量相一致的；不过，它也与出自其他众多来源且被困在别的不可见领域的能量相一致。对此，我们可能永远没办法了解。而且，如果这种能量与空阔空间的性质直接相关，我们将永远不知道为什么；因为这或许也是一个偶然，不同的宇宙拥有不同的能量。考虑到仅仅有一个宇宙可探测，我们或许根本没办法深究。

我还对如下的问题忧心忡忡：尽管通过大型强子对撞机，我们已经发现了希格斯玻色子的明显存在（这一发现证实了人类曾经开始的最卓越的智慧旅程），但挫折很可能随之而来。标准模型具有大量稀奇古怪的内容，许多物理学想法被提出来以解释它们，但到目前为止，只有希格斯玻色子被看到了。大多数想法都寄希望于通过大型强子对撞机获取新的物理成分，但是，如果希格斯玻色子就是唯一能看到的东西该怎么办？那么，在哪里转向去解决标准模型的基本难题？我们没有向导。如果大自然不够厚道，那么想要解决这些问题就是很遥远的事；而且很可能根本无法解决能级问题，要么因为实际物理的限制，要么因为心胸狭窄的政治家们强加限制。

也许会有那么一个时间点，对撞机的能级达到了人类所能达到的最顶端，而实证科学也达到了无法进一步突破的极限。在那时，我们可能就会被迫减少因猜测引起的争论，而踏踏实实地去检验我们的想法。我希望不会出现这种情况，不过，我也没有把握。毕竟，每一次我们惊奇地在这个宇宙中打开一个窗口，就会有更多窗口等着被打开。鉴于担忧能够帮助我们做好万全的准备，所以我不相信任何可能的限制将导致科学本身的终结——或者如那些唱反调的人叫嚣的“物理学的终结”。这个宇宙还有足够多的、依旧能够测量的、显而易见并且令人困惑的方方面面，可以让我们向前走很久。

150
THE DANGEROUS FASCINATION OF IMAGINATION
沉迷于想象力的危险

卡尔罗·罗威利（Carlo Rovelli）

马赛理论物理研究中心理论物理学家，著有《最早的科学家：阿那西曼德和他的精神遗产》(*The First Scientist: Anaximander and His Legacy*)。

担心想象力似乎有点奇怪。其实，我经常称赞一些人，他们的想象力能洞悉未来或给人无限的启迪。但是，我担心"肆意想象"正在被过度炒作，而且很容易使人误入歧途。在理论物理学领域，技术期刊里满是多重宇宙、平行向度和大量没有人见过的粒子。物理学家往往看不起哲学家，但是他们受哲学家思想的影响比他们承认的要多。大多数物理学家都从卡尔·波普尔（Karl Popper）、托马斯·库恩（Thomas Samuel Kuhn）、保罗·费耶阿本德（Paul Feyerabend）及其他哲学家那里吸收了这样的观念：科学进步就是扔掉过去，拥抱新奇的想象。

哥白尼是英雄，他敢让地球绕着太阳飞；还有爱因斯坦，他敢把空间想象成弯曲的并与时间融合在一起。哥白尼和爱因斯坦最终被证明是正确的。目前的幻想也会一样成功吗？我感到一种莫名不安。有想法是一回事，有好想法是另一回事。产生想法有价值，筛选这些想法也有价值。

在理论物理学领域，我的很多同事倾其一生研究被称为"超对称"的一个可能的对称。实验室里的很多实验，比如日内瓦的欧洲核子研究中心发起的实验，似乎更多地表明这个对称是不存在的。我在一些同事的眼睛里看到了失望："怎么会是这样？"——大自然怎敢不符合我们的想象？

当然，甄别好的想法和愚蠢的想法是十分辛苦的任务，但是这关系到我们的智识：好的想法值得进一步拓展。然而，今天很多人在抹杀“好想法”与“坏想法”的差别，他们认为所有的想法都是好的。我从非常聪明的哲学系同事们那里听说过，“每一个想法在它自己的情景中都是正确的”“我们不得压制那些明天可能证明是比较好的想法”“任何事情都比缺乏创意要好”。在承认我们不知道某事和编造一个漂亮的故事之间，我们经常必须进行选择。很大程度上，我们生活在自己编织的众多故事中，所以，为什么不去追求这里面最甜美的那个？在我们把自己从过去禁锢的心灵中解救出来之后，为什么不享受自由？关于我们自己的形象，我们伟大国家、伟大社会的愿景，我们创造出了多么迷人的解释。我们可能被自己的梦想迷住了。

但有些事情总不断提醒我，我们应该有所担心。我们生活在一个真实的世界，在这里，不是所有的事情都美好、有效。我们梦寐以求的事情往往属于那些好事。不过，正确的理论往往是少数。爱因斯坦经常说：“我没有特别的天才，只有强烈的好奇心。”是他的好奇心引导他在尘封的货架上发现了宝钻，而不是飘在蓝天里的梦想。麻烦的是这种梦想屡见不鲜，我们疯狂的想象退化成一些拙劣的文章草稿——关于各种各样意想不到的现实。

科学智慧高奏凯歌，依靠假定理论以及对理论预测结果进行严格的验证，它带领我们取得了如今的成就。我所担心的是我们的想象力被社会的虚妄幻想所俘获。如果这样的话，因心灵固有的弱点，我们很可能会丧失在探究世界时应该严格秉持的独立性。

151
BLOWN OPPORTUNITIES
丢失的机会

弗兰克·维尔切克（Frank Wilczek）

2004 年诺贝尔物理学奖获得者，麻省理工学院物理系赫尔曼·费什巴赫讲席教授，著有《存在之轻：质量、以太和力的统一性》（*Lightness of Being: Mass, Ether, and the Unification of Forces*）。

首先我们应该担心自己糟蹋了大好机会。今天，亿万民众享有的物质生活水平远远高于一个世纪前，那时只有少数富有的人才能达到今天的生活水平。更重要的是，我们今天认为理所当然的事情，比如即时见到远方的朋友和世界上最好的艺术和智力成果，在以前是难以想象的。

奇迹是如何发生的？奇迹的促成者就是新的基础知识。了解电磁学能使我们传递能量和信息；了解量子世界的基础知识有助于理解微电子学、激光和一系列其他技术；了解疾病的根源才能进行预防或治疗；了解植物和动物分子的新陈代谢有助于农业进步，使我们能以较少的劳动力获得更大的丰收。

我们无法预知基础研究会有哪些根本性突破，然而我们有理由期待更多。量子科学和分子生物学的仪器设备比以往任何时候都更精确，或许可以被用来大幅提高和加强计算机的性能。机遇在向我们招手：研制量子计算机的任务，提高人类思维能力和延长生命的现实可能性，以及其他仍没有想象到的机遇。

还会出什么问题？《罗马帝国衰亡史》一书的作者爱德华·吉本（Edward Gibbon）在描述罗马的衰亡时，谈到了“不受节制的膨胀引发的自然和不可避免的后果”，也谈到了“野蛮和宗教的胜利”。如果人们把心思用于享受而非创新，那么无休止战争的困扰、极端主义的兴起——这些引发中世纪黑暗时代的力量，仍然能够再次引发另一个黑暗时代。

152

CHILDREN OF NEWTON AND MODERNITY

牛顿的后代与现代生活

斯图亚特·考夫曼（Stuart A.Kauffman）

卡尔加里大学生物复杂性及信息技术学院院长，著有《再造神圣：对科学、理性和宗教的新观点》（*Reinventing the Sacred: A New View of Science,Reason,and Religion*）。

早期伟大的社会学家马克斯·韦伯（Max Weber）曾写道："从牛顿开始，我们得以'祛除蒙昧'，进入现代科学。"我相信韦伯是正确的。我们不再蒙昧，却又不自觉地迷失在现代科学中。我们中的许多人似乎预感到某件事情的尽头——或许是现代科学带来的无所适从的感觉。

韦伯的观点是正确的吗？它是如何根植于科学基础之上的？是的，韦伯是正确的，我们的"脱昧"，至少部分原因在于我们是牛顿的后代。

牛顿之前的两个世纪里，欧洲有黑白两类占星术者。作为最后一个正统的占星术者，开普勒（Kepler）希望柏拉图方体（Platonic Solids）能够说明行星的运行轨道。他比亚里士多德关于行星轨道是完美圆形的学说更近了一步，因为他发现行星的轨道是椭圆的。

但巫师们追求的是玄妙深奥的知识，试图操纵自然而中饱私囊，这是对《创世纪》中上帝对亚当承诺的误用。那时，人们相信超自然的力量，实际却处于蒙昧之中。

牛顿用他的三大运动定律、万有引力、微分学和积分学的发明改变了这一切。想想在台球桌上滚动的7个台球，它们会怎样运动呢？牛顿告诉我们，要测量球的位置和动量的初始参数以及台球桌的限制条件，然后用牛顿运动定律中微分方程的形式算出球与球之间和球与桌子之间的作用力。接着，牛顿又说，求出运动方程的积分以获得球的永久运行轨道，暂时忽略摩擦力。但是求积分是微分方程结果的推理，推理是一种逻辑。所以通过这样一个牛顿模式，他既将经典物理传授给了我们，还预测了物理系统的整个未来。

一个多世纪以后，法国天文学家拉普拉斯侯爵（Marquis de Laplace）给了我们这样的观点：如果超级计算机知道宇宙中所有粒子确切的位置和动量，它就能够使用牛顿定律来展现整个宇宙的过去状态和未来状态。这就是现代物理学简化论的诞生，史蒂芬·温伯格（Steven Weinberg）的《终极理论之梦》（*Dream of a Final Theory*），就是用最基本的规律去推测宇宙的未来。

量子力学不能改变这一基本观点。我们不再通过薛定谔方程式计算精确的轨道，而是通过薛定谔线性波动方程的平方得到轨道的可能分布区域。在现代物理学中——广义相对论和量子力学——所有宇宙中的变化都是必然的，不会有什么新的事情发生。我们自认为远离蒙昧，自然界中无魔力可言。

自牛顿以来，我们有了启蒙运动，我们的理性时代，继而是工业革命和现代生活的出现。我们都是“脱昧”的。

离开牛顿范式

我认为，至少在这个有生命的、不断进化的世界上，进化的生物圈、人类经济、法律体系、文化和历史中，除了这些领域“相邻的可能机会”之外，根本没有一个定律可以推算出它们发展的前景。相邻的可能性代表这些领域可能的前景，既不是通过自然选择实现，也一般不为人的意志所左右。

因为这些进化过程通常不能被提前预见，这些生物、经济、文化和法律演进的“相空间”（phase space）[1]也就不可预知。物理学中，我们总是能够

[1] 在数学与物理学中，相空间是一个用以表示出系统所有可能状态的空间。系统每个可能的状态都有一个相对应的相空间的点。相空间是一个六维假想空间，其中动量和空间各占三维。——译者注

设定相空间，因此可以编写运动定律，进而能整合它们，获得物理系统的演变结果。但是因为在有生命的世界里，特别是人类生活中，这个相空间以不可设定的方式变化着，我们不能编写任何运动定律，也不能清晰地定量关于这种演化的边界条件，因此就不能用运动定律来计算演变的轨迹（我们本来也没有这样的运动定律）。

为了说明我们为什么不能提前设定生物圈的演化，我举一个古怪的例子：请为我列出螺丝刀的所有用途。好，比如拧螺丝钉、开油漆桶、把门撬开（或关上）、刺伤攻击者，或者绑到棍子上做成鱼叉，把鱼叉租给当地人，换取他们 5% 捕捞的鱼。

这就出现了新的重要问题：（1）螺丝刀的用途在总数上是不确定的；（2）不像整数那样，螺丝刀的用途不是按顺序排列的。

但这两个前提意味着，没有一个有效的程序或运算法则，能够列出螺丝刀的所有用途。这是计算机科学中著名的框架问题，自图灵和他的机器发明以来，一直没有得到解决。

但是，举例说，当细菌在新的环境中进化时，必须有一个“分子螺丝刀”具有新的用途，而且这个新的用途可以被遗传下去。然后，自然选择会在细菌的层面，而不是分子螺丝刀的层面，选择把这个新的用途保留下来。

这个细菌的例子，说明进化从来不能以提前设定的方式发生，所以我们不能为这个进化编写运动定律，也不能清晰地勾勒出进化空间的限制条件，因此同样不能整合我们本来就无法编写的这些运动定律。既然不能列出分子螺丝刀的所有用途，我们就不了解进化的空间有多大。

生物圈的进化是这样，更不用说人类经济体系、法律体系、文化和历史的进化了，它们根本不能用定律推算。一旦从物理领域跨越生命的分水岭，牛顿模式就会失效，新的事物就会出现。

重回蒙昧，一条超越现代性的道路，正向我们铺开。

What Should We Be Worried About?

译者后记

Edge被《卫报》(*The Guardian*)评价为“世界上最聪明的网站”(The World's Smartest Website)。从成立至今，它总共召集了上千位知名的科学家和思想家，每年就同一话题进行讨论，他们的思想观点火星迸射、深阔高远。

我们应该忧虑什么？这是2013年的Edge年度问题，共收回150多份回答。本书便是这些答案的结集。

从表象上看，我们可以在这个星球上战无不胜，但我们还有一堆问题没有答案，而且人们还在给自己制造着麻烦。虽然我们已经有几千年的文明史了，但是文明并不能保证未来一帆风顺。我们需要增加一份忧虑么？我们又应该忧虑些什么呢？比如，关于战争，它是竞争的逻辑结果，还是另有别的危险因素？

《列子·天瑞》中有一则寓言：“杞国有人忧天地崩坠，身亡(无)所寄，废寝食者。”科学与技术改变了人们的生活，却没能改善人性，而人性才是社会的基础。马丁·里斯说：“核武器是20世纪的科学最负面的恶果。”它不就彰显着人性阴郁的一面么？担忧恐怖主义、金融黑洞、合成生物学、人类经验的同质化、没有增长的世界、科技带来的法西斯主义、全球老龄化、人口缩减、爱欲丧失、两性战争，此谓“忧人”；担忧来自外星人的危险、宇宙的冷酷、物理学的迷茫、互联网大崩溃、想象力的魔魅、过度耦合、科学尚未战胜的癌症，此谓“忧天”。

忧虑是一种忧患意识，它嵌刻在人类的基因里面，是一种畏惧自然的历史留存。对平常百姓来说，生活中常有让人担心的事情，柴米油盐、生老病死；而对那些科学家与思想家来讲，他们的忧虑有些是形而上的、思考性的，有些则更加深沉，因而也就闪烁着智慧但幽冥的光。

我们可以从书中看出，这些忧虑是震撼人心的，却也有些零散。究其原因，一是无论从结构上还是从内容上说，社会都比以前复杂了很多，每个人都在摸索中观察着它；二是思考似乎成了一种稀缺的东西，德国哲学家马尔库塞（Herbert Marcuse）早就预言现代人会变成“单向度的人”，人们沉浸在物质的享受里，思潮消退了。

未来充满了无限的可能性和无限的不确定性。有些事，事在人为；有些事，人不可为；还有些人，不以为意。比如，“雅虎新闻”国家通讯员弗吉尼亚·赫弗南说：“除了担心之外，我们没有什么好担心的。这通常是对的。”唐纳德·霍夫曼也说：“担心本身可能非常值得担心。”中国有一句谚语：“小心无大错。”如果我们能在这本书中为自己的内心寻找到一处“高山流水”，如果我们能因此抱有戒心，无疑就是有益的。

1997年，Edge诞生，至今已20年了。我个人认为，在迄今为止的19个年度问题中，2013年的问题既有趣又有意义——我们应该忧虑什么？希望这本“答案的结集”能帮助人们从更多维度思考未来，更深入地了解作为“第三种文化家园”的Edge。

这本书的翻译耗费了我们译者三人的大量心血，一是因为撰文者本身的思想高度之高，二是因为他们忧虑的问题纷繁复杂。如能点题，是为所愿。在翻译过程中，我们还得到很多人的帮助，尤其需要感谢的是庞凤婷、刘红兵。

靳 清 王 娟 靳心蝶
2016年7月21日 济南

湛庐文化 Cheers Publishing a mindstyle business 与思想有关

湛庐，与思想有关……

如何阅读商业图书

商业图书与其他类型的图书，由于阅读目的和方式的不同，因此有其特定的阅读原则和阅读方法，先从一本书开始尝试，再熟练应用。

阅读原则1 二八原则

对商业图书来说，80% 的精华价值可能仅占 20% 的页码。要根据自己的阅读能力，进行阅读时间的分配。

阅读原则2 集中优势精力原则

在一个特定的时间段内，集中突破 20% 的精华内容。也可以在一个时间段内，集中攻克一个主题的阅读。

阅读原则3 递进原则

高效率的阅读并不一定要按照页码顺序展开，可以挑选自己感兴趣的部分阅读，再从兴趣点扩展到其他部分。阅读商业图书切忌贪多，从一个小主题开始，先培养自己的阅读能力，了解文字风格、观点阐述以及案例描述的方法，目的在于对方法的掌握，这才是最重要的。

阅读原则4 好为人师原则

在朋友圈中主导、控制话题，引导话题向自己设计的方向去发展，可以让读书收获更加扎实、实用、有效。

阅读方法与阅读习惯的养成

（1）回想。阅读商业图书常常不会一口气读完，第二次拿起书时，至少用 15 分钟回想上次阅读的内容，不要翻看，实在想不起来再翻看。严格训练自己，一定要回想，坚持 50 次，会逐渐养成习惯。

（2）做笔记。不要试图让笔记具有很强的逻辑性和系统性，不需要有深刻的见解和思想，只要是文字，就是对大脑的锻炼。在空白处多写多画，随笔、符号、涂色、书签、便签、折页，甚至拆书都可以。

（3）读后感和 PPT。坚持写读后感可以大幅度提高阅读能力，做 PPT 可以提高逻辑分析能力。从写读后感开始，写上 5 篇以后，再尝试做 PPT。连续做上 5 个 PPT，再重复写三次读后感。如此坚持，阅读能力将会大幅度提高。

（4）思想的超越。要养成上述阅读习惯，通常需要 6 个月的严格训练，至少完成 4 本书的阅读。你会慢慢发现，自己的思想开始跳脱出来，开始有了超越作者的感觉。比拟作者、超越作者、试图凌驾于作者之上思考问题，是阅读能力提高的必然结果。

扫码关注湛庐文化，
回复“阅读”
这5种方法，让读过的书变成你的影子

[特别感谢：营销及销售行为专家 孙路弘 智慧支持！]

我们出版的所有图书，封底和前勒口都有“湛庐文化”的标志

湛庐文化
Cheers Publishing
a mindstyle business 与思想有关

并归于两个品牌

财富汇　　心视界

找“小红帽”

为了便于读者在浩如烟海的书架陈列中清楚地找到湛庐，我们在每本图书的封面左上角，以及书脊上部 47mm 处，以红色作为标记——称之为**“小红帽”**。同时，封面左上角标记**“湛庐文化 Slogan”**，书脊上标记**“湛庐文化 Logo”**，且下方标注图书所属品牌。

湛庐文化主力打造两个品牌：**财富汇**，致力于为商界人士提供国内外优秀的经济管理类图书；**心视界**，旨在通过心理学大师、心灵导师的专业指导为读者提供改善生活和心境的通路。

阅读的最大成本

读者在选购图书的时候，往往把成本支出的焦点放在书价上，其实不然。

时间才是读者付出的最大阅读成本。

阅读的时间成本=选择花费的时间+阅读花费的时间+误读浪费的时间

湛庐希望成为一个“与思想有关”的组织，成为中国与世界思想交汇的聚集地。通过我们的工作和努力，潜移默化地改变中国人、商业组织的思维方式，与世界先进的理念接轨，帮助国内的企业和经理人，融入世界，这是我们的使命和价值。

我们知道，这项工作就像跑马拉松，是极其漫长和艰苦的。但是我们有决心和毅力去不断推动，在朝着我们目标前进的道路上，所有人都是同行者和推动者。希望更多的专家、学者、读者一起来加入我们的队伍，在当下改变未来。

湛庐文化 Cheers Publishing a mindstyle business 与思想有关

湛庐文化获奖书目

《大数据时代》

国家图书馆“第九届文津奖”十本获奖图书之一
CCTV“2013中国好书”25本获奖图书之一
《光明日报》2013年度《光明书榜》入选图书
《第一财经日报》2013年第一财经金融价值榜“推荐财经图书奖”
2013年度和讯华文财经图书大奖
2013亚马逊年度图书排行榜经济管理类图书榜首
《中国企业家》年度好书经管类TOP10
《创业家》“5年来最值得创业者读的10本书”
《商学院》“2013经理人阅读趣味年报·科技和社会发展趋势类最受关注图书”
《中国新闻出版报》2013年度好书20本之一
2013百道网·中国好书榜·财经类TOP100榜首
2013蓝狮子·腾讯文学十大最佳商业图书和最受欢迎的数字阅读出版物
2013京东经管图书年度畅销榜上榜图书，综合排名第一，经济类榜榜首

《牛奶可乐经济学》

国家图书馆“第四届文津奖”十本获奖图书之一
搜狐、《第一财经日报》2008年十本最佳商业图书

《影响力》（经典版）

《商学院》“2013经理人阅读趣味年报·心理学和行为科学类最受关注图书”
2013亚马逊年度图书分类榜心理励志图书第八名
《财富》鼎力推荐的75本商业必读书之一

《人人时代》（原名《未来是湿的》）

CCTV《子午书简》·《中国图书商报》2009年度最值得一读的30本好书之“年度最佳财经图书”
《第一财经周刊》· 蓝狮子读书会·新浪网2009年度十佳商业图书TOP5

《认知盈余》

《商学院》“2013经理人阅读趣味年报·科技和社会发展趋势类最受关注图书”
2011年度和讯华文财经图书大奖

《大而不倒》

《金融时报》· 高盛2010年度最佳商业图书入选作品
美国《外交政策》杂志评选的全球思想家正在阅读的20本书之一
蓝狮子·新浪2010年度十大最佳商业图书，《智囊悦读》2010年度十大最具价值经管图书

《第一大亨》

普利策传记奖，美国国家图书奖
2013中国好书榜·财经类TOP100

《真实的幸福》

《第一财经周刊》2014年度商业图书TOP10
《职场》2010年度最具阅读价值的10本职场书籍

《星际穿越》

国家图书馆“第十一届文津奖”十本奖获奖图书之一
2015年全国优秀科普作品三等奖
《环球科学》2015最美科学阅读TOP10

《翻转课堂的可汗学院》

《中国教师报》2014年度“影响教师的100本书”TOP10
《第一财经周刊》2014年度商业图书TOP10

湛庐文化获奖书目

《爱哭鬼小隼》

国家图书馆“第九届文津奖”十本获奖图书之一

《新京报》2013年度童书

《中国教育报》2013年度教师推荐的10大童书

新阅读研究所“2013年度最佳童书”

《群体性孤独》

国家图书馆“第十届文津奖”十本获奖图书之一

2014“腾讯网·啖书局”TMT十大最佳图书

《用心教养》

国家新闻出版广电总局2014年度“大众喜爱的50种图书”生活与科普类TOP6

《正能量》

《新智囊》2012年经管类十大图书，京东2012好书榜年度新书

《正义之心》

《第一财经周刊》2014年度商业图书TOP10

《神话的力量》

《心理月刊》2011年度最佳图书奖

《当音乐停止之后》

《中欧商业评论》2014年度经管好书榜·经济金融类

《富足》

《哈佛商业评论》2015年最值得读的八本好书

2014“腾讯网·啖书局”TMT十大最佳图书

《稀缺》

《第一财经周刊》2014年度商业图书TOP10

《中欧商业评论》2014年度经管好书榜·企业管理类

《大爆炸式创新》

《中欧商业评论》2014年度经管好书榜·企业管理类

《技术的本质》

2014“腾讯网·啖书局”TMT十大最佳图书

《社交网络改变世界》

新华网、中国出版传媒2013年度中国影响力图书

《孵化Twitter》

2013年11月亚马逊（美国）月度最佳图书

《第一财经周刊》2014年度商业图书TOP10

《谁是谷歌想要的人才？》

《出版商务周报》2013年度风云图书·励志类上榜书籍

《卡普新生儿安抚法》《最快乐的宝宝1·0~1岁）

2013新浪“养育有道”年度论坛养育类图书推荐奖

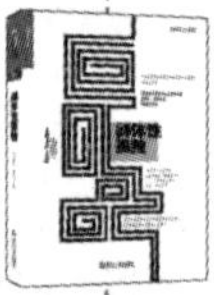

湛庐文化 Cheers Publishing
a mindstyle business 与思想有关

延伸阅读

史蒂芬·平克“语言与人性”四部曲：

《语言本能》《思想本质》《心智探奇》《白板》

扫码直达本书购买链接

◎ 当代伟大的思想家、TED 演讲人、世界尖端语言学家和认知心理学家史蒂芬·平克经典力作。

◎ 语言学领域革命性著作，凝聚语言学、认知神经学和进化心理学等多项研究成果。

◎《纽约时报》畅销书，语言风趣诙谐，故事引人入胜，结论富有洞见。

丽莎·兰道尔“宇宙三部曲”：

《弯曲的旅行》《叩响天堂之门》《暗物质与恐龙》

扫码直达本书购买链接

◎ 通过一套书就能读懂神秘的额外维度，科学小白与科学大V都不可错过的年度最佳科普巨作。

◎ 向爱因斯坦宣战的理论物理学大师丽莎·兰道尔风靡世界之作。她是普林斯顿大学物理系第一位女性终身教授，哈佛大学、麻省理工学院第一位女性理论物理学终身教授。《时代》杂志“100 名最有影响力人物”之一，《纽约时报》顶级畅销书作家。

《生命的未来》

扫码直达本书购买链接

◎ 这是一本论述生命科学基本原理的著作，全景展示了分子生物学的历史沿革和未来发展方向。

◎ 讲述“奇点”到来之时，DNA 信息和计算机如何有机结合的有趣故事，不但震撼力十足，也极具说服力。

◎“社会生物学之父”爱德华·威尔逊、奇点大学校长雷·库兹韦尔、畅销书《从 0 到 1》作者彼得·蒂尔联袂推荐。

《群体性孤独》

扫码直达本书购买链接

◎ 第十届文津奖获奖图书！互联网时代，技术影响人际关系的反思之作：为什么我们对科技期待更多，对彼此却不能更亲密？

◎ 作者雪莉·特克尔是麻省理工学院社会学教授，人与技术关系领域首屈一指的社会心理学家。她被誉为“技术领域的弗洛伊德”和“网络文化领域的玛格丽特·米德”，她还是是广受欢迎的 TED 演讲嘉宾。

◎《连线》创始主编凯文·凯利、多元智能理论创始人霍华德·加德纳强势推荐！

图书在版编目（CIP）数据

那些科学家们彻夜忧虑的问题 /（美）布罗克曼编著；靳清，王娟，靳心蝶译．—杭州：浙江人民出版社，2017.3

ISBN 978-7-213-07707-4

Ⅰ．①那… Ⅱ．①布… ②靳… ③王… ④靳… Ⅲ．①科学小品–作品集–世界–现代 Ⅳ．①I16

中国版本图书馆 CIP 数据核字（2016）第 279972 号

浙江省版权局著作权合同登记章
图字：11-2016-185 号

上架指导：科技趋势 / 思想前沿

那些科学家们彻夜忧虑的问题

[美] 约翰·布罗克曼 编著
靳清 王娟 靳心蝶 译

出版发行：浙江人民出版社（杭州体育场路 347 号 邮编 310006）
市场部电话：（0571）85061682 85176516
集团网址：浙江出版联合集团 http://www.zjcb.com
责任编辑：朱丽芳
责任校对：姚建国 张志疆
印　　刷：北京鹏润伟业印刷有限公司
开　　本：720 毫米 ×965 毫米 1/16　　印　　张：28.25
字　　数：425 千字　　插　　页：1
版　　次：2017 年 3 月第 1 版　　印　　次：2017 年 3 月第 1 次印刷
书　　号：ISBN 978-7-213-07707-4
定　　价：79.90 元

如发现印装质量问题，影响阅读，请与市场部联系调换。